ТАТЬЯНА УСТИНОВА

ЧИТАЙТЕ ДЕТЕКТИВНЫЕ РОМАНЫ:

ТАТЬЯНА УСТИНОВА

Жизнь, по слухам, одна!

Москва
2008

УДК 82-3
ББК 84(2Рос-Рус)6-4
У 80

Оформление серии Ф. Барбышева

У 80   **Устинова Т. В.**
     Жизнь, по слухам, одна!: Роман / Татьяна Устинова. — М.: Эксмо, 2008. — 352 с. — (Первая среди лучших).

     ISBN 978-5-699-20134-1

     Он не ожидал ничего сверхъестественного от обычной командировки в Питер. Но все моментально вышло из-под контроля, когда Глеб Звоницкий неожиданно встретил Катю, ту самую Катю... Когда-то Глеб служил в охране ее отца, губернатора Белоярского края, а потом ушел с работы.

     Катя всегда была немного «не от мира сего», и Глеб по привычке решил было, что снова должен защитить и спасти ее!.. Но на этот раз все выйдет наоборот — Катя подберет его в парке, полумертвого и истекающего кровью. Катя заставит Глеба принять участие в расследовании убийства близкого ей человека. Катя объяснит ему, что жизнь на самом деле одна — по крайней мере, до сих пор никому не удавалась вторая попытка! Он не ожидал ничего сверхъестественного от обычной командировки в Питер — и получил все. Может быть, жизнь на самом деле одна, но Глебу удалось повторить попытку и начать все сначала. Говорят, такое бывает...

                                   УДК 82-3
                                 ББК 84(2Рос-Рус)6-4

Генерал! Только душам нужны тела.
Души ж, известно, чужды злорадства,
и сюда нас, я думаю, завела
не стратегия даже, но жажда братства:
лучше в чужие встревать дела,
коли в своих нам не разобраться.

И. Бродский «Письмо генералу Z»

Питер встретил его дождем, заливавшим самолетный иллюминатор. Ветер гнал дрожащие капли, и они двигались странно — не вниз, согласно законам тяготения, а вбок. Докатившись до края, капли поворачивали наверх и исчезали.

Глеб некоторое время рассматривал капли.

— Ну, вот мы и дома, — сказал кто-то из соседей, глядя в иллюминатор на серое низкое небо, нависшее над залитой дождем полосой. — Слава богу.

В Москве было солнечно и тепло — последние отблески лета перед затяжной непогодой! — а здесь уже осень, свинцовые тучи и ветер, треплющий мокрые желтые куртки служащих, вышедших к только что приземлившемуся самолету.

Глеб сильно устал в последние дни, как-то навалилось все сразу: и работа, и неприятности, крупные и мелкие, и жена в очередной раз запретила ему видеться с сыном.

— Нечего ребенку нервы мотать! — сказала она Глебу решительно. — Он и так нервный!! А все из-за тебя! Был бы у него нормальный отец — и сын был бы нормальный!

От усталости у Глеба побаливала голова, и ему приятно было думать о том, что на сегодня все дела у него закончились и осталось только приятное — дорога из Пулкова в центр, залитые дождем проспекты, размытые желтые огни, всклокоченные ветром бурые каналы, несущиеся под сгорбившимися от непогоды мостами. И вечер в гостинице, которую Глеб любил больше всех остальных гостиниц на свете!.. Он много ездил по миру, и все постоялые дворы для путешественников были для него на одно лицо; только, пожалуй, парижские отели он кое-как помнил, но ни один из них не мог сравниться со знаменитой «Англией», занимавшей угол между Большой Морской и Исаакиевской площадью.

Сейчас очень горячую ванну, мечтал Глеб, потом ужин, виски возле окна, выходящего на мрачную громаду Исаакиевского собора, и спать, спать!..

Все дела начнутся завтра, и все трудные мысли будут завтра — например, как быть с сыном, которого Глеб почти не видел.

...Зачем люди портят друг другу жизнь? Какой в этом смысл? Почему нельзя жить легко и радостно, получать удовольствие от того, что ты есть, просто есть на свете?!

А звук в телефоне можно на всякий случай выключить!.. На работе все знают, что он улетел, шеф сегодня звонить не должен, а на остальных наплевать! Ну можно хоть один вечер провести так, как хочется?!

«Англия» встретила его сухим и чистым теплом, сиянием старинных медных люстр, отражавшихся в мраморных полах, вкусными звуками посуды и струнного квартета, доносившимися из ресторана, — отель улыбался ему, как старому другу.

— Здравствуйте, Глеб Петрович! Мы рады, что вы снова у нас в гостях!

Глеб скинул на пол сумку, которую тут же подхватил услужливый швейцар. Глеб на него оглянулся.

— Четыреста восемнадцатый номер, ваш всегдашний! Проводить, Глеб Петрович?

— Спасибо, не нужно, я и сам дойду!

Глеб много лет работал и жил, как самые обычные люди, и к роскоши и удобствам своей нынешней жизни никак не мог привыкнуть. Он забрал у швейцара сумку — тот все порывался проводить его в надежде на чаевые, — зашел в лифт и нажал кнопку.

Все вокруг было знакомым, почти родным, раз от раза забывавшимся и теперь вспоминавшимся с радостным чувством возвращения домой.

Ну конечно, вот и латунные ручки, и медные канделябры, и льняные шторки с затейливо вышитой буковкой «А», вензелем отеля, и скульптуры на мраморных колоннах по обе стороны от лифта — справа Аполлон и слева Венера, оба «голые» и «прекрасные». Или про скульптуры нужно говорить не голые, а обнаженные?..

Не пойдет он ни в какой ресторан, чего он там не видел?! Он закажет еду в номер, наденет халат, сядет возле окна, как барин, будет ужинать и смотреть на собор.

Он любил иногда поужинать именно с этим собором. Ему казалось, что они разговаривают и отлично понимают друг друга!

Он долго сидел в ванне, добавляя то горячей, то холодной воды и почитывая журнальчик, — этакий хлюст, джентльмен после трудового дня, командированный в номере за четыреста евро в сутки!..

В журнальчике все тоже было очень приятно и легковесно, ничего раздражающего или требующего умственных усилий. Известный певец приезжает на гастроли и даст концерт в Ледовом дворце. Известная писательница написала еще один романчик и готовится написать следующий. Новый ресторан приглашает гостей, кухня европейская, но есть еще и японская, какой модный ресторан без японской кухни! Девушки в кокошниках и кимоно, чайная церемония к услугам особо взыскательных клиентов. Премьерой «Чайки» открывается сезон в таком-то театре. Плох тот театр и никудышен тот режиссер, который ни разу не поставил

«Чайку»!.. В концепции данной постановки Нина Заречная представлена натуральной чайкой, пойманной на Финском заливе. Весь спектакль она сидит в клетке. Затем ее выпускают, и она мечется над зрительным залом, символизируя стремление к свободе. Все монологи чайки читает из-за кулис специальная актриса.

Глеб уронил журнальчик на пол, еще посидел немного, поливая себя горячей водой, и вылез из ванны. Полотенца были огромными, халаты уютными, девушка, принимавшая его заказ на ужин, любезна и весела — «Англия» никогда не подводила!..

Часам к одиннадцати Глеб решил, что сию минуту все равно не заснет, хотя надо бы, потому что завтрашние дела начнутся рано, но программа сегодняшнего сибаритства не была выполнена до конца. Точка еще не поставлена!.. Он кое-как напялил джинсы и свитер и спустился в бар.

Там было немноголюдно, люстра притушена, зато зажжены матовые уютные торшеры, и пахло трубочным табаком.

Глеб спросил виски, уселся так, чтобы видеть Исаакий, пристроил ногу на ногу, вздохнул и по многолетней привычке огляделся по сторонам.

Какая-то парочка миловалась на плюшевом малиновом диванчике возле соседнего окна. Парочка сидела так, что лиц было не видно, зато можно было наблюдать лысину кавалера и лавину платины и золота волос дамы. Она все время делала некие пассы, не отпускала его руку, обнимала за талию, целовала в заросшее ухо и порывалась взгромоздиться на колени. Лысина была абсолютно безучастна. В откинутой руке она — «лысина» — держала телефон и время от времени посматривала на экранчик, где, видимо, ничего интересного не происходило. Волосатая кисть опускалась, нос отворачивался в сторону, и златовласая опять предпринимала штурм.

Интересно, подумал Глеб, что чувствует мужчина, когда прекрасная дама так активно пытается его соблазнить? Да еще в общественном месте!.. Гордость? Радость? Страх? Скуку?

Компания иностранцев, многолюдная и шумная, угощалась пивом и джин-тоником на круглом диване в углу. С этими все понятно — они только что вернулись из оперы, дамы в маленьких черных платьях и жемчугах на жилистых шеях, джентльмены в черных пиджаках и бриллиантовых запонках. Наверняка давали что-нибудь особенно русское — «Хованщину» или «Ивана Сусанина», в некоем монархическом порыве переименованного в «Жизнь за царя», — и они старательно досидели до конца, слушая каждую арию с подчеркнутым вниманием и со священным ужасом вглядываясь в накладные бороды лопатами на широких лицах певцов и в слегка помятые кокошники, водруженные на накладные косы певиц. Потом они долго аплодировали, переглядывались друг с другом и значительно кивали. Что, мол, я тебе говорил?.. Русский медведь еще и под балалайку плясать горазд!..

Некто тяжеловесный, массивный, в кургузом пиджаке, который был ему маловат, важно прошествовал в угол. За ним поспешала официантка. Должно быть, важный гость.

Охранник, точная копия хозяина, только помоложе и полегче, пристроился к столику за колонной. Витой шнурок наушника торчал из-за его воротника.

Глеб усмехнулся и глотнул из стакана. Виски приятно стек в горло, и там, где он тек, становилось тепло и как-то весело.

— Мне чаю с мятой, — громко приказал «кургузый пиджак» официантке, — и сигару подайте!..

Вот это отлично! Чаю с мятой и сигару! А попросить, чтобы хьюмидор принесли, понюхать каждый сорт и выбрать табак по вкусу? Особенный, тот, который хочется именно сегодня? А виски? Да так, чтоб подходил именно к этой сигаре?!

Официантка побежала к своей конторке, но по дороге забежала еще к охраннику, за колонну.

Ну, этот, решил Глеб, сейчас попросит папиросу и ситро, не иначе!..

Образец понимания и тонкости вкуса!

Глеб и сам этой тонкостью никогда не страдал, но шеф заставил научиться.

— Раз ты со мной рядом сидишь, будь любезен, правила выучи! — душевно сказал он однажды. — У меня проблем и без тебя хватает! Твое рабоче-крестьянское происхождение не повод для того, чтоб ты меня ставил в неловкое положение.

Александр Петрович Ястребов отличался тем, что говорил не слишком много, особенно с подчиненными, но если уж говорил, то раз и навсегда.

Глеб Звоницкий понял это сразу, как только Ястребов взял его на работу.

Научиться? Пожалуйста, мы можем и научиться!

И он научился. Есть палочками, пить виски, различать «молты» — односолодовые сорта, носить костюмы, выключать в общественных местах звук у мобильного. Вилка и нож во время еды не могут быть на скатерти, только на тарелке, а салфетка, в свою очередь, только на коленях. Разговор всегда начинает тот, кто назначил встречу, и никогда приглашенный. «Очень приятно» при знакомстве говорит тот, кто главнее, или старше по возрасту, или женщина, если знакомят с женщиной!

Сыр — это десерт, а не закуска. Коньяк — дижестив, а не аперитив, после ужина можно, а до ужина ни в коем случае.

Скажите, пожалуйста, из какого терминала улетает

самолет компании «Джет-эрлайнз» в Тель-Авив? Отлично, а где стойка регистрации бизнес-класса?..

Если письмо начинается словом «уважаемый», его можно закончить словами «с наилучшими пожеланиями» или «искренне ваш», но никогда «с уважением»!

Сам Ястребов учился этому много лет и преуспел. Его начальник службы безопасности выучился за несколько месяцев.

— Глебушка, — говорила Звоницкому жена Ястребова Инна, — да ты прирожденный царедворец и светский лев, честное слово!

Глеб смущался и краснел. Вообще жена Ястребова его смущала.

Развеселившись, Глеб допил виски, закурил и еще раз оглядел бар. Парочка все играла — он ломается, она ластится. Иностранцы тянули пиво и громко хохотали. Кургузый отдувался после каждого глотка, со звяканьем возвращал на блюдце чашку ломоносовского фарфора и попыхивал сигарным дымом. Сигару он держал средним и указательным пальцами, как папиросу. Какая-то женщина пристроилась за соседний с Глебом столик и попросила кофе. Лица ее Глеб не видел, только сутулую спину и мятый синий воротник, выглядывавший из-под свитера.

Завтра с утра он позвонит портовому начальству и поедет объясняться — партия немецкого оборудования для полиграфического производства прибыла еще два месяца назад, да так и осталась в порту. Какие-то бумаги оказались не в порядке, и, когда Ястребов попросил разобраться, выяснилось, что бумаги как бумаги, те же самые, что были и в прошлом, в позапрошлом году, а не в порядке свежеиспеченный начальник таможенной службы, взявший в свои руки бразды правления как раз два месяца назад. Начальник с бухты-барахты запретил абсолютно всем ввозить абсолютно все и сделал одно маленькое исключение для тех, кто, собственно, и определил его на столь хлебное, хотя и небезопасное место. Результатом его активности стали переполненные склады и терминалы, срывы всевозможных сроков, инфаркты у тех, кто послабее, и припадки холодного бешенства у тех, кто посильнее. Ястребов был как раз из последних.

— Глеб Петрович, — сказал он, вызвав Звоницкого к себе, — я понимаю, конечно, он новый человек, не разобрался еще, что к чему, но у меня производство простаивает, и оборудование недешевое. Два миллиона евро за машину — какие-никакие, но деньги!

Глеб согласился, что деньги. Какие-никакие.

— Ну и сделай так, чтоб я больше про этот самый порт или причал, что ли, ничего не слышал. Сделаешь?

Глеб пообещал, что сделает.

Материалы собирали не слишком долго, дней пять. Глеб, прочитав досье, некоторое время смотрел в окно кабинета, прикидывая, что лучше — пугать или задабривать, и решил, что правильнее пугать. Новый начальник — никто, пустышка, дурачок на «Мерседесе», и кажется ему, убогому, что он теперь сильный мира сего! Хочет — выдаст оборудование по два миллиона евро за контейнер, а не хочет — найдет нарушения (кто же без нарушений ввозит!) и не выдаст. Дурашке следует объяснить, что нехорошо так поступать со взрослыми и солидными людьми, играющими по взрослым правилам в солидные игры. Конечно, полиграфкомбинат в Белоярске не самое большое и прибыльное производство Александра Петровича Ястребова, но денежки приносит — какие-никакие! — и, главное, работу людям дает!.. Вот это дурашка должен скумекать, отразить и доложить «наверх», что еще два месяца назад пришли какие-то немецкие ящики для Белоярска и что с ними делать — неясно. Выдавать или не выдавать? Хозяева ящиков уж больно переживают!.. А уж с теми, кому он доложит, Глеб Петрович договорится. Тех пугать бессмысленно, они сами кого хочешь запугают, но можно попробовать потолковать.

Информации много, ходов и связей тоже достаточно, поиграем, посмотрим!.. А может, и играть не придется!.. Сойдемся на том, что произошло недоразумение, вы нам ничего не должны, и мы на вас не в обиде!..

Все эти дела следует делать как можно быстрее, ибо в Белоярске уже почти началась зима, а для того, чтобы монтировать оборудование в несколько тонн весом, на полиграфкомбинате разобрали стену — иначе машины на второй этаж никак не поднять. Метели вот-вот пойдут, а несколько цехов стоят без наружной стены, проломы полиэтиленом занавешены!..

Сукин ты сын, вдруг подумал Глеб про портового коммерсанта. Сволочь ты последняя!.. Наплевать тебе на все, кроме собственной задницы и «Мерседеса»! На людей, на разобранные стены, на то, что в цехах у рабочих зуб на зуб не попадает, пар изо рта валит, и никакими обогревателями на таких площадях не спасешься! Нету тебе никакого дела до того, что на этом комбинате несколько тысяч семей кормится, что наладчиков из Германии привезли и уже два месяца в гостинице держат, а бюджет на производстве не резиновый, где же столько денег взять, чтобы три десятка немцев кормить, поить, содержать?! Ты орел, орлище, после работы в казино поедешь, денежки просаживать — эту маленькую слабость коммерсанта служба безопасности моментально раскопала! — а через недельку в Таиланд махнешь, к тамошним массажисткам-акробаткам, отдыхать от праведных трудов, а всем остальным что делать?! Задницу тебе лизать, умолять, чтоб сжалился, чтоб выдал оборудование, пожалел?! Вот же тебе и денежек за это, кучечку, пачечку, как скажешь!

Не на того напал, решил Глеб Петрович. Конечно, нельзя заранее так настраиваться, работа есть работа, ничего личного, как говорится, но раз уж я настроился — мало тебе не покажется! С хозяевами твоими мы, может, и по-другому договоримся, а тебе, мокрохвостому, Таиланда с акробатками еще долго не видать!..

Довольный собой и своими чрезвычайно правильными, справедливыми и очень мужскими мыслями, Глеб Петрович лихо расписался в счете — это называлось «записать на номер», — оставил щедрые чаевые и направился в сторону лестницы.

Иностранцы разошлись, кургузый, отдуваясь, допивал чай, люстры были притушены, и официантка, неслышно и проворно убиравшая со стола, улыбнулась ему усталой, но приветливой улыбкой. Глеб браво улыбнулся в ответ, засмотрелся, и тут ему под ноги с дивана, где сидела та, сутулая в синем воротничке, свалился какой-то портфельчик, шлепнулся плашмя. Глеб его поднял.

— Извините, пожалуйста.

Женщина схватила портфель двумя руками, как будто Глеб собирался его отнять, затолкала за спину и пробормотала, не глядя:

— Ничего.

И тут он ее узнал.

— Катя?

Она уставилась на него и, кажется, пришла в смятение, — впрочем, она всегда была в смятении, черт ее знает почему!..

Глеб стоял и ждал, что именно она сделает. Притворится, что не узнала? Кинется на шею? Зарыдает — это она тоже умела!..

— Здравствуйте, Глеб Петрович.

Она не пригласила его присесть, не улыбнулась, но и не зарыдала. Прогресс налицо!

— Давненько мы с вами не виделись, — сказал Глеб, рассматривая ее.

— Да, Глеб Петрович. Давненько.

— Как поживаете, Катя? Что поделываете? Вы же, кажется, художник?

Он отлично знал, что никакой она не художник.

Она ничего не ответила, но как будто спохватилась и пригласила его присесть.

— Я лучше пойду, Катерина Анатольевна, — сказал Глеб. — Мне завтра рано вставать.

Она покивала, словно отпуская его. Темные, давно не стриженные волосы лезли ей в глаза, и она все время заправляла их за уши.

— Спокойной ночи.

— До свидания, Глеб Петрович.

Он дошел до лифта и оглянулся. Катя снова сгорбилась над своей чашкой, и, похоже, портфель, засунутый за спину, очень ей мешал, потому что теперь она сидела на самом краешке дивана.

Глеб помедлил, проклял все на свете и вернулся к ней.

— Кать, чего вы здесь сидите? Поздно уже, и на улице дождь! Вы же где-то на Каменноостровском живете?

Она посмотрела на него совершенно равнодушно. Он бы ушел, если бы мог.

Когда-то он служил начальником охраны у ее отца, белоярского губернатора Мухина, правда вначале работал простым охранником. Кате тогда было лет двенадцать, а может, и меньше. У нее были длинные худые ноги с выпуклыми коленками, веселая мордаха, ямочки на щеках и ярко-зеленые кроссовки с тремя полосами.

Собственно, из-за этих самых кроссовок и случилась дружба губернаторской дочки и охранника, младшего лейтенанта по званию. В летнем трудовом лагере, куда Катю услали на лето, чтобы она получала подобающее трудовое воспитание на свекловичных полях, кроссовки у нее украли. Губернаторская супруга, возражавшая против полей всей душой, потихоньку от мужа отправила тогда парней из охраны проверить, как дела у ребенка. Глеб приехал и застал ребенка в слезах и без кроссовок. Уже тогда, точно так же, как и сейчас, Глеб Звоницкий не выносил никакой несправедливости. Он и в органы пошел служить отчасти потому, что это казалось ему романтичным и очень мужским делом, и отчасти для того, чтобы сделать мир лучше и справедливее. Губернаторская дочка была хорошей девчонкой — доброй, смешливой, любила родителей, брата, собак и картошку, печенную в золе... Глеб возил ее в школу, встречал после музыки, лечил разбитые колени, учил драться, отвечать за свои слова и не обращать внимания на идиотов, которых всегда притягивают к себе люди «на виду». Пропавшие кроссовки Глеб нашел в два счета, задав всего три вопроса перепуганным воспитательницам, не ожидавшим нашествия губернаторской охраны, а Катю забрал в Белоярск.

После этого случая он чрезвычайно возвысился в Катиных глазах. Он стал кем-то вроде Эркюля Пуаро, а она кем-то вроде капитана Гастингса, с преданным восторгом смотревшего в глаза своему кумиру.

Потом Катя выросла, вышла замуж и уехала в Питер, Глеба назначили начальником охраны, а вскоре он ушел на другую работу, а губернатора Мухина и его жену застрелил какой-то полоумный маньяк.

Катя Мухина, к тому времени уже Зосимова, приехала на похороны в Белоярск, и Глеб темной ночью подобрал ее на улице, почти обезумевшую от горя, свалившегося на нее в одночасье, и от непонятного страха, в котором ему некогда было разбираться. Тогда в крае творилось странное, администрация скрывала, что губернатора и его жену убили, журналистам и общественности старательно морочили голову — губернатор, мол, ночью в своем кабинете баловался с пистолетом, ну, и застрелился случайно, а жену на нервной почве хватил инфаркт. Александр Ястребов, пришедший в край со своими финансовыми и политическими амбициями, черной тучей нависал над остальными, жаждущими власти, перевыборы все никак не могли назначить, следствие велось кое-как... И если бы не Инна Селиверстова, дама во всех отношениях энергичная и упорная, работавшая в белоярской администрации начальником управления, неизвестно, что бы из всего этого вышло. Инна Васильевна историю с маньяком раскопала от начала до конца — Глеб помогал ей немного — и на блюдечке с голубой каемочкой принесла Ястребову. А тому только того и надо было!.. Избиратели моментально поверили, что Александр Петрович чтит закон и справедливость и кого хочет за шиворот схватит — схватил же мухинского убийцу, и не посчитался ни с кем, и скрывать ничего не стал!.. Ястребов стал губернатором Белоярского края и моментально женился на Инне.

Говорили, что у них был такой уговор — она ему обеспечивает губернаторство, а он за это на ней женится! Говорили, что Селиверстова, змея в мехах и бриллиантах, держит его на короткой приструнке и краем руководит именно она, а вовсе не ее муж!

Глеб Звоницкий, выслушивая трагические истории о нелегкой судьбе промышленника и политика Александра Ястребова, взятого в железные клещи собственной женой, поначалу сильно раздражался, порывался возражать, а потом перестал.

Невозможно никому ничего объяснить. Невозможно, и все тут!.. Никто не поверит, а если и поверят, то не до конца, и будут еще внимательнее искать подвох и подсчитывать промахи и ошибки. Людям нравится считать тех, кто сильнее и умнее, пройдохами и болванами. Так легче жить!.. Вот лежишь ты на диване или на кухне котлетный фарш крутишь, а тут по телевизору Инна Васильевна — волосы белые, глазищи голубые, на пальце перстень, даже в телевизоре видно, как играет! Да еще муж губернатор! Сидела бы себе, не лезла никуда, так нет, она и на телевидении, она и на радио, и премию какую-то учредила, и фонд помощи какимто детям придумала! Не иначе все денежки из бюджета сама украла — не на свои же кровные фонды и премии учреждает! Денежки украла, накупила на них шуб и особняков, муж-подкаблучник вякнуть не смеет, у такой разве вякнешь!.. Сразу видно, стерва и зараза, нормальные женщины такими не бывают! У нас шуб и особняков не имеется, и с мужем вчера чуть было не подрались, зато мы нормальные! Как все.

Трудно быть не таким, как все. Неважно, лучше или хуже, все равно трудно.

Катя Мухина, у которой когда-то был хвост на макушке и веселые ямочки на щеках, тоже была не такая, как все, — по рождению. Она была дочкой большого человека, следовательно, избалованная, богатая подрастающая стервочка — в глазах окружающих. Только в отличие от Инны Селиверстовой она никогда не умела за себя бороться!..

— Катя, — повторил Глеб Петрович настойчиво, — вы бы ехали домой! Поздно уже!

— А? А, сейчас поеду. Да. Хорошо.

Она будто разговаривала сама с собой, и Глеб вдруг вспомнил эту ее манеру, появившуюся как раз когда погибли родители, — она говорила, словно не слыша собеседника.

Черт тебя побери, с тоской подумал Глеб.

Он еще помаялся возле нее, потом сел на диванчик напротив. Катя смотрела в окно, на темную площадь с конной статуей. И статуя, и площадь были похожи на все европейские площади до одной, и только собор не похож! Глеб стал смотреть на собор. Статую он не любил.

— Глеб Петрович, — Катя очнулась так неожиданно, что Глеб даже удивился, — а почему вы в Питере? Вы же были в Белоярске!

— Я в командировке.

— А где вы теперь работаете?

Он помолчал. Вопрос показался ему странным.

— У Ястребова.

— Он ведь губернатор?

— Ну да.

— Все правильно, — сама себе сказала Катя Мухина. — Сначала у папы, а теперь у того, другого! Вам же надо где-то работать! Да и какая разница, был один губернатор, стал другой, подумаешь!

Он помолчал, но потом все же переспросил:

— Что вы сказали?

— А наш дом? — вдруг спросила она. — В нем Ястребов живет, да? И дача! Помните нашу дачу?

— Езжайте домой, Катя. Хотите, я вызову вам такси?

Она покачала головой, сосредоточенно глядя в чашку.

— Я поеду, когда тут все закроют. Уже скоро, они в час закрываются. Они закроются, и я тогда поеду.

Тут она встрепенулась, повернулась и ощупала свой портфель, словно проверяя его сохранность. Портфель был на месте, и Катя поглубже засунула его за спину.

— Кать, вы что? — грубо спросил Глеб. — С ума сошли?

— Иногда мне кажется, что да, — быстро согласилась она. — Раньше мне так часто казалось, особенно после смерти мамы, а потом стало полегче. Но теперь опять кажется.

— Вам кажется, что вы сошли с ума?!

Катя Мухина — или как она там по мужу? — печально посмотрела на него и торжественно кивнула.

Глеб взял себя рукой за подбородок. Подбородок кололся.

...Нет, конечно, он знал и раньше, что она истеричка! И тогда, в Белоярске, когда они с Инной Васильевной наперегонки ухаживали за ней, бедной девочкой, потерявшей мать и отца, было понятно, что у нее «не все дома», как аккуратно выражался Осип Савельич, Иннин водитель, но Глеб был уверен, что это пройдет. Любая в истерику кинется, если отца прикончили и мать застрелили почти у нее на глазах! Но с тех пор прошло достаточно времени для того, чтобы прийти в себя!..

...Или она и впрямь сумасшедшая?..

Он ушел бы, если б мог!..

Глеб вздохнул, отпустил подбородок и попросил осторожно:

— Расскажите мне, что случилось, Катя. Или ничего не случилось и вы думаете, что сошли с ума, ну, просто потому, что вам так кажется?

Катя Мухина сосредоточенно допила остывший кофе и облизала край чашки с присохшей кофейной пенкой.

— Меня хотят убить, — объявила она, проделав все это. — И, должно быть, скоро убьют.

Глеб помолчал.

— Кто и за что хочет вас убить?

Она подвинулась на диване, вытащила из-за спины портфель и показала его Глебу:

— Вот за это!..

Ниночка собиралась на вечеринку. Это всегда было трудно — собраться на вечеринку, да еще такую, где будут незнакомые мужчины, приглашенные не просто так, а «с целью». Ну, то есть там будут всякие, конечно, но «целевые» тоже будут! С тех пор как Ниночку бросил муж, она полюбила исключительно «перспективные» вечеринки. Перспективными считались такие, где можно встретить «подходящего» мужчину, неважно, женатого или холостого, главное — с деньгами!

А что?! Весь век сидеть, как вон Катька Мухина сидит? Миль пардон, то есть не Мухина, а как ее?.. Зорькина, что ли? Нет, не Зорькина! Зайкина? И не Зайкина, точно!

Ниночка засмеялась, рассматривая внутренности шкафа, в котором в два ряда висели костюмы: на верхней перекладине пиджаки, на нижней — брюки и юбки. К каждому пиджаку прилагалось и то и другое. Так значительно удобнее, чем что-нибудь одно.

Ниночка прекрасно знала, что фамилия Катиного мужа Зосимов и Катя, соответственно, тоже Зосимова, просто Ниночка терпеть не могла Генку и делала вид — хоть бы и сама перед собой! — что все время забывает его фамилию.

Что же за наказанье такое?! Одежды вагон, а надеть нечего!..

Ниночка наугад вытащила юбку, приложила к себе и покрутилась из стороны в сторону.

Не впечатляет! Не впе-чат-ля-ет, и все тут!..

...Или на Невский съездить?

Там, прямо напротив поворота на Большую Морскую, есть парочка очень славных магазинчиков! Наверняка там можно прикупить что-нибудь новенькое, сразу же надеть и поехать, чувствуя себя королевой!

Эта мысль Ниночке очень понравилась. Пожалуй, так она и сделает! Ла-ла-ла, и не станет она выбирать из всего этого старья, которым забит шкаф! Половину старья нужно сплавить маме «на благотворительность». Мама что похуже раздаст бедным, а что получше себе оставит — и волки целы, и овцы сыты!..

Ой, нет, то есть наоборот! Впрочем, Ниночка никогда не могла запомнить таких смешных штучек и анекдоты всегда забывала, но любила, когда при ней рассказывали «смешное». Она хохотала во все горло, показывая мелкие ровные жемчужные зубки!

Надо только этой дуре Катьке позвонить и вытащить ее с собой. А то сидит сиднем, то на своей работе проклятой, то в квартире, не выманишь ее никуда. Как домовой в углу!..

Ниночка показала шкафу язык, выбежала из гардеробной — вещи в ее квартире занимали две небольшие комнатки, — разыскала телефон, который оказался в ванной на золоченом креслице, под кружевным кимоно. Сверху на кимоно была пристроена пустая кофейная чашка, еще валялся рассыпанный маникюрный набор и ощипанная роза. Утром Ниночка принимала ванну, и ей вдруг захотелось, чтобы в воде плавали лепестки роз. Галина Юрьевна всегда ставила ей в ванную букетик свежих роз, вот Ниночка достала одну и ощипала!

Телефон зазвонил, как только оказался у нее в руке. От неожиданности она уронила его прямо в чашку, выудила оттуда двумя пальцами, оглядела со всех сторон — он все звонил! — вытерла кофейные следы о кимоно — его все равно нужно стирать, — и только тогда ответила:

— Алло?

Звонил бывший муж.

Этот самый бывший муж звонил ей каждый божий день, утром и вечером, и очень мешал жить!

— Ну, что тебе надо, золото ты мое самоварное? Ну что ты пристаешь ко мне! Вчера поговорили, сегодня с утра поговорили! Ну, что еще?!

— Ничего, — проскрипел бывший муж. — А что такое?! И поговорить уже нельзя?!

— Можно, — согласилась Ниночка и посмотрела на часы.

Катька, дура, небось на своей дурацкой работе торчит! Если за ней заезжать на Петроградскую сторону, в магазин они приедут только часа через полтора и не успеют выпить зеленого чаю с овсяными печеньицами в чудесной маленькой кофейне на втором этаже. А Ниночке очень хотелось в кофейню! Ей там нравилось — она видела свое отражение в бесчисленных зеркалах, ловила взгляды, жмурилась от удовольствия, как кошка на припеке.

— Или ты на свидание намылилась? — голос мужа в трубке исказился, и Ниночка живо представила себе, как он сидит в кресле, качает ногой, а при мысли о свидании перестает качать, тянется и сбрасывает на пол бумаги в поисках сигарет. Он почему-то все время сбрасывал на пол бумаги — кажется, подражая Брэду Питту. Тот так делывал в кино, когда бывал взволнован!..

Вот болваны — и киношный, и настоящий!

— Кисуль, ты зачем звонишь?

— Я тебе не кисуля!

— А кто ты мне?

Бывший муж засопел.

Ниночка наклонилась и посмотрела на свою ногу. Вчера на фитнесе она приложилась бедром к какой-то выпирающей железке, сильно приложилась, и теперь это самое место нужно учитывать при выборе нарядов — синяк-то ничем не замажешь!..

Так как муж все молчал и сопел, Ниночка перестала рассматривать синяк и пропела в трубку:

— Ну во-от, ну во-от! Ты же мне никто! Ты мне уже год никто! А все звонишь, все пристаешь! Ну, что тебе неймется, а?! Это ты со мной развелся, а не я с тобой, ты что, забыл?! Забыл, как я рыдала, как я тебя умоляла меня не бросать, а ты бросил!.. Ты просто ушел, и все, и еще сказал, что вещи... вещи...

Как всегда при воспоминании о том, что с ней тогда было, Ниночку повело. Она стала коротко и бурно дышать, открывать и закрывать рот, как рыба, — она и заикаться тогда начала! — и в горле стало тесно.

— Зачем? — выговорила она, преодолев тесноту в горле. — Зачем ты так со мной?!

Он молчал.

— Я же тебе ничего плохого, никогда!.. А ты!.. Ты!.. Ты меня никогда не жалел и до сих пор не жалеешь! Ну зачем ты мне звонишь?! Чтобы я плакала?! Плакала, да?!

— Нина, прекрати истерику!

— Все было так хорошо, пока ты не позвонил! — прорыдала она. — Просто отлично! Я в гости собиралась и в магазин с Катькой! А ты все испортил! Ты все время мне все портишь!..

— Я ничего не портил. — Как всегда, когда она начинала рыдать, он становился увереннее, словно ее слезы придавали ему силу. — Я просто позвонил!

— Зачем?!

— Чтобы пригласить тебя.

— Куда?!

— На свидание, — тихо сказал он. — Я хочу пригласить тебя на свидание.

Ниночка перестала реветь — глаза моментально высохли — и села в золоченое креслице. Она помнила, что где-то там чашка и роза, и села осторожненько, на самый краешек.

— Как — на свидание? — уточнила она. В носу было колко и мокро, она пошарила сзади, потащила голубой шелк и вытерла нос краем кружевного пеньюара.

— Как, как! — вспылил муж. — Как люди ходят на свидания?!

— Я не знаю, — растерялась Ниночка. — Я сто лет уже не ходила.

— Ну да, — протянул муж. Бывший, бывший, конечно! — Можно подумать!..

— Не ходила, — зачем-то подтвердила Ниночка. — А... куда мы пойдем?

— А куда ты хочешь?

— В Екатерининский парк, — выпалила Ниночка.

— Бац, — сказал бывший муж негромко. — Один-ноль.

— Ну да, — подтвердила Ниночка, зачем-то встала с кресла, подошла к зеркалу и взялась за лоб. Чашка упала на пол, покатилась, загремела, но не разбилась. — А потом на улицу Куйбышева.

— В кафешку?

— Ну да, — повторила она. — Ну, если, конечно, ты имеешь в виду настоящее свидание!

— Самое настоящее, — подтвердил он, вздохнул и добавил: — Два-ноль.

— Да что ты там считаешь?! — вдруг возмутилась она. — Иди на свой футбол и считай там!

Он захохотал. Громко и радостно, как когда-то давно. Она сто лет не слышала, чтобы он так хохотал.

Все-таки она сильно его любила — в те времена, когда они ездили гулять в Екатерининский парк, а потом ели курицу в кафешке на Куйбышева.

Он потом говорил, что женился на ней как раз из-за курицы, и это тоже было смешно.

Он говорил: «Съесть курицу в общественном месте, да еще на свидании, — это целая история! Как ее есть и не выглядеть при этом людоедом или, в крайнем случае, пожирателем ни в чем не повинных зверей и птиц?! А ты ее ела так красиво, что я сразу решил на тебе жениться!»

— Значит, Екатерининский и курица, — подытожил бывший муж в трубке. — Общий счет два-ноль. Когда?

— Завтра?

Она думала, он скажет: у меня расписание. Ну, ты же знаешь, как я занят! У меня встречи расписаны на месяц вперед. Давай пятнадцатого числа, но четырнадцатого контрольный звонок для подтверждения. Только ты мне обязательно напомни, что мы договаривались!

Она думала, он скажет: что это ты так моментально согласилась, да еще хочешь прямо завтра?! Или ты на самом деле поверила, что у нас свидание?!

Он сказал:

— А чего не сегодня?

— Да я на вечеринку иду! — с досадой воскликнула Ниночка. — Московская знаменитость приезжает, только один концерт, и всякое такое! Я обещала!

— А знаменитость... какого рода?

— Господи, да никакого! Никас, певец, ты таких не слушаешь!

Муж почему-то опять захохотал:

— Певец Никас?! Ну, ты даешь! А ты что, фанатка, что ли?!

— Дим, ну слушаю я его, ну и что?! Он про любовь поет! А что ты так веселишься-то?!

— Ты вроде никогда не была дурой, — сказал муж весело.

— Да почему сразу дурой, я не понимаю?! Его все слушают! А тебе бы только ржать!..

— Да нет, нет, — спохватился он, — я не ржу! Так просто, смешно немного. Я тебе потом расскажу. А концерт этого Никаса сегодня, что ли?

— Он еще не приехал! Концерт завтра, и приезжает он завтра! А сегодня пре-пати, будет весь бомонд!

— Что сегодня?! — поразился муж.

— Ах, боже мой, пре-пати! Ну, вечеринка такая! Вечеринка — «пати», по-английски! «Пре», потому что перед! Перед концертом! Будет его продюсер, какие-то журналисты. Телевидение будет!

— Оно тебе очень нужно!

— Нужно, представь себе! И вообще, зачем ты меня приглашаешь на свидание?! Чтобы издеваться, да?!

— Нет, — быстро сказал он. — Завтра так завтра, я согласен. Я за тобой заеду. Во сколько?

— В пять. Нормально?

Он сказал, что нормально, потом неуверенно добавил, что целует, и положил трубку.

Ниночка посмотрела на себя в зеркало. Щеки горели, и глаза были яркие, как будто накрашенные. Она наклонилась вперед, чтобы рассмотреть получше, хотя точно знала, что не красилась сегодня.

Все-таки она сильно его любила!..

Он учился в Москве, приезжал только по выходным, и они сразу мчались гулять в Екатерининский парк — ни в его, ни в ее квартире никак нельзя было «встречаться».

Ее родители считали, что он «неподходящая партия» — мальчик из коммуналки с Обуховской обороны, голь перекатная! Его родители тоже считали Ниночку неподходящей — избалованная девочка, дочка большого чиновника, которого никакая перестройка не утопила!

Родители могли считать все, что им заблагорассудится, а они гуляли в парке, поддавали ногами охапки осенних листьев, останавливались и слушали, как они шуршат, медленно опускаясь на землю. Однажды дворник их разогнал как раз за то, что поддавали листья ногами, и долго ругался и кричал им вслед, что вот сейчас наряд вызовет, надо же такому быть, никакого уважения к труду! Метешь, метешь эти листья, а потом какие-то малолетки их по всему парку разбрасывают, сами бы попробовали мести!..

Они убежали от дворника и долго хохотали за каким-то гротом — тогда Дима любил хохотать и делал это как-то на редкость вкусно, вот как сегодня по телефону, когда услышал про певца Никаса!

И поженились они тоже «своевольно» — пошли в загс и расписались, подумаешь, делов-то! И потом с независимым, гордым, испуганным видом сносили громы и молнии, которые оба семейства обрушили им на голову.

Монтекки и Капулетти из родителей все равно не вышло. Ниночкин отец вздохнул и купил «молодым» квартиру на Фонтанке, а Димочкин отец вздохнул и сказал: «Живите, чего уж теперь, раз поженились!»

Ниночкин муж быстро пошел в гору — папа помогал немного, да и Дима сам был не дурак. Ему понравилось зарабатывать, понравились деньги и простор, появившийся вместе с ними, вон как горизонты расширились!

Они много ездили, и все в экзотические страны, покупали машины, часы и колечки — Ниночка любила колечки! Все было устойчиво и незыблемо — и чудилось, что так будет всегда.

Должно быть, любителям морских круизов тоже казалось, что у них на «Титанике» все устойчиво и незыблемо и ничего не может случиться!

То, что было потом, Ниночка не могла вспоминать — сразу начинала плакать и задыхаться, как сегодня. Должно быть, и тогда она сильно Диму любила, потому что ей думалось, что как только он выйдет из квартиры на Фонтанке и его водитель отнесет в «Мерседес» чемоданы, она упадет замертво и задохнется — непоправимо, навсегда!..

Он вышел, и она не задохнулась.

Ниночка сидела на полу, на шелковом ковре, который они вместе когда-то долго выбирали в турецкой лавке. Она сидела, держалась обеими руками за ножки кресла, чтобы не завалиться на бок. Она была уверена, что, как только упадет на ковер, горе навалится сверху и задавит ее, как убийца наваливается на жертву и душит, пока та не перестает дышать.

Она сидела и смотрела на сложные шелковые узоры и силилась вспомнить, сколько узлов приходится на сантиметр. Турок, продавший им ковер, говорил, что очень много — сто, а может, тысяча, что ли! В Ниночкиной жизни нынче тоже все завязалось узлом — а может, сотней или тысячей узлов, и развязать их нельзя, невозможно!..

— Я от тебя ухожу, — сказал ей поутру муж после чашки кофе. — Я больше так не могу! Все это вранье мне надоело!

Ниночка даже не поняла, какое именно вранье!.. Она настолько ничего не поняла, что засмеялась, обняла его за голову, звонко чмокнула в макушку и спросила, когда они поедут к родителям. Была суббота, родители ждали их в Парголове на шашлыки.

Дима сказал, что к родителям они не поедут, зато он поедет к женщине, которую полюбил. Он так и сказал Ниночке — я полюбил женщину, как будто до этого любил мужчину!

Ниночка смотрела на него недоверчиво, пока не поняла, что он всерьез собрался уходить! Должно быть, любители морских круизов на том самом «Титанике» тоже недоверчиво смотрели на океан, не понимая, что именно этот самый океан собирается с ними сделать.

А он всего лишь собирался... убить. Непоправимо, навсегда.

Говорят, что ничего не бывает «просто так», что любая женщина непременно чувствует «эти вещи» — если не знает точно, то догадывается «спинным мозгом».

Ниночка не догадывалась. И он ушел.

Его нечем было остановить — отец давно уже не имел на него никакого влияния, а детей, которые могли бы хватать папочку за колени и кричать «Не бросай мамочку!», у них не было.

Впрочем, остановить человека, который хочет уйти, невозможно, а Ниночкин муж очень хотел уйти.

Кроме того, он еще очень хотел, чтобы Ниночка осталась виноватой. Должно быть, собственное чувство вины оказалось для него непосильной ношей и он никак не мог с ней справиться! Он пыхтел под ношей, вздыхал, силился ее сбросить, и ничего у него не получалось.

Они прожили вместе почти десять лет. Говорят, что с возрастом люди меняются, и мир вокруг меняется, и очень сложно, почти невозможно остаться вместе, ибо нет никаких гарантий, что второй будет меняться точно так же, как и первый, в ту же сторону, с тем же креном, поворотом, радиусом — черт знает, с чем еще!.. Ниночка и ее муж ничего такого не знали ни про крены, ни про повороты, они просто жили вместе, и им было весело!..

Пусть это очень глупо — но правда. Так оно и было.

Екатерининский парк и курица в кафешке на углу улицы Куйбышева остались в прошлом, но и парк, и кафешка как будто грели их, подбадривали, утешали, словно два старика, провожающие молодых добрыми понимающими взглядами!..

Ничего, обойдется, ведь есть же мы, а мы все на свете знаем, знаем, как бывает нелегко, почти невыносимо, но потом ведь налаживается!..

Пока есть «мы», есть и все остальное — опавшие холодные растопыренные листья, и очень синее осеннее небо, и лужа, в которую, помнишь, она провалилась, и ты все хотел отдать ей свои носки и стеснялся, потому что они были бумазейные, истончившиеся на пятках, а она — фея! Разве фею можно нарядить в такие носки?! И собака, шуршавшая носом в этих самых листьях, тоже была. Вы все мечтали, что у вас когда-нибудь будет собственная квартира и собака. Обе, и квартира и собака, непременно громадные и очень уютные! И какие-то последние денежки мелочью, которые ты наскреб ей на книжку в магазине Зингера на Невском! Ей понадобилась книжка по русскому искусству, она тогда, кажется, какой-то экзамен сдавала, а книжки не было. Вы зашли в магазин просто так, ни на что не надеясь, и книга там стоит! И вам подали ее с полки, тяжелую, глянцевую, немного самодовольную и очень красивую, и стоила она бешеных денег! У тебя никогда не было денег, и твоя девушка всегда была гораздо богаче, но — странное дело! — тебя это почти не волновало, словно уже тогда ты был уверен, что настанет день, когда ты сможешь купить ей не просто книжку, а целый книжный магазин вместе с покупателями и продавцами!.. Но тогда ты наскреб на эту книжку и был страшно горд собой, и она приняла ее у тебя, прижала к себе и прошептала, как нечто очень интимное, что непременно расскажет маме, какой царский подарок ты ей сделал сегодня!..

Есть «мы», и есть то самое главное, чего нет почти ни у кого, — интерес друг к другу!.. Пока интересно, можно жить, не опасаясь, что все кончится в одночасье, ведь это такая редкая штука — интерес!..

Вот как раз в одночасье все и кончилось!

Муж ушел, а Ниночка осталась сидеть на ковре с единственной мыслью — как бы не упасть на пол, чтоб не задохнуться!..

Он ушел, она осталась, а он стал придумывать себе оправдания — из-за чего ушел! Никто его ни о чем не спрашивал, но он все равно придумывал! Поначалу Ниночке казалось, что самое трудное — это сидеть на ковре, в страхе, что вот-вот задохнешься, а выяснилось, что самое трудное — узнавать, как сильно он ее не любил все эти десять лет!..

Ты разрушила. Ты не понимала. Ты никогда!.. Ты только о себе!..

Я даже не знал, что ты такая! Я думал, что!.. Я больше так не мог!..

Мы больше не можем вместе! Мы должны отдохнуть! Мы стали другими!

И вообще, никаких «нас» нет. И не было никогда.

В довершение всего пришла бумага из райсуда. В этой бумаге, написанной его рукой, было сказано,

31

что «взаимопонимание утрачено», «совместная жизнь фактически не ведется с такого-то числа такого-то месяца», «имущественных претензий не имеется».

Про то, что «не ведется и утрачено», Ниночка читала весь день. Притягательная, как орудие убийства, бумага лежала на столе. Ниночка подходила и читала снова и снова — «имущественные претензии... непонимание... прошу дать развод».

Потом откуда-то взялась Катька Мухина, оттащила ее от этой бумаги, надавала по щекам, потому что Ниночка все рвалась перечитывать. Ей казалось страшно важным запомнить все формулировки!

Словно мало было ему бумаги, он звонил и вновь и вновь повторял, что любит другую. Давно и сильно. Она талантлива, умна, хороша собой, и той, другой, очень нужна его поддержка.

Я все равно с тобой разведусь, ты можешь даже ничего не придумывать!

Ниночка ничего не стала придумывать. И они развелись.

Судье, усталой молодой женщине с приятным равнодушным лицом, Ниночка сказала, что не возражает против развода.

— Может, подумаете еще немного? — предложила судья. — Никто вас не торопит! Какая разница, когда разводиться, можно ведь и через месяц?!

Ниночка сказала, что они разведутся именно сейчас. Ее муж должен поддерживать молодых и талантливых.

— Да бросьте вы дурака валять, — негромко сказала судья, потом оглянулась на какую-то барышню преклонного возраста, кутавшуюся в неаппетитный коричневый платок, и велела не записывать это в протокол. — Ну, побегает он и перестанет, в первый раз побежал, что ли!

Ниночка была снисходительна к усталой молодой

судье — та ведь не знала про парк, про собаку, про книжку и про то, что все десять лет им было *интересно* друг с другом!..

Ее родители сказали: наплевать и забыть! Ты молодая, красивая, у тебя все впереди! Хочешь в Париж, девочка? Тебе обязательно нужно в Париж, чтобы немного прийти в себя!

Его родители сказали: мы так и знали! Все равно ничего путного бы не вышло! Сын вкалывает день и ночь, а жена, бездельница, только тратит, только тратит! Да и ушел он по-мужски, все ей оставил! Чего еще надо! Может, хоть теперь он будет счастлив, заслужил!..

Но словно и этого всего было мало, муж, как-то моментально и необратимо ставший бывшим, продолжал Ниночке звонить, говорить, как хорошо ему нынче, как он от нее устал. Еще он говорил, что она всю жизнь прожила за его спиной, что тянула из него жилы, что она всегда умеет удобно устраиваться на чужом горбу — это Ниночка уже слышала от свекрови, именно ее интонации вибрировали в голосе бывшего мужа!..

Ее привела в себя, как ни странно, Катька Мухина. Катька, вечно несчастная, шмыгающая носом от хронического питерского насморка, потерявшая родителей, а вместе с ними, казалось, всякий интерес к жизни.

Катька приходила и сидела с Ниночкой, словно с больной, днями и ночами. Сначала она сидела молча, а потом стала рассказывать, как живет. Будто Ниночка этого не знала!..

В конце концов, они вместе выросли — когда-то Ниночкин папа руководил министерством, в котором начинал Катькин папа, или наоборот, впрочем, неважно!.. В детстве Ниночку часто привозили в Белоярск на каникулы, и Любовь Ивановна, Катькина мать, угощала их диковинным вареньем из крыжовника. Варенье называлось «брежневским». Из каждой ягодки была вынута сердцевинка, а на ее место вложен грецкий орешек. Ягоды были прозрачными, янтарными, варенье тягучим, остреньким, кисло-сладким — кажется, в сироп еще добавляли лимон. Любовь Ивановна заставляла девчонок «чистить ягоду», и они часами сидели на террасе, залитой солнцем, и прилежно ковыряли ножиками крыжовник, и руки у них были липкие и сладкие, с прилипшими крыжовенными хвостиками. Ниночка с Катькой маялись, ныли, ягоды на громадном подносе как будто совсем не убавлялись! Девчонки ныли, но знали, что потом, после ягод, их отпустят купаться, и они побегут наперегонки к Енисею, а Любовь Ивановна вслед им будет кричать, чтобы ни в коем случае не заплывали на стремнину — опасно!

Катька как-то очень неудачно вышла замуж, Митька, ее брат, вырос и стал попивать, и все пошло наперекосяк. Митю Ниночка почти не знала, он был старше, рано уехал в Москву и в Белоярск наезжал редко. Но когда приезжал, у девчонок был праздник — никто лучше его не умел придумывать интересные штуки, например отпроситься у матери в ночное с конюхами. На губернаторской даче всегда держали лошадей, и в ночном было таинственно, загадочно и немного страшновато.

Огонек бакена покачивался на темной реке, звезды мигали, как будто неведомый ветер вечности ерошил их. Сладко пахло какой-то травой, местные называли ее «медуницей» или «божьей метелкой». Лошади хрупали, вздыхали и переходили с места на место.

Никогда потом Ниночка не видела такой темной реки с бакеном и плотом, под которым шумела вода, не слышала такого теплого шелеста летнего ветра в старом осокоре, потрескивания веток в костре, мирного, успокаивающего хрупанья лошадей!..

Все было — сады Ватикана, развалины Рима, пляжи Варадейро, скальные монастыри Кападокии, а такого — никогда.

Катька после университета осталась с мужем в Питере, и они с Ниночкой стали было изо всех сил дружить, теперь уже как взрослые замужние дамы, но это оказалось сложно — Генку Зосимова Ниночка очень быстро возненавидела лютой ненавистью!..

Катьке он не давал никакой жизни, считал ее деревенской дурой, очень быстро стал обманывать — Ниночка обман замечала, а Катька нет, как будто жила с завязанными глазами и заткнутыми ватой ушами! Ниночка сердилась и пыталась «открыть подруге глаза на правду», что, как известно, дело гиблое и неблагодарное. Катька сердилась, не верила ни одному ее слову и считала, что Ниночка хочет «разрушить ее счастье»!

Счастье очень быстро разрушилось само по себе.

Ниночкин муж ушел к молодой и талантливой.

Катин муж, наоборот, изо всех сил старался, чтоб жена ушла сама — ему некуда было деваться, он жил в квартире, купленной тестем, и на денежное довольствие, выдаваемое тем же тестем!.. Катя все не уходила, и Генка совершенно ее извел.

Тогда, после Ниночкиного развода, Катя приходила к ней и рассказывала, как именно Генка ее изводит. Она рассказывала очень просто, словно не о себе, ну, вот будто кинокартину пересказывала!.. Поначалу Ниночка не слушала, сидела или лежала на диване совершенно безучастно, а потом стала слушать, и вдруг оказалось, что ее, Ниночкина, жизнь не идет ни в какое сравнение с Катькиной!.. Вдруг выяснилось, что Ниночкин муж — молодец, умница, честный человек и практически герой-мужчина, хотя бы потому, что бывшую жену из квартиры не выживал, делиться не требовал, новую «молодую и талантливую» подругу Ниночке не демонстрировал! Из Катькиных историй следовало, что развод значительно лучше, чем ежедневная пытка жизнью «вместе», когда один день и ночь изводит другого, а другой вяло сопротивляется!..

Наслушавшись историй, Ниночка принималась Катьку утешать и строить планы избавления от Генки, один замысловатее другого, — развестись просто так было почему-то нельзя. Кажется, из-за квартиры, огромной квартиры на Каменноостровском, которую покойный Анатолий Васильевич, Катькин отец, купил дочери на свадьбу.

Вроде бы были составлены и подписаны документы, согласно которым квартира целиком и полностью завещалась Кате на вечные времена, но... с отсрочкой. То есть пока был жив губернатор Мухин, квартира была его собственностью, а после его смерти по наследству переходила к Катьке, только не сразу, а спустя несколько лет. В этой квартире можно было жить сколько угодно, но ее решительно нельзя было ни продать, ни поделить, по крайней мере до той поры, пока не закончится «отсрочка», а папаша Мухин срок назначил — дай боже! Лет семь, что ли!.. Анатолий Васильевич, громогласный, решительный, прямолинейный, как проспект в только что отстроенном микрорайоне, да к тому же еще и губернатор огромного сибирского края, был совершенно уверен, что все отлично придумал!.. Он собирался жить вечно, и ему казалось, что даже если он чего-то там недодумал, в случае необходимости он исправит, нажмет на кнопки, задействует нужных людей, и девочка без защиты уж точно не останется!

Он умер, и Любовь Ивановна умерла тоже, и девочка осталась одна, без всякой защиты и с братом-алкоголиком на руках!..

У Кати не было сил и решительности, чтобы развестись с Генкой. Ему нужна была квартира его дурищи-жены, которая оценивается в миллион! А может, и в два! Ее можно было продать и поделить только по истечении отсрочки, и никак иначе, вот как все придумал изверг-губернатор! Разводиться раньше Генке было нельзя — он пролетел бы мимо квартиры, не получил бы ничего, вообще ничего, а сумма была огромной! Да что там говорить, половина стоимости квартиры и то была столь велика, что у Генки от сладких мыслей о таких деньгах захватывало дух.

Ниночка сто раз твердила — разводись да разводись, но Катя боялась Генки, по-настоящему боялась, и только охраняла свои бумажки, подтверждавшие право на наследство, втягивала голову в плечи, молчала, пряталась и о разводе даже думать страшилась, и Ниночкины планы избавления от Генки никак не могли осуществиться!..

Ниночка легко вздохнула от воспоминаний, рассматривая в зеркале собственное неприлично веселое и счастливое лицо.

Нужно срочно звонить Катьке. Объявить, что они едут в магазин за нарядами, а потом на вечеринку! Она, конечно, заартачится, но Ниночка ее уговорит. И еще нужно рассказать про бывшего мужа, который назначил ей свидание! Самое настоящее свидание, как когда-то, вот Катька удивится!..

Ниночка позвонила, быстро обработала подругу на предмет похода по магазинам, еще полюбовалась на себя в зеркало — хороша, хороша, ничего не скажешь! — и стала собираться.

Обратный отсчет начался. Времени у нее осталось совсем немного, но она, конечно, не знала об этом. А если бы узнала — не поверила.

У костюмерши так тряслись руки, что перья, которыми был по рукавам обшит пиджак, медленно колыхались, словно от ветра.

— Сколько раз можно говорить?! Ну, сколько?! Ну почему вы все такие скоты?! Я плачу вам зарплату, я вас из грязи тащу, а вы не люди, вы животные! Жи-вот-ные!..

Кажется, ему понравилось это слово, потому что он вдруг бросился в соседнюю комнату и заголосил оттуда:

— Жи-вот-ны-еее!

И еще матом, так и сяк и наперекосяк!..

— Чтоб ты сдох, — в неизбывной тоске пробормотал водитель Владик, и костюмерша отшатнулась от него в испуге. Ее слезы капали прямо на сценический костюм, обшитый перьями.

— Сопли подбери, — брезгливо посоветовала Хелен. — Пиджак изгваздаешь, а в нем вечером выступать!

Хелен работала директором у Никаса, восходящей звезды эстрады, и при ней пожелать звезде сдохнуть, хоть бы и шепотом, было равносильно самоубийству! Поговаривали даже, что у звезды с директрисой роман, но точно было неизвестно, и свечку никто не держал!

— Я не виновата, — прошептала костюмерша и торопливо вытерла слезы. — Я правда не виновата!.. Я когда у них спросила, брать или не брать фиолетовые ботфорты, они мне сказали, что не брать! Ну, я и не взяла!

— А своих мозгов вообще нет, — констатировала Хелен ядовито. — То есть в принципе отсутствуют!

Наташа опять залилась слезами, а Владик посмотрел в окно. Там в холодном осеннем небе неслись облака, и макушка какого-то храма сияла золотом, крест отражал солнце.

«Должно быть, хорошо там, на воле, — подумал Владик и почесал за ухом. — Много машин, людей, интересных дел!.. И город живет, нервничает, опаздывает и успевает, не справляется с делами, суетится, тоскует и веселится. В парках уже листья полетели, и по утрам, когда еще мало машин, в воздухе тонко пахнет прелой осенней прелестью, и от реки свежо, и хочется гулять с милой по этим самым паркам, думать о хорошем, ждать холодов!..

А у нас тут сплошные фиолетовые ботфорты, слезы в три ручья и уж вовсе ничего хорошего.

Уйду я с этой работы, пропади она пропадом, вдруг решил Владик. Вот в Питер слетаем, получу зарплату и уйду, ей-богу!..»

Ему вдруг моментально полегчало, даже в глазах просветлело, и он ткнул локтем в бок опростоволосившуюся костюмершу. Она глянула несчастными, зареванными кроличьими глазами.

— А чего, сейчас-то нельзя упаковать? — спросил Владик быстрым шепотом. — Мы же еще не улетели!

— Самый умный, да? — Хелен захлопнула ежедневник с такой силой, что из него вывалились какие-то бумажки и упали на пол. Наташка кинулась поднимать, и поверх ее головы директриса и водитель посмотрели друг на друга.

Она — с ледяным, равнодушным, гадливым презрением. Он — простовато, виновато, глуповато.

Болван — вот что означал ее взгляд.

Врешь, не возьмешь — означал его!..

— Так я что, Елена Николавна, — весело сказал Владик. — Я только в том аксепте, что ботфорты эти гребаные можно еще в чемодан подпихнуть!

— Говорить сначала научись, — посоветовала Хелен и почти вырвала у Наташи листочки, — а потом меня учи! Не в аксепте, а в аспекте!.. И сколько раз я говорила, за нецензурщину буду штрафовать беспощадно! С тебя десять баксов.

— За что?!

— За гребаные, — не моргнув глазом сообщила Хелен. — Давай.

— Да елкин корень! Да нету у меня с собой баксов, Елена Николаевна!

— Давай деревянные, по курсу. Или двух сотен тоже нету? Обеднел совсем?

Владик сверху вниз посмотрел на нее, желваки прошлись по скулам, и в глазах появилось нечто совсем нехорошее, куда хуже «нецензурщины». Наташа вдруг за него испугалась.

Наговорит сейчас лишнего, и они его уволят — эта мегера и тот истерик, что завывает из соседней комнаты!.. Его уволят, и вообще ни одного нормального человека не останется, все сплошь... нильские крокодилы!

Испугавшись, Наташа ринулась поднять еще что-то с пола — якобы листочек за диван завалился, — споткнулась и носом ткнулась в могучее водительское предплечье. Он аккуратно поддержал ее, и то опасное, что было в его глазах, спряталось, слава богу!

— Деньги давай и проваливай в машину. Мы через пятнадцать минут поедем! Если тачка опять грязная, как третьего дня, будешь ее на моих глазах языком вылизывать. Всю! Как начнешь с ковриков, так на крыше и закончишь, понял?

— Понял, — помедлив, сказал Владик Щербатов. — Чего ж тут непонятного! Языком, значит, как начну, так и... закончу.

Почему-то это прозвучало на редкость неприлично, настолько неприлично, что Наташка вся закраснелась и выпустила его руку, а Хелен вдруг сообразила, что это он ее так... послал. Именно ее, и именно послал, и если бы он сделал это матом, было бы совсем не так оскорбительно!..

— Да сколько можно, мать вашу!.. — донеслось из соседней комнаты, потом что-то упало, и всхлипнул рояль. — Сколько я буду терпеть этот базар, так вас и разэдак!.. Хелен, разгони придурков и зайди ко мне!..

Директриса замахала руками на подчиненных, зашипела, стала делать знаки лицом. На водителя она не смотрела.

— Убирайтесь к чертовой матери отсюда!

— А... а ботфорты?

— Чего ботфорты?! Багаж уже отправлен! Пошла вон!!

— Может, мне их... к себе... в чемодан, а?

— Да эти ботфорты стоят, как твоя малая родина вместе с папашей и мамашей! В чемодан к себе она их засунет! Дура!

Костюмерша прижала руки к груди, словно умоляя дать ей последний шанс, позволить исправиться, но Владик вытолкал ее в коридор, а оттуда на лестничную площадку.

— Ну!.. Ну, Владик, что ты делаешь?! Ну, что мне теперь из-за этих ботфортов, повеситься, что ли?! Правда же, можно их в чемодан положить, и все!

Наташа оглядывалась умоляюще, бормотала, порывалась вернуться, а он все подталкивал и подталкивал ее в спину до тех пор, пока сзади не бабахнула тяжеленная бронированная дверь. Бабахнула так, что внизу, у консьержа, что-то запищало на пульте комариным писком.

— Владик!

— Давай-давай, двигай!..

— Нет, ну правда же можно!..

— Можно, можно. Шевелись, говорю!

Рысью они сбежали по широкой лестнице на первый этаж, и охранник выглянул из своей стеклянной будочки.

— А, Владь, здоров!

— И тебе не хворать!

И они с охранником с размаху пожали руки, не просто так, а со значением, весело и внимательно глядя друг другу в глаза.

— Что там у вас? Опять концерт на дому?

— У нас каждый день концерт, елкин корень! Ты пищалку-то выключи!

— Да она от каждого шороха срабатывает, а у вас сегодня шороху много что-то!

Владик покивал, и все той же рысью он и Наташка выскочили на широкое мраморное крыльцо под козырьком в палладианском стиле[1], тут только остановились и посмотрели друг на друга.

— Ты чего меня утащил? Я бы ей сказала...

— Сказала! Да ты уж сказала! И она тебе сказала, и он тоже, все сказали!..

— Владь, ну я не виновата! Она мне про эти ботфорты ни одного слова, а он вообще!..

Водитель неторопливо достал из кармана сигареты, поковырялся в пачке, как будто выбирал ту, что получше, нашел и сунул в рот.

— Да нет, ну я и вправду не виновата, Владь! Ты мне веришь?!

— Февю, — невнятно из-за сигареты ответил Владик.

— А они не верят! Я же никого не обманываю! Я всю ночь костюмы гладила, по кофрам развешивала, бирки пришивала, а тут эти ботфорты!..

— Дура ты, Наташка, — необидно перебил Владик и зачем-то дернул ее за нос. — Балда.

— Почему... я балда? Ты тоже меня ругать будешь, да?

— У тебя мамка с папкой где? — душевно спросил Владик и помахал у нее перед носом, разгоняя дым. Наташа глазами проводила его руку — широченную, загорелую, с обручальным кольцом.

— Ну, приезжая я, ну и что?! Подумаешь, какой москвич выискался!

---

[1] Палладианство — направление в европейской архитектуре XVII — XVIII вв., ветвь классицизма. Представители Кваренги, Камерон, Н. Львов следовали созданным А. Палладио типам городского дворца, виллы, церкви. *(Прим. ред.)*

JK > ДЬ, ПО СЛУХАМ, ОДНА!

Наташка всхлипнула и отвела глаза, словно собиралась признаться в чем-то постыдном.

— В... в Козельске.

И быстро посмотрела на него, не засмеется ли. Он не смеялся, смотрел сочувственно, только все равно какая-то чертовщина была у него в глазах. Наташа уже не первый раз замечала эту чертовщину и не могла найти ей определения.

— Это за Калугой где-то, да? Лжедмитрий, что ли?

Она понуро пожала плечами.

— Татары Козельск разорили. Это нам еще в школе рассказывали! Какой-то хитростью заманили князя в Орду и там убили.

— А князя как звали?

Наташка моргнула. Глаза у нее были серые, прозрачные до самого донышка, как осенняя вода в чистом озере.

— А тебе зачем?! Кажется... кажется, Михаил Всеволодович его звали. Князь Черниговский! А потом эти земли к Литве отошли, в четырнадцатом веке. — Она улыбнулась. — Я, когда маленькая была, часто думала — вот бы хорошо, если бы мы в Литве остались. Представляешь? Чистенько, аккуратненько, никаких тебе пьяниц-алкоголиков, ни драк, ничего!.. Цветы на подоконниках, занавески кружевные, кофем пахнет.

— Не кофем, а кофе.

— Зачем нас из Литвы обратно отдали?

— Так это когда было! — протянул Владик.

— Ну и что! — упрямо сказала Наташка. — Все равно! Не отдавали бы, я бы, может, и в Москву вашу не поехала! Сдалась она мне, если бы я в Литве жила!

Тут она вдруг сообразила, что говорят они о чем-то очень странном, и воззрилась на Владика:

— А ты... зачем меня про Козельск спрашивал? И про маму с папой?!

— Да просто так. На всякий случай.

— На... какой случай?

— А на тот, что если выкинут тебя, как кутенка безмозглого, ехать недалече, и есть куда! А это, когда мир приезжаешь покорять, — первое дело!

— Меня, значит, выкинут, а тебя не выкинут?!

Владик засмеялся и покачал головой. Потом взял ее за щеки и придвинул ее ухо к своим губам, как будто собирался сказать какой-то секрет. Наташка замерла.

— Меня выкинуть никак нельзя. Вот сам уйти могу, это точно, а выкинуть меня!.. — И тут он смешно присвистнул. — Никак.

— Почему?

Он докурил, бросил сигарету в урну, попал и сказал глупость:

— Много будешь знать — скоро состаришься! Пойдем в машине посидим, холодно!

— Нет, ты мне скажи, почему тебя нельзя уволить?

— Не скажу, — серьезно ответил Владик. — Но вот нельзя. Никак нельзя. Только я думаю, что сам вскорости... того. Восвояси уберусь. Это, знаешь, Наташка, не работа, это... — Он поискал слово, но, видимо, лезли все те, за которые Хелен штрафовала провинившихся, и Владик в конце концов договорил с видимым усилием: — Это публичный дом какой-то! И тебе нормальную работу нужно искать.

— Да, нормальную?! Это какую? На завод «Серп и молот», что ли, идти? Там одни алкоголики и старики! А здесь жизнь, блеск, красота! И Никас! Я когда девчонкам звоню и рассказываю, у кого работаю, они все визжат и в обморок падают!

— А чего они визжат и падают?!

— Как чего? — Наташка даже носом шмыгать перестала и воззрилась на Владика. — Это же Никас! Никас! От него все теперь балдеют!

— Да как от него можно балдеть, а? Маленький, щуплый, голос... педерастичный какой-то!

— Сам ты такой, — перебила вмиг обидевшаяся «за Нискаса» Наташка. — У него нормальный голос! Теперь это называется «унисекс»!

— Да нет никакого унисекса и не было никогда, — с силой сказал Владик. — Это придумали козлы какие-то, а вы за ними повторяете! Когда мужик на бабу похож — это никакой не унисекс, а ошибка природы! А наш этот — точно ошибка! Да еще характерец не дай боже!

— Просто он талантливый, — убежденно сказала Наташка. — А талантливые все такие. А как поет, как поет! Заслушаешься! И голос красивый, зря ты!.. И без него теперь ни один концерт не обходится, и диск он скоро выпустит! На звезду работать — это не каждому в жизни такое счастье выпадает. Да еще платят мне!..

Владик смотрел на нее с насмешливой снисходительностью, как профессор математики на первоклассника, объясняющего ему, что циркуляция вектора по контуру равна потоку ротора данного вектора через натянутую на контур поверхность.

— Платят, — повторил он, как тот самый профессор математики. — Тебе когда в последний раз зарплату давали?

— В июле, ну и что?!

— А то, что послезавтра октябрь начинается! Ох, вы, бабы, дуры! Все дуры, как одна!

— Можно подумать, что мужики лучше!

Тут он вдруг взъерепенился:

— Я-то здесь по необходимости, и то сил моих больше нет, уволюсь к едрене фене! И зарплату мне, слава богу, не Никас твой платит! А ты по собственной воле торчишь в... серпентарии и удивляешься, когда тебя гадюки кусают!

— А кто тебе зарплату платит? — помолчав, спросила Наташа. — Ну, если Никас не платит, кто тогда? Хелен, что ли?

Владик и сам был не рад, что в запальчивости сболтнул лишнего, поэтому рявкнул:

— Да, Хелен, кто же еще! Хочешь на холоде торчать — торчи, а я в машину пойду, греться!..

В окне на третьем этаже дома в палладианском стиле дрогнула занавеска, и Никас сказал горестно:

— Почему все люди такие сволочи? — И задумчиво постучал себя по румяным губам мягкой кисточкой, свисавшей с кружевного полотнища. И оглянулся на Хелен.

Та с готовностью пожала плечами. Она стояла в центре ковра, на голубой розе, и сесть ей Никас не предлагал.

Он сделал круг по комнате, поглядывая на своего директора. Она все стояла, неподвижная, как сфинкс, глаза долу.

Ну и черт с тобой, думал Никас с некоторым злорадством. Хочется тебе изображать статую — валяй, изображай! Это тебе только кажется, милая, что ты здесь главная! Я-то точно знаю, *кто* главнее!

Он еще походил немного, поглядывая в многочисленные зеркала. Однажды в какой-то передаче Никас слышал, что обилие зеркал в помещении — признак утонченной натуры, и зеркала у него были развешаны всюду. Там, где их невозможно было повесить, они стояли у стен. Пространство ломалось и дробилось самым причудливым образом, и иногда сам хозяин, позабыв, где зеркальный обман, а где реальность, ударялся лбом в гладкую холодную поверхность!..

— Ну что? — громко спросил он, остановившись перед каким-то зеркалом. — Что мне теперь делать?! Менять всю концепцию только из-за того, что какая-то коза валдайская забыла про мои ботфорты?! А это, между прочим, твоя работа — следить за уродами! Почему ты не следишь?! А?!

Тут Никас наклонился вперед и любовным движением погладил себя по щекам.

Щеки были упругие, гладкие, и Никасу они нравились. Лоб тоже был хорош — ни одной морщинки, ровный, розово-персиковый загар, как у ребеночка. Он нагнулся к своему изображению и ковырнул кожу возле виска. Что-то ему показалось, вроде там прыщик!

Хелен шевельнулась у него за спиной, кажется, переступила ногами, замучилась стоять неподвижно! Вот дурища, еще глупее остальных! Те-то хоть ни на что не претендуют, а эта в самом деле думает, что она умная и сильная и может перехитрить его, Никаса!

Впрочем, женщинам частенько кажется, что они умнее мужчин! Тут Никас засмеялся тихонько.

— Ну, что ты сопишь, как поливальная машина?! Давай, давай! — Никас сделал энергичный жест, и зеркальный Никас сделал то же самое. — Звони Боре, пусть приезжает, привозит всю программу, будем переверстывать! И все минусовые фонограммы тоже! Я же не могу петь «Розы в пепле» без ботфортов!

— А может быть, все-таки...

— Что?! — взвился настоящий Никас, с удовольствием поглядывая на взвившегося Никаса зеркального. — Ничего не «может быть», и ничего не «все-таки»! Это твоя работа! А ты ее не выполняешь!

— Давай я сама привезу эти ботфорты! Хорошо, пусть Наташка позабыла, ну, она идиотка, но мне-то ты доверяешь?!

Никас внутренне покатился со смеху, а снаружи обиженно насупился.

— Скажи, пожалуйста, как ты их повезешь?! В чемодане?! Ты засунешь в чемодан замшевые ботфорты, сшитые в Палермо на заказ, вручную?! То, что ты привезешь, я никогда не надену! Ни-ког-да! Потому что ты привезешь замшевые сапоги с вещевого рынка, а не мои ботфорты! Их же нельзя складывать! Их можно хранить только на распялке и в холщовом мешочке! Мне пришлось всем инструкции выдать, когда мы в прошлом году привезли эти ботфорты! Она их повезет! Видели вы ее?! Их надо было в контейнер! Заказать отдельный контейнер, и только так!

— Никас, ты не волнуйся, — попросила Хелен мужественно, хотя голос у нее слегка дрожал. — Ну, я что-нибудь придумаю! «Розы в пепле» — твоя лучшая песня, и ты не можешь, ну, просто не можешь ее не спеть!

Никас фыркнул, выглянул из-за зеркала и смерил Хелен взглядом зеленоватых, прекрасных глаз. Журналисты писали про его глаза, что они «неизъяснимые» и еще почему-то «монгольские». Должно быть, монголы журналистам нравились больше славян!

— Во-первых, — сказал Никас, пристально глядя на Хелен, которая замерла, как суслик, — «Розы в пепле» — говно, а вовсе не лучшая песня! Моя лучшая песня впереди, и она войдет в мировые хит-парады! И вот тогда я смогу всех посылать в задницу! Всех, и тебя тоже, дорогая, хоть тебе и кажется, что ты можешь обвести меня вокруг пальца! И все зрительское быдло пойдет в задницу, и эти так называемые продюсеры! Поняла?!

Хелен поспешно затрясла головой, соглашаясь.

— А во-вторых, если ты способна придумать, как спасти мой сценический костюм, то придумай уже! Только не гони пургу, что ты ботфорты засунешь в чемодан, ладно? Скажи хоть что-нибудь умное, ладно? Ты же считаешь себя умной девочкой!

— Никас...

Он распустил губы, изображая Хелен, и сделался почти безобразным.

— Что — Никас, Никас?! Ты про...ла ботфорты, вот и выкручивайся теперь.

На самом деле скандал с ботфортами был затеян только под плохое настроение — утром должен был звонить спонсор и почему-то не позвонил. А когда Никас, измучившись ждать, позвонил сам, ему вежливо ответили, что поговорить сейчас никак невозможно по причине отсутствия этого великого человека в офисе. И вообще, перевод осуществлен, звоните в банк, деньги должны быть на месте — как будто Никаса волновали исключительно деньги! Он кинулся звонить продюсеру, но тот — собака страшная! — елейным голоском сообщил, что у Никаса, мол, свои отношения со спонсором и он, продюсер, тут совершенно ни при чем. Никас продюсера отлично понимал. Спонсорские денежки до звезды обычно редко доходят. Звезду делает продюсер, он же и денежки находит, он же эти денежки имеет, а Никас все переиначил по-своему. Спонсор был его, личный, и продюсер пролетел мимо бабок на большой скорости, только облизнуться успел, и — фьють! — сдуло его! Прибыль от «чеса», да от ночных клубов, да от богатых корпоративных вечеринок продюсер, натурально, себе забирал, а вот до спонсорских денежек Никас его не допускал, ну, продюсер и обижался: денег там было до черта!

Кроме того, Никасу очень нужно было как следует покапризничать — так, чтобы все знали, что он обижен на весь свет! Ему позарез был необходим свободный вечер, всего один, и он мог его раздобыть, только насмерть перессорившись со своей свитой!

Ему частенько приходилось разыгрывать подобные драматические спектакли, чтобы освободиться от сопровождающих, особенно в последнее время. Он научился делать это виртуозно, можно сказать талантливо, убедительно, и, когда играл роль, внутренне подсмеивался над зрителями и одновременно участниками спектакля. Они казались ему тупыми крысами и слепыми кротами, и он мог манипулировать ими как угодно.

Плоховато, конечно, что директриса не вчера родилась и знает, что скандал с ботфортами — чепуха на постном масле, но что поделаешь?..

— Никас, — позвала Хелен. Вид у нее был восторженный, как будто она на самом деле только что нашла выход из сложнейшей ситуации по выводу орбитальной станции на геостационарную орбиту, несмотря на заклинивший двигатель. — Я, кажется, придумала!

— Ну что, что?!

— Мы положим твои ботфорты в контейнер, все как полагается, и Владик привезет их в Петербург на машине, а? Они поедут в полном комфорте, и нигде ничего не помнется, и ты сможешь выступать с «Розами в пепле»!

Никас подумал секунду.

— А кто такой Владик?

— Это твой водитель, — нежно, как маленькому, объяснила Хелен. — Ну, он только что здесь был, ты его видел!

— Можно подумать, я запоминаю водителей, — пробормотал Никас и сделал смешную обезьянью гримаску. — А что, в Питере у меня не будет другого водителя?! Обязательно нужен этот самый? Как его... Владик? — Никас прекрасно знал, как его зовут! — И вообще, я хочу, чтобы его не было! Ты можешь этого водителя уволить?

Хелен опять замерла.

Владика они уволить решительно не могли, потому что не они его нанимали, и это им не давало покоя.

— Никас, — осторожно сказала Хелен. — Давай решим вопрос с твоим костюмом, а потом, может быть, что-нибудь придумаем с водителем! И, конечно, в Петербурге тебя будет встречать лимузин и совершенно другой водитель, а этого, как только он привезет ботфорты, я отправлю обратно в Москву.

— И я его не увижу? — Никас зашел за следующее зеркало и посмотрел, как он выглядит в профиль. Выглядел хорошо, просто отлично выглядел!

— Если не захочешь, конечно, не увидишь!..

— Так вот, я его видеть не желаю, а больше всего я хочу, чтобы его не было. Совсем.

Тут Хелен, подуставшая от всей этой лабуды с ботфортами, дала маху. Ей бы пропустить мимо ушей, сделать вид, что ничего не слышала, или же немедленно вскричать, что Владик Щербатов завтра же или, лучше, уже сегодня будет, конечно же, уволен навсегда! Какая разница, будет или не будет, главное, кумир миллионов, так писали о Никасе желтые, как весенний цветок мимоза, газетки, вполне этим ответом удовлетворился бы! А Хелен, идиотка, ни с того ни с сего объявила мстительно-ангельским тоном, что Владик, к сожалению, — к ее величайшему сожалению! — останется на работе столько, сколько потребуется.

Хелен знала, что грянет гром, и гром грянул.

Никас завизжал, покраснел, затопал ногами, и на лбу у него вздулась переплетенная синюшная вена. Как бы удар не хватил, подумала директриса брезгливо.

Никас кричал, и слюна брызгала на зеркала, и это было отвратительно.

— ...твою мать!.. Ну, я еще тебе припомню, как ты мне ответила, сука!.. Не можешь уволить, так хоть молчи в тряпочку, а она рот разевает, вякает!.. Да как ты вообще посмела в моем присутствии рот разевать?! Я тебя кормлю, я тебя содержу! Да ты бы подстилкой бандитской была, если бы не я! Откуда ты взялась, сука, помнишь?! Как на коленях стояла, просила тебя на работу взять, руки мне целовала! Я тебя заставлю, я с тобой поквитаюсь, только гастроли эти ...ские отработаю!.. Жопа в дверь не пролазит, волосы... тьфу, па-

кость, а туда же — рот разевать! Ты работать сначала
научись, а потом рассуждай!..

Хелен решила, что лучше всего сейчас будет заплакать, и заплакала.

«Никас не любит слез. Сейчас он меня выгонит, а
там посмотрим!.. В первый раз, что ли? Ну, еще раз на
коленях постою и ручку поцелую, и что? Не сахарная,
не растаю!.. А унижение мы переживем. Мы еще и не
такое переживали, подумаешь!..»

Хелен закрыла лицо руками и зарыдала, как давеча
рыдала глупая костюмерша Наташка.

— Пошла вон отсюда, дура! — Никас замахнулся и
почти попал ей в лицо слабым, по-дамски сложенным
кулачком, но Хелен увернулась. Из-за прижатых к лицу
ладоней краем глаза она все время следила за его руками. — Не смей реветь! У меня концерты!!! Мне работать, а вы все!.. Вы!! Сволочи! Продажные шкуры, уб-
людки! И вы, и ваши водители!!! В гробу я вас всех!..
Чтоб вы сдохли, сволочи, суки!..

Все же директриса не могла уйти, пока он окончательно ее не отпустит, и продолжала стоять в центре
ковра на голубой розе и заливаться слезами.

— Убирайся отсюда! Немедленно! К чертовой матери! Проваливай в машину и сиди там с этим быдлом,
которого ты не можешь уволить!!! Пошла вон, кому
сказано!..

Тут уж Хелен отняла руки от лица, залитого почти
натуральными слезами, засеменила по ковру, подвер-
нула ногу — на самом деле! — и брякнулась на коленку.
Очень неудачно брякнулась, не на ковер и не на пар-
кет, а на стык паркета и плитки. Зеркальную плитку
Никас, утонченная и романтическая натура, тоже
очень любил.

Коленку вывернуло назад и вбок, как у кузнечика.
Словно раскаленным прутом хлестнуло по глазам. Хелен заскулила и поползла по зеркалам, на которые па-

дали ее очень горячие и очень соленые слезы, вдруг ставшие самыми настоящими.

— Вставай, сука! Что ты там ковыряешься?!

— Я... — хрипло выдавила Хелен. — Я не могу... Я, кажется, ногу сломала...

— Что ты врешь!!!

Из зеркала на полу прямо на нее надвинулось лицо нагнувшегося Никаса, и она зажмурилась, уверенная, что сейчас он ее точно ударит, а увернуться она не могла. Что-то сильно дернуло ее, так что затрещал пиджак, и, разъезжаясь ногами, как новорожденный теленок, Хелен оказалась стоящей на плитке. Никас сзади держал ее за воротник.

— Уймись, дура, — сказал он совершенно хладнокровно и ударил ее по щеке. — Что ты ревешь?

И ударил еще раз.

— Больно, — выговорила Хелен.

— Ты чего, вчера нажралась, что ли?! На ровном месте валишься! Копыта не держат! Уволю к свиньям, с волчьим билетом уволю, поняла, сучка?!

Хелен покивала, что поняла. Она стояла на одной ноге, а вторую держала на весу, как собака — подбитую лапу.

— Тогда пошла вон отсюда!.. И сегодня я тебя больше видеть не хочу! Все, проваливай!..

Певец толкнул ее к дверям, довольно сильно, так что она засеменила, чтобы не упасть, приволакивая ногу, которая не слушалась.

— Коза драная, — вслед ей негромко сказал Никас. — Водителя она не может уволить! Директор, мать твою!.. Я тебе устрою директорскую жизнь в полный рост! От говна до конца дней не отмоешься!..

Хелен доковыляла до входной двери, помедлила и оглянулась, словно хотела еще что-то сказать, но звезда и кумир метнул в нее подушкой, которую держал на изготовке. Заранее приготовил, чтоб метнуть и чтоб без промаха, — и попал! Голова у Хелен мотнулась, как у куклы.

— Пошла вон, кому сказано!..

Директриса проковыляла на площадку, бабахнула тяжеленная бронированная дверь, и Никас скорчил рожу, отразившуюся во всех зеркалах, а потом засмеялся.

Хелен, семенившая, словно гусыня, как-то странно выворачивая обширную задницу, на которой трещали все джинсы, и вправду была смешна.

Ему срочно нужно было позвонить, но сразу звонить он не стал. Выхватив из вазы клубничину, Никас отправил ее в рот, сделал пируэт и оказался возле окна. Он точно знал, как нужно стоять, чтобы с улицы его было не видно и даже силуэт не угадывался за тонкой кружевной шторой. Никас наблюдал и, причмокивая от удовольствия, поедал клубнику. Розовые капли падали на белоснежную просторную рубаху, сшитую на заказ в Милане, и он стряхивал сок пятерней.

Хелен долго не показывалась, потом все-таки выползла из подъезда. Она сильно хромала, но держалась прямо, как гренадер, и от этого хромала еще сильнее.

— Дура, — пропел Никас из-за занавески. — Ду-ура! Дури-ища!

Он вытер пальцы о рубаху, разыскал в диванных подушках телефон, нажал кнопку и опять выглянул на улицу.

Хелен не было видно, должно быть, плюхнулась в машину, зато водитель — урод поганый — курил в некотором отдалении, возле подъезда.

Похоже, Хелен его из машины выперла, подумал Никас с удовольствием.

— Справочная служба, — сказал ему в ухо приятный девичий голосок, — звонок платный.

— Да пошла ты, — под нос себе пробормотал Никас и выговорил веско, солидно и громко:

— Соедините меня со службой бронирования авиабилетов.

Пока соединяли, он подцепил из вазы еще одну клубничку, надкусил — сок потек по подбородку — и подумал, что все складывается отлично. Просто лучше не придумаешь.

Геннадий Зосимов был совершенно уверен, что он самый несчастный человек на свете.

Ну, вот если есть где-то на небесах список несчастных людей, то он, Геннадий, этот список возглавляет.

Все не слава богу, все, все!..

На работе проблемы, дома проблемы, с любовницей проблемы!.. А тут еще, как на грех, подвернулась ему девушка-красавица, ангельский цветок, роза, умытая дождем, птичка на ветке!.. Он думал, что таких девушек уж больше и не осталось — чистых, неиспорченных, доверчивых, рассматривающих мир огромными, как у олененка, глазами!..

Он говорил ей, что она похожа на олененка, а она только смеялась и касалась его руки прохладными подушечками длинных пальцев, и он потом нюхал свою руку, там, где она ее касалась. Ему казалось, что он слышит аромат экзотических цветов!..

Они редко встречались — Ася жила где-то в пригороде Питера, в город наведывалась не слишком часто и Генку к себе не приглашала. Однажды он подвез ее до какого-то поворота на Гатчину, и дальше провожать себя она не разрешила.

— Все, — сказала сурово, и Генку умилила ее детская серьезность. — Дальше нельзя, Геночка. Я выйду... здесь.

И на самом деле вышла и тут же пропала за деревьями старого парка, коих, как всем известно, в Гатчине четыре.

То, что она жила именно здесь, среди старинных лип, мрачных и романтических руин павловских павильонов, вблизи Приората, землебитного дворца и Филькиного озера с темной водой, очень ей подходило, как будто она сошла в беспросветную Генкину жизнь со старинной гравюры.

Однажды он сказал ей об этом, а она засмеялась.

— Ты, оказывается, романтик, — сказала Ася низким голосом, рассматривая его удивленными, слегка раскосыми глазами. — А я и не знала, что романтики еще остались...

Генка смотрел ей в лицо не отрываясь и точно знал, что именно эта женщина с ее детской серьезностью и удивительными глазами послана ему в утешение, чтобы обратить его и спасти. А он так запутался, что распутаться невозможно, только разом покончить со всем, разрубить узлы и начать жить заново, с чистого листа, так, чтобы все было понятно, просто и правильно!..

Как именно он станет разрубать эти самые узлы, Генка представлял себе не слишком отчетливо.

— Все из-за баб, — как-то сказала его мать и пальцем постучала ему в лоб, — все твои беды, сыночек, только из-за них!..

Палец был холодный и твердый, будто алюминиевый, и вбивал Генке в мозг ее слова. Генка кривился, сопел, как маленький, и точно знал, что мать... права!

Абсолютно права.

Он рассматривал в мониторе компьютера макет какого-то постера или плаката, который ему прислали утром из рекламного отдела, и решительно не мог сообразить, что такое там нарисовано и хорошо это или плохо. Он рассматривал и думал, что Ася — его последний, самый главный шанс выбраться из всей этой чехарды, которая творилась с ним в последние годы. Выбраться и задышать полной грудью, начать жить в полную силу, а не так... вперевалочку, как сейчас.

— Геночка!

Он молчал и рассматривал постер. Или плакат.

— Ген, ты слышишь? Обрати уже на меня внимание!

— А?!

Маленькая, хорошенькая, похожая на мышку, Анечка Миллер из соседнего отдела постучала ему по голове свернутым в трубку плакатом и засмеялась, когда он поднялся. Генка был примерно вдвое выше ее.

— Але?! Есть кто дома? Что это тебя не дозовешься?!

— Я просто... занят, — пробормотал Генка.

— Ты просто сидишь и смотришь в компьютер уже сорок минут, — насмешливая Анечка тем же плакатом постучала по монитору, как только что им же по Генкиной голове. — Я к тебе заходила, постояла, посмотрела и ушла. Ты меня даже не заметил!

— Я же говорю, что занят!

— Ничем ты не занят, — заявила Анечка и опять потрясла своим плакатом. — Это тебе. Генеральный велел передать. Это распечатка того же макета. Ты должен посмотреть и на совещании высказать свое веское слово.

— Это генеральный так сказал?

— Он! И плакат велел распечатать.

— Что это ему неймется? — с тоской спросил Генка сам у себя и развернул на столе плакат. — Ты не знаешь?

Плакат был ужасен, и на бумаге это было особенно понятно. На черном фоне красные прямоугольники, а в прямоугольниках зеленый готический шрифт. Как известно, если по-русски писать готическим шрифтом, разобрать, что именно написано, вообще невозможно.

— Ого, — издалека сказал Дима Савченко, не имевший к плакату никакого отношения и по этой причине абсолютно уверенный в себе. — Это кто ваял? Ты, Генк?..

И народ, обрадовавшись развлечению, стал подтягиваться из-за своих столов, вооруженный кофейными кружками, сигаретами и пепельницами.

— А что? По крайней мере, броско!..

— Нет, вот здесь надо написать «Нигде кроме, как в МОССЕЛЬПРОМЕ», и тогда будет отлично!

— А это чего реклама-то? И вообще это — реклама?..

— А кто макет утверждал? Первый раз вижу, чтоб генеральный такой макет подписал!..

— Да он не видел! Он только сегодня увидел, потому что это должно завтра в расклейку пойти, а у нас... видите что? — Это вступила Анечка Миллер, которой хотелось дать пояснения. Она была немного влюблена в Генку, отчасти ему сочувствовала и слегка злорадствовала, ибо Генка за все время ее работы в конторе ни разу не обратил на нее внимания.

Анечку раздирали противоречия — с одной стороны, ей хотелось, чтобы генеральный Генке навалял, а с другой стороны, ее тянуло каким-то образом его спасти. Может, если она спасет, Генка обратит на нее внимание?!

— Как завтра в расклейку? А печатать когда?!

— Да сегодня должны были печатать, о том и речь!..

Генке надоело представление, в котором он исполнял роль дрессированного медведя, причем дрессированного не слишком хорошо. Одним движением он смахнул со стола плакат, так что все отшатнулись, и грозно спросил у Анечки, что именно просил передать ему генеральный.

Анечка испуганно выкатила черные мышиные глазки.

— Ну, только то, что на совещании ты должен всем объяснить, в чем именно креатив и смысл подхода... и все.

— Отлично! — Генка скатал плакат туго-туго, глянцевая бумага неприятно поскрипывала у него в руке. — В таком случае все свободны! Я никого не задерживаю!

Кто-то из девиц непочтительно фыркнул, Савченко сообщил, что он такой красоты век не видывал, и все разошлись. Анечка порывалась что-то сказать, но Генка отвернулся от нее. Она постояла-постояла и тоже ушла.

Генка кинул скатанный в трубку плакат на пол, где он тут же развернулся с медленным шорохом. Генка подвинул кресло так, чтобы не видеть плаката. Лучше всего было бы к совещанию придумать что-нибудь абсолютно новое и совершенно гениальное, такое, от чего генеральный пришел бы в экстаз, а все остальные художники, вроде придурка Савченко, осознали, как они мелки и бесталанны по сравнению с Геннадием Зосимовым, но было совершенно ясно, что ничего не придумается.

Он просто не мог думать о плакате, генеральном, полноцветке и кегеле! Жизнь рухнула, а тут какие-то плакаты и кегели!..

Впрочем, рухнула она не вчера, жизнь-то.

Геннадий Зосимов считал, что все рухнуло, когда он столь необдуманно женился на Кате Мухиной. Впрочем, тогда он ни о чем не задумывался. Он был влюблен, молод, слегка безумен от молодости, любви и сознания того, что его полюбила «такая девушка».

Катя Мухина училась на филфаке и была малость не от мира сего, то есть точно знала, кто такие «малые голландцы», чем именно знаменит Джованни Пиранези и что лестницу во внутреннем университетском дворе сработал Валлен-Деламот. Девушки с филфака питерского университета котировались высоко!.. Сюда не попасть «просто так», «с улицы», и у него репутация не хуже, чем у столичного, а филфаковское девичье сообщество было совсем особого рода.

Парни чрезвычайно гордились, если им удавалось

заполучить такую девушку, и, представляя в компании Машу или Дашу, непременно уточняли, что «она с филфака».

Катя Мухина была не просто утонченная интеллектуалка. Она была дочерью очень большого человека, и романтическому Генке Зосимову Катина родословная немного прибавляла энтузиазма. Да и мать, обычно относившаяся к его романам с бурным неодобрением, на этот раз притихла, наблюдая за развитием событий.

— Упустишь ее, — сказала она ему, после того как Генка первый раз привел Катю на «чай с вареньем», — из дому выставлю и обратно не пущу!.. Бог дурака, поваля, кормит!.. Тебе счастье само в руки плывет, ты это хоть понимаешь?! Умная, тихая, да с таким отцом!

И постучала его по лбу алюминиевым холодным пальцем.

И Генка уверовал в свое счастье, само плывущее в руки, и водил Катю на модные выставки, и знакомил с модными художниками, и однажды написал на асфальте под ее окнами розовым мелком «Гена любит Катю» и нарисовал сердце, пронзенное стрелой. Он караулил, когда она выйдет на балкон, и она вышла, и тогда он бросил ей охапку рыжих осенних бархатцев, привезенных с бабушкиной дачи. Они не долетали до второго этажа, рассыпались и валились на асфальт, прямо на пронзенное розовой стрелой сердце, с тихим сухим шелестом, а Катя, растерявшаяся от счастья, пыталась их ловить, а Генка собирал и снова подбрасывал, и наконец она поймала один цветок и прижала к груди!.. Когда они целовались на лестнице, рыжий цветок все время лез им в щеки и губы, как будто хотел остановить их безудержные поцелуи, помешать, разлучить, и Генка швырнул его на лестницу, но Катя подобрала и сказала, что засушит его и будет рассказывать внукам, как дедушка Гена когда-то ее любил!..

Она очень быстро ему надоела.

Столичной барышни из нее никак не получалось, хоть она и была «с филфака». Книжки интересовали ее больше, чем тусовки, в современном искусстве, которым так восхищался Генка, она ничего не понимала, этнический джаз ее почему-то смешил, а про модного художника Кулебяку, писавшего исключительно автопортреты, Катька однажды тихонько выразилась, что он «с приветом».

— Да это же у Алексея Толстого описано, — оправдывалась она, когда Генка заорал, что она деревенская дура и ничего не понимает в искусстве, — в первой части «Хождения по мукам»! Как же ты не помнишь?! У Ивана Ильича в квартире была «Центральная станция по борьбе с бытом», и они все там собирались — Сергей Сергеевич Сапожков, Антошка Арнольдов и художник Валет. У Валета на щеках были нарисованы зигзаги, он этим очень гордился и писал исключительно автопортреты! И они все были «с приветом», просто от молодости и от духа свободы. Им казалось, что автопортреты и зигзаги — это и есть свобода.

Генка ничего не знал ни про какого Валета, зато точно знал, что по Кулебяке весь Питер сходит с ума, что попасть к нему в мастерскую на «первый показ» удается единицам, что, по слухам, он «пошел на Западе» и его дружбы добивается сам Тимоти фон Давыдович, исключительно уважаемый в узких кругах художник, оформлявший самые модные клубы, вроде «7roubлей» и «ТосКа На!..»!

Приезжая белоярская курица, Генкина жена, понятия не имела, как важно тусоваться с этими великими людьми, находиться в орбите их внимания, при случае упомянуть о знакомстве, и люди знающие, понимающие, продвинутые сразу начинают по-другому относиться к тебе, уважать начинают, ценить!..

Вот Илона все понимала.

Илону Генка подцепил в каком-то «лофте», где

была презентация очередного кулебякинского авто-портрета.

Кирпичные стены «лофта» подсвечивались синим огнем, кирпичные потолки тонули в клубах подозрительного дыма, кирпичные полы были застелены коричневыми клеенками, а в углу почему-то стояла новогодняя елка, несмотря на то что за окнами был июль и Питер, непривычный к азиатской жарище, изнемогал от зноя. Елка была украшена лампочками, а также засохшими окровавленными бинтами и использованными дамскими тампонами. За елкой стоял вентилятор и дул изо всех сил, так что тампоны и бинты шевелились и качались на ветках.

Кулебяка рядышком давал интервью трем околохудожественным барышням и одному недокормленному юноше в пыльных белых брюках. Околохудожественные барышни, несмотря на бравый вид, были явно смущены, да и сам Кулебяка казался не совсем равнодушным к шевелению тампонов в непосредственной от себя близости, искоса поглядывал на них и время от времени делал некое антраша ногами, с каждым разом оказываясь все дальше от елки. Вся остальная компания, вытянувшая руки с диктофонами, перемещалась следом за ним.

— Символом нашей цивилизации, — давал пояснения Кулебяка, — стало соединение крови и грязи, выродившегося мужского и женского начал! Словно огромная вагина, цивилизация исторгает из себя только кровь и грязь, и больше ничего! Только страдающие половым бессилием или старческим слабоумием еще надеются на то, что взбесившийся мир вернется на круги своя!

Какая-то девушка, очень яркая, сверкающая блестками в волосах, на веках, на груди и на джинсах, подошла и тоже стала слушать. Генке девушка понравилась — тем, что не обратила никакого внимания на тампоны. По правде говоря, Генку они тоже сильно смущали.

— Он гений, — сказала девушка про Кулебяку, когда Генка подошел познакомиться, — а им все можно. Вы ведь согласны, что им можно все?

Генке был согласен. Он много бы дал за то, чтобы стать гением и чтобы ему тоже было можно... все. Вешать в середине жаркого лета тампоны на новогоднюю елку, к примеру. Получать любых женщин, даже таких ярких, как Илона. Писать собственные автопортреты, очень странные и не похожие на автопортреты, посмотреть на которые, однако, съезжаются журналисты не только отечественного, но и иностранного производства.

Трудно жить, когда ты не гений, а обычный человек и тебе ничего нельзя!..

Сиди весь век со своей деревенской дурищей, которая только и умеет, что рыться в книжках и смотреть отсутствующим взглядом, работай свою скучную работу, принимай подачки от тестя, делай вид, что тебе приятно!..

Подвыпив на вечеринке, Генка все это выложил Илоне, которая никак не уходила из «лофта», все рассматривала автопортрет, и глаза у нее смеялись.

— А что такое? — весело спросила Илона, когда Генка в пятый раз завел речь о том, как ему надоела жена. — Вы не можете послать ее к чертовой бабушке? У вас династический брак?

— Да в том-то и дело! — воскликнул Генка. У него шумело в ушах, и казалось, что в голове плещется весь выпитый виски со льдом и льдинки острыми краями колют его мозг. — Не могу! Куда я пойду?! Ее папашка нам квартиру купил, и у меня на эту квартиру никаких прав нет, как будто я собака! Ну правда как собака!.. Она единственная дочь, королевишна, а я никто! Куда я пойду?! К матери в коммуналку на Лиговку?! А я не хо-ччу! Не хо-ччу, понятно?!

— Да мне-то понятно, — задумчиво рассматривая его, сказала Илона. — А вот ей ты об этом говорил?

— Кому? — не понял Генка. Желтые пары виски сгустились под самым черепом и застилали глаза.

— Да жене своей, кому! О том, что ты ее не любишь и живешь с ней только ради квартиры?

Генка попытался вспомнить, говорил или нет, и сказал на всякий случай:

— Сто раз говорил!..

Илона с насмешливой нежностью взяла его под руку, и ее усеянная блестками грудь оказалась в непосредственной близости от Генки.

— Я не понимаю таких женщин. — Илона повела его мимо автопортрета, под которым на матрасике спал безмятежным сном художественный гений Кулебяка.

— Ка... каких женщин? Разве она женщина?! Она... она...

Илона тащила Генку под руку, перед глазами у него все сверкало и искрилось от ее блесток, а может, от того, что в голове произошло короткое замыкание.

— Она не женщина, — бормотал Генка среди сыпавшихся на него со всех сторон блесток и искр, — она... она... Она выдра и выпь!

— Кто-о-о?!

— Выдра и выпь! — гордо повторил Генка. — Ты мне верь, я знаю, что говорю!..

Кажется, эта, которая в блестках, — Генка вдруг позабыл, как ее зовут, — над ним смеялась, а может, наоборот, жалела, и все куда-то его тащила. Он поначалу шел, а потом стал вырываться, но она все равно тащила, и он сел на ступеньки — там были какие-то ступеньки — и заплакал.

Ему казалось, что он плакал очень долго, звезды и искры куда-то подевались, зато появился огонь, который жег ему глаза, казавшиеся очень сухими, и в голове гудел набат, и ужас подкатывал к горлу, и невозможно было разлепить ссохшиеся веки, и...

...И вдруг оказалось, что уже утро. Нет никакого огня. Солнце светит ему в лицо, жаркое, летнее, веселое солнце, и окно странным образом переехало на другую сторону, и второе окно за ночь кто-то заложил кирпичом!

Постепенно выяснилось, что никто ничего не заложил. Просто он, Генка Зосимов, спит вовсе не в собственной спальне, а в чьей-то чужой, и там всего одно окно!..

Потом припомнились блестки в волосах, на груди и на веках, потом тампоны на елке — тут Генку чуть не вырвало, — кулебякинский гений, умные разговоры, странное имя, которое он вчера под вечер никак не мог выговорить, и еще то, что выдра и выпь не знает, где он, и наверняка подняла на ноги всю городскую милицию, с нее станется!..

Потом пришла Илона и принесла ему чаю с лимоном и две таблетки аспирина, почему-то на блюдечке. Блюдечко было не слишком чистым, с мутными засаленными краями, как будто много лет у него мыли только серединку.

Их роман был бурным и великолепным. Илона оказалась художницей, то есть натурой утонченной и понимающей, не чуждой этническому джазу и современному искусству. Со всеми она была знакома, с Тимоти фон Давыдовичем даже на «ты», а сам Кулебяка однажды похвалил ее инсталляцию под названием «Будильник». Инсталляцию Илона сооружала часа два, не меньше. На ободранной колченогой табуретке стоял разваленный на две части школьный глобус. К одной его части клеем «Момент» были приклеены старые наручные часы, давно остановившиеся. А к другой — проволокой прикручена крышечка велосипедного звонка. Из наивного белого пластмассового брюха вскрытого глобуса торчала пустая банка из-под кока-колы. С этой банкой художнице пришлось повозиться, ибо она никак не хотела стоять, все время вываливалась из земного чрева с тихим жестяным звуком.

Кулебяка сказал про инсталляцию «Будильник», что она, конечно же, сыровата, но мысль... мысль есть!..

Генка тоже находил, что мысль есть, но до конца не понимал, какая именно. Но какая-то точно есть!

Все началось заново — как будто жизнь, описав круг, вышла на новую орбиту. Он встречал свою художницу у подъезда старого питерского дома, где она снимала студию, провожал домой, покупал цветы и смешного шагающего Винни-Пуха у торговки на Невском. Они ели мороженое и сидели на набережной, свесив босые ноги с гранитного парапета. Ноги не доставали до воды, но в их сидении была удивительная легкость, молодость, счастье! Солнце светило, чайка парила над свинцовой водой, по мосту в обе стороны шли машины и люди в летних легких одеждах. Ни люди, ни машины не знали, как хорошо Илоне и Генке вдвоем, как весело болтать, как они с полуслова понимают друг друга, и впереди у них целый вечер — в каком-нибудь «лофте» или клубе, где все так же отчаянно молоды и талантливы, так же понимают друг друга с полуслова или вообще без слов!..

Где-то на заднем плане маячила Генкина жена Катя — у Илоны ничего такого не было, в смысле семейными узами она не была обременена, — но какое это имело значение?! На наличие какой-то там жены Кати никто не обращал внимания, влюбленные о ней словно позабыли — стоит ли думать о чем-то или о ком-то, совершенно не имеющем к ним отношения?!

Так прошло лето, и осень минула, и зима накатила и отступила, освободив от морозных цепей застывший в судороге город. Началась весна, и вместе с ней проблемы.

Студия, в которой работала Илона, была, конечно, никакой не студией, а просто громадной комнатой в громадной питерской коммуналке на тринадцать жильцов, и в одночасье Илону оттуда выставили вместе со всеми инсталляциями, привезенными с выставок и сделанными просто так, для души. Какой-то нувориш, чуждый понимания прекрасного, коммуналку купил, расселил и вознамерился соорудить в ней уютное гнездышко, чтобы жить там с супругой и наследниками.

Перевозить инсталляции оказалось делом крайне неудобным, грязным и очень затяжным. Обливаясь потом, Генка таскал с четвертого этажа все эти табуретки, стулья, консервные банки, рулоны туалетной бумаги — слава богу, неиспользованной! — фанерные звезды, обтянутые фольгой, и даже остов пружинной кровати. Грузчикам невозможно было довериться, ибо все это был не просто хлам, а произведения искусства и образчики Илониного творчества.

Генка все таскал и таскал, а инсталляции все никак не заканчивались, и вообще в какой-то момент ему стало казаться, что конца им никогда не будет. Да еще унылый молодой водитель, наблюдавший за Генкиными мучениями, подлил масла в огонь.

Когда Генка бережно устанавливал в кузов кресло с выдранной обивкой и подтыкал поролоновые клочья, символизировавшие, если он правильно уловил, разоренное родительское гнездо, водитель подошел, облокотился на откинутый борт, засмолил папироску и осведомился, куда Генка намерен вывозить хлам.

Генка, пыхтя, отдуваясь и утирая кативший градом пот, выпрыгнул из кузова, спросил у водителя папиросу, закурил и назвал адрес.

— А то давай сразу на свалку, хозяин, — предложил

тот сочувственно. — Чего туда-сюда круги наматывать! Все одно придется... того! За мост!

— За какой мост? — не понял Генка.

— Ты че, приезжий? — обидно спросил Генкин собеседник, сплюнул и объяснил: — Свалка городская тама! За мостом! — И показал небритым подбородком куда-то в сторону пыльных окон, облупленных стен и расхристанных дверей углового парадного. — Небось бабуся твоя и не обидится! Небось тоже ж понимает, что такому добру только на свалке и место! Вот жисть, а? Наживала, наживала, а теперь в помойку!..

— Какая бабуся? — опять не понял Генка.

— А ты разве не бабусю перевозишь? — удивился водитель. — Я из этого дома трех бабусь перевез! Эх, расселяют потихоньку коммуналочки-то! А у твоей рухлядишка совсем того... подкачала. У тех трех поприличней все же!..

В тот вечер впервые Генка с Илоной поссорились.

Вдруг он перестал видеть в вылезающем во все стороны желтом крошащемся поролоне «символ разоренного родительского гнезда», и показалось ему, что нет в этом вовсе никакого «послания», и «мысли» тоже нету — поролон и есть поролон!..

Вдруг ему показалось, что время — почти год! — потеряно напрасно, что зря он так уж налегал на то, что жена его Катя «выдра и выпь». В конце концов, именно на ее денежки он живет, и именно тесть пристроил его на работу в хорошее рекламное агентство, и не просто так пристроил, а ведущим художником!..

Вдруг ему захотелось... домой.

Домой — на Каменноостровский, в громадную квартиру, состоявшую даже не из одной, а из двух бывших коммуналок! Их расселением когда-то занимался сам Мухин Анатолий Васильевич, и тогдашний питерский мэр всячески ему в этом помогал. Захотелось в собственное парадное, с мраморной, истертой множеством ног лестницей, широкими пыльными окнами от пола до потолка, фикусами в горшках на каждой площадке. Эти фикусы всегда Генку бесили и казались воплощением мещанства и пошлости, а тут вдруг ему так захотелось... к фикусам! Возле них спокойно, уютно, широкие листья глянцевы и самодовольны, ибо уборщица Люба каждый день протирает их тряпочкой. Внизу хлопает дверь, Люба разгибается над своим ведром, заправляет под косынку тусклые мышиные волосы, прислушивается и точно знает по шагам, кто пришел — жильцов в этом парадном не так уж много!

— Здравствуйте, Любушка, — весело говорит Генка, взбегая к себе на четвертый этаж.

— И вам не хворать, Геннадий Петрович, — подобострастно кланяясь, отвечает ему Люба и опять принимается за свои фикусы.

Генка в своем парадном хозяин и господин!.. И все об этом знают — и Люба, и фикусы, и дворник Саид, и «выдра и выпь» знает, и все соседи! А здесь?! Кто он здесь?! Грузчик по договору?! Хранитель Илониных инсталляций?! Да и вообще он до смерти устал от неуюта, табачного дыма, сальных блюдец, умных разговоров!.. Когда все вокруг вели эти разговоры, Генка впадал в тоску — он почти ничего не понимал, а должен бы понимать, и со временем ему стало казаться, что не понимает он не потому, что туп, а потому, что разговоры бессмысленны и уловить суть невозможно как раз потому, что ее... нет.

Вдруг ему захотелось, чтобы все стало как было — чтобы Катька читала ему из своих книжек, чтобы по выходным приезжали ее друзья, успешные, ухоженные, красивые люди, совсем из другой жизни!.. Чтобы Димка, муж подруги Ниночки, пригласил его в выходные на стрельбище куда-то в район Песков и заехал за ним на своем «Мерседесе». Генке нравилось стрелять, было в этом что-то очень мужское и правильное, из кино про богатых и знаменитых, и «Мерседес» ему нравился! Чтобы чай был не в разномастных чашках, странно пахнущих то ли водопроводом, то ли застарелой немытостью, а в тонком китайском фарфоре — из китайского фарфора пить чай значительно вкуснее, вспомнилось ему. Чтобы в дождь сидеть в эркере, задрав ноги на подоконник, курить и смотреть, как тает в серой дождевой петербургской мгле Соборная мечеть.

Вдруг он перепугался, что ничего этого никогда больше не будет, потому что только «выдра и выпь» могла ему обеспечить то, к чему он с такой приятной легкостью привык!..

Генка Зосимов сделал тогда попытку отступить — и неудачную!..

Илона его не отпустила.

Конечно, мать права — все его беды от баб, только от них, но он ничего не мог с собой поделать!.. Он влюблялся пылко, страстно и навсегда, и потом оказывалось, что «навсегда» — это слишком долгий срок и Генке решительно не подходит!..

Илона устроила ему скандал, да не просто какой-нибудь, а с шантажом и угрозами. Генка терпеть не мог скандалов, а шантажа и угроз испугался до ужаса, и задабривал Илону, и уверял, что никогда не разлюбит, и даже повез ее то ли на Крит, то ли на Кипр!.. На Крит или Кипр они собирались с Катькой, но Илона угрожала разоблачением, и пришлось ехать с ней. Кажется, именно тогда Катька его засекла, так сказать, удостоверилась своими глазами, что Генка «любит другую», хотя в тот момент он уже никого не любил, отчаянно трусил и мечтал об избавлении от Илоны.

Несколько месяцев после этого они прожили кое-как — Катя, затаившись, словно мышь, Генка, мечтая избавиться от Илоны и инсталляций. А потом убили тестя, и Генка понял, что теперь свободен!

— Свободен! Свободен! — кричал он, несся по Каменноостровскому и размахивал сорванной с головы шапочкой.

Всесильного Мухина больше нет, и некому с серьезным и мнимо-значительным видом выговаривать ему: «Что-то ты дурить стал, Генка! Ты у меня смотри! Чего это она у тебя все время плачет?! Разлюбил, так и вали на все четыре стороны, мы тебе ничего не должны, и ты нам ничего не должен!»

Свободен, свободен!..

Почему-то он решил, что отсудить у Кати квартиру теперь будет легче легкого — ну, не всю, так, значит, половину. Детей нету, все совместно нажитое пополам, и дело с концом. Полквартиры на Каменноостровском — это даже не сотни тысяч, это, должно быть, миллион! А то и два!..

Сгоряча романтичный Генка Зосимов наобещал Илоне законный брак и собственную студию в их общей предполагаемой квартире на том же Каменноостровском. Переезжать Генка никуда не желал, ему нравился этот проспект, щегольской, модный и легкий!

Ему хватило бы на все, не только на студию, если бы... Если бы квартиру Кати Мухиной — то есть Зосимовой, конечно! — можно было продать или поделить.

Но нельзя было!.. Этот поганец-тесть обо всем позаботился.

То есть он сделал все, что от него зависело, чтобы уморить Генку до смерти.

Квартиру можно было продать или поделить, в соответствии с завещанием, только через семь лет. Сейчас разводиться никак нельзя, ибо он, Генка, останется на улице. И точка.

Точка, точка, запятая, вышла рожица кривая!..

Генку перекосило надолго и всерьез.

Он попытался жить с Катькой, и у него не получалось, потому что вмешивалась Илона и обещала вывести его на чистую воду.

Он совсем было собрался уйти к Илоне — очиститься, все забыть, начать с белого листа, или с какого листа принято начинать?..

Илона его «отвергла».

— Нет уж, милый мой, — сказала она. — Зачем ты мне нужен голенький и босенький? Да еще женатый?! Вот разведись, тогда и приходи! Да не просто так, а с приданым! Смотрел фильм «Свадьба с приданым»? Ну вот! Я тоже девочка подрощенная, мне много нужно! Место, где работать, — раз! Место, где жить, — два! Место, где детей держать, — три! — Она перечисляла и загибала пальцы. На ногтях сверкали и переливались блестки, и Генка никак не мог оторвать от них глаз. То, что она сказала про детей «держать», его убило.

Держать?! Как собак?!

А он, Генка, тогда кто?! Самец-производитель?! И его тоже будут где-то там «держать»?!

Катя после смерти родителей совсем потерялась, стала говорить мало и бессвязно, все больше лежала на диване, накрывшись с головой пледом. Когда Генка выходил из себя, стягивал с нее плед и швырял на пол, открывалось ее лицо, бледное и безучастное — она там даже не плакала, под своим пледом. Просто так лежала. И это было невыносимо, невыносимо!..

— Она спятила, — жаловался он Илоне. — Она... совсем ненормальная, понимаешь?! Я ее боюсь!

— Ну, придумай что-нибудь, — отвечала Илона. — В конце концов, освидетельствуй ее! Жить с сумасшедшими по закону не положено!

Чего там положено или не положено по закону, Генка точно не знал, но Катя ему мешала, путала все планы, стояла у него на дороге, как Китайская стена, не обойти, не объехать!..

Чуть успокоившись, он стал раздумывать, что бы ему такое предпринять. Выходило, что ничего предпринять невозможно.

Если только... Если только...

Тут Генкины мысли закладывали такие виражи и делали такие зигзаги, что он пугался до смерти. Чтобы вытряхнуть их из головы, он бился ею о стол — однажды в таком состоянии его застала Анечка Миллер, вытаращила мышиные глазки и вихрем сгоняла за валокордином.

Очень осторожно, подбирая слова, он как-то поделился этими мыслями с Илоной.

Она ничуть не удивилась и не испугалась.

Она сидела на кровати, зевала и почесывала ногу. После эпиляции Илона всегда кололась, как щетинистый мужик, и чесалась.

— Да я тебе давно хотела предложить, — сказала она и длинно зевнула. — А что тут такого?.. Она же невменяемая, твоя Катька! Ей все равно ничего не нужно. Ее бы на поводок и трехразовую кормежку, и печалиться не о чем. Я не понимаю, почему ты ее в психушку до сих пор не сдал! Я же тебе предлагала.

Генка страшным голосом заорал на нее — от страха и еще потому, что точно знал, что сделает это! Он еще только говорил, только складывал губы, чтобы произнести слова, казавшиеся такими жуткими, и удивлялся, отчего, когда он их выговорил, у него не разорвалось сердце и не лопнула голова, — и уже знал, что все так и будет.

Илона выслушала его вопли совершенно равнодушно.

— Только все это надо делать с умом, — сказала она и опять стала чесаться. — Подготовиться нужно как следует! Я все узнаю, а ты не нервничай! Ну, что ты нервничаешь, Геночка, крокодильчик?! Все будет хорошо, просто отлично!

Генка вытряхнул из пачки последнюю сигарету и стал курить короткими, нервными затяжками.

Он знал, почему Илона так безмятежна. Ей-то чего

бояться? Она все так повернет, что «в деле» окажется Генка, один, опять один, как всегда один! А она уйдет целехонькая, даже и случись что!..

— Да ничего не случится, — успокоила его Илона, когда он, всхлипывая, выложил ей свой план, — все будет хорошо! Ты у меня умница, я у тебя красавица, мы всех победим! Да, Геночка?!.

Странное дело, но от этого разговора ему как будто полегчало. Стало легче, и страшные мысли и жуткие образы больше его не тревожили. Ему теперь казалось, что все на самом деле просто и вот-вот разрешится само собой, как бы без его участия. Он перестал бояться приходить домой, и Катя, лежавшая на диване под пледом, перестала приносить ему страдания. Он только все время удивлялся — как, она еще лежит?! Еще никуда не делась?! Вроде бы все обсудили, решили, а она все еще здесь?!

Он стал рыться в ее бумагах без всякого стеснения, окончательно убедив себя в том, что она сумасшедшая и ничего не понимает. Бумаг было много — она привезла из Белоярска обширный губернаторский архив, и чего там только не было! Генка пожирал документы глазами, и удивлялся, и ужасался, и крутил головой, и даже Илоне звонил и зачитывал — вот оно как, значит! Вот как власть устроена! Вот кто этим миром правит! Нет, кто бы мог подумать?! Ты слыхала что-нибудь подобное?!

Ему было все равно, слышит его Катя или нет. Ведь все решено, значит, какая разница?! Его только раздражало, что она будто не понимает, что лучше бы ей самой сгинуть, не вынуждать его делать «грязную работу», как говорилось в каком-то кино!

Среди бумаг не было только документов на квартиру, а Генке очень хотелось их добыть. Ну, просто на всякий случай! Чтобы не перерывать весь дом, когда... когда... ну, в общем, когда они ему понадобятся.

На работе у него начались проблемы — он был не слишком хороший художник, ленился, думал, рисовал смешные картинки вместо того, чтоб работать «под заказчика». Генеральный пару раз высказался в том смысле, что раньше, покуда был жив Мухин, питерский губернатор к агентству очень благоволил, подбрасывал всякие заказы, да вот в последнее время что-то перестал!.. Генка понимал, что генеральный все это говорит не просто так, а со смыслом, с «дальним прицелом», но что он мог поделать, раз уж тестя прикончили!.. Вообще, вся эта мухинская семейка отравила ему жизнь, зачем только связался с ними!

А потом Генка встретил Асю и понял, что вся его предыдущая жизнь, такая путаная, дурацкая, нечистая, была только прелюдией, приготовлением к встрече именно с этой женщиной, последней волшебницей на земле!..

Гена знал, что Илона никогда его не отпустит. Он знал, что Катька — дура! — сама по себе никуда не денется и не подумает даже облегчить его жизнь, и без того тяжелую!.. Он знал: чтобы остаться с Асей, ему придется как следует потрудиться, и это его уже не пугало.

Он был готов на все — ради любви, конечно!

Он знал, что он жертва — любви, конечно! Любви и коварства.

Его план был четкий, ясный и очень легко выполнимый, по крайней мере ему так казалось. Именно этот план он обдумывал на работе, рисуя красно-зеленый плакат с готическим шрифтом. Одним выстрелом он убьет сразу нескольких зайцев, вернее сразу всех зайцев, мешающих ему жить!

И то, что это вовсе никакие не зайцы, а люди — самые настоящие, живые люди! — Генку уже почти не волновало.

Утром Глеб первым делом позвонил бывшей жене и спросил про сына.

Она сказала, что отныне сын не имеет к нему никакого отношения, и бросила трубку.

Это самое «отныне» случалось регулярно и Глеба не слишком пугало. Все же он надеялся, что ему удастся поговорить с Сашкой, и то, что не удалось, его немного огорчило.

...Почему нельзя жить нормально, хоть бы и в разводе?! Зачем изводить и ненавидеть друг друга? Ведь ничего же не осталось — ни обиды, ни боли! Все давно перегорело, отболело, быльем поросло!..

Почему так получается? Куда девается даже не любовь — это материя тонкая, с ней в одночасье не разобраться! — а интерес друг к другу?!

Испаряется?! Выветривается?! Вкус приедается?!

Вот он, Глеб Звоницкий, вроде и влюблен был, вроде и расположения добивался, и романтика была — на теплоходике катались, а потом долго откуда-то шли, и она стерла ноги босоножками на тоненьких каблучках, и сначала он нес босоножки, а потом ее саму, и они все время останавливались и целовались. И он на самом деле волновался, когда делал ей предложение, и после благосклонного согласия напился вдребезги с другом Славкой — лучше они ничего не могли придумать и понятия не имели, как еще выразить свои чувства, которые требовали выражения! И в состоянии блаженного идиотизма он участвовал в предсвадебной канители и был абсолютно счастлив — покупал костюм, кольца и еще тахту, чтоб спать на ней со своей женой. Тогда слово «жена» казалось ему волшебным, ему даже как-то не верилось, что у него будет самая настоящая, любимая жена!..

Он был уверен, что у него все будет не так, как у других людей, которые живут неправильно, изменяют, скандалят, врут, разводятся! Уж он-то, Глеб Звоницкий, этого не допустит. Его семья будет тылом, надежным и крепким, как и положено тылу, и никогда не превратится в «передовую». Своей новоиспеченной жене — какое прекрасное, уютное, славное слово! — он объяснил правила, по которым они будут жить, и она охотно и радостно согласилась.

Тогда эти правила были просты и понятны и казались абсолютно выполнимыми.

У него работа и зарплата, на которую можно жить. Некие собственные интересы, не слишком обременительные для близких. Ну, баня, там, с мужиками. Может, иногда рыбалка на Енисее, уха под водочку и под долгие разговоры.

У нее работа — просто так, чтобы дома не закиснуть. С девяти до шести, как у всех. Ее зарплата была не в счет, смешно, только на колготки. Ну, мама, там, подруги, в гости сходить, когда захочется. А может, и ребенок будет!..

У них обоих — есть дом, семья, «крепкий тыл». Никто друг от друга «не гуляет», на чужих жен и мужей не заглядывается, под утро с помадой на воротнике не является. Все домашние заботы, конечно же, пополам, и Глеб честно пылесосил ковер, когда оказывался дома в середине дня, что случалось примерно раз в месяц. Друзья общие, в отпуск вместе, к теще на ее шесть соток тоже вместе. Никаких скандалов и взаимных обид — мы же договорились!

И жизнь потекла, простая, понятная, предсказуемая, очень удобная.

Глеб заскучал очень быстро, года через два, наверное. Только тогда он понятия не имел, что маета, когда не знаешь, куда себя деть, какие найти развлечения, на что употребить вечера и выходные, если такие, не дай бог, случались, — все от скуки.

Когда родился Сашка, начались трудности — бессонница, пеленки, соковыжималки, пюре из яблока с морковью, бутылочки и какой-то особенно понимающий детский врач, которого почему-то нужно было непременно возить в их многоэтажный пригород «из центра». Это оказалось тяжело, и вдвоем с женой они героически «преодолевали трудности», поддерживали друг друга, уговаривали, что «так будет не всегда», — одним словом, старались. Младенчество сына закончилось, они приспособились к жизни с ребенком, и он приспособился к ним. Жизнь, немного видоизменившаяся, «давшая крен», выровнялась и потекла своим чередом — денег не всегда хватает, работы по-прежнему много, в одной комнате втроем тесновато, и теперь приходится ждать, когда ребенок заснет, чтобы получить свою порцию привычного, уютного и простого секса. А чего особенно стараться-то... в этом направлении? Все ясно, давно пройдено, ничего нового никто не изобретет!.. Зато летом ребенка можно спровадить к бабушке на шесть соток и спать, как когда-то, с распахнутым на Енисей окном — и счастье вовсе не в возможности *побыть вдвоем*, а именно в этом распахнутом окне!

На работе Глеб вкалывал, и там было много интересных и важных дел, событий, встреч. Губернатор часто летал в командировки, и охрана с ним, — в самые отдаленные шахтерские поселки Белоярского края, и на Кольскую губу, и в Москву, и в Питер, и даже на Чукотку однажды слетали!.. Анатолий Васильевич к своей охране относился с симпатией и даже уважением, и семья губернаторская за лакеев и дворников их никогда не держала. Мужики платили тем же — на Восьмое марта сначала Любови Ивановне и Катюшке цветы привозили, а потом уж собственным супругам! Катю Глеб учил стрелять из пистолета, Митьку, ее брата, выручал из всяческих глупых мальчишеских передряг, с Любовью Ивановной состоял в заговоре, когда она просила: «Вы уж отцу-то не рассказывайте, что Митька

опять напился! Это у него пройдет! А, Глебушка?!» Он
ездил с детьми «в ночное», когда им удавалось угово-
рить Любовь Ивановну, и она отпускала их только с
тем условием, чтоб и Глеб тоже поехал, и в «случае
чего» был рядом. Однажды какому-то Катиному по-
клоннику он уши надрал за то, что тот утащил ее в куст
сирени за школой и там лапал. Глеб всегда забирал
Катю из школы и подъехал к школьным воротам в самый патетический момент. Он выскочил из губернаторской «Волги», за шиворот выволок из сирени Ромео
и как следует оттаскал за уши. Ромео вопил и вырывался, но Глеб его не отпускал, а потом еще извиняться заставил, и тот извинялся, отводя глаза и то и дело трогая
руками распухшие красные лопухи. Потом Глеб затолкал в машину соблазнительницу — губернаторскую
дочь, — но домой не повез, а повез «на курган», так называлась горушка на высоком берегу Енисея, место се-
мейных воскресных пикников, а также встреч бывших
одноклассников и однокурсников всех мастей. «На
кургане» было пусто — будний день, никаких семей и
однокашников. Глеб нашел место почище, усадил
Катю на траву и грозным голосом прочел лекцию о
женской ответственности, о собственном достоинстве,
об умении различать истинные чувства, держать себя в
руках и не бросаться на шею всяким идиотам и уж тем
более не лазить с ними в сирень!.. Катя слушала поначалу с независимым и гордым видом и даже строптиво
фыркала, а потом устыдилась, зашмыгала носом, и глаза у нее налились слезами. Глеб бушевал довольно долго, все не замечал, что она давно раскаялась и плачет, и
когда наконец заметил, перепугался, что переборщил.

Потом они помирились — она обещала ему быть
разборчивой, а он обещал, что не станет на нее напа-
дать, не разобравшись. Катя считала, что он «не разобрался», и Глеб согласился, когда она объяснила ему
почему.

Чтобы закрепить примирение, в ларьке на углу улиц Ленина и Жданова они купили по пирогу и съели их в скверике на скамейке. Там были вкусные пироги, все охранники об этом знали и, когда не было времени поесть как следует, ездили в этот ларек. Глеб любил пироги с яблоками и повидлом, а Катя с мясом.

На работе Глеб отвлекался, и со временем так получилось, что только там ему было хорошо, и семья, интересами которой он живет, — отнюдь не его собственная, а как раз губернаторская!.. Эта самая губернаторская семья была вовсе не «правильной», не «показательной», не слишком счастливой, в общем, самой обыкновенной! Там врали, скандалили, не понимали друг друга, обижались по пустякам, бурно ругались, потом так же бурно мирились, и все это было очень далеко от идеала, который когда-то Глеб придумал.

Придумал не для губернаторской семьи, конечно. Для своей.

Самое интересное, что в его собственной семье как раз и было вожделенное им когда-то спокойствие — тишь, гладь да божья благодать.

Полный штиль. Надежный тыл. Крепость «Орешек».

Глеб по молодости все придумывал «развлечения» — хотя ничего, кроме рыбалки, ухи под водочку и под долгие разговоры, да еще бани на губернаторской заимке, так и не придумалось. Еще он придумывал «цели» — хотя ничего, кроме новой машины и двухкомнатной квартиры с «улучшенной планировкой» вместо однокомнатной хрущевки, тоже никак не придумывалось.

Когда квартира и машина были «достигнуты», Глеб Звоницкий понял, что это все.

Больше ничего не будет.

На замок в Шотландии он никогда не заработает, да ему и не особенно хотелось в замок. «Роллс-Ройс Фантом» тоже ему не светит, да и зачем он нужен, этот самый «Фантом»?..

Значит, получается так — утром, по дороге в «настоящую жизнь», он везет Сашку в школу, а уж из школы сына забирает бабушка. В двух комнатах два ковра — значит, оба нужно пропылесосить. В субботу, если вдруг оказывалась свободная суббота, с сыном в парк или на Енисей, туда, где устраивали пикники и собирались бывшие одноклассники и однокурсники всех мастей. Вечером, значит, ужин и телевизор. В воскресенье, если, не дай бог, оказалось свободным еще и воскресенье, главное — дотянуть до вечера, не напиться раньше времени, потому что вечером приезжает мама «повидаться с внучком», и можно начинать пить, только когда все сядут за стол, никак не раньше. Если начать раньше, до стола можно и не дотянуть, и все обидятся — жена, теща, мама!..

Ну а утром — господи, спасибо тебе! — нужно на работу.

Вот и все. Больше ничего не будет.

Однажды в такое вот воскресенье, когда Глеб с тоской смотрел поочередно то в телевизор, то в окно, то на бутылку, до которой еще надо было ждать целых полдня, ему вдруг позвонила Катя Мухина.

Кате тогда было лет двадцать, она училась в Питере и в Белоярск приезжала только на каникулах.

— Глеб Петрович, — сказала она тихим и странным голосом. — Вы можете сейчас приехать? Я знаю, что смена сегодня не ваша, но... я вас очень прошу, Глеб Петрович!

Глеб сказал: о чем разговор, конечно же, через пятнадцать минут он будет.

Все было забыто: и мама, и бутылка, и воскресенье. Он прилетел на губернаторскую дачу не через пятнадцать, а через девять минут после ее звонка. Они обе,

Любовь Ивановна и Катя, ждали его на крыльце, притихшие и встревоженные.

Катя, завидев его, сбежала с крыльца, и они встретились на дорожке.

— У нас Митька пропал, — выпалила она громким шепотом и оглянулась, как будто их могли подслушивать. — Мы папе не говорили. Папа только вчера Митьке сказал, что так продолжаться не может и, если он не остановится, ну, в смысле... пить не бросит, папа больше помогать ему не будет! И с утра он пропал, Митька!.. Мы с мамой боимся, Глеб Петрович! А если об этом кто-нибудь узнает, сразу шум поднимется, а у папы и так вчера гипертонический криз был, «Скорая» приезжала.

Любовь Ивановна всхлипывала на крыльце.

— Помоги, Глебушка, — взмолилась она оттуда и громко высморкалась. — Сил моих больше нет! Так страшно, так страшно... Пропадет ведь парень совсем!..

Глеб сказал: о чем разговор, конечно же, вы только не волнуйтесь.

Губернаторского сына он нашел только под вечер — тот мирно спал в каком-то кабаке. Сердобольный хозяин даже накрыл его одеяльцем, а кабак замкнул на ключ, чтобы лишние люди не пялились на Митю Мухина, спящего в банкетном зале среди бела дня!.. Впрочем, кажется, именно этот ресторан «крышевали» ребята из губернаторской администрации, так что, может, хозяин Митю вовсе и не жалел, а просто его отца боялся.

Глеб долго с Митей валандался, приводил в себя, поил аспирином, пивом и сладким чаем, потом еще насильно кормил в каком-то другом ресторане и смотрел с брезгливой жалостью, как трясутся пальцы, державшие вилку, — мелкой отвратительной стариковской дрожью, — а потом сдал его с рук на руки матери и сестре!..

Это был просто эпизод, один из многих, но, вернувшись в свой двухкомнатный рай «улучшенной планировки», где все уже давно спали и на плите для него был приготовлен в кастрюльке ужин — холодные макароны, а сверху плоская коричневая котлета, — Глеб отчетливо понял, что так больше продолжаться не может.

Ну, если он не последний предатель и изменник, конечно!..

Любовь Ивановна и Катя, жавшиеся друг к другу на крылечке в ожидании, когда он наконец приедет, значили для него неизмеримо больше, чем жена, подруга жены, которую на днях бросил муж и которая теперь каждый вечер приходила жаловаться, а также холодная котлета поверх холодных же макарон!.. Слабак и пьянчужка Митька был гораздо важнее, чем шесть тещиных соток и перспектива пойти с тестем за грибами.

С Катей, Митькой, Любовью Ивановной у Глеба были общие интересы, вполне определенные и ясные, не всегда правильные, но уж точно общие! С его собственной семьей, такой ясной и правильной, не было никаких.

Их объединяли только общая воскресная скука, отпуск раз в году на теплом море, покупка холодильника и спальни «под орех», Сашкины оценки — ты подумай, в четверти по математике опять тройка! — и заунывные подругины рассказы о бывшем муже.

Когда им стало неинтересно до такой степени, что они даже изобразить этот интерес не могут?!

Куда он девался?

Испарился?!. Выветрился?!.

И самое главное — Глеб был в этом абсолютно уверен, — он сам во всем виноват. Жена не виновата. Именно он предатель и изменник, предал *свою* семью и со всего размаху въехал в *другую*! Правила жизни определял он, и именно в соответствии с *его* правилами они жили, а вопроса, почему у жены не было своих, он себе не задавал.

Еще он был уверен, что во всем виновата работа и губернаторская семья, затянувшая его, как в омут, и есть только один выход из положения — поменять работу, перестать жить чужой жизнью и начать жить своей.

И он ушел со службы, изумив Мухина, Любовь Ивановну и коллег. Его только-только повысили, сделали начальником охраны, таким образом и эта цель была достигнута, а он ушел. Губернатор негодовал, губернаторша только поджимала губы, Митька ничего не заметил — он спивался ускоренными темпами, словно поставил цель погубить себя как можно быстрее, а Катя была в Питере.

Он ушел и начал все заново — сцепив челюсти, заставляя себя не звонить на старую работу, не спрашивать, как дела, не выяснять, что там с Митькой, за кого вышла Катя и кто теперь покупает Любови Ивановне валокордин и таблетки от давления!..

Ничего не помогло.

Предательство, о котором знал только он и за которое так себя казнил, оказалось сильнее его правильных решений и логических построений. Видимо, оттого, что во всех этих построениях он не учитывал одну-единственную, но очень важную составляющую — себя.

Он учитывал все: жену, сына, две комнаты «улучшенной планировки», тещу с тестем, застолье в воскресенье, отпуск на теплом море, Новый год на чужой даче! Только себя не учитывал. Все он выстраивал так, чтобы было «правильно», всех подгонял, собирал и направлял — как собака колли стадо послушных овечек. Овечки брели себе вполне послушно, щипали травку и позвякивали колокольчиками, а пастух что-то... занемог.

И смена места работы не помогла!..

Глеб ушел от жены — не к новой прекрасной возлюбленной и не в новую счастливую жизнь, а потому что невозможно было дальше терпеть старую жизнь. Постоянная фальшь и сознание собственного предательства, как кислота, сожрали остатки пластмассовой конструкции, которую он воздвиг.

Он еще долго пытался понять, что именно сделал не так, почему идеальная схема стала неправдой, и все забывал про главную составляющую — себя.

Ему стало неинтересно. *Ему* стало наплевать. *Ему* решительно не подходила его собственная идеальная схема!..

После развода он долго жил рядом с окружной дорогой среди спившихся трясущихся стариков и промышляющих скверной самогонкой старух, мрачно вкалывал на новой работе и старался стать Сашке «хорошим отцом». Хотя бы на расстоянии...

Водитель Саша, всегда работавший с Глебом в Питере, оглянулся на него и сказал негромко и сочувственно:

— Приехали, Глеб Петрович.

Сочувствия и мужской солидарности в голос он подпустил, потому что слышал разговор Глеба с женой, ясное дело.

Глеб, много лет прослуживший и водителем, и охранником, и, по совместительству, нянькой у губернаторского сына, и еще утешителем у Любови Ивановны, и еще хранителем тайн Катюшки, ни сочувствия, ни солидарности не принял. Он слишком хорошо знал, что подчас они ничего не стоят, искренности в них нет никакой и, кроме злорадства, проблемы начальства ничего у подчиненных не вызывают.

Кстати, Кате Мухиной надо бы позвонить, хоть и не хочется!..

— Вас проводить?

Глеб неторопливо пожал плечами и холодно осведомился, для чего нужно его провожать. Чай, не барышня!..

— Ну... для солидности, Глеб Петрович.

— Не нужно нам такой солидности, — под нос себе пробормотал Глеб — так, чтобы водитель услышал, — вылез из машины и потянул за собой пальто.

Вот и пальто он научился носить и не выглядел в них смешно!.. Хотя поначалу все время напоминал сам себе Леонида Ильича Брежнева на охоте в Завидове, не хватало только барашкового воротника и шапки-пирожка.

Новоиспеченный портовый начальник располагался, разумеется, ни в каком не в порту, а прямо в центре города Санкт-Петербурга, в роскошном старинном доме с колоннами и львами. Для чего-то, должно быть для пущего шику, хозяева облицевали парадное черным мрамором примерно до второго этажа, и у львов были недовольные спины и унылые морды. Должно быть, черное блескучее великолепие им не слишком нравилось. А что делать?..

Глебу великолепие тоже не понравилось.

В Белоярске таким образом был отделан зал прощания с покойниками, не простыми, разумеется, а «золотыми». В конце девяностых Глеб только и делал, что посещал этот зал — сопровождал «прощавшихся», которые толпились внутри черного мраморного помещения с постными перепуганными лицами и, должно быть, отчетливо представляли себя на месте тех, с кем нынче «прощаются»!..

В приемной, где черную мраморную красотищу дополнял еще и рвущий душу зеленый малахит, прекрасная блондинка предложила Глебу «располагаться», гостеприимно указала на диваны и кресла и осведомилась, не хочет ли посетитель чаю или, быть может, кофе.

Минеральной воды?..

Глеб моргнул — отчасти из-за красотищи, отчасти из-за гостеприимства, отчасти из-за аппетитности блондинкиного бюста, который был прямо у него перед носом.

— Как — располагайтесь?! Мы должны встретиться с... — тут он специально заглянул в папку, словно позабыв имя-отчество человека, вознамерившегося держать его в приемной, — Вадимом Григорьевичем в десять часов, и располагаться мне некогда.

— Придется немного обождать, — сладким полушепотом, словно о чем-то очень интимном, сообщила блондинка, и бюст качнулся у Глеба перед глазами. — Вадимгригорьича еще нет, но он звонил и сказал, что через несколько минут будет. Пробки в городе просто ужасные!..

— Несколько минут — это сколько? Час? Полтора?

— Нет-нет, что вы! — перепугалась блондинка. — Буквально несколько минуточек придется обождать. Вадимгригорьич будет очень, очень скоро!

Почему-то она выпаливала имя шефа как скороговорку.

— Может быть, все-таки кофейку?.. И вы располагайтесь!

Глеб от кофе отказался и «располагаться» тоже не стал, решив, что стоя будет вернее действовать секретарше на нервы.

...Ну почему у подобных начальников секретарши обязательно блондинки и обязательно грудастые? Уж столько говорено-переговорено на тему «начальник и секретарша», столько анекдотов придумано, столько юморесок написано, столько сценок представлено разухабистыми юмористами, а еще больше юмористками, столько книжек выпущено, и переводных, и писаных в отечестве, а дело все ни с места! И, главное, всегда одно к одному — парадное, облицованное черным мрамором, львы с унылыми мордами, в приемной малахит, а у секретарши — бюст. Бывает еще один вариант, так сказать, на западный манер. Это когда мрамор белый, львов никаких нету, а есть некая сложная конструкция в центре просторного холла — потолок непременно сверкает тысячью мелких ослепительных лампочек. А на стене, супротив конструкции, обязательная бронзовая табличка: «Скульптура «Вечная мысль». Подарок Б. Кокошина», панорамные лифты, и тогда уж секретарша брюнетка, с волосами, затянутыми в пучок — туда же затянуты часть лба и щеки, — и в очках.

Очки, как всем известно, придают облику утонченную интеллектуальность.

Ох, грехи наши тяжкие!..

Блондинка возилась за своим столом, встряхивала волосами, время от времени обращала взор к компьютеру, но все больше ловила свое отражение в полировке деревянной стенной панели, и лицо у нее становилось счастливым — от любви к себе и от радости смотреть на свое собственное изображение.

В этот момент, должно быть от раздражения или в противовес этой красотке, Глеб почему-то вспомнил о Кате Мухиной. Вот кто решительно не любил себя и не испытывал никакой радости от своего внешнего вида! Ей было лет шестнадцать, когда все подруги, вдруг осознав свою девичью власть над мальчишками, стали осторожненько, примериваясь, ею пользоваться, а у Кати были очки, «конский хвост», кроссовки сорокового размера и вечная книжка, засунутая под сиденье папиной служебной машины. Когда машина ехала, Катя смотрела в окно. Как только останавливалась, Катя — опля! — выуживала из-под сиденья книгу и утыкалась в нее носом. Она уже тогда была близорука и щурилась, как крот, внезапно извлеченный из норы на свет божий.

Глеб Петрович вчера заботливо посадил ее в такси, три раза повторил водителю адрес и лживым заботливым тоном попросил ее позвонить, как только она доберется до дому, — тоже раза три попросил, наверное. И визитку свою всунул в ее холодную ладошку!.. Конечно, она не позвонила. Впрочем, он и не ждал. Лег спать и проспал до утра.

— Вадимгригорьича пока нет, — грудным полушепотом сообщила в трубку секретарша, Глеб взглянул на нее. — Как только он появится, я сейчас же вас с ним соединю!..

— Соедините меня с ним, — попросил Глеб, которого рассмешил грудной полушепот, должный производить в собеседнике некое короткое замыкание. — Я знаю, вы можете!

— Что... могу? — спросила секретарша и откинула волосы за плечо. Некоторое время она смотрела Глебу в лицо, но быстро отвлеклась — у него за плечом в стенной панели маячило ее отражение, очень красивое, и она опять залюбовалась.

— Але-е! — Глеб обеими руками оперся о стол перед носом у секретарши. — Гараж! Вы меня слышите или вы меня не слышите?

Секретарша обиделась. Убрав с края стола антикварный чернильный приборчик, за который наклонившийся Глеб цеплял шарфом, она осведомилась, зачем он на нее кричит.

Глеб сказал, что не кричит, но у него очень мало времени, и на место чернильного приборчика пододвинул телефон и кивнул на него.

— А это... зачем? Зачем вы трогаете... чужие вещи?

— Звоните, — предложил Глеб, взглядом не отпуская ее взгляд, чтобы она, боже сохрани, не уставилась опять на свое отражение. — Звоните шефу и соединяйте меня с ним. Говорите, что дело не терпит отлагательств. Говорите, что посетитель хам и бандит. Ну? Вперед!

Девушка, как завороженная, потянулась к телефону правой рукой. Левой она оберегала чернильный приборчик.

— А вы... бандит?

— Звоните, звоните.

— А если я сейчас охрану вызову?

— Сначала вызовите шефа, — душевно попросил Глеб Петрович, — посредством телефонного аппарата, вот этого! А уж потом кого угодно.

— Э-э... Вадимгригорьич? Э-э, Вадимгригорьич, это Оля, да. Доброе утро. Да. Это Оля. Вы меня узнали? — Тут секретарша улыбнулась телефону призывной улыбкой и сделала движение, пытаясь поймать свое отражение в телефонной пластмассе. — Это Оля. Вы меня узнали, Вадимгригорьич? А вы когда приедете? А? Слышно плохо, что-то со связью, Вадимгригорьич! Я хотела спросить, вы когда...

Тут Глеб, которого перестала развлекать секретарша с ее скороговоркой и «Вадимгригорьичем», твердой рукой вынул у нее из ладошки теплую, сладко пахнущую духами трубку и сказал веско:

— Доброе утро, уважаемый. Моя фамилия Звоницкий, мы с вами договаривались на десять. Сейчас восемнадцать минут одиннадцатого. У вас есть часы?

Сладкая трубка молчала, а секретарша в волнении приподнялась с кресла, так что короткая юбочка задралась, обнажив молочное, обтянутое нейлоном бедро, и вся подалась к Глебу, и даже руки протянула молитвенно, словно умоляя наглеца вернуть ей «Вадимгригорьича».

Глеб отошел от нее к окну.

Там, на воле, вздымалось серыми волнами море питерских крыш, тускло светился вдалеке кусок Исаакиевского купола, и плотный северо-западный ветер разорвал низкие асфальтовые облака, и в рваных прогалинах высоко-высоко светилось ослепительное ледяное небо.

Хорошо на воле!..

— А вы откуда, простите? — осведомились у Глеба в трубке.

— Я из Белоярска, уважаемый. Мы с вами договаривались ровно в десять разговоры разговаривать! Они у нас долгие, разговоры-то, а вы опаздываете. Нехорошо. — Тут Глеб подумал немного и добавил зачем-то: — Неспортивно.

Нельзя было начинать таким тоном, ничего хорошего в нем не было — для работы ничего хорошего! Глеб Звоницкий давно научился придерживать свои эмоции, со всеми быть ровным и любезным, по крайней мере поначалу, на первых порах, пока не затрагивались деловые интересы, за которые Глеб, наученный Александром Ястребовым, всегда бился до конца. А заранее настраивать людей против себя — глупо. Но с этим таможенным чертом все как-то сразу пошло наперекосяк!.. Еще в Белоярске Глеб начал его ненавидеть — за разоренные стены полиграфкомбината, затянутые пленкой, за холод в цехах, за полное безразличие ко всему, кроме своего «Мерседеса» и тайских массажисток!

— Я помню, что мы договаривались, — недовольным тоном сказал в трубке любитель тайских массажисток. — Ну и что? Если вам так некогда, можете меня не ждать.

— Ну, это вы напрасно. Я ведь не спонсорскую помощь просить пришел!.. Если у нас с вами разговора не получится, придется мне с Августом Романовичем беседовать.

Это был выстрел из крупнокалиберного орудия, и хорошо бы не вхолостую выстрелить, хорошо бы цель поразить, и следовало приберечь этот выстрел «на попозже», но все ведь уже пошло наперекосяк!

Секретарше, маячившей у него за плечом, по всей видимости, было известно, кто такой этот самый Август Романович, потому что она вдруг сдавленно ахнула и куда-то метнулась. Должно быть, поминать Августа Романовича всуе считалось в этом малахитовом офисе страшнейшим и тягчайшим преступлением.

— А не надо меня пугать! — сказала трубка громко и, как показалось Глебу, весело. — И не надо такими именами просто так бросаться!

— Я вас жду еще пятнадцать минут и уезжаю. Договорились?

— Договорились, — согласилась трубка на этот раз определенно весело. Эта веселость Глебу понравилась.

...И что это меня понесло с самого утра каких-то недоумков учить, спектакли перед ними разыгрывать?! Как будто в первый раз! Бицепсами стал играть, военную мощь демонстрировать! Зачем?! Перед кем?!

Глеб Звоницкий посмотрел на часы, широко, как на уроке плавания, взмахнув рукой перед секретаршиным носом, так, чтобы она запомнила это движение и потом доложила шефу, что посетитель все время смотрел на часы.

Она проводила его руку взглядом.

— Может, чаю?

— Давайте лучше кофею.

— Чего... давать?

Но Глеб не слушал. Все его дурное настроение из-за Сашки и из-за того, что он ему «больше не отец», вот откуда!.. Это Алена так сегодня утром придумала, его бывшая жена. Впрочем, она регулярно придумывала что-то в этом роде и сообщала Глебу.

Таможенный начальник прибыл не через пятнадцать минут, а через две с половиной — должно быть, дискутировал с Глебом по телефону, как раз ожидая лифта, и сразу прошел в свой кабинет, секретарше с ее взволнованным бюстом даже не кивнул.

Он настежь распахнул дверь, блеснувшую канцелярской кабинетной полировкой, содрал с одного плеча длинное пальто, уронил шарф, швырнул в недра кабинета портфель и, не глядя, пригласил Глеба «проходить».

Глеб прошел.

Кабинет его удивил. В нем не было ни малахита, ни черного мрамора, ни странных фигур — «Вечная жизнь». Подарок М. Кокошина», — зато был камин. Самый настоящий камин, кое-где заботливо подреставрированный. Мраморная полка с выкрошившимся краем, следы копоти, горка золы и пара березовых полешек на плитке. В ведерке — Глеб заглянул — щепки и свитки сухой бересты, должно быть для растопки.

Ты не так прост, дорогой мой «Вадимгригорьич», несмотря на секретаршу с бюстом и недовольных львов, украшавших парадное!..

— Прошу прощения, — отрывисто сказал хозяин секретарши и камина, стащил пальто со второго плеча и кое-как пристроил на кресло. Пальто тут же сползло на пол. Никто не обратил на это внимания. — Я просто толком не понял, кто вы и откуда.

— Я из Белоярска, — напомнил Глеб любезно. — По поводу полиграфического оборудования.

Таможенный начальник обежал массивный стол, пошарил в карманах, вытащил пачку сигарет, красиво прикурил и бросил пачку на стол. Он все делал резко, отрывисто и, как показалось Глебу, все время наблюдая за собой со стороны — ну, вот как секретарша наблюдала собственное отражение в стенной панели!.. Должно быть, со стороны начальник себе очень нравился.

Так-так. Посмотрим. Тоже понаблюдаем. А там уж разберемся со стратегией и тактикой!

— В Белоярске полиграфкомбинат без оборудования простаивает, — продолжал Глеб и без приглашения уселся в кресло, не напротив, а несколько сбоку, так, чтобы не создавалось впечатления, что он проситель или подчиненный. Вадиму Григорьевичу даже пришлось несколько развернуться, чтобы сидеть к Глебу лицом. — А Белоярск — город северный, там без стены в цехе ну никак нельзя! Ну никак! Все ж не Ялта!..

— Позвольте, при чем здесь стена?! — удивился чиновник, потянулся и нажал кнопку на невиданной красоты аппарате. — Лена! Кофе дайте!

Глеб кивнул на аппарат и подсказал:

— Оля.

— Простите?

— Оля, а не Лена, Вадим Григорьевич.

— А?! А, да. Никак не могу запомнить. Сначала была Лена, теперь Оля. А еще какая-то Тамара Васильевна была. Это еще до Лены.

Глеб покивал с пониманием. Ситуация понемногу съезжала с заранее намеченной колеи, как санки с проезжей дороги.

— И что в Белоярске со стенами?

— Беда там со стенами, Вадим Григорьевич. Не со всеми, конечно, а только с теми, которые разобрали два месяца назад, чтоб оборудование завозить. Стены разобрали, а оборудования как не было, так и нет. Иноземцев кормим, стену пленочкой занавесили, убытки несем. Нехорошо это все. — Глеб немного подумал и добавил, решив, что сейчас уже в самый раз: — Неспортивно.

— Каких иноземцев? — помолчав, осведомился Вадим Григорьевич, и — в сторону аппарата: — Лена, кофе принесите!

— Оля, — поправил Глеб Петрович.

— А слухи... об Августе Романовиче и до Белоярска докатились? — Тут таможенный начальник энергично задавил в пепельнице сигарету и энергичным броском кисти вытряхнул из пачки следующую.

Подача перешла на сторону Звоницкого Глеба Петровича. Свою подачу чиновник проиграл.

«Дурачок. Любитель тайского массажа и «Мерседесов». Что ж ты к разговору не подготовился совсем? Ты мне встречу еще когда назначил? Три дня назад ты мне ее назначил! И даже ни одной бумажки на меня не посмотрел. И данные об оборудовании не запросил. И справок никаких не навел. Взбутетенился только при упоминании Августа Романовича, человека серьезного и со связями».

Глеб помолчал, будто прицеливаясь поточнее, как именно ударить, куда послать мяч, так, чтобы противник уж точно подачу не принял, с силой выдохнул и ударил:

— Мы слухами не питаемся, Вадим Григорьевич. Что слухи!.. Вот, например, говорят, что Август Романович день рождения супруги в Кенсингтонском дворце справлял, во всех газетах писали. А на самом деле как?

— Как? — повторил доверчивый дурашка.

«Ну-у, так даже неинтересно!.. Что ж ты, милый?! Ты бы хоть попробовал подачу-то принять! А ты сразу — лапки кверху!..»

— А так, что они с Еленой Николаевной на лодочке моторной на Ярыгин остров уплыли, ну, там у нас рыбалка знатная, банька, домишко, все как полагается. И два дня их не видал никто, не слыхал, даже собственная охрана. Хотя кого там сторожиться! Если только медведь забредет, а на этот случай у Августа Романовича ружьишко с собой было. Это потом уж московские гости прибыли, друзья, коллеги, так сказать, товарищи по работе и соратники по партии. Официальная часть на Енисее была, с фейерверками, с ушицей, с подарочками!.. А вы говорите — Кенсингтонский дворец!

Вадим Григорьевич, который как раз ничего не говорил про дворец, смотрел исподлобья, соображал.

«Сейчас спросит, знаком ли я лично с охотником и рыболовом Августом Романовичем», — решил Глеб.

— То есть вы с Августом Романовичем... дружите, что ли?

— Милый вы мой! — вскричал Глеб горячо. Этому приему — внезапно горячо и доверительно обращаться к противнику, как бы привлекая его на свою сторону, — он научился когда-то у шефа. — Милый вы мой Вадим Григорьевич! Ну мы же с вами простые смертные, да? Я, по крайней мере, точно. Ну разве простой смертный может дружить с та-аким человеком?! С кем дружит Август Романович? Разве с президентом только! Вот с Ястребовым дружит, они, кажется, учились вместе, а со мной — что же? Как ему со мной дружить? Неловко как-то даже!..

Вот и отлично. И на вопрос не ответил, и голову заморочил основательно, и Ястребова помянул.

«Ну, давай. Твоя подача. Ударь, что ли».

Вадим Григорьевич посоображал еще немного, ткнул пальцем в безответный аппарат и в очередной раз потребовал у него кофе. Глеб ждал.

— Хорошо, — изрек наконец таможенный чиновник. — Но ведь мы просто так ничего не задерживаем. Видимо, документы у вас не в порядке, вот вы и не можете получить груз...

— Документы в порядке, — очень серьезно и с нажимом сказал Глеб. — В полном порядке! Да вы можете сами взглянуть! — Он потянулся к своему портфелю и извлек папку столь объемистую, что у хозяина кабинета по лицу пробежала тень. — Все документики собраны, все до единой бумажечки, все один к одному!..

Он хотел было добавить: «любо-дорого посмотреть», но решил все же воздержаться.

— И новые таможенные правила нам известны, и

ввозные пошлины все уплачены, и санитарные серти-
фикаты получены, — Глеб перечислял, и на каждое новое упоминание вытаскивал из папки скрепленные по
нескольку штук листы.

— Вы можете мне оставить ваши документы, — все
больше затуманиваясь, предложил Вадим Григорьевич. — Я посмотрю.

— Да как же я вам их оставлю?! — искренне удивился Глеб. — Это же мои документы! Ваша Лена или Оля
их потеряет, а нам что делать? В Белоярске зима давно,
а у нас в цехах стены разобраны!

— Да при чем тут стены?!

— Да при том, что каждый станок в две тонны весом! Их краном поднимают и устанавливают! Два месяца назад как разобрали, так стены разобранные и стоят!

— Ну, это ваши проблемы, разобрали вы стены или
не разобрали! Через Северо-Западное пароходство
знаете какой поток грузов идет? И транзитных, и всяких, а вы хотите, чтоб я каждой задержкой отдельно занимался?! — Тут Вадим Григорьевич приободрился,
словно обрел почву под ногами, и туман с лица сошел,
как и не было его. — Я не могу! У нас в первую очередь
обслуживаются грузы, которые по социальным про-
граммам приходят, которые в рамках...

— Считайте, что мы тоже «в рамках», — перебил его
Глеб. — То есть это еще пока мы в рамках, а уж потом
как пойдет, Вадим Григорьевич.

— Если все документы в норме, вы получите ваш
груз в порядке общей очереди. И не нужно мне угро-
жать.

— В порядке общей очереди я должен был получить
груз несколько недель назад. И я вам не угрожаю.

— Позвоните мне, — тут чиновник перелистнул ка-
лендарь, видимо ошибочно открытый на какой-то другой неделе, — дня через три, и вы получите все разъяс-
нения...

— Я позвоню вам вечером, Вадим Григорьевич, — с нажимом сказал Глеб. — На мобильный телефон. Последние цифры вашего номера шестьдесят восемь, шестьдесят четыре, если я правильно помню?

Такие штуки иногда помогали.

«Ты обо мне ничего не знаешь, ты видишь меня первый раз в жизни и всей душой мечтаешь, чтоб и последний, а я о тебе знаю все. Вот и номерочек мобильного знаю. А что может быть интимней личного мобильного номера, да еще для такого большого государственного человека, как этот самый Вадим Григорьевич?! Номер его небось только у любовницы имеется, да еще у супруги и у мамаши! Впрочем, для мамаши наверняка есть другой мобильный, так сказать менее интимный».

Вадим Григорьевич, заслышав заветные циферки, взглянул на Глеба испуганно.

— Откуда вам известен... — начал он и замолчал.

— Вадим Григорьевич, — Глеб аккуратно поместил в толстенную папку все вытащенные бумаги и захлопнул ее, как бы ставя финальную точку. Этому он тоже научился у Ястребова. — Я вам позвоню сегодня вечером. Вы как раз успеете выяснить все обо мне и о грузе, предназначенном для Белоярского полиграфкомбината. Если по каким-то причинам ваш телефон будет выключен — всякое бывает, может, батарейка сядет! — мне придется звонить Августу Романовичу. А мне бы этого не хотелось, — добавил он уже совершенно серьезно. — Вопрос пустяковый, а человек большой. Так что вы заранее посмотрите, может, телефон нужно на зарядку поставить!..

— Вы опять мне... угрожаете?

— Да боже избави, — сказал Глеб безмятежно. — Как я могу? Я же не Август Романович!

Он втиснул свою толстенную папку в портфель, поднялся и, глядя на чиновника сверху вниз, сообщил, что с тысяча восемьсот шестьдесят пятого года в Таможенный союз входили все германские государства, кроме Австрии, Мекленбургов и ганзейских городов, а в семьдесят первом все объединились в единый союз и в единое государство.

Вадим Григорьевич моргнул.

— Это вы к чему?

— А к тому, что раз Мекленбурги и Австрия смогли объединить усилия, то нам с вами сам бог велел! — сообщил Глеб. — Ну, не прощаемся! Вечером позвоню. Если я вам понадоблюсь раньше, можете оставить для меня сообщение. Я живу в «Англии», номер четыреста восемнадцатый.

Оставшись один, Вадим Григорьевич некоторое время бешено курил, потом выскочил в малахитовую приемную, наорал на перепуганную Зою — ох, нет, не Зою и не Лену, а, кажется, Олю — и потребовал у нее уже не кофе, а валокордину и таблетку «от головы».

Никакой таблетки у Оли, естественно, не было, и она заревела, но Вадиму неохота было с ней разбираться. Он вернулся в кабинет, попытался было разыскать в компьютере сведения о белоярских полиграфических машинах, конечно, ничего не нашел и велел себе успокоиться.

Он даже сказал это вслух.

— Успокойся, — сказал он громко, и звук гулко отдался в стенах старинного питерского особняка. — У тебя просто истерика.

Дела в последнее время шли из рук вон плохо. Вадим Григорьевич, привыкший преодолевать любые сложности, к такому положению был не готов. Ему бы вникнуть, ему бы приналечь на работу, ему бы вдумчиво и внимательно изучить правила, новые правила, по которым он нынче должен играть — вот хотя бы про Августа Романовича разузнать поподробнее! — а он все никак не мог себя заставить.

Что-то случилось в последнее время такое, чему он решительно не знал названия, и, наверное, если бы был суеверен, подумал бы, что удача отвернулась от него.

Но он был не суеверен, не верил в удачу и был истово убежден, что все, чего он достиг в жизни, — правильно и им заслужено!..

Когда-то его «взяли в бизнес» большие люди, по протекции тестя, тоже человека не маленького. «Бизнес» был вполне благородный и, главное, понятный — пилили бюджетные деньги. Всем известно, что от большого немножко — это не воровство, а дележка, и никто не сомневался в том, что это хорошо, отлично просто!.. В конце концов, вдов и сирот никто на проезжей дороге не грабит, а государство не обеднеет. «Бизнес» процветал, Вадим Григорьевич быстро стал там своим и отпилил себе кусочек тоже — крошечку, малую толику, но этой толики вполне хватило бы на безбедную жизнь рантье в какой-нибудь тихой и славной Чехии, а может, и в Провансе, не менее тихом и славном. Счета были увесисты, машины дороги, увлечения все больше аристократические — теннис, гольф и всякое такое.

А потом случился «коррупционный скандал», и «бизнес» закончился. Кого посадили, кто спешно отбыл в Израиль, кто ударился в бега. Вадим уцелел. И счета уцелели, и машины, и квартира.

Работы не стало, и репутация оказалась... как бы это выразиться... уже не такой безупречной, как до скандала. Денег вроде куры не клюют, а когда в приличное место резюме предлагаешь, смотрят как-то излишне любопытно.

Ну, вот таможня получилась.

Ну, новый пост, новое назначение, старые связи хоть и подмоченные, но сыграли свою роль — все правильно. То, что он ничего не понимает в том деле, которым его поставили руководить, ничуть его не смущало. Он выучился многому, выучится и этому тоже, подумаешь!.. Самое главное, не теряться и не забывать, на чьем поле играешь.

Вроде бы он не терялся и не забывал, но вот именно сейчас ему было... ну, не до этого!.. Ну совсем не до этого!.. И как назло, навалилось все сразу: и здесь он недосмотрел, и тут недотянул. Да еще этот белоярский красавец с бритой башкой и плоскими глазами нагрянул, сразу видно, бандит и убийца!

Вадим Григорьевич, в силу возраста и известного везения, которое всегда было в его жизни и в которое он не верил, о временах, когда миром правили бандиты и киллеры, знал только по кинокартинам да по детским воспоминаниям. Кинокартины он находил занимательными и искренне восхищался людьми, которые в то лихое и далекое время решались вести свой бизнес и ничего и никого не боялись.

При этом он совершенно упускал из виду, что «лихое и далекое время» — вовсе не пятнадцатый век, а всего лишь пятнадцать лет назад!.. И бандиты никуда не делись, может, пиджаки стали покупать в Париже и вместо перстней с черепами и костями нынче носят обручальные кольца Cartier! И налет цивилизации так тонок, что только ковырнуть поглубже — а там все так же темно и страшно, как и в «далекие» времена! И сам он, Вадим Григорьевич, определен на свое хлебное, доходное таможенное место как раз вчерашними бандитами, которые ждут от него вполне ясных и понятных услуг «в благодарность» за это самое место.

Вадим Григорьевич, успешный менеджер, получивший, пока не было достойной работы, степень магистра делового администрирования — что это за администрирование такое?! И разве бывает какое-то другое администрирование, не деловое?! Нет, не приспособлен русский язык для бизнеса! — считал, что управлять можно чем угодно, ибо есть общие правила, стандарты и законы. Это его так научили, что все правила, стандарты и законы должны неукоснительно соблюдаться и быть альфой и омегой для любого порядочного магистра! Но на деле же альфой и омегой были удовольствие или неудовольствие Августа Романовича, любителя рыбной ловли, которым его нынче пугал белоярский бандит Звоницкий, а также удовольствие или неудовольствие еще десятка людей рангом пониже и в пиджаках подешевле.

Конечно, Вадим Григорьевич обо всем этом догадывался. Он вообще был догадлив, кроме того, умел находить общий язык с людьми и был совершенно уверен, что в случае необходимости кого хочешь обведет вокруг пальца. В конце концов, магистр он или не магистр! И деловое администрирование освоил!.. И Сэлинджера читал! В оригинале читал!..

Но дело все не шло. Он не понимал, так сказать, «товарно-денежных отношений». Он не понимал логики происходящего. Он никак не мог найти объяснения, почему этот груз лежит, а тот отправляется незамедлительно. Он все не мог нащупать ни одного звена, потянув за которое можно было бы вытащить всю цепочку.

В детстве его возили к бабушке в Новгородскую область, нужно было переправляться на пароме на ту сторону Волхова, и маленький Вадим все никак не мог понять, как двигается паром. Ну вот почему он идет?! Ну вот как это так получается?! Замшелый кашляющий дед в треухе, валенках и телогрейке, из которой во все стороны лезла желтая вата, крутил барабан. На барабан наматывалась мокрая веревка, кое-где поросшая зелеными водорослями, и паром шел себе не спеша. Когда выдвигались на стремнину, дед налегал на барабан сильнее, заходился в кашле, и тогда кто-нибудь из мужиков, бросив беломорину, перехватывал рукоятку барабана и, крякнув, начинал крутить сильнее, а паром все шел и шел, может, чуть быстрее. Выходит, он шел из-за деда в треухе? Да нет, не так, потому что потом вступал мужик, а паром все равно шел! Или из-за барабана?! Или из-за веревки?..

Вот и нынче Вадим не понимал, из-за чего, так сказать, движется паром? Есть ли законы его движения? Кто крутит рукоятку барабана и что будет, если, к примеру, лопнет канат?!

То, что крутит явно не он, Вадим, стало очевидным почти сразу. Тогда кто?..

И что отвечать всяким... таким из Белоярска, которые не получали степени магистра и Сэлинджера не читывали, ни в оригинале, ни в переводе?!

Впрочем, на этот случай имелся у Вадима Григорьевича телефончик, по которому следовало звонить и спрашивать, что делать. Вадим Григорьевич звонил и спрашивал, но это шло абсолютно вразрез с законами, стандартами и правилами, освоенными им в бизнес-школе!..

А новых правил он не знал, и никто особенно не стремился его на этот счет просвещать.

И — самое главное! — они, эти правила, его не слишком интересовали.

Нет, не так.

В данный момент они его совсем не интересовали, эти правила!.. И бандит, явившийся из Белоярска за какими-то своими машинами, отвлек его от дел гораздо более важных, от которых действительно зависела жизнь, и что там какие-то разобранные стены какого-то полиграфкомбината, находящегося вовсе на другом конце огромной и бестолковой державы!..

Он еще покурил, потом разгрыз таблетку, принесенную Олей — кажется, попал, да? У Оли лицо скорбное и глаза зареванные, но ему нет никакого дела ни до ее скорби, ни до зареванных глаз.

Он запил водой горечь во рту и поморщился — газировка шибанула в нос, кажется, там вспенилась, и горько стало везде, и в носу тоже, — и решился позвонить.

— Мне нужен совет, — сказал, услышав неторопливый и мнимо-значительный голос в трубке.

От этого голоса Вадиму стало жарко. Он знал, что звонить можно лишь в крайних случаях, но за несколько месяцев пребывания на этой проклятой работе так и не научился отличать, какой случай крайний, а какой не крайний. Наверное, сегодняшний как раз «крайний», потому что был упомянут Август Романович, и потому что белоярский молодчик был так в себе уверен, и еще потому, что он откуда-то знает номер его личного мобильного!..

— Что опять не так? — спросили в трубке. — Научись ты сам решения принимать! Сколько я буду тебя, как маленького, на горшок водить?!

«Горшок» и «маленького» пришлось проглотить.

— Приехал человек из Белоярска. Говорит, что мы его груз задерживаем, а причина неясна. Говорит, что ему нужно этот груз срочно получить, потому что в Белоярске зима, а там на комбинате...

— Ты что?! — весело перебили в трубке. — Заболел? Или мозги в туалете оставил? Какой еще комбинат?! Какой человек?!

— Человека зовут Глеб Звоницкий, — с ненавистью и очень ровным тоном сказал Вадим. — Заместитель белоярского губернатора.

— Тю! — поразился его собеседник. — Ястребова, что ли?! Жив, курилка?! Под новые веяния с должности не сняли?!

— Кого... не сняли?

— Да никого! Не твоего ума дело! Я этого Ястребова... — Тут человек на том конце провода длинно и витиевато выматерился. Так длинно и так витиевато, что Вадиму стало неловко, хотя никто, кроме него, слышать фиоритуру не мог. — Так чего тебя-то с Ястребовым связывает, Вадимчик?

— Его оборудование мы держим на складе. Оно пришло... пришло... в общем, я точно не помню, но могу по компьютеру посмотреть.

— Да не надо мне ничего смотреть! А кто приказал задержать?

Вадим вытер пот со лба. Пот был холодный, а лоб горячий. Разве так бывает?

— Да никто не приказывал, просто я... Ну, у нас же какая договоренность?.. Пока нет особых указаний, все остается на складе, а потом, когда указания...

— А указания какие были?

— Так не было никаких указаний! — ненавидя себя, закричал Вадим Григорьевич. — В том-то и дело, что никаких указаний не было! Лежит груз и лежит. Ну, они раз зашли, другой зашли, то с одной стороны, то с другой, а у меня-то никаких указаний!..

— А ты что, мокрохвостый, не мог сразу доложить?!

— Да я вам говорил, а вы... наверное...

— Наверное! У меня других дел нету, только твоей таможней гребаной заниматься?! Ты там для чего посажен?! Ты там для того посажен, чтобы наши интересы блюсти, а ты чего делаешь, паразит?!

Никто и никогда не называл Вадима паразитом.

— Как фамилия этого, который к тебе приходил?

— Звоницкий.

В телефоне повисла пауза, и Вадим представил, как *тот* человек записывает неуклюжей, не приспособленной к письму рукой. Как старательно он это делает, как придерживает листок, все норовящий уехать, другой рукой, и как одно-единственное слово превращается для него в каторжный труд!

— Значит, так, — справившись с непосильной письменной работой, заключил собеседник, — ты пока ничего ему не обещай. Води его за нос, как можешь.

Вали все на предшественника — это он, мол, все напутал, теперь ничего не разобрать, вот и получается у тебя в терминалах полный аллес капут! Понял, что ли?..

Вадим пробормотал, что понял. Еще бы не понял!..

— А ты когда с ним встречаешься по новой?

— Он сегодня вечером должен мне звонить. У него откуда-то есть мой мобильный номер!

— Да что твой номер! Тайна двух океанов, что ли? Подумаешь, номер!.. Вот он тебе позвонит, и ты с ним иди в кабак. Ну, хотя бы в этот, на Белинского... как его... ну, где окна еще такие, на церковь глядят! И название такое... педерастическое! А?!

— «Иль Грапполо», — подсказал Вадим тонким от ненависти голосом.

— Во-во! Значит, иди с ним туда и заливай ему про трудности своей жизни. Скажи, что сделаешь все возможное, а мы со своей стороны к разговору подключимся, когда время придет.

— А если он не захочет в ресторан?

— А если я не захочу, чтоб ты штаны зря в кабинете просиживал?! Вот прям с сегодняшнего дня и не захочу!

«Лихие и далекие времена», когда «миром правил криминал», неожиданно приблизились вплотную к Вадиму, и все оказалось совсем не так романтично, как в кино!..

— Он где живет?

— В «Англии».

— Тю! Местечко неплохое и недешевое, видать, и впрямь Ястребов для него ничего не жалеет! Ну, мы тоже не пожалеем!.. Понял, что ли, Вадимчик? Значит, ведешь его в кабак, поишь, кормишь, а дальше не твоего ума дело. Ну, береги здоровье!..

И весь разговор.

Только положив трубку, Вадим вспомнил, что так и не поведал собеседнику об Августе Романовиче, которого так настойчиво поминал приезжий белоярский бандит. Не поведал, а следовало бы. Пожалуй, в первую очередь следовало бы.

Впрочем, черт с ними со всеми. Пусть разбираются, как им вздумается. У него, Вадима, сегодня гораздо более важная встреча. Та самая, от которой действительно зависит его жизнь. Он должен позвонить, только сначала нужно успокоиться.

Он встал, походил по кабинету, переложил на столе журнал и зачем-то заглянул в камин.

Раньше ему казалось, что камин — это самое лучшее, самое уютное и милое сердцу украшение любого дома. В доме, где есть камин, люди не могут ссориться. В доме, где есть камин, всегда веселые дети, большие собаки и вкусный ужин.

В доме, где есть камин, все любят друг друга.

В его собственном камине пахло холодной золой и почему-то улицей. Должно быть, позабыли закрыть вьюшку. Он потянулся и вдвинул чугунную крышку в дымоход. Как он бился за этот камин, когда делали ремонт! Дизайнер ни за что не соглашался оставить его и собирался водрузить на это место плазменный телевизор или, в крайнем случае, переделать все до неузнаваемости. Внутренности камина, по мнению дизайнера, следовало сложить из прозрачных кирпичей, так, чтобы огонь был виден со всех сторон, трубу сделать стеклянной, и еще наставить каких-то экранов, тоже стеклянных!..

Но Вадим встал насмерть. Каминное таинственное нутро не может быть бесстыдно обнажено со всех сторон! Огонь должен гореть в глубине, в недоступности, как в пещере, только тогда он важен и ценен, только тогда к нему тянет, и понятно, что вблизи этого огня уютно и не страшно, и можно долго-долго на него смотреть.

Когда все наладится... Нет, не так. *Если* все наладится, он уйдет с этой чертовой работы, забудет о жирном голосе и фиоритурах в трубке, забудет о чувстве вины и о своем страхе, и в доме у него будет камин!..

Нужно только двигаться в правильном направлении, прикладывать усилия, оценивать каждый шаг, а в удачу он не верит. Как трезвый и взрослый человек.

Заставляя себя думать о том, какой камин будет у него в доме, Вадим взял мобильный и нажал кнопку. Этому абоненту он звонил так часто, что не нужно было долго искать номер в телефонных мозгах.

— И вы знаете, что я терпеть не могу брандахлыст! — Ниночка так называла овощной суп. — Я люблю куриный бульо-ончик!..

— А сегодня постненького супчику съедите.

— Я не хочу-у! Я хочу бульо-ону! И куриную ножку!

Ниночка капризничала не просто так, а «со смыслом». Утром она обнаружила на белой юбке пятно от тонального крема. Крышечку от флакона Ниночка куда-то засунула и не могла найти, крем засыхал тонкой пленкой и, когда Ниночка пыталась его добыть, неожиданно пускал тонкую длинную струйку. Эта струйка Ниночку очень забавляла!.. Забавлять-то забавляла, но пятно вышло прямо-таки непристойное — какое-то длинное, с брызгами, жуткого цвета! Ниночка попробовала его потереть, вышло еще хуже, и оставалось одно — во всем сознаться Галине Юрьевне, белочке-умелочке, которая пятно в два счета отчистит, а Ниночку отчитает за «дурное обращение с вещами, а за них, между прочим, деньги плачены немалые»!..

Значит, Ниночка сейчас соглашается на суп-«брандахлыст», Галина Юрьевна празднует победу и чистит юбку без всяких нотаций.

Ля-ля-ля, все очень просто и легко!

Даже самой себе Ниночка не признавалась, что

нервничает из-за предстоящего свидания с бывшим мужем, как ученица швеи-мотористки перед дискотекой, на которую в полном составе приглашено соседнее военное училище.

И пятно на юбке, и утренние капризы — все оттого, что в сердце холодно и тесно, так что почти невозможно вздохнуть, а в голове, наоборот, просторно и гулко, как будто сквозняк гуляет по пустынным музейным залам!

Свидание, свидание, господи, помоги мне!..

Все не складывалось с самого утра. Катьке не дозвонилась, та упорно не брала трубку, и Ниночка даже волноваться немного стала. Вчерашний прием, на который Ниночка так рассчитывала, — в качестве отвлечения от глупых взволнованных мыслей о Димке! — перенесли на сегодня. Отвлечься было решительно не на что, и Ниночка, вся в думах, полночи крутилась, возилась, взбрыкивала ногами, сбивала в кучу одеяло, а потом, подмерзнув, старательно расправляла и натягивала его на себя, но опять сбрасывала, изнемогая от горячки. И вот жалость какая, раз уж прием перенесли, значит, не будет там сегодня ни журналистов, ни телевидения!.. У них свои графики, поезд ушел, два дня подряд таскаться на некое мутное мероприятие никому и в голову не придет, даже ради заезжей московской знаменитости.

Впрочем — в этом трудно было себе признаться, но Ниночка все же призналась, рассматривая себя в зеркале, — на прием ей стало почти наплевать.

Что там делать, на этих приемах?.. Стоишь, стоишь на каблучищах, озираешься по сторонам, ну, как будто подругу высматриваешь или «бойфренда»-олигарха, в соответствии с велением времени. Кругом толчея, дым табачный, все между собой давно знакомы, все друг другу уж надоели, и «нового человека», особенно мужского пола, провожают глазами — кто такой, откуда взялся?.. Самое главное — Ниночка давно изучила нехитрую науку, — посмотреть на ботинки, выяснить, какие часы и какой марки у него телефон. Все вышеперечисленное должно быть дорогим, иначе связываться нет смысла. Наверняка нарвешься на журналюгу или задрипанного второразрядного клерка, которому начальник с барского плеча скинул приглашение на «модную тусу».

Тарталетки с привядшей креветкой застревают в зубах, к столу не подобраться, и почему-то так всегда получается, что, когда ни приедешь, вроде бы не поздно и не рано, самое вкусное уже съедено, остались только кубики неопределенного сыра с воткнутыми в них зубочистками — как бы канапе. Ну, и еще киви с виноградом, конечно. Киви на зубочистках вечно не держится, съезжает и — блямс! — шлепается на лацкан свежекупленного пиджачка или съезжает за корсаж и оттуда его нужно еще и вылавливать!.. Репортерам «светской хроники» все это унылое веселье давно надоело, они и приезжают с единственной целью — покормиться и операторов своих покормить, им редко перепадает, операторам-то! Поэтому снимают вяло и неохотно, интервью берут кое-как, а Ниночке так нравилось давать интервью! Что-то было в этом — отчасти как принцесса Диана на благотворительном балу, отчасти редакторша Эвелина Хромченко на показе в Париже, отчасти писательница Дарья Донцова на книжной выставке!.. Ниночка не родилась принцессой, не руководила глянцевым журналом, писательством тоже не грешила, но давать интервью казалось ей делом шикарным и о-очень красивым. Конечно, ее немного смущало, что спрашивают все больше какие-то глупости, например понравилось ли ей угощение, в смысле киви с виноградиной, и от какого именно дизайнера ее сегодняшнее платье, но лишь бы спрашивали!..

На прием ей нынче было почти наплевать. Свидание с Димкой занимало все ее мысли.

Димка не любил приемов, и в «прошлой жизни» они почти никогда на них не ходили, только если ему нужно было по работе — с кем-то увидеться, о чем-то переговорить. Высмотрев нужного человека, ее бывший муж быстренько решал вопрос, и они потихонечку убирались восвояси — ужинать «на свободе», или в кино, или в гости. И вообще тогда все было по-другому.

...Интересно, почему он пригласил ее на свидание? И что будет на этом самом свидании? И как это — они пойдут гулять в тот самый парк просто словно старые друзья, что ли?! Вот его машина причаливает к невысокой решеточке с той стороны парка, где не останавливаются туристические и школьные автобусы, — а кто их повезет, водитель, что ли?! И они пойдут наискосок по дорожке, к главному входу, и Екатерининский дворец будет голубеть между голыми деревьями, резьба на стенах отсвечивать немного мрачной осенней позолотой, а они себе пойдут — как чужие, что ли?! Или все будет, как много лет назад, когда жизнь была впереди и мир казался огромным и прекрасным, а они еще только начинали... узнавать друг друга.

...Ну как, как можно вдруг взять и пойти на свидание с бывшим мужем, который написал в заявлении о разводе, что «семейная жизнь фактически не ведется с такого-то числа» и «взаимопонимание утрачено»?! Да она, Ниночка, с ума сойдет от неловкости! Глупости говорить будет. За ней водится такое — от неловкости она иногда начинает болтать всякий вздор, и Димка говорил ей даже, что на свежего человека она, когда волнуется, вполне может произвести впечатление убогой дурочки.

...И что надеть? Шпильки, юбку и чулки с кружевной резинкой — самый подходящий вариант для свидания! Нет, нет, это не годится, вдруг он подумает: она на самом деле поверила в то, что у них романтическая встреча, и собирается его соблазнить!

Тогда джинсы, свитер, теплую куртку и те самые ботиночки, купленные в модном магазине на Невском и еще ни разу не надеванные! Нет, это тоже не годится! Во-первых, новыми башмаками она моментально сотрет себе пятки, а во-вторых, в джинсах и свитере она похожа на Катьку Зосимову — ноги, ноги, ноги, ну и еще руки торчат, как крылья у куренка, а таинственного, завлекательного, сексуального ничего, как будто и не девочка вовсе.

А Катьке надо бы позвонить...

Трубку долго не снимали, и Ниночка вдруг забеспокоилась всерьез.

Забеспокоившись, она поняла, что решительно не знает, что будет делать в том случае, если Катька — дура! — пропала.

Кому звонить? Куда бежать? Кого поднимать по тревоге?

Длинные гудки, и больше ничего. Ниночка посмотрела в телефонное окошечко, чтоб удостовериться, и удостоверилась. Все правильно, в окошечке написана обычная дикость: «Соединяется Катька».

Телефон продолжал гудеть.

А получается, что и некого поднимать. Никто не поднимется.

Катька одна. Брат Митя — алкоголик и слабак — не в счет.

Ниночкины родители — не алкоголики и не слабаки — тоже не в счет. Их нельзя волновать. Вернее, волновать-то их можно, только вот они вряд ли взволнуются. Ниночкиных родителей решительно не интересовала никакая Катька и перипетии ее горькой судьбины.

Занимайся своими делами, Нинуля. Найдется твоя Катька. Никуда не денется. Она же не малое дитя!..

В то, что Катькин муж вполне мог ее куда-нибудь заманить или даже... укокошить, чтобы отнять квартиру, Ниночкины родители не верили.

Это все для детективов, Нинуля. Ну зачем ты вечно читаешь свою Донцову?! Читай лучше... вот Франциска Перейру, гораздо полезнее и познавательнее!

Получается так, что, если Катька в ближайшее время не объявится, придется звонить как раз своему бывшему мужу и просить помощи у него. Больше не у кого.

Но это же... неправильно! Неправильно, да?

Он ее бросил, предал, растоптал. Из-за него она сидела на ковре, не понимая, как раньше ей удавалось дышать!.. Из-за него она валилась на бок, точно зная, что беда навалится сверху и задушит ее бесповоротно и навсегда, — как же можно просить его хоть о чем-нибудь, тем более о помощи?!.

А на свидание с ним — разве... можно?

Ту-ру-ру, пропиликала трубка мобильного. Номер не отвечает.

Ниночка постояла, постукивая телефоном по ладошке. Потом мельком взглянула на себя в зеркало — отражение было нахмуренное и озабоченное — и позвала:

— Галина Юрьевна!

— А!

— Вы где?

— Я здесь.

Это означало, что у домработницы дел по горло и являться по первому зову она не собирается. А если хозяйке очень уж занадобилось, она вполне может сама подойти!

— Галина Юрьевна-а! Давайте ваш дурацкий суп!

Домработница показалась на пороге спальни, вид очень решительный.

— А это чего такое?

На кровати, распластавшись, лежала юбка с неприличным пятном.

Ниночка дернула плечиком.

— А вы не видите? Это ю-у-убочка! А на ней пя-а-атнышко!

— Вы чего, на ней горчицу разводили?

Ниночка ничего не поняла про горчицу и сказала, что «ю-у-убочку» хорошо бы «почи-и-истить»!

Телефон зазвонил, лишив домработницу возможности достойно ответить, и Ниночка схватила трубку.

Почему-то она была уверена, что Катька наконец нашлась.

— Дура! Я тебе с самого утра не могу дозвониться! Куда ты провалилась?!

— Сама дура, — необидно сказал в трубке бывший муж, предстоящее свидание с которым нынче совсем выбило Ниночку из колеи, — а кто провалился?

— Катька провалилась. — Ниночка в собственном голосе расслышала такую искреннюю радость, почти ликование, что пришлось строго приказать себе успокоиться. Да и Галина Юрьевна толклась поблизости, подслушивала. Ниночка повернулась к ней спиной. — Представляешь, звоню ей с утра, а она все трубку не берет! А у нее в последнее время настроение плохое, и этот... ее... совсем распоясался!

— Казимир Алмазов распоясался! — провозгласил в трубке бывший муж.

— Почему... Казимир? Он не Казимир никакой, он Генка, ты же знаешь!

— Казимир — это из кино, — пояснил бывший, — из какого-то старого кино про любовь. Слушай, может, мы пойдем кино про любовь смотреть? Старое?

— Мы же в парк собирались! Или ты... не можешь?

...Ну конечно, он не может. Ну конечно, он сейчас скажет, что все отменяется, что занят, а кино — это он просто так придумал, переносится на «когда-нибудь», которого, конечно, никогда не будет.

...Вот почему так получается? Куда девается любовь? Ведь у них была любовь!.. Жизнерадостная, веселая, очень понятная и ясная, никогда не подводившая, с тех самых времен, когда он купил в магазине на Невском ей книжку, и Ниночка так им гордилась! А потом его любовь куда-то делась. Ниночкина осталась, а свою он... потерял, что ли? Или, может, убил? Зачем он ее убил?

— Дим, — быстро сказала Ниночка, чтобы успеть произнести *это* первой, — на самом деле я тоже сегодня не могу! Я вечером на прием иду, а мне не в чем, и Катька куда-то провалилась, так что это даже хорошо, что ты не можешь, потому что...

Голос ее подвел. Голос повело куда-то в сторону и вверх, и бывший муж, знавший ее как свои пять пальцев, конечно, сейчас обо всем догадается.

Догадается о том, что она в отчаянии. Догадается о том, что она мечтала поехать с ним в Екатерининский парк. Догадается о том, как это для нее важно.

Несмотря на то, что прошло столько времени. Несмотря на то, что она сидела на ковре, не понимая, что именно нужно делать, чтобы дышать. Несмотря на то, что заодно с любовью он убил и ту Ниночку, которая когда-то так радовалась тому, что они вместе!..

— Как не можешь?! — грозным голосом спросил в трубке муж и засопел. — Как это — ты не можешь?! Мы же вчера обо всем договорились! Я уже выехал, а она не может!..

Ниночка растерялась.

— Почему не могу? — пробормотала она. — Я как раз могу.

— Ты только что вопила, что не можешь и тебя опять черт несет на какой-то прием!

— Я не вопила, Дима!

— Вопила!

— Нет, я не вопила, я просто тебе говорила, что вчера ничего не состоялось, а все состоится сегодня...

— И тебе нечего надеть!

— Нечего надеть, — окончательно запутавшись, согласилась Ниночка. — Дим, ты что, едешь ко мне?!

— Нет, я еду к чертовой бабушке!

— К чертовой бабушке — это куда?

— На Фонтанку, — буркнул бывший муж. — Нин, что за мура про этот прием и про то, что ты не можешь? Ты бы хоть позвонила мне, что ли!.. Зачем я с работы уходил, если мы никуда не едем?

— Да почему не едем, конечно едем!

— Ты только что сказала, что не едем! У тебя опять этот... как его... пре-пати! Перед концертом! Или сегодня уже не «пре», а «пост»? После концерта?

— Я так сказала, потому что ты сказал, что мы пойдем в кино, и еще ты придумал какого-то Казимира, и я подумала, что мы сегодня никуда не едем, и сказала, что...

— Остановись, — попросил бывший муж жалобно. — Про кино я брякнул просто так. Я подумал, что, может, мы еще и в кино сходим! Не сегодня, а когда-нибудь. На старый фильм про любовь. Ты же любишь старые фильмы. Ну, «Римские каникулы» какие-нибудь. Или «Как украсть миллион».

— Люблю, — согласилась Ниночка стыдливо, как будто он сказал что-то очень нежное, почти интимное. «Римские каникулы», надо же!.. Как это он вспомнил?

— Сходим? В кино? Когда-нибудь?

— Когда-нибудь сходим, — медленно согласилась Ниночка.

Пожалуй, это самое приглашение в кино «когда-нибудь» было даже важнее сегодняшнего свидания.

Еще ничего не кончилось, вот что означало это приглашение.

Вернее — *может быть*, не кончилось.

Он молчал в трубке, и она молчала, и Ниночке вдруг показалось, что, если она немедленно не заговорит, это молчание проглотит их, не оставит им выбора, и ничего не получится, не склеится никогда, канет в молчание, как в воду, и она суетливо и ненатурально спросила его, почему он так рано выехал, ведь они договаривались в пять!..

— Выехал потому, что выехал, — объяснил он туманно. — А ты давай собирайся, я минут через двадцать уже буду!..

Ниночка положила трубку, совершенно забыв о Катьке и о том, что та «пропала», посмотрела на себя в зеркало, засмеялась, сделала пируэт и натолкнулась — глаза в глаза — на мрачную домработницу.

— Чего это вы так развеселились?

Ниночка пожала плечами. И как это она про нее позабыла! Но все равно, оправдываться смешно!.. Не станет она оправдываться!

— Я на свидание иду, — пропела Ниночка и снова глянула на себя в зеркало. — Я так давно не ходила, а сегодня иду-у!..

Галина Юрьевна — да что ж за имя такое, не выговорить никак, хотя вроде простое! — зашла в комнату, энергично вытерла руки полотенчиком, перекинутым через плечо.

— А вот я матери позвоню, — вдруг заявила она и потрясла у Ниночки перед носом толстым пальцем. — Что тогда?

Ниночка уставилась на палец в полнейшем изумлении.

— Зачем... матери звонить? Вы что, с ума сошли?! Я уже большая девочка, и я на свидание иду! Что тут такого?

— А с кем свидание-то? Или вы думаете, я совсем безмозглая, не понимаю ничего?!

— Да ваше какое дело?

— А мое такое дело, что вы с Димой на свидание намылились? Как пить дать, с Димой!

Ниночка закатила глаза. Такой решительной атаки, можно сказать нападения, она не ожидала и была к нему не готова.

— Ну и что? Ну и с Димой?! Почему нельзя?! Или свидания с бывшим мужем запрещены Конституцией?!

— Конституцию вашу я не читала и знать ее не знаю! Зато мне известно, какая у нас, у баб, память короткая! Он поманил, и она — готово дело, побежала!

— Галина Юрьевна!

— Зачем себя мучить, зачем изводить?! Мало изводилась, когда бросил? Мало слез пролила, мало валидола проглотила? Еще захотелось?

— Да что вы ко мне пристали?!

— Запру, не пущу и матери позвоню! Пускай приезжает и разбирается с вами!

— Я вас уволю, — пригрозила растерянная Ниночка. — Что вы себе позволяете?

— Увольняйте, — согласилась домработница и с мстительным видом сдернула с плеча полотенчико. — Только матери я все равно позвоню.

И она двинулась к телефону. Ниночка заступила ей дорогу.

— Галина Юрьевна, — начала она дрожащим голосом, — я не понимаю!.. Что такого ужасного я совершаю? Мне позвонил Дима, я согласилась с ним сегодня... кофе попить, а вы какую-то ерунду затеяли!

— Диму этого вашего за хвост и об мост, а не кофеи с ним распивать! Чего вы от него хорошего видали? Забыли, как убивались, как рыдали, как врачи к нам ходили, уколы ставили?! Все забыли? Опять побежите развлекать его, задабривать, авось обратно женится?!

Ниночка топнула ногой.

— Да что топать-то! Топай не топай, все одно. Подлеца не переделаешь, на порядочного человека не перекроишь!

— Дима — подлец?!

— А кто ж он есть, ваш Дима?! Подлец первостатейный и есть! Перья распушил, хвост навострил — и пошел, и пошел!.. Тут ему нехорошо было, лучше надо! А вас куда несет?! Что это бабы все, право слово, такие размазни стали?! А убьет он вас на свидании этом, что тогда?!

Ниночка уже почти плакала, щеки у нее горели от унижения и от желания как-то защитить и оправдать «подлеца», на свидание с которым ей так хотелось, но при последнем заявлении воинственной домработницы она совсем взъярилась.

— Галина Юрьевна! Это не вы, а я должна звонить! В «неотложку»! У вас галлюцинации и бред. Димка меня убьет?! Да что вы такое несете?!

— А ничего! Убьет и не поморщится! Или не сам, может, гориллы его свернут вам шею, как куренку, и дело с концом. А что вы думаете? Он вам квартиру оставил, алименты платит уж год целый! Надоело небось давно! Он вас заманит куда-нибудь и... того!..

— Да что он вам такого сделал?! Почему вы о нем так ужасно?!. Как вы только можете?!

— А чего ж я не могу? Я-то как раз могу, если у вас душонка такая тоненькая! Сколько по телевизору толкуют про то, как мужья жен убивают за хрущевку да за тыщу рублей! А за ваши хоромы убить — раз плюнуть!

Ниночка сжала кулачки. Старинные часы в гостиной прозвонили полчаса, до Диминого приезда осталось совсем немного, а она не одета, не обута и не прихорошилась даже!..

— Галина Юрьевна, — отчеканила Ниночка, — я все равно поеду с Димой пить кофе. А вы делайте как хотите и звоните куда хотите. Хоть маме, хоть папе, хоть в комиссию по правам человека! И суп ваш я есть не буду!

Домработница набрала в грудь воздуху, хотела возразить, но Ниночка ладонями закрыла уши, замотала головой и закричала что есть силы, что слушать ничего не желает и чтобы все от нее отстали.

— Ну и пожалуйста, — плюнув с досады, сказала Галина Юрьевна, подхватила полотенчико и опять пристроила на плечо. — Это чего ж такое с бабами их бабская сущность делает! Это как вас разбирает, что вы голову совсем потеряли! Идите куда хотите, только если пристукнет он вас, домой не являйтесь!

Она опять помахала у Ниночки перед носом толстенным пальцем и удалилась, покачивая кормой, как броненосец из разбомбленной бухты, оставляя за собой на волнах обломки вражеских кораблей.

— Дура! — шепотом вслед ей сказала Ниночка.

Придумывать наряды было некогда, и настроения никакого, поэтому она нацепила что попалось под руку, очень сердясь на Галину Юрьевну с ее инсинуациями и шепотом повторяя убийственные аргументы, которыми можно было бы сразить домработницу наповал.

Все же в зеркало она посмотрелась. Ниночка взглянула, заранее недовольная собой, заранее не любя свое отображение, а оно оказалось ничего, очень ничего!.. Ниночка даже засмотрелась.

Личико свеженькое, глаза веселые, и штучка без рукавов и с высоким горлом облегала там, где нужно, и так, как нужно, ничего не выставляя напоказ, но обещая многое.

Полезно время от времени ходить на свидания, особенно когда ты этого заслуживаешь!..

Ниночка еще потопала каблучками, проверяя, все ли в порядке с туфлями, нацепила короткую дубленку, выбранную «с умыслом». Когда-то эту самую дубленку они с Димкой покупали в Милане, и она им обоим очень нравилась — европейская, легонькая, летящая!..

И тут он позвонил и сказал, чтобы она спускалась.

— Галина Юрьевна, я ушла.

— Скатертью дорога.

Ниночка уже почти открыла дверь, уже почти шагнула на площадку, но решила, что так не годится, и побежала обратно.

Домработница, пригорюнившись, сидела в кухне у окошка, и казалось, что на раззолоченный белый стульчик взгромоздили куль с мукой. На столе перед ней стояли рюмочка и склянка. Из склянки остро пахло сердечными каплями.

— Галина Юрьевна, — сказала Ниночка, чуть задыхаясь, — ну что вы себе придумали мучение и теперь страдаете? Ничего не случится, я вам точно говорю!

Домработница испустила трагический стон.

— Это ж надо такому быть, — тут она щепотью ударила себя в грудь, — я ее берегла, я ухаживала, жалела, как могла, а она сама, по собственной воле... да волку в пасть!

Ниночка подбежала, обняла страдалицу и громко чмокнула в морщинистую щеку.

— Ну? — спросила Ниночка и близко посмотрела в старческие несчастные глаза. — Что такое? Чего вы придумали ерунду какую-то?! Вы что, Димку не знаете? Ну разве он плохой человек? И разве я не могу с ним пойти кофейку попить? Просто так! Я же очень давно ни с кем никуда не ходила!

Домработница отстранилась, достала из кармана скомканный носовой платок и громко высморкалась.

— Не знаю я, Ниночка, может, он и хороший, только я мучений ваших больше видеть не желаю. У меня сердце слабое. Было б оно у меня здоровое, давно бы к сестре в деревню уехала и жила бы там, на воле, а не

121

могу! И об вас оно у меня болит и болит, а тут еще... дела такие! Не вверяйтесь вы ему! Может, скучно ему с молодой, может, поиграться решил, а нам мученья! А может, что и... злодеяние какое-нибудь задумал! Зачем ему приданое эдакое, бывшая жена, и квартирку, может, обратно желает получить!

Ниночка опять рассердилась.

— Да перестаньте вы, Галина Юрьевна! Что вы завываете одно и то же — злодеяние, квартиру получить!.. Стал бы он меня на свидание приглашать, если бы хотел из квартиры выставить! И квартира эта моя, давным-давно он ее на меня переписал. И вы же знаете Диму!

— Знаю, что жизнь он вам всю перепортил!

— Да он просто от меня ушел! Миллионы людей разводятся, и никто их за это не называет злодеями и не подозревает в том, что они хотят своих бывших жен прикончить!

Домработница потянулась и поцеловала Ниночку в плечико мокрым поцелуем — на дубленке остался след.

— Вы ему не вверяйтесь! — страстным шепотом призвала она и потерла след на дубленке носовым платком. — Не вверяйтесь! Вы же такая... доверчивая варежка!

— Кто я? — поразилась Ниночка.

— Варежка, кто-кто!.. Добрая, мягкая, как есть варежка!

Тут она развернула Ниночку и слегка подтолкнула ее к двери, как маленькую.

— Бегите-бегите, ждет ведь небось!..

Совершенно успокоившись, Ниночка выскочила из квартиры, слетела вниз по лестнице. Стук ее каблучков гулко отдавался от мраморных ступеней и высоченных потолков парадного, и это был радостный, веселый стук, как будто вернулась та, прежняя Ниночка, которая точно знала, что мир огромен и прекрасен и жить в нем интересно и радостно!..

Димка — один, без водителя! — потянулся и открыл ей дверь своей здоровенной машины. Ниночка и забыла, что у него такая здоровенная машина, или это какая-то другая, не та, которая была при ней?

Она уселась на переднее сиденье рядом с ним и сразу начала болтать, рассказывать, смеяться, пока он не остановил ее.

— Хватит, — сказал бывший муж. — Угомонись.

Ниночка мгновенно притихла.

— Я очень рад тебя видеть.

— Я тоже.

Питер, серый, каменный, чуть позлащенный осенней листвой, летел в лобовом стекле прямо на них, и казалось, не они едут по городу, а город едет с ними в машине — третьим.

— Ты красивая.

— Ты тоже... красивый.

Он невесело усмехнулся, вытряхнул из пачки сигарету и неловко прикурил. Неловко, должно быть, оттого, что Ниночка все время на него смотрела, прямо не отрывалась.

Выглядел он плохо. То ли уставал сильно, то ли спал мало, то ли пил много — глаз почти не видно под отечными веками, и какие-то тени на висках, и кожа нездоровая, как брюхо у жабы.

Ниночка в последний раз видела его сразу после развода, то есть год назад. Тогда глаза у него горели диким блеском, волосы развевались — он отпустил волосы! — телефон непрерывно звонил, и муж был похож на успешного бизнесмена из телесериала. Их там представляют именно такими — с волосами, телефонами, адским блеском в глазах, и разговаривают они непременно рваными, рублеными фразами. «Сливай информацию!» — говорят они отрывисто. Или еще так: «Надо перетереть одну тему, срочно приезжай!» Как будто телеграммы отбивают. Должно быть, сериальные сценаристы искренне верят, что люди, зарабатывающие деньги, всем своим обликом должны это как-то демонстрировать, а как именно они это демонстрируют, сценаристы не знают, вот и придумывают волосы и адский блеск!..

Бывший Ниночкин муж нынче словно пожух, постарел и выглядел... неухоженным.

Ниночку тянуло его рассматривать и называть «бедненьким».

— Как ты живешь, Нина?

— Я? Я хорошо живу, Дима.

— Не скучаешь?

— Нет, не скучаю. А что, должна скучать?

— Ну, на работу ты не ходишь, детей нету. Ведь у тебя детей нету?..

Машина остановилась на светофоре. Ниночка отвернулась к окну — посмотрела Питеру в глаза.

Ничего, сказал ей город и сыпанул на стекла невесть откуда взявшимися желтыми листьями. Конечно, нелегко. А разве может быть иначе?..

— Дим, если ты хочешь о чем-то со мной поговорить, говори нормальными человеческими словами. Ты же всегда умел находить... слова. Ты никогда меня не обижал просто так. Тебе хочется меня обидеть именно сейчас?

Бывший муж засопел.

— Не сердись, — посопев, попросил он. — Ну, трудно мне!.. Мы так давно не виделись, и я даже не знаю, что говорить.

— Ты же сам хотел со мной увидеться!

— Хотел, — признался он. — Я и сейчас хочу...

— Увидеться? — быстро переспросила Ниночка. — Так мы же вот... видимся.

— Фу ты, черт, — пробормотал бывший и затолкал в пепельницу сигарету.

Серые дома расступились, подвинулись, стало просторно и светло, как будто, миновав Триумфальную арку, они со всего размаху въехали в какой-то другой город.

— Галина Юрьевна шлет тебе сердечный привет, — светским тоном проговорила Ниночка. — Велит кланяться.

— Она же меня ненавидит.

— Откуда ты знаешь? — искренне удивилась простодушная Ниночка, и Димка покатился со смеху.

— Да это всем известно. Она только глухому не рассказала, что я подлец и бросил бедную овечку на произвол судьбы.

— Бедная овечка — это я?

— Бедная овечка — это ты. А я чудовище.

— Ну, ты и есть чудовище.

— Согласен, — вдруг заявил он, и Ниночка быстро на него посмотрела.

— Не смотри ты на меня так, — взмолился он. — Я и сам не знаю...

— Чего ты не знаешь?

Вот никогда Ниночка не умела играть в такие игры — в слова, в многозначительное молчание, в вопросы, на которые мужчина не знает, как ответить, теряется, мямлит, и из его мычания, молчания и сопения можно сделать безошибочные выводы!.. В том смысле, что — любит, не любит, плюнет, поцелует, к сердцу прижмет, к черту пошлет. Она давным-давно и как-то сразу получила Димку в свое полное распоряжение и с тех пор ни в чем таком ни разу не практиковалась. Пожалуй, в этом единственном — в неопытности — они были схожи с Катькой Мухиной, то есть как там ее... с Зорькиной, нет, с Зосимовой, вот как!

— Нин, — бывший муж прицелился, будто собрался

с духом, помедлил и вцепился в ее холодную ручонку. Его ладонь была широкой и горячей. Он вцепился, подержал и аккуратно переложил ее руку на собственное джинсовое колено.

Ниночка замерла и почти перестала дышать, словно суслик, внезапно напуганный светом автомобильных фар. Кажется, последний раз он так брал ее еще до Всемирного потопа. Потом пришел потоп, и он больше за руку ее не брал.

В висках у Ниночки стучало. Она скосила глаза и посмотрела. Все правильно — он держал ее руку и не отпускал.

— Нина, я давно хотел с тобой поговорить. Я сразу хотел с тобой поговорить!.. Я только не знал, как это сделать. Я тебе и звоню все время потому, что мне... мне без тебя очень плохо!

Эта детская фраза — «мне без тебя очень плохо!» — моментально объяснила Ниночке все.

Ну так получилось. Ну просто по-другому и быть не могло. Ну так сложилась жизнь.

Только один мужчина был предназначен для нее, и она предназначена для него, и они оба об этом прекрасно знали! Только один мужчина мог взять ее за руку, и — готово дело! — она почти перестала дышать и следила за ним расширенными, страшными, ставшими поперек зрачками.

Если б он сказал: «Мне без тебя очень хорошо», она бы не поверила. Собственно, он только и делал, что так говорил весь последний год, и Ниночка не верила ни единому его слову.

Ему не могло быть хорошо, если *ей* плохо. Не могло, и все тут.

Если бы Ниночка умела играть во всякие игры, у нее получилось бы сделать вид, что она очень удивлена — наверное, наверное!.. Удивлена, поражена и несколько злорадствует — то-то, дорогой мой, побегал на свободе, накушался досыта, теперь обратно хочется, к очагу?! А я тебе на это вот что скажу: сделанного не воротишь, никто тебя не заставлял, в одну реку дважды не войдешь, у меня своя жизнь, у тебя своя — и что там еще в духе мудрейшей Галины Юрьевны?!.

Но играть Ниночка не умела.

Играть она не умела, и еще ей было очень понятно, что ему на самом деле плохо без нее. Давно плохо. И всегда было плохо.

— А... твоя новая жизнь? Ну, та, к которой ты от меня ушел? — спросила она совершенно серьезно и тихонько поскреблась ноготками в его ладонь. Она часто так делала в той, прежней, жизни, и тогда ему это очень нравилось. — Или она куда-то делась?

— Да никуда она не делась! — сказал Димка с досадой и крепче сжал ее пальцы, он и раньше всегда так делал. — Просто все это какая-то фигня, Ниночка. Ты понимаешь?

Она посмотрела на их сцепленные руки, а потом на город за окнами. Руки были напряженными, а город летел и летел мимо, как во сне.

— Не очень, — призналась она. — Ты же мне ничего не объяснил тогда! И сейчас не объясняешь!

— А что я могу объяснить, когда сам не понимаю?! — моментально рассердился он. — Я... когда уходил, думал, жизнь начнется сначала, думал, что я смогу...

— Что?

— Я тогда устал очень. — Он вдруг поднял ее руку и поцеловал. — И от тебя устал, и от себя устал, и вдруг мне показалось, что больше ничего и никогда не будет, а тут...

— А тут она?

Димка покосился на Ниночку, словно хотел удостовериться, не смеется ли. Ниночка не смеялась, глядела, пожалуй, с сочувствием.

— А тут она, — согласился он со вздохом.

Теперь ему хотелось, чтобы Ниночка его жалела, и казалось, что это очень правильно — уж больно жизнь у него тяжела, кто-то же должен его пожалеть!

— И поэтому ты ушел от меня, а потом еще написал бумагу, что семейная жизнь не ведется с какого-то там числа, и что фактически мы друг другу совсем не подходим, и что-то там еще было... А, взаимопонимание утрачено, вот что!

— Нина! Зачем ты так?!

— А как?! Ты от меня ушел, ты все за меня решил, ты сказал: я больше не могу! А мы тогда собирались в Парголово ехать на шашлыки, и еще дождик пошел, и я пришла на кухню тебе сказать, что дождик — это к счастью, особенно в дорогу, хотя дорога не дальняя, подумаешь, Парголово!..

— И еще ты сказала, что хочешь ехать куда-нибудь далеко на машине, — подхватил он, словно это было их общим приятным воспоминанием. — Например, в Москву. Помнишь, я тогда только-только машину поменял, и нам всегда нравилось ездить!

— А ты мне сказал, что ни на какой машине мы больше никуда не поедем, потому что ты от меня уходишь!

И тут Ниночке так стало жалко себя тогдашнюю, так стыдно за то, что она делала потом — рыдала, каталась по полу и умоляла не уходить, — но это уже после того, как поверила, потому что поначалу она не поверила ни единому его слову. Решила — он шутит. В плохом настроении, потому и шутит плохо, по-дурацки. Воспоминание, чудовищное, ужасное, обожгло глаза, как будто в них плеснули кипятком.

Ниночка всхлипнула и запрокинула голову, чтобы слезы не полились на щегольскую дубленку, купленную когда-то в Милане!

— Нина, не плачь!

— Как я могу? Я не могу!..

— Нина, перестань!

— Я не могу перестать.

И перестала. Странное дело. Слезы покапали, как дождик на первое мая, когда солнце вдруг просто так заходит за тучу и эта туча, легкая, весенняя, не сулит ничего страшного, а, наоборот, обещает веселье, перемены, поворот на лето.

— Дим, — Ниночка шмыгнула носом. Хорошо бы вытереть его, чтоб на нем не повисла, боже сохрани, как у кролика, капля, но для этого нужно вытащить у него руку, а это никак невозможно — вдруг потом не возьмет?.. — Дим, а как ты думаешь, если мы в этой жизни развелись, на том свете мы тоже не увидимся?

— Дура, что ли?!

— Я все время об этом думала, — призналась Ниночка печально. — Ну, когда ты ушел. Я все время думала, что это так неправильно! Мы же не можем вот просто так взять и расстаться... навечно!

— Не можем, — согласился он негромко.

— А мы расстались.

— Да ничего мы не расстались. Я тебе звоню каждый день. Я утром, когда просыпаюсь, думаю сначала о тебе, а уж потом — что надо бы вставать, бриться и на работу!

— А что ты обо мне думаешь?

Это был вопрос — не просто себе вопрос!.. Этот вопрос как раз был «со смыслом», на грани тех самых игр, в которые Ниночка играть не умела, потому что когда-то получила Димку в полное свое распоряжение и больше никогда и никем не интересовалась.

Так тоже бывает.

— Ди-им! Что ты обо мне думаешь по утрам, а?

Он вдруг усмехнулся и стал похож на прежнего Димку, у которого не было отечных век, отвислых щек и нездоровой жабьей кожи.

— Ты знаешь.

— Я не знаю, — тут же ответила Ниночка и протянула привычно: — Я забы-ы-ыла!..

После этого тягучего «забы-ы-ыла!» бывший муж моментально съехал на обочину — сзади сигналили нетерпеливо и сердито, — кое-как приткнул машину к фонарному столбу, решительно обнял Ниночку за шею, притянул к себе и поцеловал.

Сто лет Ниночку никто не целовал.

Она пискнула, придвинулась ближе, вцепилась в него и очень близко увидела его щеку, синеву под глазами, и услышала его запах, и ей захотелось его потрогать, и она потрогала.

Какая-то штука мешала ей, ввинчивалась в бок, и Ниночка очень на нее сердилась, но быстро про это позабыла, потому что Димка целовал ее так, что ни о чем, кроме поцелуя, думать было невозможно, да и не хотелось, и не осталось сил.

Потом пришел потоп, потом была пропасть, потом простерлись пески, потом...

В виске стучало так сильно, что, казалось, весь мир сотрясается в такт ударам глупого Ниночкиного сердца, которое всегда билось только для Димки.

«Я не могу, — думала Ниночка неотвязно, — не могу, не могу!..» А что «не могу», она и сама не знала.

Дыхания не хватило, и она оторвалась от Димы, и столько горя ей доставило это разлучившее их движение, что она снова придвинулась и стала смотреть, близко-близко.

— Не смотри на меня.

Ниночка все смотрела. Потом подняла руку и потрогала его, как завороженная.

— Не смотри на меня, — повторил он жалобно. — Ну, что ты уставилась!..

— Я тебя забыла, — тихонько пожаловалась Ниночка и потрогала его щеку, горячую и немного колючую от пролезшей щетины. А потом под глазами потрогала, где была синева, и еще висок, где пульсировала жилка. — Я забыла даже, как ты сопишь, когда целуешься.

— Нина, — он взял ее ладони, сложил между своими и сдавил. Хрустнули какие-то косточки, Димка замолчал и посмотрел испуганно.

— Что ты хотел сказать?

Он вздохнул и спросил:

— Ты меня... разлюбила?

Ниночка смотрела на него во все глаза. Потом чуть-чуть освободила пальцы и, как давеча, поскреблась ему в ладонь.

— Нина?

— Лег на пузичко у шкапа, — выговорила Ниночка и еще поскреблась ноготками, — притаился, чуть дыша. Коротка кошачья лапа, не достать карандаша!..

— Только там не на пузичко.

— А на что? Я не помню.

Он пожал плечами. Эти детские стишки про кота были из «прошлой жизни».

— По-моему, на коврике, — морщась, сказал Димка и посмотрел на ее пальцы, царапавшие его ладонь, — лег на коврике у шкапа!.. Зачем мы развелись?

— Вот это ты у меня спрашиваешь?!

Да уж. Спрашивать у нее было по меньшей мере непорядочно и уж точно очень глупо, но ему больше не у кого было спросить!

— А как ты думаешь?..

— Что?

— Если мы с тобой... ну... просто попробуем... Может, у нас получится? Нет, я не говорю — сразу, но, может, постепенно... Если надо, я за тобой буду ухаживать... вот, в кино сходим... Хотя, конечно, я понимаю, это вряд ли...

Ниночка не стала делать вид, что ничего не поняла из его сбивчивой речи.

— Димка, — сказала она и вытащила у него свою руку, — ты понимаешь, что второго раза я просто не переживу? Ну, если все опять повторится? Я тогда пойду на Неву и утоплюсь. И тебе будет стыдно за то, что ты меня окончательно погубил.

Он вздохнул так, что куртка на груди поднялась горой. Вообще куртка на нем странно топорщилась, как будто под мышкой у него был автомат.

— Я не хочу тебя губить, — сказал бывший муж. — Я хочу попробовать все наладить. Раз и навсегда. И только с тобой.

— Только со мной, — повторила Ниночка. — А ту... другую... куда мы денем?

— Нина! — почему-то очень громко закричал Димка. — Ну какая тебе разница, куда мы денем другую?!

— Я просто не могу быть... в списке, — сказала Ниночка с необыкновенной серьезностью и посмотрела ему в глаза. — Ни первым номером, ни последним. Может, кто-то и может так жить, но точно не я. Ты это понимаешь?..

— Нина! — опять взревел бывший муж.

— А если понимаешь, — так же серьезно продолжала Ниночка, — то можно попробовать, Дима. Ну, в смысле наладить. Ну, то есть я не возражаю.

...В Екатерининском парке, до которого они все-таки доехали, было просторно и холодно. Экскурсии уже не водили, и только одинокие царскосельские старушки в старомодных шляпках и вытертых пальтишках «совершали моцион» под сенью столетних лип да молодые мамочки выгуливали младенцев в ярких колясках, и по-осеннему притихший парк отдыхал от летнего разухабистого безумства и улыбался Ниночке как старой знакомой.

Пластмассовые столы и стулья летнего кафе были грудой навалены на том берегу озера, и хмурые грузчики таскали их под навес, сильно гремели, и Нина с Димой туда не пошли. Чесменская колонна, возвышавшаяся на островке посреди озера, странным образом оказывалась то справа, то слева от них, а они все говорили и говорили друг с другом о том, что казалось им страшно важным.

Ну вот, например, нынче в парке стало очень много детей в колясках, раньше было значительно меньше. Или еще — где зимуют лебеди? Может, на острове, прямо под колонной, у них есть маленький домик, очень уютный? А в будке при входе раньше жила кудлатая вертлявая собака, и сейчас живет точно такая же — это та самая или ее дочь?..

И в кафе на Куйбышева они заехали — там было шумно, полно народу и пахло какой-то вкусной едой. Сто лет они не были в этом кафе и, должно быть, выглядели неуместно — Ниночка в итальянской дубленке и Дима в дорогущей безвкусной куртке, которая топорщилась на груди, как будто под мышкой был припрятан автомат!..

Ниночка ела курицу руками, облизывала пальцы, и щеки у нее горели, и глаза блестели, и Димка не отводил от нее взгляда, и все было так хорошо, что невозможно было поверить в то, что они остались теми же, кем были и вчера, и неделю, и полгода назад — бывшим мужем и бывшей женой, которых неизвестно почему вдруг потянуло вспоминать старое!..

А потом он привез ее на Фонтанку, и тут оказалось, что ничего не кончилось!..

Это удивительно, в это почти невозможно поверить, но — нет, не кончилось. Они поцеловались, на сей раз очень быстро, чтобы никто не заметил, и, должно быть, из-за спешки и конспирации поцелуй получился обжигающим, требующим продолжения сейчас же, сию же минуту!..

— Может, я заеду... потом? — выпалил бывший

муж, рассматривая ее губы. — А, Нин? Ты же будешь дома? Или... не будешь?

— А?

— Ты вечером будешь дома? Можно мне... приехать?

Ниночка знала, что по всем правилам женской науки ни на что соглашаться нельзя. Что нужно его мучить. Что нужно довести до точки кипения — как будто он чайник! Нужно расставить искусные ловушки и терпеливо ждать, когда он угодит в них — желательно по очереди в каждую, чтобы продлить его мучения. Нужно заставить его страдать так, как страдала она. Нужно дать ему понять, что она — несмотря на поцелуи, Екатерининский парк и кудлатую собаку, которую он гладил рукой в перчатке, — так же недоступна для него, как Пэрис Хилтон для каирского таксиста.

Все это Ниночка отлично знала и поэтому сказала — в полном соответствии со своими знаниями:

— Я буду тебя ждать. Ты приезжай, пожалуйста, Дима.

Он все смотрел на нее, никак не мог оторваться.

— У тебя же есть ключи?

— Что?

— Ключи от квартиры у тебя есть?

— А? Да, конечно.

— Ну вот. Ты можешь приехать, когда тебе захочется. Только не слишком рано! Я все-таки обещала Катьке сходить на эту чертову вечеринку, но я постараюсь оттуда убежать. Я ее там оставлю и часов в десять приеду. Хотя ты можешь раньше приехать и просто меня подождать. У тебя же есть ключи?

— Да. У меня есть ключи.

...Ночью в милицию позвонили Ниночкины соседи. Какая-то обезумевшая женщина кричала в парадной, и они вышли посмотреть. Женщина кричала, стоя у дверей Ниночкиной квартиры. Сама Ниночка лежала почти у порога, в луже черной и страшной крови — у нее было детское недоумевающее лицо и розовые щеки, как будто она и не думала умирать!..

Глеб нисколько не удивился, когда таможенный начальник Вадим Григорьевич позвонил и пригласил его поужинать.

Видно, проконсультировался у кого следует, указания получил и теперь жаждет их выполнить. Причем немедленно. На встречу Глеб согласился, хотя ему не слишком хотелось в ресторан. Он предпочел бы «ответный визит» — по правилам игры было бы отлично, если бы начальник прибыл к нему в «Англию». Впрочем, настаивать Глеб Петрович не стал. Ресторан так ресторан, он и в ресторане дожмет брыкающегося Вадима Григорьевича в одну минуту!.. Да и те, у кого Вадим Григорьевич консультировался, видимо, поняли все правильно, раз отреагировали так быстро, и Августа Романовича, не к ночи будь он помянут, не пришлось беспокоить понапрасну.

Глеб размышлял таким образом, стоя в своем номере, выходящем окнами на Исаакиевский собор, и ему казалось, что Исаакий каким-то образом принимает участие в его мыслях, пожалуй, даже помогает ему размышлять, и в этот момент позвонил Ястребов.

Такие звонки случались нечасто, а когда Глеб бывал «на задании», почти никогда. По старой фээсбэшной привычке он все свои командировки называл «заданиями».

— Да, Александр Петрович.

— Да, Глеб Петрович.

— Здравствуйте.

— Привет. — На заднем плане за низким ястребовским голосом явственно слышались какие-то голоса, смех и отдаленный писк. Начальник явно был не один и не в кабинете.

— Как наши дела, Глеб Петрович?

— Понемногу двигаются.

— Куда?

— В направлении финиша, Александр Петрович. — Глеб никак не мог понять, чего именно ждет от него шеф — детального отчета, это было на него не похоже, или какой-то сногсшибательной информации, которой Глеб покамест не располагает. Да и вообще — зачем он звонит?! — Я был в таможенном комитете, попросил начальника наш вопрос решить в самые короткие сроки. Мы с ним сегодня еще раз должны все обсудить.

Писк и визг на заднем плане усилились.

— А ты ему сказал, чтоб он больше так не делал, а то я его в угол накажу, начальника-то этого? — Ястребов повысил голос, перекрикивая шум.

Глеб невольно тоже стал говорить громче.

— Сказал, Александр Петрович!

— А он? Понял, как ты думаешь?

— Боюсь, что не до конца, — искренне ответил Глеб. — Но я ему еще раз скажу!

— Мы прилетим послезавтра утром, — неожиданно заявил Ястребов. — Ты мне тогда все подробнее расскажешь. Договорились?

Глеб ничего не понял.

Ястребов послезавтра утром прилетит в Питер?!

Начальник службы безопасности знал о поездках своего шефа все — поездки обсуждались на совещании в начале каждого месяца, так было заведено. Заранее распределялись роли: кто именно летит с Ястребовым в Москву, кто в Женеву, а кто на Чукотку.

Почему-то всегда выходило так, что на Чукотку лететь хотят все, а в Москву никто. Вот интересно, почему так?..

Начальник службы безопасности знал о поездках

своего шефа все — и ничего не знал о том, что тот собирается в Питер!.. Более того, Глебу совершенно точно известно, что Ястребов всю неделю должен пробыть в Москве и после встречи с президентом вернуться в Белоярск. О визите в Питер не было никакой речи!..

— Я не понял, Александр Петрович, — осторожно сказал Глеб. — У меня какие-то проблемы?

— У тебя?! Нет у тебя никаких проблем, кроме одной — твое начальство неожиданно прилетает. Конец твоей казацкой вольнице! Выгоняй из номера всех голых дев, начинай работать.

— А начальство мое зачем прилетает?

В трубке захрюкало, послышалась какая-то возня, писк неожиданно отдалился и затих, и Ястребов сказал весело:

— До чего ты нервный стал, Глеб Петрович! Впрочем, оно понятно, ты на вредной работе.

— Глебушка, не слушай его! — В трубке внезапно возникла Инна Васильевна, ястребовская жена. — Ничего не случилось. В крае тишь, гладь и божья благодать. Здесь, в Москве, тоже все хорошо! Мы дела поделали, ну и решили на два дня в Питер слетать! Просто так, поболтаться!.. Мы без предупреждения хотели, но Ястребов заладил: надо позвонить, надо позвонить, а то врасплох его застанем!..

— Да какой у меня расплох, Инна Васильевна!

— Ну, мало ли какой! — Где-то позади Инны протянул Ястребов. — Ты у нас человек холостой и свободный, не то что я, женатый и угнетенный!..

— Вот видишь, — сказала Инна, — Ястребов, к примеру, угнетенный!..

— Вас встретить, Инна Васильна?

Но тут в трубке опять все поменялось, Ястребов вернулся и от Глебовых услуг решительно отказался.

— Мы потихоньку, без официоза. Я даже Гале звонить не стал. Так что не надо никаких встреч и проводов!

Галей звали Санкт-Петербургского губернатора. Или правильно говорить «губернаторшу», раз уж губернатор — Галя?

— А гостиница, Александр Петрович?

— Все заказано, Глеб. Маленький тоже с нами.

У Ястребова было два сына — «большой» и «маленький».

«Большой», сын от первой жены, был на самом деле большим, восемнадцатилетним, высоченным плечистым красавцем, по которому сохли по очереди то белоярские, то московские светские барышни, в зависимости от того, где он в данный момент находился, в Белоярске или в Москве.

«Маленькому» недавно стукнуло три, и он был копия Инны — белые волосы, голубые глазищи, вид ангельский, характер железный. По нему тоже сохли барышни в детском саду, папаша-губернатор, обзаведшийся младенцем на пятом десятке, не чаял в нем души, нянчил, тетешкал и таскал с собой во все командировки, где «предусматривалась семья». В случае, когда семья не предусматривалась, Ястребов все равно таскал, только неофициально, за свой счет, и как-то так получалось, что Инна всегда рядом и всегда в курсе всех дел, и служба протокола так или иначе подгоняла мероприятия таким образом, чтобы губернатор мог появиться «с супругой».

Многие в крае — да и в Москве — такую активность губернаторской супруги считали излишней и неуместной, а саму супругу хищной карьерной стервой.

Глеб за эту активность Инну Васильевну глубоко уважал и считал, что Ястребову с женой повезло.

Всю жизнь Глеб был человеком структуры, точно знающим, что такое хорошо и что такое плохо, и приходившим в полное замешательство, если на поверку «плохое» оказывалось, к примеру, «хорошим».

— Глебушка, — говорила ему Инна. — Ты линеен, как кедровая половая доска!..

Почему-то именно кедровые доски представлялись ей самыми «линейными»!..

Глеб не знал хорошенько, линеен он или нет, но «правильность» или «неправильность» окружающего мира чувствовал очень остро, даже не умом, а скорее позвоночником, нервами. В том, что Инна всегда рядом с мужем, да еще «маленький» у них, и вечно они его с собой таскают, и когда заказывается гостиница, помощник долго и нудно выясняет, какова в губернаторском номере кровать, двуспальная или же состоящая из двух сдвинутых односпальных — сдвинутые односпальные не годились, — во всем этом совершенно точно была «правильность».

Только так и правильно.

А иначе — зачем?..

Зачем все это — страсти, страдания, браки, разводы, маета, когда непонятно, куда себя деть, проклятый телефон, который не звонит или звонит, но, как назло, все не теми, изо всех сил ожидаемыми, звонками!.. Зачем бессонница, странные сны, дурацкие мысли, что все уже позади и впереди ничего не будет, сигарета на кухне в три часа ночи — зачем?! И объяснить невозможно, и спросить не с кого, только с себя, а с себя спрашивать — страшновато.

Вот он, Глеб Звоницкий, фээсбэшный майор, начальник службы безопасности большого человека, бывший муж, плохой отец, так и не знал хорошенько ответа на этот самый простенький вопрос — зачем?! Зачем пришел сюда, в этот мир, где дождь заливает самолетный иллюминатор, где налетевший северо-западный ветер гонит облака прямо на сияющий мрачным золотом купол Исаакия? Зачем он не уберег любовь —

ведь была у него любовь когда-то, точно была, он отлично это помнит!.. Зачем он работает день и ночь, не только же за деньги, в самом-то деле!.. Если бы он зарабатывал в три раза меньше, ему все равно бы хватало, а на замок в Шотландии и на «Роллс-Ройс Фантом» ему никогда не хватит, даже если он станет зарабатывать в три раза больше!

Глеб часто так думал и никогда не додумывал до конца, ну не получалось у него! Зато когда он смотрел на Инну с Ястребовым, все получалось! Ему казалось, что они-то точно знают — зачем. Ему казалось, что они старше, умнее, опытнее и поэтому умеют видеть друг в друге самое главное и ценить это главное, а что это такое — *главное*, — Глеб так и не понимал хорошенько.

— Глебушка, ты там загрустил? — спросила Инна в трубке очень громко, и он как будто очнулся. — Мы тебя напугали, что ли?! Да ты не переживай, мы на самом деле просто так летим, погулять, а вовсе не тебя контролировать!

Глеб засмеялся.

— Знаете, кого я в гостинице встретил, Инна Васильевна? Катю Мухину, Анатолия Васильевича покойного дочку.

— Да ты что?!

— Она какая-то... странная стала. Ну, совсем странная!

Инна помолчала немного. Звоницкому показалось, что она вдруг ушла куда-то с телефоном, потому что в трубке стало тихо-тихо.

— Да ничего она не странная, Глеб, — задумчиво сказала Инна. — Она несчастная очень. Мать, отец, брат и все... бросили. Матери и отца на свете нет, и брата бы лучше тоже не было. Муж, помнишь, все на другой жениться порывался!.. Тут, знаешь, не то что странной станешь, тут и с ума в одночасье сойдешь!.. У тебя есть ее телефон? Я бы ей позвонила, может, повидались бы!

— Найду, Инна Васильевна.

И они попрощались.

Стоя у окна, Глеб еще некоторое время раздумывал, правда ли Ястребов летит отдохнуть и «поболтаться», как выразилась Инна, или все-таки с некоей проверкой его, Глебовой, деятельности, но так ничего толком и не придумал.

Послезавтра все станет понятно. Хорошо бы, конечно, таможенника прямо сегодня дожать и преподнести начальству «дожатого» на блюдечке с голубой каемочкой!.. Так сказать, продемонстрировать выучку и приобретенные навыки в условиях, приближенных к боевым.

Глеб разложил на широченной кровати бумаги и еще раз внимательно все просмотрел. Закрыв глаза, как студент перед экзаменом, повторил наизусть все даты и сроки, а заодно и номера телефонов. Вроде все запомнилось правильно, и подсмотреть пришлось только один раз.

Водителя Сашку он отпустил и в ресторан пришел пешком, хотя было неблизко.

Неблизко, вечерело, ветер дул — должно быть, тот самый, северо-западный! — вздувал шарф, пробирался под пальто. Почему-то именно в Питере никогда нельзя понять, что именно у ветра на уме, что он задумал — заморозить или, наоборот, раззадорить.

В Питере и еще, пожалуй, в Амстердаме.

По Невскому Глеб дошел до Конюшенной улицы, и сразу с набережной канала открылись затейливые лубочные, в васнецовском духе, купола Спаса на Крови. Глеб не слишком любил это место, оно казалось ему совсем не «питерским», лишенным особого смысла, а он, как все приезжие, очень ревностно различал «питерское» и «не питерское», соответствующее и не соответствующее!.. Поэтому к Спасу он не пошел, а мимо костела Святой Катерины вышел на Итальянскую улицу и к Михайловскому манежу, откуда до церкви Симеона и Анны было рукой подать.

Инженерный замок был неподалеку, и Глебу хотелось на него взглянуть. Опаздывать нельзя — зря он, что ли, с утра таможенному дурашке лекцию читал о том, что нужно быть вежливым мальчиком и приходить на встречи вовремя!..

Тем не менее Глеб подумал-подумал и свернул к замку — в конце концов, пять минут дела не решают!..

Анатолий Васильевич Мухин, покойный белоярский губернатор, не был тонкой натурой, и воспитанием детей занималась в основном Любовь Ивановна. Мухину, по правде говоря, интереснее всего были вечерняя зорька на озере, костерок, ушица, ну, банька, может быть, да подавальщицу Милу за мягкое место ущипнуть — и только.

Любовь Ивановна считала, что детей нужно «образовывать», и Мухин покорялся.

В Москве носились не только в «Детский мир», но и на Волхонку, и в Третьяковскую галерею, и даже в Музей искусства народов Востока — уж что там привлекало Любовь Ивановну, неизвестно, ибо была она простой русской женщиной и из восточных редкостей понимала только индийские медные вазы и платьишки из «марлевки».

В Питере возможностей развернуться — в смысле образования детей — было гораздо больше.

Настолько больше, что однажды в Военно-Морском музее Катя, ей было тогда лет двенадцать, стала на лестнице на четвереньки и поползла. Сил идти дальше у нее не было. Глеб тогда только-только пришел на работу, перепугался, девчонку подхватил на руки, но Любовь Ивановна строгим голосом велела поставить ее обратно, а Кате еще и всыпала:

— Это что за барские нежности?! Не можешь идти — сиди дома, в Белоярске, с бабушкой! Ухаживай за ней, полы мой, чай подноси! Мы с отцом изо всех сил стараемся, чтобы у наших детей все было — и образование, и воспитание! А она ишь какая нежная, идти не может!..

Сам Мухин на заднем плане долго и недовольно гудел что-то малоразборчивое — «что-то ты, мать, уж очень... нельзя так... меня не жалеешь, хоть бы детей пожалела... таскалась бы сама в свою скунс-камеру да военный музей... очень он девчонке нужен, музей этот!»

Любовь Ивановна поправляла, что камера не «скунс», а «кунст»! Кунсткамера! А отец все продолжал гудеть, что плевать ему, какая там камера, а это не жизнь, а вивисекция какая-то, и дети давно есть хотят!..

В парке Инженерного замка Катя с Глебом оказались на следующий день почему-то вдвоем. Мухин с супругой куда-то отвлеклись, а Митька благополучно смылся к приятелям. Любовь Ивановна его «прикрыла» — отцу сказала, что сын поехал в какую-то спецшколу для одаренных детей на улицу Савушкина, якобы там у него дела!.. Катя сидела на лавочке, ковыряла носком туфли песок, а потом нашла прутик и стала гонять муравья.

Глеб — от скуки — сказал, что гонять муравья нехорошо. Муравей делом занят, труженик, работник, и давай лучше посмотрим, что будет, если на его пути положить хлебную крошку. Этой самой хлебной крошкой Катя заинтересовалась.

От рогалика они отломили два куска, побольше и поменьше. Тот, который поменьше, старательно раскрошили, а побольше Катя отправила в рот. Муравей за время их приготовлений почти смылся, но они его вернули, насыпали на его пути крошек и, сидя голова к голове, стали подгонять прутиком так, чтобы он уж точно не промахнулся.

Поначалу муравей, которому они до смерти надоели, не понимал своего счастья и все намеревался убежать под лавку, в пыль, а оттуда в травку, но Катя с Глебом были упорны и в конце концов вывели его прямиком на крошку. Тут муравей, должно быть, сообразил, что счастье само плывет ему в руки. Впрочем, вряд ли у муравья руки! Лапы тоже вряд ли. Ну, значит, в его муравьиные конечности. Осчастливленный, он некоторое время метался вокруг крошки, видимо прикидывал, как лучше за нее приняться, а Катя с Глебом смотрели, свесившись с лавочки, и заинтересованно сопели. Катин «хвост» мешал ей, она нетерпеливо закидывала его за спину и один раз задела Глеба по щеке. После чего сердито засунула «хвост» под майку. Муравей тем временем как-то ухитрился подцепить крошку — она была размером почти с него, — поднатужился и потащил. Тащить ему было нелегко, приходилось обходить препятствия в виде мелких камушков и сухих веточек, и Глеб, чтобы помочь ему, стал осторожными пальцами убирать с его пути преграды.

Кате страшно понравилось, что крошка такая большая, а муравей такой маленький, и все-таки он старается, тащит, и она сказала об этом Глебу.

Глеб согласился. Он с детства любил сказку «Как муравьишка домой спешил», а басню Крылова «Стрекоза и Муравей» терпеть не мог, и он сказал об этом Кате.

Катя заинтересовалась, и он ей объяснил, что муравей не может быть таким идиотом, глупость придумал баснописец Крылов. Ну подумаешь, стрекоза легкомысленна, ну и что тут такого!.. Это дело мужчины — и муравья! — помочь, выручить из беды, а как же иначе?

Катя подумала и сказала — у них в школе все наоборот. У них в школе как раз считается очень прекрасно, когда девочка, например, упала и разбила коленку. Например, ее толкнули сильно, и она этой самой коленкой въехала в батарею. И помогать ей никто не собирается. А, наоборот, все толпятся вокруг и смеются. А когда она, эта девочка, например, встать совсем не может, все начинают дразниться и кричать, что она «попрыгунья-стрекоза» и должна прыгать на одной ноге!..

Глеб сказал, что это все глупости и детство, а тому, кто смеется над чужой бедой, неплохо бы засветить, например, в ухо!.. А потом осторожно спросил у Кати, когда это она так упала.

Катя горестно махнула рукой, но Глеб был настойчив, и они закатали штанину и долго рассматривали ее раны, довольно значительные и, как Глеб понял, болезненные. Содранная кожа подсыхала, трескалась, из трещин сочилась сукровица, джинсы изнутри подмокали и прилипали, и Глеб сказал, что нужно было, во-первых, обязательно сказать матери, а во-вторых, заклеить рану пластырем.

На это Катя ответила, что, во-первых, матери она говорить ни за что не станет, потому что в классе ее и так все считают маменьки-папенькиной дочкой и думают, что она все время ябедничает, а она никогда не ябедничает! А во-вторых, пластыря у нее вообще-то нету.

Муравей был забыт.

Нужно было что-то срочно предпринимать. Бежать в аптеку за пластырем и оставить дочку начальника в одиночестве на лавочке Глеб никак не мог. Бежать с ней тоже не мог: в любую минуту могли вернуться родители, и тогда разбитая коленка показалась бы праздником жизни по сравнению с громами и молниями, которые обрушились бы им на голову.

Катя смотрела на него с интересом, и именно в этот момент младший лейтенант Звоницкий понял, что должен немедленно, не сходя с этого места, доказать глупышке, что первое дело мужчины — помочь, выручить из беды, а как же иначе?.. Иначе откуда девчонка узнает, что мужчины благородны, сильны и призваны защищать, если он, Глеб, сию минуту ей это не докажет?!

И он придумал. У него была под курткой рация, допотопная, тяжеленная, а у водителя в «Волге» — аптечка. Глеб ушел в кусты, долго вызывал оттуда водителя, рация трещала, хрюкала, издавала еще какие-то дикие звуки, и все никак не получалось «соединиться», а когда в конце концов получилось, пришлось долго повторять, что именно ему, Глебу, нужно.

Все-таки пластырь водитель принес, коленка была заклеена, и Катя Мухина потом полдня смотрела на Глеба Звоницкого, как, должно быть, уездные барышни смотрели на героев войны двенадцатого года — с восхищением, обожанием и даже некоторым экстазом.

С тех пор прошла уйма лет, а это по-прежнему было одним из самых светлых его воспоминаний. Вот он и к Инженерному замку потащился только потому, что когда-то на скамеечке изучал муравья, а потом заклеивал ободранную Катину коленку!..

Почему так получается, что все самое хорошее, светлое, понятное и... *правильное* бывает только в юности? Почему потом никак не удается нащупать это светлое и правильное, а получается только у счастливчиков, у «избранных», вроде Ястребова и его Инны?..

Следовало поторопиться, чтобы опоздание не стало «значительным», и через несколько минут Глеб уже ступил на средиземноморскую плитку ресторана «Иль Грапполо».

Глеб этого ресторана не знал и, получив приглашение, не поленился, сунул нос в путеводитель, который всегда брал с собой. Именно в Питере ему решительно не хотелось попадать впросак. Лев Лурье, словно посмеиваясь изнутри путеводителя, пообещал Глебу «домашнюю пасту, нежную рыбу, суп из ягод». А также «обширную винную карту», некоторую вальяжность и отчасти — да-да! — небрежность персонала и фейскон-троль с пристрастием.

Машин на крохотном пятачке перед решеткой поч-ти не было — два каких-то джипа, тонированных и не слишком чистых, и легкомысленная дамская иномарочка со зверушками на передней панели.

Должно быть, таможенник еще не прибыл.

Ну и славно. Будет лишний повод напомнить ему, что «точность — вежливость королей» или «притворяй-ся вежливым — и привыкнешь», и еще какую-нибудь назидательную школьную чушь в этом роде, чтоб уж окончательно убедить дурашку в том, что тягаться с Глебом ему не под силу.

Еще вдруг очень захотелось есть — что там у нас в путеводителе по части средиземноморской кухни?.. И Глеб решил, что обязательно поест, даже если тамо-женник будет отравлять ему жизнь и портить аппетит! И еще, по странной особенности мыслей забираться куда не следует, ему вспомнились пирожки из палатки на углу улиц Ленина и Жданова в Белоярске. Там были самые вкусные пироги, и вся губернаторская охрана об этом знала. Глеб забирал Катю из школы, и они заезжа-ли в эту палатку, и ели пироги, сидя на лавочке в чах-лом сквере, и разговаривали «о важном» — о Катиных кавалерах, о «несправедливой» тройке по алгебре, о том, как Глеб на катере ходил к Гром-скале и какого там в прошлый раз «взяли» омуля!.. Пироги были горя-чие, масляные, обжигали пальцы, и нужно было под-ставлять ладошку ковшиком, чтобы не уронить самое вкусное — начинку.

Почему-то так получилось, что Глеб больше уже никогда не ел таких вкусных пирогов.

Он потом ушел из губернаторской охраны, изумив Мухина и ребят, с которыми проработал много лет, и больше никогда — ни разу! — не останавливался возле палатки на углу улиц Ленина и Жданова!

Все эти воспоминания — и палатка, и Катя, и муравей в парке Инженерного замка — были очень некстати, и, должно быть, из-за них Глеб проморгал стремительное движение, которое произошло возле неприветливых темных джипов.

А может, проморгал потому, что был решительно не готов к тому, что случилось через секунду.

Грязная дверь распахнулась ему в лицо, он отшатнулся, и напрасно, потому что сзади, поймав это неуверенное движение, его сильно ударили по голове. Так, что он стал валиться на бок, и вечерний питерский воздух как-то сгустился, стал вязким и перестал попадать в легкие. Все же Глеб не сразу упал, у него были выучка и тренировка, и они-то и подвели его. Он не видел нападавших — последнее дело сопротивляться, не видя противника, а он попытался. Он ударил наугад и, конечно, не попал, зато окончательно потерял равновесие и те драгоценные полсекунды, что у него были, чтобы сориентироваться или хотя бы вдохнуть воздух.

Просто сделать вдох — было бы спасением.

И еще он никак не мог сообразить, что случилось, кто напал на него в центре города Петербурга, в виду церкви Симеона и Анны, возле ресторана, обещавшего «средиземноморскую кухню и суп из ягод».

Должно быть, все произошло очень быстро и незаметно — никто не выскочил из ресторана ему на помощь, а может, так и было задумано.

Глеб захрипел, пытаясь вырваться из чьих-то железных клешней, сдавивших его грудную клетку, и следующий удар сокрушил ему череп.

Почему-то он вдруг увидел Енисей, только откуда-то сверху, с вертолета, что ли. Енисей, сверкавший нестерпимым серебряным блеском, сильно изогнутый, похожий сверху на бухарскую саблю, лежащую на зеленом бархате, между двух лесных берегов. И еще он успел подумать, как далеко, должно быть, забрался вертолет, потому что ни берегов, ни сабли Глеб не узнавал. Потом Катя Мухина сказала тоненьким голосом: «Меня хотят убить», и пробежал деловитый муравей.

А потом все пропало.

Первыми, как обычно, в Пулковский зал прилета выскочили озабоченные командированные с портфелями и потрусили к выходу. Их было всего несколько, они бодро бежали, явно привычной дорогой, и почти у самых раздвижных дверей их разобрали водители, стоявшие с невразумительными табличками.

Владика Щербатова эти таблички всегда почему-то смешили.

Вот, например, скучает парень в кепке и коричневой кожаной куртке, а в руках у него файловая папочка, а в папочке изрядно помятый листочек, а на листочке выведено фломастером «Кузницов».

Какой такой «Кузницов»?! Нет никакого «Кузницова» и быть не может! Наверняка фамилия встречаемого Кузнецов, простая такая, хорошая русская фамилия, и ошибиться в ней сложно, но вот этот, в кепке, глянь ты, ошибся!..

А вон еще один, с кавалерийскими усами, у него табличка солидная, «корпоративная», и держит он ее, как знамя. На табличке выведено четко, большими самодовольными буквами: «БалтЮнистаТрейдинвестпромбанк».

Красиво до невозможности, и, главное, все понятно! «Юниста», да еще «Трейдинвест», да еще «Промбанк», чего ж тут непонятного!.. Тому, кто такое название организации придумал, премию бы выдать. В виде полного собрания сочинений Владимира Маяковского, который еще в двадцатые годы заклеймил позором странные буквосочетания и идиотские аббревиатуры!

Вон нервничает недокормленная питерская барышня с табличкой «Пятый канал», вытягивает шейку, вид встревоженный. Как пить дать, прилетающего в лицо она не знает, а начальство приказало быть вежливой, держать глаза долу, московского гостя встречать с почестями!.. А какие тут почести, если она стоит давно, и таблички своей стесняется, и ноги у нее замерзли, и нос красный, как у кролика, и кучка узбеков, дожидающихся багажа, давно, молча и серьезно рассматривает ее, как будто она заморская диковина, и отойти ей некуда, и проклятая табличка замучила, да еще насморк!..

Владик Щербатов — из мужского сочувствия — подошел и стал рядом, загородил бедняжку от никчемных рассматриваний.

Бедняжка шмыгнула носом и покосилась. Владик ей подмигнул. Она немедленно отвернулась.

Ничего интересного.

Прилетевшие пошли погуще — какие-то молодые люди в клетчатых шарфах и с коричневыми сумками. На сумках замысловатые вензеля и кренделя прославленной европейской фирмы, а молодые люди — сама скромность. Эти, понятное дело, «на переговоры». Этих в командировку никто не посылал, они сами себя послали, у них важные дела, им нужно «решить несколько вопросов по бизнесу».

Потом прошествовала дама, сопровождаемая лакеем, согнутым в три погибели под тяжестью поклажи. То, что согнутый именно лакей, было как-то абсолютно понятно. Его возят с собой «для удобства» — чтобы сумки носил, за кофе бегал, двери открывал, сигареты покупал, ну, и вообще, так солиднее, с лакеем-то.

Тут вдруг попалось знакомое лицо, и Владик Щербатов заинтересованно проводил его глазами. Лицо принадлежало известной писательнице, бойко строчившей детективы и подвизавшейся еще и на телевизионной ниве. Детективы Владик от души презирал — дамское чтиво, для бухгалтерш и операционисток, нормальные мужики ничем таким не увлекаются, их на мякине не проведешь!.. А передачки, в которых писательница делилась своим жизненным опытом, Владик иногда посматривал, от нечего делать.

По ее выходило, что мир огромен и прекрасен, что все и всегда будет хорошо, нужно только постараться, приналечь, подтянуться, потрудиться, побиться, приноровиться, устремиться, поднапрячься, прицелиться — и готово дело!.. Все эти откровения напоминали Владику, человеку трезвому, взрослому и не без чувства юмора, идеи чучхе, которые в студенческой юности он время от времени черпал в красочном журнале «Корея». Там, помнится, любимый народом руководитель товарищ Ким Ир Сен тоже призывал всех «поднапрячься и устремиться». Тем не менее на любимого руководителя товарища Ким Ир Сена писательница не была похожа, напротив, отличалась дородной русской статью и обладала недюжинным бюстом, который в основном Владик и рассматривал в телевизоре, покуда писательница вещала об идеях.

Здесь, в Пулкове, она пробежала совсем близко от него, и он вдруг удивился, что она еще такая молодая, что у нее длинные ноги, белые зубы, джинсики в обтяжечку, ноутбук на плече, волосы взъерошенные, и никакой телевизионной дородности и значимости в ней не было, и над чем-то, сказанным ее подругой, маленькой и беленькой, она громко засмеялась — словом, нормальный человек, на знаменитость и не похожа вовсе!..

Владик немедленно пришел в восторг и даже решил: черт с ней, купить детективчик и почитать, вдруг никаких особенных глупостей она не пишет, кто ее знает!

Владик Щербатов, в силу своей непосредственной близости к знаменитостям, за людей их практически не считал. С его точки зрения, все как один они были вздорны, взбалмошны, пусты, сварливы и никчемны, вроде его как бы начальника Никаса.

Поначалу Владик еще верил, что ему просто не повезло, что этот самый Никас — единственный в своем роде, а потом оказалось, что все они одинаковые, и свиты у них одинаковые, и продюсеры-волки, и директора-жулики похожи друг на друга как две капли воды.

Писательница пробежала и скрылась, весь зал провожал ее глазами, а она ничего как будто и не замечала, вот Никас бы сейчас отчебучил что-нибудь эдакое, непременно «отжег» бы, как нынче принято выражаться, и тут показалась Хелен.

Она не шла и не бежала, как писательница, она шествовала, и вид недовольный, и губки куриной гузкой, и что-то черное и блестящее обтягивает обширную задницу, и белая шубейка распахнута на груди, декольтированной донельзя, и в ушах какие-то проститутские серьги — в общем, тихий ужас.

— Здрасте.

Она кивнула, ответом его не удостоив.

А нам и наплевать. А нам до этого дела нету. Вот только поездку отработать, и — заявление об уходе. Все уже решено.

Щербатов придержал перед ней раздвигающиеся двери, чтоб, боже сохрани, не сомкнулись в неположенное время, а то еще декольте прищемят, и пошел чуть впереди, будто раздвигая толпу. Так было положено.

Хелен сзади что-то пробурчала, он не расслышал.

Они миновали рамку и оказались на улице, где пахло сигаретным дымом, автомобильным выхлопом, сыростью и морем.

Хелен опять пробурчала нечто, а Владик решил —

пес с ней! Если она хочет что-то ему сказать, пусть говорит громче. В конце концов, он не обязан, точнее, обязан, но все же не до такой степени.

— Вы что? Оглохли? Если оглохли, сходите к окулисту!

Владик распахнул перед ней дверь лимузина, уткнувшегося рылом в заплеванный тротуар. Для того чтобы загнать этот самый лимузин на крохотный пятачок перед раздвижными дверьми с надписью «Прилет», понадобились куча денег и несколько звонков «нужным людям», а до стоянки, где все садятся, дойти два шага, — как же, пойдет она!..

— Я вас спрашиваю русским языком, вы привезли ботфорты?

Владика тянуло ответить — загнал, мол, на базаре в Вышнем Волочке с целью наживы, но он преувеличенно вежливо сказал, что привез и что они лежат в номере люкс гостиницы «Англия», где имел обыкновение останавливаться Никас.

Хелен с недовольным видом погрузилась в лимузин. Делала она это очень долго, подтягивала сумку, запахивала полу белой шубки, проверяла, не свешивается ли пояс, устраивала ноги в лаковых сапогах, похожих на охотничьи. Владик терпеливо ждал.

У него было еще несколько секунд свободы, перед тем как он сядет в машину и начнется всегдашняя маета и канитель, оскорбления, неудовольствие, неприятный голос — в общем, работа. Он аккуратно поставил в багажник чемодан, вдохнул тяжелый питерский воздух и захлопнул за собой дверь мышеловки.

Велик Аллах над нами, ну, поехали!..

Ехали в молчании. Хелен считала унизительным для себя беседовать «с обслугой» и, если у нее не было вопросов «по делу», всегда молчала. Не женщина — скала, кремень, каменная глыба, вроде той, что торчала посреди енисейской протоки, куда Владик иногда ездил с ребятами на рыбалку.

— С ними все в порядке?

Щербатов, задумавшись о рыбалке и Енисее, вопросительно посмотрел на директрису в зеркало заднего вида.

Она молчала, уставившись в окно на летящие мимо просторные и хмурые питерские предместья.

Владик пожал плечами.

— Я, кажется, с вами разговариваю! Если у вас серьезные проблемы со слухом, обратитесь к окулисту!

Опять, блин, этот окулист!.. Если первого «окулиста» Владик пропустил мимо ушей, то второго уж никак невозможно.

— Елена Николавна, — сказал он очень громко, — это у вас работа тонкая, умственная, а мы все больше руками работаем, где уж нам головой-то! А что касаемо окулиста, то это, так сказать, глазник! А кто слух лечит, тот, стало быть, ушник!

Это всегда срабатывало, этот простонародный тон, странные словечки, нелепый говор, которым Владик научился изъясняться на своей чертовой службе!.. Сработало и на этот раз. Хелен слегка порозовела и с ненавистью, отразившейся в зеркале, посмотрела ему в затылок.

Ее ненависть Владика порадовала. Ему нравилось, когда удавалось позлить ведьму. В школе это называлось «доводить».

У них в классе была одна дура, которую они «доводили» всем здоровым дружным детским коллективом. Дура была выше всех, да еще отличница, да еще в очках, да еще косила на один глаз, да еще, кажется, стучала учителям. Впрочем, может быть, и не стучала, и они так придумали, чтоб было уж совсем ее не жалко. Как только они ее не «доводили» — учебники прятали, ручки крали, мазали стул мелом, чтоб на тошнотворной коричневой юбке сзади оставались неприличные белые следы, очки, когда она на физкультуре оставляла их в раздевалке, поливали клеем, чтоб уж с гарантией стекла не отмыть. И так смешно было наблюдать, как она ревела, размазывала слезы, которые почему-то на ее щеках оставляли грязные неровные дорожки!..

Взрослый Владислав Щербатов, припомнив дуру, ни с того ни с сего покраснел так, что взмокла спина и стало колко шее в вороте мягкой кашемировой водолазки.

«Я не могу. Это был не я, нет, точно не я!..»

Чего только с ним потом ни творили в армии, да и вообще в жизни, чего только он сам ни творил, все это не шло ни в какое сравнение с той школьной историей! Он редко вспоминал ее, но уж когда вспоминал, она привязывалась надолго, прилипала намертво, как будто кто-то гадкий, отвратительный из-за угла показывал разные мерзости, и стоило только повернуться, мерзость возникала снова, уже другая.

— Что это с вами? Почему вы такой красный? — насмешливо спросила Хелен. — У вас инсульт? Если инсульт, вы лучше припаркуйтесь, я дальше на такси поеду.

— Со мной все в порядке, — твердо выговорил Владик и громко откашлялся.

— А почему вы такой красный?

Молчание.

— А? Я вас спрашиваю! Почему вы такой красный?

— Жарко.

— Неправда.

Тут, по счастью, у Хелен зазвонил телефон и избавил Владика от необходимости объясняться.

Она поговорила очень коротко, пролаяла несколько ценных указаний и громко захлопнула крышечку перламутрового телефона. Из ее лая — «Вещи не перекладывать! Только в таком порядке и только на плечиках!

Ни в коем случае! Я сама! Отвечаете головой!» — Владик понял, что звонила незадачливая костюмерша Наташка или ее начальница, более приближенная к звезде костюмерша Эльзочка.

Имена-то у них какие! Как клички собачьи! Никас, Хелен, Эльза!..

Как зовут собаку Шульца, припомнилось ему. Эмма! Ах нет, Эммой зовут жену Шульца!..

Владик несколько раз посмотрел на Хелен в зеркало заднего вида, словно примериваясь, и потом все же спросил:

— Елена Николавна, а какой у меня здесь график работы? Может, вы озвучите, чтоб уж я, так сказать, был вооружен знаниями!

Хелен молчала, будто не слыша.

— Елена Николавна! Я про график хотел спросить, а то ведь я сегодня, почитай, три часа в «Англии» без дела проторчал, это какие ж убытки!..

Хелен покачала головой, словно удивляясь тому, что на свете бывают такие тупые люди.

Но Владик решил от нее не отставать. В конце концов, ехать было неблизко, и нужно как-то развлекаться, тем более что непрошеное стыдное воспоминание теперь то и дело выглядывало из-за угла сознания, будто из-за дома, и мешало ему спокойно думать о том, как «Зенит» сыграет в Лиге чемпионов.

— Эх! — самому себе горестно сказал Владик Щербатов. — Видать, не мне одному к ушнику надо!

— Что ты себе позволяешь?! Ты что, пока от Москвы до Питера ехал, все мозги порастряс на плохой дороге?

То, что Хелен назвала его на «ты», означало, что она перестала изображать из себя светскую львицу и директора «кумира миллионов», как писали о Никасе желтые, словно весенний цветок нарцисс, газетки, и теперь они с Владиком вполне могут поцапаться всерьез.

Так сказать, отвести душу.

— Ты что, забыл, с кем разговариваешь?!

— Да как я могу, Елена Николавна, да что вы!..

— График ему скажи! Твой график сидеть на заднице и ждать указаний, а потом ехать, куда скажут! Вот и весь твой график!..

— Так это разве график, Елена Николавна?! Мне бы поточнее узнать, когда обратно в Москву. Я к жене хочу, котлет тещиных хочу, опять же картошку с дачи вывезти надо, без меня не управятся!

Жена Владика Щербатова «ушла к другому» почти полгода назад. Сама ушла и тещу увела вместе с котлетами. Точнее, Владика выпроводили из квартиры, в которой остались жена, теща, котлеты и «другой», заступивший на место Владика.

Хорошо хоть им ума хватило ребятенком не обзаводиться. А то бы и ребятенок там остался, вместе с тещей, котлетами и «другим».

Но Хелен об этом знать не полагалось.

— Откуда только вас набирают, таких тупоумных?!

— Из ФСО, — не моргнув глазом, быстро сказал Щербатов. — Из Федеральной службы охраны. Там таких много.

Это был удар не в бровь, а в глаз!.. Владик редко пользовался этим приемом, считая его запрещенным, ибо после поминания ФСО продолжать полемику не было уж вовсе никакого смысла, а ему как раз хотелось поскандалить.

Но Хелен не сдалась. Видно, ей тоже хотелось поскандалить.

— А вы мне этой вашей организацией в физиономию не тычьте! — выпалила она. — Откуда я знаю, может, там одни придурки работают! Или, наоборот, вас оттуда выперли именно потому, что вы придурок!

— Не-ет, Елена Николаевна, — весело протянул Владик, радуясь тому, что скандальчик затеял, занялся, как головешка в костре, — придурков туда не набирают! Там собеседование — о-го-го какое! Вот хотите, расскажу вам, как я на работу устраивался? Это целая история, Елена Николавна! Я только-только Академию МВД окончил, ну, в армии, конечно, отслужил, потому что куда ж без армии, без армии в органы не берут, а мне как раз хотелось именно в органы...

— У вас самый главный орган в порядке?! — послушно взвилась Хелен. — Или уже совсем не работает?!

— Вы какой такой... орган имеете в виду?..

Хелен от величайшего возмущения не смогла как следует вдохнуть и только изо всех сил потянула воздух, от чего всхрюкнула, продолжительно, с оттяжкой, и Владик успел выпалить:

— ...вроде не жаловался никто, а там кто его знает, это дело такое...

— Мозг!!! У тебя мозг в порядке?! — закричала Хелен, прохрюкавшись. — Ты соображаешь, что говоришь?! Или у тебя разум совсем отшибло?! Ты с кем разговариваешь?! Не-ет, нет, прав Никас, как только в Москву вернемся, к чертям собачьим, немедленно!!. Чтобы духу твоего!.. Сколько это будет продолжаться, издевательство надо мной?!

— Какое такое издевательство-то, Елена Николавна? Ну, подумаешь, я спросил, какой у меня тут, в Питере, график?! Чем я виноват-то?! Что плохого я сделал?!

— Да как ты пасть свою смеешь разевать! Кто ты такой?! И еще гадости мне говоришь!

— Какие гадости, Елена Николавна?! Про картошку, что ли, или про тещу?! Да где ж тут гадости?! Это не гадости, это, так сказать, радости жизни моей! А вы все слишком близко их к сердцу принимаете!

— Ты что, совсем тупой?! Ума вообще нет?! Какая теща, какие котлеты?!

— Да я вам только про котлеты и сказал, а больше ничего не говорил, а вы чего-то занервничали сильно!..

Тут у Хелен опять зазвонил мобильный. Трясущейся — от ненависти к Владику Щербатову! — рукой она выхватила телефон и некоторое время просто пялилась на него, словно не могла сообразить, что именно с ним делать. Владик видел в зеркале, как она таращит глаза, как прыгающим пальцем старается попасть в кнопку.

Ну-у, так даже неинтересно. Уж слишком быстро он ее «довел»! Раз, и готово дело! А как же продолжение? Взаимные оскорбления, угрозы, обиды, меткие удары, болезненные укусы? Или теперь до «Англии» будем в молчанку играть?!

— Да, — наконец выпалила Хелен в трубку. — Да, я слушаю! Ну, говорите, кто это? Да что вы там сопите и ничего не говорите?

— Как пить дать, поклонник вам звонит, — громко сказал Владик. Слово «звонит» он, конечно, произнес с ударением на первом слоге. — Заговорить не решается.

— Мама?! — вдруг растерянно спросила директриса. — Мама, это ты?! Что случилось?! Почему ты с какого-то странного телефона?!

Владик хмыкнул и покрутил головой — ну надо же! У крокодилиц, оказывается, тоже есть мамы!.. Оказывается, они не вылупляются из яиц уже в готовом виде! А-нек-дот!..

— Мамочка, что случилось?! Ты что, плачешь?!

Крокодилица на заднем сиденье лимузина говорила совершенно обыкновенным голосом обыкновенной перепуганной женщины, и Владик удивился еще больше.

— Мама, не плачь, скажи мне, что случилось! Ну, мамочка!.. Ты где?! Откуда ты звонишь?! Что за телефон?!

Съезжая с Международного шоссе на Московское, Владик мельком глянул на Хелен в зеркало. Она сидела, сильно выпрямившись, вцепившись пальцами в переднее кресло, проститутские серьги покачивались возле бледных щек.

Крокодилица, как пить дать, была в панике.

— Ну? А температуру измеряла? Так. А врача? Что говорит?! Мам, ну это глупость! Подожди, я поищу другого! Нет, я найду! Скоро найду, ты только не плачь! Он приедет, и все будет хорошо! Откуда?! Почему от соседей?! Как не работает, утром все было в порядке! Мамочка, не волнуйся, я сейчас что-нибудь придумаю! Мамочка, слышишь меня?! Ты возвращайся домой, а я что-нибудь придумаю и позвоню! Ты только перестань плакать, ты его нервируешь, понимаешь?! Я поняла, я соседям позвоню!.. Что-нибудь жаропонижающее, парацетамол, аспирин, ну, что есть! И уксусом обтереть, чтоб немножко сбить... Мама, иди домой немедленно, а я позвоню на этот телефон, как только что-нибудь придумаю. Как зовут соседей? Ну, соседку? Хорошо, поняла.

Хелен отняла телефон от уха и некоторое время сидела молча, серьги все качались возле щек. Потом наклонилась вперед, словно у нее внезапно и сильно скрутило живот, и уткнулась лбом в переднее кресло.

Владик Щербатов молчал. В первый раз за все время, что он работал на этом поганом месте, он не знал хорошенько, можно задать вопрос или нельзя.

Хелен посидела так некоторое время, потом выпрямилась и снова схватилась за телефон.

— Эльзочка, — начала она сладким и пышным, как сахарная вата, голосом, — как твои дела, девочка моя? Все хорошо? Нет, я уже прилетела, еду. Встретили, все нормально. А у вас? Так. Так, отлично! Ну, конечно, ты большая молодец. Да не обращай внимания, ты же знаешь, что ты у нас самая лучшая, на тебе все держится!..

Владик перестроился в правый ряд, где, переваливаясь с боку на бок, телепалась груженая фура, и пристроился за ней. Такие концертные номера, что откалывала Хелен, слушать нужно внимательно, навострив уши, чтобы не пропустить ни одного слова!.. В конце концов, именно в этом — слушать, запоминать, делать выводы, — а вовсе не в вождении автомобиля и состояла работа Владика Щербатова.

Только знать об этом никому не полагалось.

А Хелен все продолжала взбивать облака сахарной ваты, и они получались все пышнее и пышнее. Владик никогда не замечал за ней склонности разговаривать с людьми не то что ласково, а просто нормальными человеческими словами, а тут на тебе!..

— Эльзочка, девочка, скажи мне, у тебя нет на примете хорошего врача? Ну, просто врача! Ну, чтобы за деньги мог приехать и посмотреть, у моей подруги проблемы, и она, бедняжка, совсем растерялась!..

Тут уж совсем растерялся бедняжка Владик Щербатов.

У какой такой подруги?! Только что звонила, если не ошибаюсь, мамаша, выходит, у ее мамаши проблемы-то?! Или крокодилица в полном соответствии с зоологическими законами скрывает, что у нее есть мать, чтобы все думали, будто она когда-то вылупилась из яйца?!

Глупости какие-то.

А Хелен все продолжала петь про подругу, называла костюмершу «Эльзочкой» и «девочкой», клялась «отблагодарить» — и ничего не добилась. Видно, «Эльзочке, девочке» было не до директрисиных подруг, потому что она обещала подумать и позвонить, «если что-нибудь надумает». По крайней мере, так Владик понял из того, что говорилось с этой стороны трубки.

— Только обязательно позвони, Эльзочка, — убитым голосом попросила директриса. — Обязательно!

В следующие десять минут она позвонила пресс-секретарю Никаса, субтильному существу неопределенного пола по имени Бося, затем еще какому-то Николаю, потом кому-то из свиты певца по кличке Вафельти, потом «начинающей» звезде по имени Семен, хотя «начинающая» была девочкой, а не мальчиком. «Молодая исполнительница Семен» — так ее объявляли в концертах.

Облака сахарной ваты заполонили весь салон лимузина и по пышности и кучерявости уже во много раз превосходили облака отработанной солярки, испускаемые фурой, за которой тащился Владик.

Хелен умоляла, подлизывалась, говорила комплименты, рассыпалась в похвалах, неизменно заканчивая свои речи просьбой «посодействовать насчет врача».

И, видно, без толку.

Владик плелся уже где-то в районе Триумфальной арки, когда Хелен, извергнув последние клочки сахарной ваты, в изнеможении закрыла глаза и взялась руками за щеки.

Это ее движение — когда она взялась за щеки — Владик увидел в зеркале. Какое-то смутное воспоминание, связанное именно с этим движением, вдруг всплыло у него в сознании, как нечто темное всплывает со дна илистого водоема, поболталось у поверхности и погрузилось обратно. Владик не успел ни перехватить, ни рассмотреть его.

Если бы она не взялась руками за щеки, он ни за что не спросил бы. Еще не хватало ее жалеть!.. Но она взялась за щеки — как самая обыкновенная расстроенная женщина.

— У вас что-то случилось?

От расстройства Хелен и заговорила как самая обыкновенная женщина:

— Срочно нужен врач. Прямо сейчас. В Москве. А я здесь, и ничего, ничего не могу сделать!.. — Она потерла щеки и посмотрела на свои ладони, будто впервые их увидела.

Владик, пошарив рукой, вытащил из ниши под приемником свой мобильный телефон.

— А какой именно врач нужен, Елена Николавна?

— Детский, — выпалила Хелен, и Владик Щербатов от неожиданности чуть было не въехал в задний бампер фуры, решившей притормозить на светофоре. — Мама говорит, ему совсем плохо, а врач со «Скорой» заявляет — это у него аппендицит, или, может, отравился, или зубы! Какие там зубы?! Давайте, говорит, его в больницу положим, а чего там с ним будут делать, в нашей больнице?! Аппендицит вырезать или зубы лечить?! Вот она и растерялась, мама-то!.. А у него уже сорок и восемь! Или даже девять!.. Нужен детский врач, понимаете?! Господи, что мне делать?! Может, в Москву улететь? Они же часто летают, эти самолеты, вы не знаете?

— Да кто ж вас в Москву отпустит, Елена Николавна?! Концерт завтра, куда вы полетите?!

Трубка гудела ему в ухо, но никто не отвечал. Владик скосил глаза на часы. Скорее всего и не ответит. Утро, самое рабочее время!..

— Нет, мне все равно нужно в Москву. Вы можете здесь развернуться?

— Да, — сказал в трубке нетерпеливый низкий голос. — Да, я слушаю.

Заслышав этот голос, Владик Щербатов широко улыбнулся, сам не зная чему, и сказал быстро:

— Дмитрий Евгеньевич, это Щербатов Владислав. Вы меня оперировали, помните? После... событий на Покровке?

Несколько лет назад на Покровке террористы захватили редакцию еженедельника «Старая площадь», здание штурмовали, и раненый Владик Щербатов попал на операционный стол к доктору Долгову, который тогда еще не был профессором, а был просто подающим надежды хирургом.

Подающий надежды хирург Владика достал непосредственно с того света — так думал сам Владик. Хирург же считал, что операция у него получилась «красивой» и пациент молодец — от потери крови не помер, от болевого шока очухался и поправлялся быстро!..

Они даже немного сдружились — спецназовец, избежавший смерти, и врач, гордившийся своей работой, — и по вечерам, если у Долгова случалось дежурство в больнице, курили на лестнице, что было строжайше запрещено, и понемножку рассказывали друг другу про своих тогдашних жен, друзей и работу. Они были из совершенно разных миров и именно этим оказались интересны друг другу.

— Добрый день, Владислав, — весело сказал в трубке Долгов. — Вы опять собираетесь кого-нибудь штурмовать и хотите заранее со мной договориться?..

— Да я уж сто лет никого не штурмую, Дмитрий Евгеньевич! Даже девушек, которые без боя не сдаются, тех боюсь!

— Это вы напрасно. — И совершенно другим, деловым тоном: — Что случилось? Зачем я вам понадобился?

— Срочно нужен детский врач. У ребенка высокая температура, а врач со «Скорой» говорит, что у него то ли отравление, то ли зубы режутся!..

— Что за бред? Какой диагноз поставили? Только точно!

— Дмитрий Евгеньевич, да в том-то и дело, что никакой! А ребенку плохо!

— Вы можете его сюда привезти? В триста одиннадцатую больницу? У нас хорошее детское отделение, я сейчас заведующему позвоню, они все сделают быстро и как нужно.

— Да я в Питере, Дмитрий Евгеньевич! А ребенок в Москве. И у него сорок с лишним, куда его везти!..

— Сколько лет ребенку?

Этого Владик не знал. Он перехватил ладонью трубку так, чтобы прикрыть микрофон, и спросил у Хелен:

— Сколько лет?

Хелен, смотревшая на него затравленными овечьими глазами, быстро выпалила, как отчиталась:

— Два года четыре месяца. Мальчик. Зовут Дима. Дима Абрамов.

— Два года, Дмитрий Евгеньевич. И... температура высокая очень. Неожиданно поднялась и... в общем, не знаем, что делать.

— Да все равно придется в больнице смотреть, по телефону вам ни один врач ничего не скажет! — выдал Долгов с некоторым раздражением. — Нужно УЗИ сделать, флюорографию, анализы быстро взять. Исключить аппендицит, например. А кто там с ним? Ваша жена?

Владик решил не вдаваться в подробности.

— С ним бабушка, Дмитрий Евгеньевич.

— Значит, диктуйте адрес, я пришлю нашу «Скорую», только придется заплатить. К сожалению, эта служба мне не подчиняется, так что...

— Да, конечно, заплатим, о чем разговор!

— Тогда давайте адрес, они его привезут и здесь в детском отделении посмотрят, если понадобится госпитализация, мы его оставим. Позвоните мне... — он подумал секунду, — часов в пять. Я уже буду понимать, что делать дальше.

— Адрес! — приказал Владик, прижимая трубку плечом.

Хелен, переместившаяся на самый краешек сиденья и торчавшая теперь почти у самого Владикова плеча, выпалила адрес.

— Бабушке дайте номер моего мобильного, — говорил в трубке Долгов. — Когда они будут подъезжать, пусть она меня наберет, чтобы ее в приемном покое встретили. И не волнуйтесь. Дети болеют, это бывает.

Владик нажал на «отбой», покосился на Хелен и повторил:

— Не волнуйтесь. Дети болеют, это бывает.

Она уставилась на него, дикие серьги качались, задевали кожаное плечо его куртки.

— Мамаше вашей позвоните, — сказал Владик хмуро. Серьги его бесили. — Приедет «Скорая» из триста одиннадцатой больницы, заберет ребеночка с бабушкой, и ему там все сделают, УЗИ, анализы и чего там еще полагается!.. — Он сунул ей в руку свой телефон. Она послушно взяла. — И вот этот номер, последний, ей продиктуйте. Доктора зовут Долгов Дмитрий Евгеньевич. Он просил позвонить, когда они будут подъезжать, чтобы их в отделении встретили или в приемном покое, что ли!..

— А кто такой этот Долгов Дмитрий Евгеньевич?

— Профессор, — буркнул Владик. — Хирург. И вообще хороший человек. Редкий.

— А вы его откуда знаете?

— Он меня когда-то оперировал.

— А зачем Димку в больницу? — вдруг спросила она жалобно и еще придвинулась к Владику. — У него же просто температура! И этот ваш профессор сказал — ничего страшного! Зачем тогда в больницу, а? И «Скорая» заладила — в больницу!..

— Он сказал, что они должны там что-то исключить. Да это и правильно! Откуда температура-то? Они должны выяснить, чтоб просто так ребенка лекарствами не пичкать, а только по делу лечить! И вы мамаше своей звоните, она ведь там... на нервах небось!

— Да-да, — растерянно сказала Хелен. — Конечно.

Пока она звонила, пока объяснялась с соседкой, а потом с матерью, пока рассказывала, где лежат «аварийные» деньги, диктовала телефон, пока бестолково выясняла, «что там с Димочкой», попил ли воды с лимоном, лежит ли, не просит ли чего-нибудь, Владик почти доехал до «Англии».

Хелен договорила, зажала телефон между коленей и понурилась. Теперь она сидела так, что в зеркале ее было не видно.

Они сидела, понурившись, и подозрительно сопела — вот-вот заревет.

— Да вы не переживайте, Елена Николавна!

— Почему он заболел? — спросила у него Хелен и шмыгнула носом. — Вот почему стоит только мне уехать, как начинается!.. То одно, то другое!.. Ну почему так?

Владик пожал плечами.

Хелен еще посидела, а потом резко отодвинулась от него.

— Я только прошу вас, — сказала она тоном прежней Хелен, с которой еще десять минут назад он собирался всласть поскандалить, — не рассказывать никому о том, что я... что мне... Короче говоря, о том, что у меня есть ребенок.

Владик Щербатов, сам не зная почему, вдруг обозлился до предела.

— Это тайна такая, да? Как в сериале, что ли? Или отец вашего ребенка — президент Медведев и об этом никто не должен знать?

— Почему Медведев? Никакой не Медведев у него отец!

— А тогда почему такие тайны мадридского двора? Или иметь ребенка позорно?

— Вы что? Совсем тупой?

— У-у, — протянул Владик Щербатов, — это я уже, кажется, где-то слышал! Приехали, Елена Николаевна! Вот она, «Англия», во всей красе! А в люксе на шестом этаже ботфорты, и вы сейчас сами убедитесь, что я их довез в наилучшем виде!

Он разозлился как-то по-детски, с места в карьер,

так, что остановиться, промолчать, прикусить язык было уже невозможно.

Он разозлился всерьез, чего почти никогда не бывало. Особенно на этой поганой работе.

Он разозлился, словно директриса Хелен, штрафовавшая его на десять баксов всякий раз, когда он говорил словечки вроде «поганый», и утверждавшая, что это есть непечатное ругательство, *на самом деле* была обычной женщиной, на которую *на самом деле* можно всерьез обижаться!

Владик выскочил из лимузина, обошел его, вежливо плечом подвинул ливрейного швейцара, потрусившего открывать заднюю дверцу, сам распахнул ее и принял специальную лакейскую позу — чуть наклонившись вперед — и губы сложил в сладкую улыбку.

...Да пошло оно все к чертовой матери!..

— Перестаньте паясничать! — прошипела Хелен. — Сейчас же перестаньте!

— Не слышу, Елена Николавна! — колючим, но сладким, как замороженная газировка, голосом прокричал Владик. — Шумно!

И подал ей руку. Она его руку оттолкнула.

— Вернитесь в машину.

— Что вы сказали?

— Я прошу вас вернуться в машину.

Если бы она просто повторила приказание, без этого самого «прошу», он ни за что бы не вернулся. Но она совершенно отчетливо сказала «прошу», он помедлил — и сел на свое место.

Ливрейный наблюдал за его перемещениями с некоторым удивлением.

— Вот что, — сказала Хелен, не глядя на него, как только он захлопнул дверцу, и шум улицы сразу отдалился, оставив их наедине. — Ты должен пообещать мне, что никому не расскажешь... про Димку. Никому, слышишь?

— Опять двадцать пять! — Она так его раздражала, что он не мог на нее смотреть. Жесткой ладонью он стряхивал какую-то пыль с приборной панели лимузина и в зеркало заднего вида не взглянул ни разу. — Я вам обещаю, Елена Николавна, что никто и никогда, даже под страхом смертной казни, не выпытает у меня вашей страшной тайны. Не волнуйтесь.

— Если кто-нибудь... если он узнает, меня выгонят с работы, а у меня мама и ребенок маленький.

— Кто... он, Елена Николаевна?

— Никас, — тихо и твердо сказала Хелен. — Когда он брал меня на работу, десять раз спросил, нет ли у меня детей, и даже взял расписку, что, пока я на него работаю, никаких детей у меня не будет.

— Зачем?!

Теперь Владик смотрел на нее во все глаза. Она вяло пожала плечами.

— Ну, он говорит, что терпеть не может детей и беременных баб тоже. Он говорит, что дети — это гадость, и баба, у которой они есть, не работник. Что баба тогда все время думает о том, что ей нужно кормить детей, бежать домой, и что... вообще женщина, у которой дети, — не человек, а скотина и в голове у нее только одни пеленки, постирушки и какашки.

— Что у нее в голове?!

Хелен опять вяло пожала плечами.

Владик непочтительно фыркнул и покрутил головой.

— Постойте, то есть вы хотите сказать, что по доброй воле подписали бумагу, в которой говорится, что детей у вас нет и не будет, потому что это не нравится Никасу?!

— А что тут такого?!

— Как что?! А если, ну, я не знаю, вы замуж вышли и у вас ребеночек получился, что тогда делать?

— Я не могу выйти замуж. Об этом в расписке тоже

говорится. Если я выхожу замуж, меня выгоняют с работы в двадцать четыре часа и последнюю зарплату удерживают. Я должна сначала уволиться, а потом выходить замуж и рожать детей.

— Да это анекдот какой-то! Так не бывает!

— Бывает. Помните, группу «Ну-ну»?

— Смутно, — честно признался Владик Щербатов.

— Вот у них продюсер тоже требовал, чтобы они не женились! Там пели четыре мальчишки, и продюсер считал, что у холостых больше поклонниц. Хочешь жениться — уходи из группы. А группа на всю страну гремела, денежки они получали хорошие, славы было много, куда же уходить-то?

— Так у них хоть славы было много, а у вас что?!

— А у меня зарплата, — жестко сказала Хелен, — которая в моем родном городе никому и не снилась! И Димку я летом в Турцию отправлю с мамой. Загорать и в море купаться. И в школу хорошую отдам. И преподавателя найду по английскому языку. И книжек куплю самых лучших. И самой лучшей еды. — Она перечисляла, будто заклинание творила. — И когда-нибудь я накоплю на квартиру и уйду с этой поганой работы. И тогда мы с Димкой поедем на рыбалку, и я научу его ставить донки!..

Владик Щербатов, если бы не сидел в кресле, не упирался ладонью в щиток, непременно упал бы замертво — от изумления.

Он не знал, что сказать, и поэтому сказал первое, что пришло в голову:

— Вы... рыбалку любите?

— Люблю.

— И я люблю.

— Хорошо.

Они помолчали. Ливрейный, устав стоять возле лимузина, отошел и занял позицию возле высоченных дверей, сиявших на солнце начищенными медными ручками.

Откуда оно вдруг взялось, балтийское тусклое осеннее солнце? Непонятно. Но оно вылезло откуда-то и теперь сияло в вымытых окнах, в полированных боках машин, в золоте исаакиевского купола.

— И спасибо за помощь. Никто мне не помог, а вы моментально все устроили.

Владик пожал плечами.

— Нет-нет, на самом деле!.. Вы же не обязаны, тем более что мы с вами все время ссоримся.

Владик опять пожал плечами. Он не знал, как разговаривать с *этой* Хелен, которая мечтала поехать с сыном ставить донки и называла свою работу поганой!..

— И телефон у мамы не работает! Что с ним могло случиться? Утром я уезжала, все работало!

— Дмитрий Евгеньевич просил ему в пять позвонить. Вы позвоните, и все узнаете. А пока вам все равно никто ничего не скажет.

— Это верно, — печально согласилась Хелен. — Только с телефоном как-то спокойней.

Они помолчали.

— И этот наш сейчас прилетит!.. — с сердцем добавила Хелен. — Пойдемте, Владислав, посмотрим ботфорты, что ли!..

Владику не хотелось выходить из машины. Он знал совершенно точно — как только они войдут в сверкающие двери, как только их примет вестибюль знаменитой гостиницы, выдержанный во вкусе начала прошлого века, как только улыбчивые портье в строгих формах «вручат» им ключи от номеров, вернется все ненавистное: ругань, тяжелое бешенство, унизительные разговоры и желание повеситься немедленно, прямо в скверике напротив Исаакиевского собора!..

Чтобы немножко продлить это состояние, в котором они с Хелен были заодно, по одну сторону баррикад, и в котором она показалась ему обычной женщиной, даже довольно симпатичной, он сказал с некоторой натужной веселостью:

— Да! С вас десять баксов, Елена Николавна!

— А?!

— Десять баксов с вас, — повторил Владик ухарским тоном. — За непарламентские выражения!

— За... какие выражения?!

— А вот за «поганую работу»! Гоните денежки!

Если бы час назад, когда он скучал в зале ожидания Пулкова, кто-нибудь сказал ему, что он окажется посвященным в страшную директрисину тайну, станет требовать десять баксов и даже как бы заигрывать с ней, делая пальцами «козу», он, пожалуй, от души хохотал бы до самого вечера.

Так не бывает.

Владик Щербатов всегда точно знал, что бывает, а чего не бывает и быть не может. Его, Владика Щербатова, на мякине не проведешь!..

Хелен некоторое время посидела молча, словно прикидывая, как поступить.

Умный Владик, которого на мякине не проведешь, ждал результатов.

Она полезла в сумку, шелкнул замок.

— Сто рублей, — сказала она тоненьким голосом, — больше нет.

И сунула ему в руку бумажку.

Владик принял бумажку и засунул в нагрудный карман.

— За вами будет.

После чего обоим стало так неловко, что они разом полезли из машины, как нашкодившие коты с хозяйской кровати, когда в двери начинает возиться ключ.

Хелен получила ключи от своего номера и (по договоренности) от номера Никаса — и сразу проследовала в люкс на шестом этаже обозревать ботфорты, а Владик задержался. Какая-то путаница произошла с ключами, завис компьютер, портье улыбались напряженными улыбками. Владик торчал возле полированной стойки, занимая очень много места. За ним толпились японцы, человек десять, сверкали очками, стрекотали на своем непонятном языке, и Владик подумал, что, пожалуй, представляет, как чувствовал себя Гулливер в стране лилипутов.

Не слишком хорошо он себя чувствовал, понял Владик.

— Я в баре посижу, — устав быть Гулливером, сказал он портье. — Вы меня позовете?

Получив заверения, что, как только компьютер возьмется за ум и опять начнет кодировать ключи, ему тут же все принесут, Владик стал осторожно отступать, стараясь не зашибить «лилипутов», и тут на него налетела какая-то ополоумевшая растрепанная девица.

Налетев, она покачнулась, чуть не упала, и Владик ее поддержал.

— Осторожней!

Девица на него даже не взглянула, вырвала руку и ринулась к стойке. «Лилипуты» шарахнулись в разные стороны — она тоже была Гулливершей.

— Мне нужен Глеб Звоницкий, — выпалила она в лицо портье, и Владик замер, не успев отойти. — Срочно! Как мне его найти?

— Мы можем вас соединить с его номером. Вы только не волнуйтесь, девушка!..

Вытянувшись в струнку, двумя руками вцепившись в нелепый потертый портфельчик, она стояла возле стойки, и даже настырные японцы подались назад — все вокруг нее потрескивало и искрило от напряжения.

— Номер не отвечает, — объявил портье. — Должно быть, Глеб Петрович уже уехал.

Заполошная девица шевельнулась, как будто тетива у нее внутри ослабла, и пробормотала умоляюще:

— Но он мне очень нужен! Правда, очень!..

— Девушка, в номере его нет, — повторил портье очень настойчиво. Владику показалось, что он раздумывает, не вызвать ли охрану. — Или он не берет трубку. Вы можете его подождать или позвонить ему на мобильный. Если располагаете номером.

— Но... как же так?

Глаза у заполошной налились слезами, и Владик понял, что портье сейчас точно вызовет охрану.

— Разрешите вас на минутку?

Жесткими пальцами он взял ее под руку и повлек от стойки в сторону круглого диванчика. Почему-то он был уверен, что девица станет сопротивляться, но она пошла, только поминутно оглядывалась на стойку, словно порывалась вернуться и умолять портье из-под земли достать Глеба Звоницкого!..

Владик довел ее почти до диванчика, и тут только она сообразила, что ее куда-то ведут.

Сообразив, она отшатнулась и костлявыми ручонками прижала к хилой груди портфельчик.

— Вы кто?! Куда вы меня тащите?!

— Тише, тише, девушка!

— Я никуда с вами не пойду! Что вам нужно?!

— Никуда со мной идти не нужно, — успокоительно сказал Владик Щербатов. — Звоницкий Глеб Петрович из Белоярска, да?

— Откуда вы знаете?!

— Начальником охраны Мухина Анатолия Васильевича был?!

Заполошная встала как вкопанная.

— Вы кто?! Откуда знаете?!

— Тише, тише!.. — еще раз попросил Владик и быстро оглянулся на лифты. Ему не хотелось, чтобы Хелен или, боже сохрани, кто-нибудь из свиты певца Никаса увидел его в холле с незнакомой девицей. Неприятностей потом не оберешься. — Давайте вот здесь сядем и поговорим тихонечко. Да вы не бойтесь, девушка! — И добавил скороговоркой: — Я тоже из Белоярска, а Звоницкий фамилия редкая, да еще и Глеб Петрович, все совпадает! Я думаю, может, это мой старый товарищ?

— Господи, какой товарищ?! Кто вы?!

— Меня зовут Владислав Щербатов. С Глебом мы когда-то вместе служили в Белоярске. А Мухин Анатолий Васильевич, если вы не знаете, тогда был губернатором.

— Мухин Анатолий Васильевич — мой отец.

— Так, — сказал Владик. — Понятно.

Ничего было непонятно.

...Или, может, она ненормальная?..

Она шарила по его лицу темными глазищами, словно пыталась на взгляд определить, врет он или не врет. От ее рассматриваний у Владика зачесались щеки. А может, от того, что он сегодня утром не побрился.

— Вы тоже были в охране?

— У Мухина? Никогда не был.

— Откуда вы знаете Глеба Петровича?

— А его из губернаторской охраны к нам перевели, в управление. В звании повысили и перевели.

— Никто его не переводил, — мрачно сказала заполошная. — Он сам ушел. Я это хорошо помню. Моя мама тогда была очень расстроена и говорила, что Глеб ушел с работы.

— Ну, таких тонкостей я не знаю, а только мы вместе служили. Потом мой шеф в Москву уехал и меня с собой забрал, а Звоницкий, кажется, в Белоярске остался. Я его сто лет не видел.

— Я позавчера вечером видела его в этом самом баре. И он мне срочно нужен. Прямо сейчас.

— Он в Питере, что ли, теперь работает?

Она нетерпеливо дернула плечом.

— Он работает у Ястребова. Вы знаете Ястребова? Он стал губернатором, когда папу убили. А вчера убили мою подругу. Почти сестру, понимаете? — Губы у нее задрожали, лицо повело, но она справилась с собой. — И я точно знаю, что ее убили вместо меня. Это я виновата, что ее убили, понимаете? И я должна срочно рассказать об этом Глебу Петровичу. Мне больше некому рассказать, понимаете?

— Понимаю, — согласился Владик, который понимал все меньше и меньше.

Единственное, в чем он был совершенно уверен, — она не врет. Она может быть сумасшедшей, истеричкой, но не врет. Она твердо верит в то, что говорит.

...Может, в психушку позвонить? Приедут санитары, заберут ее, да и дело с концом? А с Глебом они вечерком повидаются, повспоминают, потолкуют, все перетрут, как полагается сослуживцам, нежданно-негаданно встретившимся на пересечении дорог, в гостинице — эх, жизнь разбросала, помотала, и всякое такое!..

— А вы не знаете, где он может быть?

— Милая вы моя, да я его лет пять не видел, а может, и больше! Вы вот фамилию назвали, я и подумал: вдруг тот самый?..

— Меня зовут Екатерина, — сказала девица строго. — Не называйте меня «милая моя»!

Кажется, губернаторскую дочь и впрямь звали Екатериной, вдруг припомнилось Щербатову.

— Вот что, Екатерина. Вы езжайте домой, а вечерком или лучше завтра позвоните сюда, в гостиницу. — Он говорил врастяжечку, нарочито-успокоительным фальшивым тоном. — Глеб уже наверняка будет на месте, вы к тому времени успокоитесь, все ему расскажете, может, еще окажется, что все живы и здоровы...

— Да я не сумасшедшая! — громко перебила пред-полагаемая губернаторская дочка, и Владик посмотрел ей в лицо. И впрямь никакого безумия не было у нее в глазах, только, пожалуй, какое-то сердитое отчая-ние. — Ниночку вчера убили! А она была самым близ-ким мне человеком. Последним. Сначала не стало папы, потом мамы, Митьки давно уже как будто нет! Была только Ниночка, неужели вы не можете этого по-нять?! А ее убили! Вместо меня.

— Не кричите.

— Я не кричу.

— Карточка от вашего номера готова, — сказала над ухом Владика материализовавшаяся из воздуха девуш-ка-портье. — Извините нас за задержку, господин Щербатов.

Владик так и не понял, слышала портье про убийст-во какой-то Ниночки или не слышала. Очень бы не хо-телось, чтоб слышала!.. У него своих забот полно, не хватает еще досужих разговоров и пересудов!..

— Ну, я пойду, — сказал он, поднимаясь. — И вы езжайте домой, Екатерина. А я, если увижу Глеба здесь, в гостинице, передам, чтоб он вам позвонил.

Она внимательно смотрела ему в лицо, и под ее взглядом Владику стало неловко, как будто он сказал или сделал что-то стыдное.

— Я не сумасшедшая, — словно возражая ему, ска-зала она спокойно. — Я понимаю, что произвожу именно такое впечатление, но...

— Нет, не понимаете, — стремясь отделаться от стыдного, перебил Владик. — У вас есть мобильный те-лефон? Оставьте мне номер на всякий случай.

Она продиктовала номер, и он зачем-то его запи-сал.

Поднявшись на свой этаж — бесшумные ковры, темные панели, в коридоре на мраморных поставцах голая Венера и голый же Аполлон, — Владик нашел свой номер и первым делом нажал магическую кнопку на пульте телевизора. Без привычного шумового оформления и безостановочного мелькания он чувствовал себя одиноким и выключенным из жизни. То ли дело, когда в углу бурлило, кипело, пело, плясало, говорило, представляло, шумело, гремело, шептало, восклицало, поясняло, сокрушало, билось, любилось, собачилось, миловалось, уклонялось, выбиралось, добивалось, разгонялось, ужасалось, прикасалось — словом, кипела жизнь, жизнь!..

Магическая кнопка не подвела. Комната тут же наполнилась тревожно-значительным дикторским голосом, вещавшим что-то про криминогенную обстановку в Санкт-Петербурге.

Владик открыл воду в ванной. После длинной московской дороги он три часа просидел в лобби гостиницы «Англия», а потом еще ездил за Хелен. Теперь ему невыносимо захотелось в душ и переодеться во все чистое, и, предвкушая удовольствие, он стал стягивать рубаху.

— ...в подъезде собственного дома была убита молодая женщина, — доносилось тем временем из телевизора. — Имя убитой Нина Ольшевская. Милицию вызвали соседи, услышавшие крик в парадном...

Рука застряла в рукаве. Владик дернул рукой, пуговка отлетела и поскакала по беззвучному ковру.

Ниночка, вспомнилось ему. Никого не осталось, только Ниночка. Почти сестра.

— ...правоохранительные органы разыскивают женщину, которая, по предварительной версии, могла быть свидетельницей убийства. Приметы: рост выше среднего, темные волосы, худощавого телосложения. Одета в джинсы и темную куртку или пиджак. От дома убитой могла уехать на машине марки...

— Елкин корень, — пробормотал Владик Щербатов.

178

Катя вышла на улицу и некоторое время постояла, соображая, что ей теперь делать.

Без Глеба она не справится, вот что. Значит, нужно продолжать его искать, только где?!

Мобильный у него не отвечает, она несколько раз звонила, и вчера ночью, и сегодня утром, словом, — все время звонила. В гостинице его нет, если только не врет этот лощеный портье, не озабоченный ничем, кроме приставучих иностранцев и собственного внешнего вида. Он едва удержался, чтобы не выставить ее вон из отеля, Катя отлично видела сомнение у него в глазах!.. Может, он и не звонил никуда, и Глеб Петрович сейчас выйдет к своей машине, поедет на работу, и Кате останется только перехватить его?..

Немного воодушевившись, она решила было вернуться в лобби-бар, сесть так, чтобы видеть лестницы и лифты, заказать кофе и ждать Глеба, но сообразила, что нельзя.

Никак нельзя.

Ее наверняка ищут и вот-вот найдут, а торчать долгое время в людном месте на глазах у сотни людей — лучший способ сдаться без боя.

Она перебежала мостовую, на которой толпились чистые машины и громогласные беззаботные люди, перелезла через невысокий парапет и устроилась на лавочке под грустным облетающим деревом.

Лавочка была холодной. Катя пристроила за спиной свой портфель и сунула в карманы мерзнувшие руки.

Ниночка ей позвонила ночью, Катя уже спала. Вообще-то она плохо спала в последнее время, но Генки не было дома, а новости, которые ей весь вечер в подробностях шептала то в одно, то в другое ухо Ниночка, были так утешительны и приятны, что, вернувшись домой с вечеринки, Катя расслабилась, пристроилась на диване в гостиной и вдруг заснула.

Она спала, и ей снился приятный и легкий сон.

Вообще-то последнее время ей снились только душные, мрачные сны, а тут неожиданно привиделось веселое, понятное и радостное, как хороший фильм.

Словно она, Катя Мухина, на каком-то озере. Нет, это не озеро, а, пожалуй, река, только очень широкая, ни конца ни краю. Туман клубится над водой, и в тумане слышны приглушенные голоса, плеск воды и жестяной стук ведер, если их нести, пустые, в одной руке. Она, Катя, пристроилась на какой-то широкой лежанке под раскидистым лоскутным одеялом, и в распахнутую и подпертую колышком дверь ей видно воду и туман, далеко-далеко. Она лежит очень удобно, и ей тепло, и никуда не хочется, но она знает, что нужно встать и идти, но это приятная, радостная необходимость. Сейчас она встанет, выйдет на почерневшие лиственничные мостки, пропадающие в тумане, и там, на этих мостках, ее ждет что-то хорошее, надежное. Она встает и идет, и большой человек, которого она видит в тумане, поворачивается к ней, говорит неразборчивое. Она не может рассмотреть его лица, но точно знает, что это свой, родной человек. И хотя лежать под пышным лоскутным одеялом было очень приятно, стоять рядом с ним еще лучше, слышать, как журчит под мостками вода, как высоко, на горушке, звякает бубенцом корова, как вязнут в тумане голоса. И во всем этом такой покой, такое возвращение к себе, такое счастье обретения, что век бы стояла на этих мостках, слушала тишину и то, что говорит ей этот большой, родной, свой человек!..

Ее разбудил телефон, и со сна Катя даже не сразу поняла, кто звонит. Звонила Ниночка. Она кричала, чтобы Катя немедленно, сию же секунду ехала к ней, и Катя, еще не отошедшая от своего дивного сна, вскочила, куда-то побежала, поняла, что нужно еще одеться и захватить драгоценный портфель с документами, который она все время таскала с собой — боялась Генки.

До Фонтанки по ночному Питеру она долетела в два счета, и в Ниночкином парадном...

Тут сознание как будто трескалось, разваливалось на куски.

Дальше Катя старалась думать скачками, потому что думать последовательно было слишком страшно.

Вот она открывает дверь — код замка давно известен, запомнен наизусть.

Вот поднимается по лестнице.

Вот видит Ниночку. Вернее, то, что осталось от нее, ибо *то,* лежавшее на мраморных плитах площадки, *Ниночкой* быть не могло. Кто-то забрал Ниночку, оставив на мраморе более не нужное тело.

Вот она, Катя, наклоняется, чтобы рассмотреть это, потому что сначала она даже не поняла, что *это* именно Ниночкино тело, хотя Ниночка ничуть не изменилась в смерти, она даже улыбалась. Кате никогда не приходило в голову, что мертвые могут улыбаться.

Вот она пытается что-то сказать, о чем-то спросить, кажется, зачем Ниночка лежит в парадном, на холодной мраморной плите, и видит, что белая Ниночкина блузка почему-то стала совершенно красной и мокрой.

Вот она понимает, что это кровь и Ниночка лежит на площадке именно потому, что она умерла, безвозвратно, окончательно умерла, и тогда Катя кричит, кричит так, как никогда в жизни не кричала.

Потом бабахали какие-то двери, кто-то что-то громко говорил, а может, тоже кричал, Катя уже ничего не понимала. Она знала только одно — ей нужно срочно разыскать Глеба Звоницкого и сказать ему, что Ниночку убили.

В конце концов, Катя Мухина знала совершенно точно — если бы тогда, много лет назад, в прошлой жизни, Глеб остался на работе, ее отец был бы жив, и мать была бы жива, и Катина жизнь не превратилась бы в извращенную, непрекращающуюся пытку!.. В настоящей жизни ее может спасти только он, и больше никто.

Разваливающееся на куски сознание приходилось собирать и строго контролировать, и у Кати это получалось, получалось, потому что сквозь шум в голове, сквозь отчаяние и панику отчетливо проступал план действий, который она придумала.

Она даже шепотом повторяла — по пунктам! — что именно должна рассказать Глебу.

Первое: муж Генка хочет ее, Катю, сжить со свету, потому что ему нужны квартира и денежки, оставленные отцом. Квартира завещана ей, и пока она законная Генкина жена, в случае ее смерти он получит наследство. Ведь больше претендентов нет — брат окончательно и бесповоротно спился, не помнит уже, наверное, как его зовут, и на квартиру претендовать точно не будет. Поэтому сейчас развод для Генки — конец света, ибо тогда ему не полагается вообще ничего, квартира-то пока не в собственности, отсрочка, придуманная отцом, все никак не кончится! При этом он, Генка, убежден, что она давно и безнадежно сошла с ума, тронулась, впрочем, она всегда была не от мира сего, и это ему когда-то даже нравилось. Нынче разонравилось, и у него есть только один выход — остаться вдовцом и получить Катино наследство.

Второе: Ниночкин бывший муж — подлец, подлец! — вдруг позвал Ниночку на свидание. Свидание было необыкновенным. Ниночка, заехав за Катей, чтобы повезти ее на вечеринку, всю дорогу рассказывала, как все было, и на вечеринке тоже рассказывала. По ее словам выходило, что было хорошо, настолько хорошо, что даже не верилось. Да, самое главное: Ниночкин муж при разводе оставил ей все — и счета, и квартиру, так тоже бывает!.. Но бывает и так, что прошлое великодушие начинает казаться идиотизмом, и не факт, что бывший Ниночкин муж не вознамерился все это забрать обратно и только затем затеял свидание с бывшей женой!..

Третье: Ниночка очень торопилась уехать с вечеринки, потому что Димка собирался «к ней заехать» тем же вечером. Когда Ниночка шептала об этом Кате в ухо, то стыдливо опускала глаза, глупо хихикала, а потом щеки у нее вдруг залились девчачьим румянцем. Всем ясно, что значит «заехать»!..

Четвертое: она позвонила! Она позвонила и кричала, и это было очень страшно, Катя поехала к ней, но опоздала. Значит, Ниночка в какой-то момент поняла, что ей угрожает опасность, и даже пыталась вызвать подмогу, а подмога не успела!.. Значит, Ниночка поняла, что вот-вот случится беда, страшная, ужасная. Настолько, что она позвонила ей, Кате, среди ночи, чего никогда не делала!..

Пятое: Катю наверняка ищут, и, как только найдут, посадят в «Кресты», или куда там сажают подозреваемых? Тех, кого еще не осудили, но уже поймали!

Катя не знала, кого именно сажают в «Кресты». Она стояла над тем, что осталось от Ниночки, и кричала. Выскочили соседи и тоже стали кричать, и хлопать дверьми, и звонить по телефонам. Они видели Катю. Они отлично ее знают — Катя бывала у Ниночки едва ли не чаще, чем в собственной квартире. У Ниночки ей было спокойно и она меньше боялась Генки.

Глеб Петрович должен знать, что Катя ни в чем не виновата.

И может быть, ему удастся выяснить, кто *на самом деле* убил Ниночку!..

Кате было холодно, зубы стучали, и приходилось все время крепко их сжимать, чтоб не клацали.

Почему-то впервые за много месяцев — нет, за много лет! — ей было совсем не страшно. Вернее, страшно, что убийцу могут не найти, что Ниночка так и останется неотомщенной, а все остальное — такая чушь!..

У Кати как будто появилась цель, настолько важная, что все остальное потеряло значение. Когда погиб отец, когда убили маму, Катя чуть не сошла с ума, но ей и в голову не приходило... бороться. Тогда Глеб Звоницкий подобрал ее на окраине Белоярска, среди серых лиственничных заборов и высоченных, занесенных снегом, намертво закрытых лабазов. Подобрал и отвез к Инне Селиверстовой, и Катя, лежа на Иннином диване, отчетливо слышала, как они решали — сумасшедшая она или нет. И что делать, если сумасшедшая?..

С тех пор Катя ни разу не вспоминала Звоницкого, а увидев его вчера, неожиданно поняла: он вновь появился в ее жизни неспроста. *Что-то должно случиться.*

Он всегда появлялся, когда с ней случалась беда.

Так было даже, когда Катя училась в восьмом классе и в летнем лагере у нее украли кроссовки и деньги. В тот же день приехал Глеб Петрович, нашел кроссовки и деньги и забрал Катю домой.

Опля!.. Все беды позади, и опасности не страшны! Прилетит вдруг волшебник в голубом вертолете...

Сознание, расколовшееся на мелкие части, когда Катя увидела Ниночку на площадке, в ту же самую секунду как будто замерзло и растопырилось острыми ледяными пиками — а до этого текло, зыбилось, видоизменялось!.. Волны то качали Катю, то несли куда-то стремительно, то начинали кувыркать, то застилали глаза, и она сама иногда не могла отличить реальность от зыбкой мути своего взбесившегося сознания.

В одно мгновение все изменилось. Она словно стала на ноги и огляделась вокруг после всемирной катастрофы. Все кругом лежало в руинах, дым застилал горизонт, но она видела все это совершенно отчетливо, без всякой мути и зыби. И совершенно отчетливо знала — нужно выбираться.

Нужно выбираться и попытаться хоть что-то сделать для Ниночки — пусть мертвой.

Впрочем, — и вот здесь в сознании начинались сбои, — Катя была твердо уверена, что Ниночка *не совсем умерла*. То есть ее нет в живых, ее убили, но она все равно где-то рядом, и Катя не может еще раз ее подвести — как подвела вчерашней ночью, когда опоздала!..

Не может, и все тут.

Она должна найти убийцу, а там посмотрим. Может быть, всем будет проще и легче, если Катя отправится следом за Ниночкой, — в конце концов, нашептывало сознание, ты же видишь, что все это не так уж страшно!

Налетел ветер с Невы, широкое дерево, под которым на лавочке, нахохлившись, сидела Катя, тряхнуло ветками, осыпало лавочку и Катю холодными желтыми листьями.

Катя задрала голову и посмотрела вверх. Облака плыли высоко-высоко, и небо было очень синим, бездонным. Такое небо бывает только осенью, в преддверии затяжных холодов, долгих ночей, трудных времен.

Катя посмотрела на небо и перевела взгляд на парадный подъезд «Англии».

— Ну, что ты не выходишь, — сказала она Глебу. — Уж давно бы вышел, и мы бы все обсудили.

У нее не было ни малейших сомнений в том, что он ей поможет, стоит только ему узнать, в какое ужасное положение она попала!.. И тут же про себя Катя перечислила все пункты, чтобы не забыть ни один.

Посидев еще немного, она достала мобильный телефон и посмотрела в окошечко.

Ничего. Ни-че-го.

Никто не звонил. Звонить больше некому.

Ниночки нет. Вернее, оттуда, где она сейчас есть, позвонить нельзя.

Ночью и утром Катя несколько раз звонила Глебу — вчера он оставил ей свой мобильный номер, — но никто не брал трубку.

Ни на что не надеясь, Катя нажала кнопку повторного вызова «последнего абонента», вздохнула и приложила трубку к уху.

Внутри мерно и протяжно гудело, гудение отдавалось в голове, как под сводами гулкой крыши.

Никто не отвечал.

Одно из двух — или он видит ее номер и не хочет с ней разговаривать, это еще полбеды, она в конце концов вынудит его поговорить, не мытьем, так катаньем. Или он оставил где-то телефон, и теперь тот звонит и звонит, безнадежно призывая хозяина, а тот просто не слышит...

— Алое! — вдруг сказал совершенно отчетливо в ухе Кати Мухиной незнакомый голос. — Алое, говорите!...

Катя чуть не уронила телефон, засуетилась, вскочила, зачем-то потянула за собой портфельчик, и тот грузно шлепнулся на землю.

— Говорите, ну!...

— Можно Глеба Петровича? — пропищала Катя и подхватила с земли портфельчик.

— Ково?!

— Глеба Петровича, — растерянно повторила Катя, и в ухо ей полезли короткие гудки.

— Что такое?! — спросила Катя у смолкнувшего телефона. — Ты что? Номером ошибся?!

Она позвонила еще — никакого ответа. Потом еще и еще, и все без толку. Почему-то она была твердо уверена, что рано или поздно ей должны ответить, и не ошиблась.

— Алое, — мрачно сказала трубка, когда она позвонила, наверное, в пятый раз. — Говорите!...

— Мне Глеба Петровича нужно!

В трубке завздыхали и завозились. Послышался какой-то хрип и хлопок, будто мимо говорившего с грохотом пронеслась груженая машина.

— Не знаю я, Петрович он или, может, не Петрович, только подойти он никак не может, а я тута не при делах...

— Что?! Что вы говорите?!

В трубке помолчали, а потом спросили миролюбиво:

— Ты чего разоралась-то?

Катя ничего не понимала.

— Мне нужен Глеб Звоницкий, — повторила она растерянно, — это его телефон?

В трубке хрипло забулькало и заквакало.

— Але! — испугавшись, что связь сейчас разъединится, закричала Катя. — Але!!

— Раньше, может, и был его, а теперича точно мой будет! Потому я его нашел! И в таком разе он мой!

— Ваш? — ничего не понимая, переспросила Катя.

— Ясен болт, мой! А чей еще? Не твой же!

— Кто... не мой?

— Телефон! Труба — солидняк. Было ваше, стало наше!

— Постойте, вы нашли телефон?!

— И еще кой-чего.

— Документы? Ключи?! Что еще?!!

— Ишь ты, прыткая какая! Так я тебе и сказал!..

Катя перевела дух.

— Послушайте, — начала она твердо. — Как вас зовут? Вы кто?!

— А тебе чего? Иванов Иван Иваныч меня зовут!.. И я никто, прохожий я!

— Иван Иванович, расскажите мне, что именно вы нашли и где. Мне очень важно знать, где человек, которому принадлежит этот телефон. Ну правда очень важно!.. Если хотите, я могу вам за информацию заплатить. Хотите?

— Нашла дурака, — подумав, объявил Иван Иванович. — Так я сейчас и начну колоться, где да как!.. И еще за бабками твоими пофигарю, а тут ты раз — и сдашь меня в ментовку! Очень оно мне надо! А ты сама сейчас где?

Катя не поняла:

— В каком смысле?

— Да в таком! В Питере, или, может, в Караганде, или в Ивантеевке, или в Вальпараисо!

Заслышав название последнего населенного пункта, Катя Мухина осела на лавочку.

— Я в Питере, возле гостиницы «Англия», на Большой Морской, знаете?

В трубке опять забулькало и захрипело. Очевидно, ее собеседник таким образом смеялся.

— Да хто же не знает Большую Морскую! Место известное! — И замолчал.

— Алло! — закричала Катя. — Алло! Куда вы пропали?!

— Ты вот что, Аленушка, — вдруг деловито заговорил опять возникший в трубке голос, — ты бросай свою Морскую и, раз уж тебе так занадобилось, кати на Крестовский, а я тут светиться не буду, не с руки мне возле всяких таких ошиваться! Я канать за паровоза не желаю, а того гляди кто стукнет, и ментяры прикатят!..

— Я ничего не понимаю! — опять закричала Катя. — Вы говорите понятней, только трубку не бросайте! Говорите, я слушаю!

— Чего это мне ее бросать, когда она таких деньжищ стоит? — искренне удивился неведомый Иван Иванович. — А понять все очень просто, Аленушка! Хватай мотор и дуй на Крестовский! А тута, на Крестовском, значится, по Северной дороге или по Батарейной, по какой хошь, и прям до «Мироныча». Значит, обойдешь «Мироныча»...

— Кто такой Мироныч?!

— А! — бодро ответили в трубке, — так это стадион! Имени этого самого... революционного пролетария Кирова Сергея Мироновича! Обойдешь Сергея Мироныча, увидишь эллинги, ну, для лодок, и нужники деревянные, а може, и не нужники, хто их знает! Обойдешь, и тута он будет лежать. Я ему под голову сейчас подложу чегой-нибудь, а сам уйду, мне светиться без надобности, еще перекинется, а мне тогда не отмазаться. Поняла, что ль, Аленушка?

Катя молчала.

— Только я трубу-то с собой прихвачу. Ну, портмоне тоже. Документики мне до лампады, а вот лопатничек пригодится, ты на меня обиду не держи!.. И поспешай, девуля, этот твой... не так чтоб очень хорош-то!.. Того и гляди... Хотя вроде пока дышит. Чего ты замолкла-то, девуля? Или не больно он тебе нужен, без лопатника да побитый весь?

Катя Мухина глубоко вздохнула. Рука, державшая телефон, вдруг затряслась. Катя приказала ей не трястись, и рука послушно замерла.

— Значит, вы нашли человека, он лежит за стадионом Кирова на Крестовском, возле каких-то эллингов и сараев. Вы взяли у него телефон и сейчас по нему разговариваете. Он избит, но дышит. Я должна приехать и его забрать. Вы меня дожидаться не станете. Деньги и телефон вы возьмете себе, документы оставите и уйдете.

— Блеск! — похвалил Катю ее собеседник. — Шевелишь рогами-то!

— Зачем вы ответили на звонок? — вдруг спросила Катя. Ей казалось, что это важно. — Почему просто не выключили телефон и не выбросили карточку?

— Чего я, зверь какой? — обиделся Иван Иванович

189

Иванов. — Може, он помрет тута, а если ты подскочишь, еще, може, и не помрет! Есть разница? Улавливаешь?

— Улавливаю, — согласилась Катя.

— А телефон и бабки мне за вредность! — В трубке опять забулькало. — И за гражданскую ответственность мою! Полагается мне за ответственность или не полагается?!

— Полагается.

— Ну, бывай тогда, не кашлять тебе!..

— Подождите! — закричала Катя. — Он... вы на самом деле думаете, что он может умереть?!

— А хто ж его разберет! Говорю же, дышит вроде! Ты бы лучше со мной лясы не точила, а колесами крутила, девуля! Поняла, куда крутить, или повторить тебе?

— Не нужно мне повторять, я все поняла.

И тут же в трубке у нее никого не стало, коротко пропиликали гудки, и воцарилась тишина.

Катя Мухина — Зосимова по мужу — поднялась с лавочки и пошла по дорожке. Гравий мерно поскрипывал под подошвами ее туфель. Эти туфли, нарядные, веселые, они на прошлой неделе купили с Ниночкой в дорогущем магазине на Невском. Они тогда перемерили кучу туфель. Ниночка сказала — осенью обязательно нужно покупать красивые и нарядные туфли, чтобы было не так грустно жить, и заплатила за свои и за Катины тоже.

Катя дошла почти до самого выхода из сквера и тут только вспомнила про свой драгоценный портфель, который берегла как зеницу ока.

Она неторопливо повернулась и побрела обратно к лавочке. Гравий все скрипел.

Происходящее не укладывалось у нее в голове.

Она себе это представляла следующим образом: длинные-длинные занозистые доски, цепляющие за руки и одежду, нужно запихнуть в небольшой ящичек. Доски не лезут в ящичек, и даже непонятно, как именно можно их туда уложить.

Никак.

Ниночка убита, и Глеб Петрович где-то на Крестовском острове лежит за какими-то сараями, и нужно спешить, чтобы он не перестал дышать. Он то ли избит, то ли ранен, и все это где-то рядом с Катей Мухиной, совсем близко, касается ее, как чужое дыхание касается щеки, и хочется отстраниться, отвернуться, и нельзя, никак нельзя!..

Папа, оберегавший дочку от всего на свете, сошел бы с ума!..

— Нужно спешить, — сама себе сказала Катя Мухина, и какой-то парень, пережидавший вместе с ней на светофоре, посмотрел насмешливо.

Да-да!.. Нужно спешить! И еще нужно перестать думать. Перестать засовывать длинные занозистые доски в маленький аккуратный ящик!..

Светофор переключился, Катя бросилась через дорогу, на ходу доставая ключи от машины. Крестовский — это не близко, особенно если учесть будничные питерские пробки!..

— Хватит! — строго сказала она себе, когда рука опять задрожала. Катя увидела собственную задрожавшую руку как бы со стороны, когда вставляла ключ в зажигание. — Я сейчас поеду и сама во всем разберусь!

Первый раз в жизни она сказала вслух, что «разберется сама»! Почему-то всегда получалось так, что разбирался кто-нибудь другой.

Однажды ее затолкал в куст боярышника Вадик Семенов, одноклассник. Ей было тогда лет шестнадцать, и она уже слыла книжным червем и занудой. Неизвестно, почему Вадик затолкал в куст именно ее — может, на спор, а может, воспылал романтическим чувством. Впрочем, до заталкивания в куст они очень мило дружили!.. То есть Вадик звонил ей по вечерам и приходил списывать алгебру и биологию. У нее всегда были пятерки по биологии.

Он приходил чинный, причесанный на бочок, здоровался с мамой, списывал, а потом еще оставался пить чай.

— Приглашай Вадика чай пить, — говорила мама, когда, списав, одноклассник собирался уходить.

Катя приглашала, и Вадик моментально переставал уходить и с готовностью усаживался за стол.

— Какой хороший мальчик! — восхищалась мама. И Катя с ней соглашалась.

А потом он потащил ее в куст — вот тогда Катя поняла, что значит чужое дыхание на собственной щеке, пахнущее то ли луком, то ли рыбой, и нет никакой возможности спрятаться, увернуться, вернуть все обратно, в «докустовое» состояние, в котором все было так хорошо и правильно!.. И чистоплотность — главная в тот момент часть тебя самой! — вдруг оказывается будто раздавленной грязным ботинком, и ее нужно спасать, и неизвестно, как именно спасать, ведь это же не кто-то чужой и страшный, это друг Вадик Семенов!

Катю — вместе с ее чистоплотностью! — спас Глеб Звоницкий. Все же она была губернаторской дочкой, и машина приезжала за ней каждый день.

Незнамо откуда в середине куста вдруг появилась рука, выволокла Вадика и вцепилась ему в ухо — а Вадик был здоровенный!..

Катя вылезла сама с независимым и несчастным видом, с горящими щеками и растрепанным «хвостом». Первым делом она подтянула резинку на «хвосте», а потом уже посмотрела, что происходит.

Происходило избиение младенцев. Глеб Петрович таскал Вадика за оба уха, а тот выл и вырывался.

Потом была «гроза». Глеб отвез Катю в какое-то тихое место и там довольно долго прочищал ей мозги.

Он ничего не понял. Он говорил, что девушка — особенно губернаторская дочь! — должна быть разборчивой и не лазать со всякими идиотами в кусты.

Катя ужасно обиделась. Она и не лазала, просто доверяла Вадику, он же ее друг!..

Она попыталась объяснить это Глебу, и он, кажется, понял, а может, и не понял, но они все равно помирились, и все стало хорошо, вот только «чистоплотность» немного шмыгала выпачканным покрасневшим носом!..

Никогда и ничего Катя не решала сама!..

В последние годы Генка все решал за нее — и жениться на ней он решил исключительно самостоятельно, и бросить ее тоже, и отобрать квартиру, и сжить со свету! Она все время спасалась, боялась, металась, пряталась, скрывалась, малодушничала, поджимала хвост, дрожала как осиновый лист.

И тряслась, будто собачий хвост, вот еще как!..

Генка решал, и папа решал, и мама, а когда они были маленькие, брат Митя решал, а она соглашалась — ей так было проще, и их решения казались ей непреложными и обязательными к исполнению, как Основной закон Российской Федерации!..

Как же она, Катя, сейчас поедет на Крестовский, полезет за какие-то сараи и станет искать там Глеба Петровича, который то ли дышит, то ли уже нет!..

Катя очень хорошо знала — с нынешней ночи, — как это страшно, когда люди уже больше не дышат.

Сзади сердито посигналили, и она поняла, что проспала светофор.

Катя нажала на газ, машина прыгнула и ловко втиснулась в игольное ушко между каким-то джипом и длинной иномаркой с флагом. Водитель джипа сверху посмотрел на Катю и неслышно сказал что-то, судя по всему не очень приятное.

Баба за рулем, обезьяна с гранатой — одна канитель!..

Еще сегодня утром Катя втянула бы голову в плечи, отвела глаза и потом долго маялась бы от сознания того, что незнакомый человек в незнакомой машине сказал ей что-то пускай не слышное, но очень обидное, а она ни в чем не виновата, просто она несчастная такая, всеми затурканная, вот и автомобиль плохо водит!

Сейчас она только посмотрела вверх, на рассерженного погонщика джипа-слона, пожала плечами и попилила ладонью по горлу — очень, мол, мне надо было тебя подвинуть, сам понимаешь!..

Странное дело — мужик перестал беззвучно шевелить губами, пожал плечами в ответ и вдруг улыбнулся.

Никогда прежде она не лихачила за рулем, но сейчас ей нужно спешить. От того, приедет она вовремя или опоздает, зависит жизнь еще одного близкого ей человека!.. К Ниночке она, Катя, не успела, но должна, должна успеть к Глебу!..

Чертыхаясь и то и дело выезжая на встречную и обгоняя всех как попало, Катя перелетела на Петроградскую сторону. Машины сегодня ехали на редкость медленно, и светофоров везде понатыкали непонятно зачем, и улицы, кажется, стали у́же, чем были вчера!..

На стоянке перед входом в приморский парк Победы было пусто — осень и будний день. Катя приткнула машину, вытащила свой драгоценный портфель и побежала к воротам, но остановилась и задумалась.

Сердце у нее бешено колотилось.

Может, шут с ним, с портфелем?.. Там, куда она должна бежать, портфель ей точно не понадобится, а если ей придется тащить Глеба Петровича, будет мешать. Кроме того, наверное, нужно прихватить аптечку из машины и бутылку воды!.. Вдруг ей нужно будет бинтовать его раны и делать повязку-шапочку, как ее когда-то учили в школе на уроках гражданской обороны?

Она засунула портфель в багажник — ничего с ним

не сделается! — выхватила аптечку и бутылку и опять побежала. Каблуки нарядных туфель, купленных вместе с Ниночкой по поводу осени и плохого настроения, то и дело подворачивались на мокром растрескавшемся асфальте.

Она сто лет не была в этом парке и забыла, что он такой огромный! Слева понастроили каких-то коттеджей, понаставили заборов, за которыми грохотало и ревело — должно быть, большое строительство продолжалось.

Катя моментально струсила. Как она будет искать здесь Глеба, среди деревьев, заборов и ревущих, выпачканных в мокрой питерской глине экскаваторов?! Может, лучше в милицию позвонить, и все рассказать, и попросить помощи?

В милицию звонить никак нельзя.

Во-первых, ей никто не поверит. Да и что она скажет? Я позвонила на мобильный Глеба Звоницкого, трубку взял какой-то бомж, а может, и не бомж, он мне сказал, что Глеб почти не дышит и лежит под кустом за стадионом имени Кирова, и велел ехать на Крестовский?!

Во-вторых, как только она позвонит в милицию, ее тут же арестуют и посадят в «Кресты»!

Аллея, по которой, задыхаясь, бежала Катя, прижимая к боку автомобильную аптечку, упиралась прямо в высоченные ворота стадиона. Они были безнадежно закрыты. Катя остановилась, подумала немного и побежала направо, к Гребному каналу.

Путь показался ей очень долгим. Она все бежала и бежала, а стадион все никак не кончался, и такая тоска, такой холод были в его безлюдной осенней запущенности!..

В школе, а потом и в университете их то и дело водили на стадион — у них там были «забеги» и «отрезки». Катя никогда не умела бегать, начинала задыхать-

ся еще до того, как физкультурник, надув щеки, бодро
свистал в свой свисток! Она всегда отставала, плелась
самая последняя, и в середине дистанции у нее непременно схватывало бок, и Катя с дистанции сходила.

— Мухина! — орал физкультурник на весь стадион. — Ты почему опять сошла?!

Впрочем, она всегда сходила со всех дистанций, не
только на уроке физкультуры!

Асфальт кончился, постепенно свернулся в узень-
кую тропинку. На тропинку с обеих сторон надвига-
лись перепутанные кусты колючего боярышника.
Красные мясистые глянцевые гроздья торчали на почти облетевших ветках.

Во дворе Катиной школы рос боярышник, и мальчишки рвали ягоды и ели. Ягоды были невкусные, ко-
лючие, волокнистые. Семечки приходилось выковыри-
вать, и оставалась только шкурка, толстая и плотная.
Зачем они ее ели?..

Катя выбежала на какую-то полянку, остановилась
и огляделась. Здесь было посветлей, и Гребной канал
уже просвечивал между деревьями, блестел осенним
сальным свинцовым блеском. Ни души не было вокруг,
и настырный шум экскаваторов казался очень далеким.

Как она найдет здесь Глеба?! Где?!

Справа действительно ютились какие-то сарайчики
или, может быть, гаражи, как и сказал Иван Иванович
Иванов, поразивший Катю словом «Вальпараисо»!..
Впрочем, нет, не гаражи. Лодки с ржавыми днищами, с
заплатами, замазанными свежей краской, кое-как на-
крытые брезентом или перевернутые вверх дном, громадные и неуклюжие, стояли на стапелях и под навеса-
ми. Кудлатая собака уныло ходила за сеткой, гремела
цепью. Время от времени она усаживалась в пыль,
смешно подворачивая зад, и начинала сосредоточенно
чесаться, от чего цепь громыхала еще сильнее.

Налетел ветер, тревожно прошелестел в верхушках

деревьев, дунул в лицо, осыпал Катю холодными листьями.

Будь осторожна. Будь осторожна.

Ты ничего не сможешь сделать сама. Ты никогда ничего не умела делать сама!..

Катя Мухина длинно вздохнула, двинулась было по поляне, а потом сообразила, что так не годится. Нужно искать в кустах и между лодочными сараями!.. Эллингами, как назвал их неведомый Иван Иванович, знающий слово «Вальпараисо»!..

И она мужественно полезла в кусты.

После Вадика Семенова и происшествия в сирени все на свете кусты она обходила стороной.

Было очень страшно.

Все ее привычное осознание себя рушилось прямо на глазах, и в разрушении этом была какая-то неотвратимость, как будто она, Катя, приказала себе разрушиться и даже получала от этого удовольствие.

«Это не я. Это не могу быть я!.. Почему я шарю в кустах на Крестовском острове?! Почему я не побежала в милицию, не упала в обморок, не оказалась в психиатрической лечебнице от горя и страха?!»

Мама говорила когда-то, что в трудных ситуациях у человека открываются «недюжинные силы». Она так и говорила: «недюжинные», словно в былине!..

Ветки трещали и цеплялись за волосы. Катя мотала головой, удивляясь, что это она производит такой шум, как будто через кусты ломится медведь.

Какие-то голоса зазвучали очень близко, грянули так, что заложило уши.

Катя Мухина со своей автомобильной аптечкой и бутылкой воды под мышкой стремительно пригнулась к земле, стала на колени и поползла за боярышник — так вдруг стало страшно.

— ...А я ей говорю: «Вешалка ты старая! Чего ты ко

мне привязалась, дура?!» А она мне: «Без родителей в школу больше не приходи!»

— А ты че?..

— Да плевать я хотел на эту школу! На фиг она мне сдалась! Байдень сплошная беспонтовая, е-мое!..

— И че?

— Да я туда больше ни ногой! И все это стремалово мне фиолетово, пусть хоть папахену мозги насилует, хоть мамахену!

— А они че?

— А че они?! Им тоже все сугубо фиолетово! Папахен на пахоте с утра до ночи ремеслит и на все давно забил, а мамахен все больше в хайральне причипуривается, дурища!..

— Козлы, — сказал второй равнодушно.

— Сам ты козел, — неожиданно обиделся первый.

Катя видела их сквозь ветки, они мелькали и пропадали, и удивлялась тому, что они такие одинаковые — мелкие, ссутуленные, в широченных штанах, которые волоклись по земле и пылили, в засаленных куртках и мятых майках. Потом она поняла, что они не мелкие, а просто маленькие — им было, должно быть, лет по тринадцать.

«Когда у меня будет сын, — вдруг подумала сидящая в засаде Катя Мухина, — я ни за что на свете не позволю ему шляться в будний день по Крестовскому острову!.. Когда у меня будет сын, я стану заезжать за ним в школу и обедать с ним в пиццерии — просто так, когда захочется! Когда у меня будет сын, я вылезу из кожи вон, только чтобы ему со мной было весело и интересно. Я никогда не буду его обижать, только если случайно, а когда случайно — это нестрашно, это можно простить!.. У него будет отмытая, осмысленная мордаха, веселые глаза, рюкзак с книжками и длиннющие несуразные, мальчишеские руки до колен. Он будет высоченный, худой, смешной, и он будет мой друг. Поэтому, когда я начну ругать его за двойки, он станет сверху обнимать меня за шею, смотреть мне в лицо шоколадными смеющимися глазами и говорить снисходительно: «Да ладно, мам!»...»

Двое, продолжая гнусавить что-то про «хавальники, братух, халявников, кокс, блымс и додиков», прошли мимо и пропали за зарослями боярышника. Катя, осознав, что неизвестно зачем продолжает припадать к земле, выпрямилась, отряхнула коленки, посмотрела им вслед и снова полезла в кусты.

Она понятия не имела, как именно следует искать в кустах... человеческое тело!..

Нет, нет, не тело! Он жив, конечно же, а как же иначе!..

Кусты расступились, и она оказалась прямо под стенкой дощатого лодочного сарая. Впереди, метрах в двадцати, был Гребной канал, мерно ходили камыши, которые шевелил ветер, и вода блеснула ей в глаза нестерпимым блеском — откуда-то взялось солнце и теперь прыгало по воде, разбрызгивая блики.

Приставив ладонь козырьком к глазам, Катя внимательнейшим образом осмотрела канал, вздохнула и оглянулась. Чаща у нее за спиной показалась ей совершенно непролазной, и ох как не хотелось лезть туда опять, от солнечного света, блеска воды и синего осеннего простора!..

Она решительно шагнула обратно, наступила на что-то мягкое, охнула и остановилась. Это мягкое оказалось человеческой рукой.

Катя Мухина, которая полетела искать избитого Глеба Петровича, брошенного на Крестовском острове, лазавшая по кустам, прятавшаяся от каких-то случайных мальчишек, оказалась совершенно не готова к тому, что она его... найдет!

Она так испугалась, что вскрикнула, уронила автомобильную аптечку и бутылку и бросилась в другую сторону, к воде, простору и солнцу.

Бросилась и тут же остановилась.

Бежать нельзя. Нужно быть хоть чуточку мужественной. Нужно довести дело до конца. Если он умер, она должна хотя бы это знать.

И Катя вернулась.

Человек лежал на животе, рука, на которую наступила Катя, была неестественно вывернута грязной ладонью вверх.

— Глеб Петрович, — осторожно позвала Катя и наклонилась, рассматривая бледную и даже какую-то зеленоватую щеку, — это вы?

Ничего нельзя было придумать глупее этого вопроса, и стало абсолютно понятно, что он ее не слышит, и тогда Катя присела и потрясла его за плечо.

— Глеб Петрович!..

Голова сдвинулась, как неживая, и за воротником белоснежной, ну просто сияющей белизной рубашки Катя увидела какую-то труху, листья и деловитого муравья, который полз по коже.

Катю затошнило.

— Глеб!!

Она с трудом перевернула его. Тело тяжело перевалилось на спину, придавив руку, которая, казалось, была чьей-то чужой рукой, не принадлежавшей этому телу.

— Господи, что мне делать?! Вы живы или нет?! Глеб Петрович?!

И этот пробежавший по шее деловитый муравей не давал ей покоя!..

Пульс? Где его щупают, этот чертов пульс?! В сериалах они это делают очень ловко, на шее, в одну секунду понимая, жив человек или нет!.. Катя Мухина, превозмогая себя, протянула руку, дотронулась до шеи и тут же отдернула ладонь.

— Дура, — шепотом сказала она себе. — Ты дура, дура и слабачка!.. Ну! Давай сейчас же!..

Она снова потянулась, и кожа показалась ей холодной, влажной, совершенно лягушачьей. Никакого пульса там не было, по крайней мере Катя не знала, как его найти.

— Глеб Петрович! Ну, хватит, а?! Ну, вы живы или нет?! Господи, что мне делать?!

Пола его темного пиджака, выпачканного в земле, вдруг раскрылась, упала, и Катя увидела бурые запекшиеся подтеки на белой рубашке, везде целой, не порванной. И вообще крови не было видно — ни на одежде, ни на земле.

И что это значит? Это хорошо или плохо?!

— Глеб!! Это я, Катя! Вы помните меня? Вы работали в охране у моего папы, Анатолия Васильевича, и вы однажды меня спасли! Ну придите в себя! Ну, вы же не умерли на самом деле!..

И тут она зарыдала, бурно, громко, слезы хлынули ручьем.

Ее бросили все — и мама, и папа, и Ниночка, которую она не успела спасти. Она просто не переживет, если ее бросит еще и Глеб. Тогда она ляжет рядышком и тоже умрет.

Катя рыдала, тряслась, подвывала, но не переставала соображать, что делать дальше.

Неизвестно, как это у нее получалось.

Если б ее сознание продолжало зыбиться и мутиться, она бы в нем утонула, и дело с концом. Но оно было острым и колючим, как горные пики, очень отчетливым, и, завывая, Катя тем не менее сообразила, что у нее есть вода и аптечка.

Не переставая рыдать, она поползла на коленях в куст, схватила бутылку с водой и трясущейся рукой плеснула лежащему в лицо.

Тут произошло неожиданное и напугавшее ее еще больше.

Он вдруг сел.

Катя взвизгнула и закрыла лицо руками. Вода из бутылки лилась ей на колени.

Катя отняла руки, всхлипнула, перехватила бутылку и плеснула еще раз, как из шланга.

Он моментально открыл глаза. Вода капала у него с подбородка.

— Глеб, — икнув, сказала Катя и на коленях подползла поближе. — Ты жив или умер?

Он повел головой, пошевелил вымазанными в земле губами, и Катя моментально поняла, что он просит воды. Он хочет пить и просит, чтобы она дала ему попить, значит, он жив!

— Сейчас, сейчас!..

Кое-как пристроив бутылку к его губам, она крепко взяла его за затылок и осторожно дала ему глотнуть.

Он глотнул, выдохнул, закрыл глаза, потянулся снова и пил долго, медленно и мерно глотая. Катя держала его голову.

Оторвавшись от бутылки, он посмотрел на нее, и взгляд у него стал как будто фокусироваться, сходиться на ней.

В аптечке есть нашатырь, отчетливо подумала Катя с горного пика, в который превратилось ее сознание. Нужно дать ему понюхать.

Она опять поползла в куст, разыскала аптечку, долго не могла ее открыть, рыча от нетерпения, но потом все же открыла.

Ампула хрустнула у нее в пальцах, первым делом Катя нюхнула сама, так что слезы выступили на глазах, и сунула ему под нос.

Он замотал головой, захрипел, дернулся.

— Хорошо, — похвалила Катя Мухина. — Очень хорошо!..

Он зашевелился, поднял руку и вытряхнул из-за шиворота листья и травинки.

— Там еще был муравей, — деловито сказала Катя. — А они кусаются!

— Где муравей? — хриплым голосом медленно спросил Глеб Звоницкий, словно проверяя, может ли он говорить.

— У тебя за шиворотом.

Он помолчал, собираясь с силами, и сказал:

— Помнишь, мы с тобой муравья кормили? В парке у Инженерного замка? Ты еще маленькая была.

Катя села на пятки, глядя на него во все глаза, и вдруг опять залилась слезами. Глеб морщился, с трудом вздыхал, а потом спросил:

— Где мы?

— На Крестовском острове, в кустах, — моментально перестав рыдать, с готовностью доложила Катя. — Ты здесь лежал, и я думала, что ты умер.

— Как ты меня нашла?

— Я тебе звонила все утро. Никто не отвечал, а потом ответил какой-то человек. Наверное, он бутылки в кустах собирал, а нашел тебя. Он сказал, чтобы я ехала сюда, а он сам здесь светиться не может. Еще он сказал, что ты пока дышишь и что мне надо спешить.

— И ты поехала?!

Катя тыльной стороной ладони утерла нос. Кажется, на нем висела капля.

— А что, я должна была тебя бросить?!

Глеб Петрович охнул, медленно вытащил из-за спины руку, которая повисла как плеть, и взял ее за кисть другой рукой.

— Как ты меня нашла?..

— Я же рассказала!

Он покачал головой, и Катя его поняла.

— А-а, ну, я дошла до стадиона Кирова, это мне так велел тот тип. Он сказал, что ты лежишь где-то за лодочными сараями, в кустах. Я ходила, ходила и в конце концов нашла. Ты можешь встать?

— Откуда я знаю, — сказал Глеб и улыбнулся. Улыбаться было трудно, лицевые мышцы свело судорогой. Он плохо соображал и понимал, что нужно соображать быстрее.

— А как мы это узнаем?

— Что?

— Ну, можешь ты двигаться или нет!

— Какое сегодня число?

Катя подумала и сказала какое.

Значит, с таможенником он встречался вчера. И в ресторан «Иль Грапполо» по Невскому шел тоже вчера. И про муравья вспоминал вчера. И били его вчера.

Совсем недавно. Прошло несколько часов, а вовсе не целая жизнь!..

Нужно спешить. Нужно взять себя в руки, встать и разобраться с таможенником, натравившим на него бандитов.

Глеб вдруг усмехнулся, и от движения щекой стало больно почему-то в ухе. Недооценил он таможенного чиновника Вадима Григорьевича, ох недооценил!.. Впрочем, такими методами — втолкнуть в машину, увезти «на хату», там долго бить, потом бросить в лесочке — никто «из больших» давно своих дел не решал, не гопота же неумытая, в самом-то деле!.. Вот Глеб Петрович и попался!..

А может, попробовать встать, что ли?..

Все тело болело и ныло так, что даже мысль о том, что придется шевелиться, доставляла Глебу почти физические мучения. Хотелось лечь, закрыть глаза, подтянуть ноги к животу, чтобы не было так больно внутри, и немножко отдохнуть.

Пожалуй, он бы лег, если бы не девушка — он вдруг позабыл, как ее зовут, — которая караулила каждое его движение с тревожным беспокойством.

— Глеб, нам нужно отсюда уезжать! Тебе больше нельзя лежать, земля холодная, ты еще и простынешь к тому же!

Он было засмеялся и тут же охнул и схватился за бок.

— Вот видишь! — радостно сказала девушка. — Ты уже можешь шевелить рукой! А то она прямо как неживая висела!..

— Как тебя зовут? — спросил Глеб Звоницкий, и она изменилась в лице так сильно, что он даже удивился.

Что он такого сказал?..

— Как?! Я Катя, Катя Мухина, ты работал у моего папы, Анатолия Васильевича! Ты много лет у нас работал, а потом папу убили, и маму... тоже, а сегодня еще и Ниночку убили! Я тебя искала, чтобы рассказать про Ниночку! Это я ее нашла, понимаешь?! Я не стала звонить в милицию, потому что убежала из ее парадного, и меня, наверное, уже объявили в розыск.

— Подожди, — морщась попросил Глеб. — Я ничего не соображаю.

— Ну, начинай уже соображать! Я Катя! Ты что, меня не узнаешь?!

— Конечно, узнаю, — успокоил Глеб. — Просто у меня что-то с головой. Как мы муравью крошки кидали, помню, а как тебя зовут — забыл.

Катя не помнила решительно никакого муравья, но что-то отвратительное, связанное с муравьем, осталось в ее сознании.

— Нам нужно отсюда уезжать. Если нас здесь увидят, скорее всего позвонят в милицию, а мне обязательно нужно с тобой поговорить. Про Ниночку.

— Кто такая Ниночка?

— Моя подруга. Ее убили вчера ночью. Из-за меня, понимаешь?! Я тебе говорила, что меня хотят убить.

— Я тебе не поверил.

— Знаю, — отмахнулась Катя. — Мне почти никто никогда не верит. Я слабая и нервная. Давай, ты попробуешь встать, а я тебе помогу.

Глеб оценивающе посмотрел на нее.

Она сидела на коленях в пожухшей траве, джинсы были мокрые, кое-где выпачканные землей, и нос тоже выпачкан, и волосы торчали в разные стороны. Смотрела она все с тем же тревожным беспокойством, которое не помещалось в глазах, вылезало наружу.

Когда-то у нее был «конский хвост» — модная прическа, — ямочки на щеках, независимый нос и очки. Она всегда вытаскивала книжку из-под своего сиденья, как только машина останавливалась, и принималась читать.

«Глаза испортишь», — говорил ей Звоницкий, а она дергала худеньким плечом — отвяжись, мол!..

...Как она потащит?! Он на голову выше, в нем сто килограммов весу, и неизвестно, сможет ли он идти сам!.. Что там с ногами — непонятно!

— Кать, — сказал он, соображая, как бы ему половчее подняться, — я сейчас попробую встать, только ты мне не мешай. Не нужно тянуть за руку, ты все равно меня не поднимешь. Ты... стань вот тут, ладно?

Катя покивала, легко вскочила с коленей и встала там, где он указал.

Ох, господи, помоги!..

Глеб Звоницкий, превозмогая боль, которая злобно и весело оживилась, как только он сделал первое движение, кое-как повернулся, подтянул колени и стал на четвереньки. От боли его затошнило, рот наполнился вязкой слюной, спина стала мокрой, и лоб тоже. Некоторое время он стоял на четвереньках и дышал открытым ртом — не хватало еще, чтобы его стошнило при Кате Мухиной!

Он стоял, закрыв глаза, прислушиваясь к себе, и ничего не мог расслышать через сокрушительную боль. Одно хорошо — ноги слушались, а это означало, что подняться он сможет!..

Перебирая руками и подтягивая ноги, Глеб дополз до сосенки и, держась за шершавый ствол, стал поднимать себя на ноги — и поднял!..

Голова закружилась, щекой он прижался к стволу и замер.

Вот бы так стоять и никогда и никуда не двигаться!..

— Глеб!

Он открыл глаза. В ушах шумело.

Вот уроды, как сильно, профессионально и точно они его били!.. Старались, козлы вонючие, мать их так и эдак!..

— Глеб!..

— Все хорошо, — хрипло сказал он. — Отлично даже.

За деревьями блестела какая-то вода, мерно шевелились камыши, и от этого блеска и шевеления у Глеба закружилась голова.

— Давай. Держись.

Рукой он нащупал ее плечо, какое-то на редкость надежное, словно он наткнулся на утес во время бури и после долгих часов болтания в море вдруг почувствовал спасительную земную твердь.

— Так, потихонечку. Нам туда.

Глеб сделал шаг, потом другой, потом еще один. У него получалось идти — большая радость!..

— За что тебя так избили?

— Это... по работе. — Пот заливал глаза, капал с подбородка, и ему казалось страшно важным, чтобы капли не попали на ее светлую щегольскую курточку.

— Какая у тебя работа!.. Хорошо, что до смерти не убили! А этот, который позвонил, все мне говорил, чтоб я быстрей приезжала, потому что ты можешь умереть! А я точно знала, что умереть ты никак не можешь! Уже все умерли — и мама, и папа, и Ниночка, и поэтому ты никак не можешь!..

Они шли, раскачиваясь, как парочка подвыпивших друзей, и в такт их мучительным шагам Катя все продолжала и продолжала говорить, и — странное дело, — в голове у Глеба прояснялось.

Поначалу там не было ничего, кроме боли и мерного шелеста камышей, сводившего его с ума, а потом стали появляться мысли, более или менее связные.

В отель в таком виде нельзя. Прилетит Ястребов, ему непременно доложат, что его заместитель прибыл в «Англию» то ли пьяный, то ли не в себе, да еще ведомый барышней в грязных и мокрых джинсах. Александр Петрович при всей своей лояльности к заместителю вряд ли это одобрит.

Значит, нужно придумать, куда ехать, чтобы можно было привести себя в порядок.

Нужно еще придумать, как и чем ответить Вадиму Григорьевичу, потерявшему всякое чувство меры в решении деловых вопросов!.. Нужно выяснить, кто за ним стоит. Не сам же он осмелился в ответ на просьбу отпустить с таможенного склада оборудование выманить просителя из гостиницы, оглушить его, затолкать в машину, отвезти в неизвестное место и избить до полусмерти!..

Нужно все это сделать быстро, до приезда белоярского губернатора, и по возможности аккуратно, не привлекая внимания правоохранительных органов, чтобы не вышло, боже сохрани, истории или сюжета в «Криминальных новостях»!

Необходимо выяснить, что именно предполагалось — просто «дать ему по роже, чтоб они там, в своей сибирской провинции, знали свое место и исправно платили за каждый таможенный чих», или его хотели убить.

Впрочем, если б хотели убить, убили бы.

Дышать было тяжело, и в ребрах что-то все время щелкало, и тошнота подкатывала к горлу. Он остановился, и Катя замерла, придерживая его руку на своем плече.

— Далеко еще?

— Не близко. Здесь на машине нельзя, здесь парк!..

Она тоже замучилась, тяжело дышала, и Глебу стало стыдно. Она тащит его на себе, а он еще канючит!..

— Ничего, — сказал он, сверху глядя на ее растрепанные волосы. — Дотянем!

Почему-то это вовсе не прозвучало фальшиво, хотя он терпеть не мог выражений типа «дотянем», «сдюжим», «сможем»!

— Конечно, дотянем, — согласилась Катя. — Хорошо бы нас в милицию не забрали! Мне туда нельзя.

— Мне тоже.

И они опять пошли.

Должно быть, выглядели они неважно, потому что какая-то мамаша, бодро катившая по пустынной аллее коляску им навстречу, вдруг свернула в сторону и еще несколько раз оглянулась, пока они тащились мимо. Они тащились, она катала коляску туда-сюда и оглядывалась с беспокойством.

— Уже немного осталось.

— Это хорошо, — проскрипел Глеб.

Попались еще какие-то люди, бабушка с мальчишкой. Бабушка была, по всей видимости, храбрая и сигать в сторону не стала, только презрительно фыркнула, поравнявшись, и с громким отвращением сказала мальчишке:

— Смотри, Федор, если не будешь учиться, а будешь водку пить, станешь как эти дядя с тетей! Посмотри, посмотри на них! Это же ужас один! Хочешь стать таким?!

Мальчишка посмотрел с любопытством.

— А они водку пьют?

— Да они все подряд пьют! Гадость какая, тьфу!.. Не люди, а свиньи!.. Как только земля таких носит! Небось и дети у них есть!.. Я бы всех подобных под расстрел отдала, ей-богу!

— Бабушка, а что такое «подрасстрел»?..

Они прошли, и Катя снизу вверх улыбнулась Глебу.

— Теперь уже близко. Вон ворота, а во-он моя машина. Ты на лавочке посидишь, а я подъеду.

— Кать, я, если сяду, встать уже не смогу. Придется идти.

Раскачиваясь в такт, монотонно переставляя ноги, они шли через пустую стоянку к ее машине.

— Не могла ближе подъехать.

— Да я не соображала ничего!.. Я так спешила, что себя не помнила!..

На ходу она нашарила в кармане ключи, машинка подмигнула желтыми огоньками, открываясь, и Катя распахнула переднюю дверь.

— Держись вот так, за крышу. Я сейчас сиденье подвину, чтоб ты поместился. Держишься?

— Держусь, — с раздражением буркнул Глеб. Собственная беспомощность вдруг привела его в бешенство.

Да что такое, в самом-то деле!.. Он здоровый опытный мужик, профессионал, в первый раз его избили, что ли?!

Катя возилась с сиденьем, а потом выпрямилась и решительно взяла его за руку.

— Давай потихонечку! Садись. Я тебе помогу.

— Не надо, Кать, я сам!..

Согнувшись в три погибели, так что в животе опять все поехало вверх и вспомнились ненавистные камыши, Глеб кое-как опустил себя на переднее сиденье. Теперь нужно было перекинуть ноги внутрь, и Катя Мухина, губернаторская дочка, которую он когда-то охранял, сунулась, чтобы ему помочь, обхватила его коленку узкими ладошками и стала тащить.

Глеб Звоницкий, если бы не был в приблизительном состоянии, наверняка умер бы на месте от стыда.

Он стал дергать ногой, что очень ей мешало, и бормотать, что он сам, чтобы она не смела, что ему не нужно!..

Она не слушала.

Затащив одну ногу, она выпрямилась, откинула со лба волосы и сказала ему, что, если бы он ей не мешал, тащить было бы значительно проще.

Когда она все-таки запихнула его в машину и сама плюхнулась на водительское сиденье, выяснилось, что ни один из них не знает, куда именно они сейчас поедут.

Катя настаивала на больнице и неотложной медицинской помощи, в которой Глеб, по ее мнению, нуждался.

Он говорил, что в больницу ни за что не поедет, но в гостиницу ему тоже нельзя.

— Мне просто нужно помыться и переодеться! И две таблетки анальгина! Зачем мне в больницу?!

— А где ты будешь мыться и переодеваться?! У тебя все вещи в «Англии»! Давай я тебя туда отвезу, там, кстати, и врач есть!

— Мне не нужен врач, и в «Англию» я не поеду. Отвези меня к себе домой. У тебя есть ванная?..

Катя так удивилась, что некоторое время просто молча смотрела на него.

— Что такого я сказал?

— Домой? — пробормотала она. — Ко мне домой? Тебя? Но там... Генка. Как же я тебя туда привезу?..

Глеб закрыл глаза. Сил не было вовсе, даже смотреть, не то что говорить.

— Катя, я вымоюсь, ты дашь мне обезболивающее, я вызову такси и уеду. В «Англию» в таком виде я не могу. В конце концов, мы не знаем, кто на меня напал, и не знаем, что им от меня нужно. Может, они как раз... караулят меня в «Англии»!..

Это уж он просто так приврал, чтобы убедить ее не ехать в гостиницу.

Катю мысль о том, что его могут «караулить», привела в ужас.

— Тогда конечно, — пробормотала она и завела мотор. — Тогда нельзя, это верно. Но у меня дома... хотя, может быть, его и нету... Он в последнее время редко бывает... Но все равно он... И потом, меня там, наверное, уже ждут. Я же была у Ниночки в парадном, и меня там видели соседи! А потом я убежала тебя искать, и меня, наверное, вот-вот заберут в тюрьму.

— Катя, я все равно ничего не понимаю, — сказал Глеб, не открывая глаз. Его тошнило все сильнее, и за эту тошноту, за слабость, за пожар в голове он ненавидел себя и раздражался все сильнее. — Давай ты поедешь и по дороге мне все расскажешь.

— Все? — усомнилась Катя. — Как же я расскажу тебе все... по дороге? На это нужна неделя!

— Ну, недели у нас нет, — безжалостно сказал Глеб. — Так что придется покороче!.. Кто такая Ниночка?

Они ехали, Катя рассказывала — не зря она еще утром по пальцам перечисляла все пункты, которые должна ему изложить, чтобы, не дай бог, не забыть ни о чем!

— Я хотела сразу же поехать к Диме, ее бывшему мужу!.. Я должна его спросить, где он был этой ночью и, если у нее, во сколько ушел. А потом я подумала, что если это он убил Ниночку, то вряд ли мне признается!.. А я знаю, что он собирался к ней... ночью. Кроме меня, этого никто не знает, понимаешь? Ниночка сказала только мне, когда мы все-таки приехали на эту дурацкую вечеринку! И я подумала, что меня он тоже может убить...

Глеб молча слушал.

— И я не поехала к нему, а стала звонить тебе, чтобы все рассказать. Понимаешь, я уверена, что Ниночку убили из-за меня. Я думаю, это Генка ее убил или Илона!.. Им нужна моя квартира, а куда девать меня — непонятно. В случае развода он ничего не получает, а Илона художница...

Глеб, несмотря на то что в голове у него черти разложили небольшой костер и теперь с медленным иезуитским удовольствием плавили его мозг, все-таки продрался сквозь жар и оглушительный шум, которые черти производили.

— Почему вместо тебя?.. — спросил он, разлепив совершенно сухие губы. Странно, что губы могут быть такими сухими, как папиросная бумага.

— Что вместо меня?

— Почему ты сказала, что твою подругу убили вместо тебя?..

— Потому что Генка давно уже хочет... он мечтает... — Должно быть, ей трудно было сказать «убить меня», все же он был ее мужем, этот человек, которому она так мешала! И, поискав слово, она сказала: — Он мечтает от меня избавиться! А от Ниночки никто избавляться не собирался.

— И что?

— Я думаю, что он подкараулил Ниночку в ее парадном и убил. Перепутал со мной. Я у нее часто ночевала, особенно после гостей. Мне не хотелось домой, и я у нее оставалась. Она всегда рада, когда я у нее остаюсь. Мы чай пьем до полночи, иногда шампанское, болтаем обо всем!.. Мы с ней всю жизнь дружим!

— Ты очень на нее похожа?

— На Ниночку? Нет, ну что ты! Я такая лошадь, а она маленькая, изящная, совершенно другая!..

— Как можно вас перепутать? По идее, твой муж должен знать тебя в лицо.

Катя сбоку на него взглянула. Он не смеялся, наоборот, сидел, откинув голову, упершись затылком в подголовник, и вид у него был неважный — щеки отливали зеленью, нос восковой.

Когда-то он работал у ее отца.

Он все знал, все умел, он был их с мамой другом — всегда помогал, выручал, приезжал в выходные, если срочно требовалось спасать брата Митьку из какой-нибудь неподходящей компании или везти собаку Альму, объевшуюся остатками шашлыка, к ветеринару. Наверное, потому, что он пришел на работу последним — все остальные охранники к тому времени работали уже по нескольку лет, — получилось так, что он был приставлен поначалу к детям, Кате и Мите. Он встречал их, провожал, забирал, отвозил, и у них с Катей была своя жизнь: она рассказывала ему о кавалерах, о школе и о том, что с ней никто не дружит, потому что она губернаторская дочь. И он рассказывал понемножку — как ходил на Енисей, какого омуля поймал, как в Анадыре попал однажды в пургу.

Как-то у него заболел сын, совсем младенец, и ее мама, Любовь Ивановна, моментально нашли «понимающего» детского врача, который приехал ночью, дал какие-то порошки, и утром Глеб ожил, болезнь сына, казавшаяся страшной, сдалась без боя.

Потом Глеб ушел. Катя тогда уже вышла в Питере замуж и в Белоярск наезжала редко, но почему-то ее задело, что он ушел. Она приехала однажды, а Звоницкого нет.

«Так он уволился давно, — сказала Любовь Ивановна с обидой. — Уж и не знаю, чем мы ему не угодили, только уволился, и дело с концом! То ли в звании его повысили, то ли еще что. С отцом переговорил, а ко мне даже попрощаться не пришел!»

Катя тогда зачерпнула горсть семечек, из таза взяла крыжовнику, семечки ссыпала в карман, а крыжовник в подол сарафана, и пошла по крутояру к Енисею — их дача стояла над самой рекой. Там между двух огромных, янтарных, высвеченных солнцем сосен был натянут гамак. Катя уселась в гамак и стала неторопливо брать из подола крыжовник, по одной ягодке, и щуриться на солнце.

Она ела крыжовник, рассматривала енисейскую даль, отталкивалась босой ногой, с которой свалилась сандалия, от теплой, усыпанной иголками земли и думала о странном и не слишком веселом.

...Глеб Звоницкий был частью ее жизни — ее детства, ее дома, ее девичьих забот. Он всегда был рядом, и ей казалось, что это правильно и по-другому быть не может. Она выросла рядом с ним, вернее, она росла, а он как будто наблюдал за этим, охранял, оберегал и поддерживал ее, она выросла, и его не стало.

Ангел-хранитель, охранявший маленькую девочку, должно быть, отправился охранять какую-то другую, а эта... что же? Эта уже большая, а у больших нет хранителей!..

...Она никогда не была влюблена в него — боже сохрани!.. Слишком разное положение — охранник и губернаторская дочь. Слишком большая разница в возрасте, слишком разное отношение к жизни — она «родом из книжек», а он из спецслужб! Кроме того, у него была семья, которую он, кажется, любил, таскал фотографии щекастого младенца и показывал Кате. Катя младенца хвалила. Она знала, что чужих детей всегда нужно хвалить, вот и хвалила, и Глеб был счастлив.

...Ей никогда не приходило в голову, что она так радостно едет на университетских каникулах в Белоярск еще и потому, что в аэропорту ее будет встречать Глеб и по дороге на дачу они наскоро расскажут друг другу новости, происшедшие со времени ее прошлого приезда, поудивляются, порадуются, поогорчаются, оставляя основные разговоры «на потом». «Потом» всегда наступало через несколько дней, когда родители уже переставали бурно ликовать по поводу Катиного приезда и она получала некоторую свободу. Глеб вез ее к бабушке — в село верст за сто пятьдесят, и всю дорогу они разговаривали. Часто они садились за домом на лавочку и говорили не останавливаясь. Это называлось «рассказывать жизнь».

«Теперь я расскажу свою жизнь», — говорила Катя, а он слушал.

Мама даже сердилась немного.

«Господи, — говорила она, когда Катя приходила в дом, чтобы взять четыре пирога, каждому по два, и вернуться на лавочку под сиренью. — О чем с ним можно разговаривать?! Дался он тебе! Он же солдафон, намного старше тебя, а ты культурная, образованная девушка, в университете учишься! И не надоедает?! Вот смотри, отец узнает, что ты с персоналом фамильярничаешь, он тебе задаст!»

«Какой же Глеб персонал? — безмятежно возражала Катя и целовала мать в теплую, душистую розовую щеку. — Что ты говоришь, мам?! Ты сама меня сто раз учила, что относиться к людям свысока — глупость, пошлость и бескультурье!»

Мать терялась, не знала, что возразить, дочка казалась ей маленькой девочкой, требующей руководства и наставлений, а Катя тем временем уже сидела на скамейке, болтала ногами и слушала Глеба, который «рассказывал свою жизнь». Кажется, Любовь Ивановна немного побаивалась, что у Кати может случиться роман с неподходящим человеком, и успокоилась, только когда дочь вышла замуж.

Генка казался им более подходящим, вот в чем штука! Генка, нынче мечтающий свести ее в могилу, избавиться от нее любым путем, родителям казался лучше, чем Глеб Звоницкий, и Катя потом долго не могла понять, как же они все так ошиблись! Ну ладно она сама, неопытная влюбленная девчонка, но родители-то!..

Катя вышла замуж, но разговоры под сиренью, и в машине, и где угодно еще какое-то время продолжались, и она была уверена, что они никогда не кончатся.

И вот кончились в один день.

Глеб стал начальником охраны и ушел с работы и даже не попрощался с мамой!.. Он ушел и наверняка забыл о них, вычеркнул из жизни, как ненужное, устаревшее воспоминание: было и прошло, и быльем поросло!..

Катя никогда его не искала, не спрашивала у оставшихся в охране ребят, где он и что с ним, — еще не хватало!.. Катя постепенно его забывала и больше никогда не сидела на лавочке за домом. Разговаривать стало не с кем, и вспоминать ей не хотелось. Все ей казалось, что он ее предал, — глупое, напыщенное, книжное слово!..

Никто никому ничего не должен — это она стала понимать гораздо позже, а тогда ей казалось, что должен!.. Глеб был должен ей... себя.

Он должен был слушать, как она «рассказывает жизнь», разламывать пополам пирог с рисом и рыбой, зимой привозить завернутый в брезент кусок Енисея — аккуратный кубик льда, выпиленный далеко от Белоярска. Лед кололи, растапливали и пили, и это была самая вкусная вода на свете, куда там французским и швейцарским альпийским источникам!..

Он должен был остаться рядом, как спасательный круг, хотя Катю тогда еще не нужно было ни от чего спасать!..

Он должен был остаться рядом, но чуть поодаль, как тяжелое орудие дальнего действия, — мы мирные люди, но наш бронепоезд стоит там, где должен стоять!.. И если вдруг нам срочно потребуется помощь, участие, или, к примеру, жизнь за нас отдать, или собаку к врачу отвезти, мы должны знать, что есть человек, который немедленно все это проделает. И, по большому счету, нам все равно, почему он это делает — из любви к нам или по долгу службы!..

Он должен был «слушать ее жизнь» и «рассказывать свою», ей это было важно, но она никогда не задавалась вопросом, важно ли ему. Наверное, нет, и даже скорее всего нет, раз он так легко ушел от них и даже не попрощался с мамой!..

Все это Катя обдумывала в гамаке, отталкиваясь ногой от теплой и круглой земли и задумчиво щурясь на солнце, а потом встала и пошла домой.

В Белоярске отныне стало... неинтересно.

Ну и что? Подумаешь!.. Так тоже бывает — никакая не любовь, любовь у нее в Питере, очень красивая, яркая и похожая на ту, которую показывают в кино, а тут была просто такая... дружба. Ну, она закончилась. Всему на свете приходит конец.

Глеб вернулся еще один раз — когда она, похоронив отца и узнав о смерти матери, ушла из дому куда глаза глядят, уверенная, что следующая очередь ее и до утра она не доживет. Глеб тогда подобрал ее на улице, и она долго его не узнавала, как будто смотрела не наружу, а внутрь себя, и все, что там видела, было очень страшно. Он привез ее к Инне Селиверстовой, с которой был знаком, и вдвоем они кое-как привели губернаторскую дочь в чувство. Инна Васильевна раскрутила все дело с убийством отца и матери, и Катя, оплакав их, вернулась в Питер и больше в Белоярске не была никогда.

Теперь Глеб вернулся в третий раз — тогда, в «Англии», когда он окликнул ее, сидящую на диване со своим драгоценным портфелем, она увидела его и поняла совершенно отчетливо, как будто кто-то сказал ей об этом, что вот-вот случится нечто ужасное, непоправимое, огромное, что в очередной раз перевернет ее жизнь. Не зря же он появился в третий раз после стольких лет!..

Кажется, так и полагается, три раза — четвертого не будет, это точно.

— ...Почему ты на меня так смотришь?

— А?!

Глеб Звоницкий медленно повернул голову, разлепил веки и повторил:

— Почему ты на меня так смотришь? И почему мы не едем?..

— Господи, да мы же приехали! Вот мой дом!

— Хороший дом.

— Да. Наверное. Папа выбирал.

— Анатолий Васильевич выбрал тебе отличный дом.

— Ты подожди, я тебе помогу! Сам не вылезай!

— Катя, я не инвалид и не грудной ребенок.

Она обежала машину и принялась тащить его за руку, и он досадливо отстранился.

— Я сам.

— Глеб, — тихонько спросила Катя, когда он кое-как вывалился наружу и утвердился на непослушных, будто чужих ногах, — можно мне спросить?

— Спроси.

— Почему ты, когда ушел с работы, не попрощался со мной? И с мамой не попрощался? Она мне тогда жаловалась, что ты только отцу сказал об уходе, а к ней даже не зашел! — Взявшись рукой за распахнутую дверь машины, Глеб пристально смотрел на нее, а она продолжала говорить, слишком быстро, как ему казалось. — Я просто приехала однажды, а тебя нет. Я потом часто думала, что мы тебя обидели, что ли!

— Никто меня не обижал.

— Тогда почему?

Он не мог сказать ей правду — стоя у нарядного

подъезда щегольского дома на Каменноостровском проспекте и мечтая только о том, чтобы его не стошнило прямо здесь!

Да и какую именно правду?! В своей нынешней жизни Глеб точно знал — есть несколько правд, и они все достоверны, хоть отличаются друг от друга как небо от земли, и неизвестно, какую из них выбрать!..

Поэтому он сказал глупость:

— Катя, это было так давно, что я уже ничего не помню. У меня вообще дырявая память.

Это как раз была ложь, такая откровенная, что Кате стало за него стыдно. Ей стало стыдно, и она моментально отдалилась от него, он это почувствовал, несмотря на пожар и адский грохот в голове. Была рядом, а оказалась далеко-далеко.

— Ну и ладно, — сказала она, словно утешая себя тем, что ничего другого, собственно, она и не ждала от этого человека. — Не помнишь так не помнишь. Пойдем потихонечку.

Он зашаркал к подъезду. Она широко распахнула перед ним высоченную дверь с медной начищенной ручкой. Нужно было преодолеть еще несколько пологих ступенек — до лифта.

Глеб тяжело дышал.

— Доброго денечка, Катерина Анатольевна! Господи Иисусе, кто это с вами?

— Это мой друг, Любаша! Вы не обращайте внимания, он выпил лишнего, и его какие-то хулиганы обобрали.

Маленькая женщина с серым лицом, серыми волосами и в серых, вытянутых на коленках штанах зацокала языком, провожая странную парочку серыми востренькими глазками.

— А Геннадий Петрович не приезжамши! — вслед парочке громко сказала она. — Как давеча уехамши, так больше и не приезжамши!

«Это ж надо такому быть, а? Это что ж такое делается, люди добрые? Это какие такие времена наступили, что приличные женщины средь бела дня к себе в квартиру алкоголиков водят и не боятся ни людей, ни молвы, ни собственного мужика законного?! А с виду такая овечка, такая тихоня, как мышка шмыгает туда-сюда, глаз не поднимет, голоса не повысит, и на тебе, туда же!.. Не зря говорят — в тихом омуте черти водятся! Вон у ней вид какой, аж порозовела вся — видать, в нетерпении находится! И как только совести хватает в дом тащить, в постелю супружескую?!»

Дверь лифта тяжело хлопнула, закрываясь, деревянные створки сошлись, кабинка дрогнула, и они поехали. Лифт был старинный и ехал с медленным достоинством.

— Будет теперь история, — пробормотала Катя. — Она такая болтушка, эта Люба.

— Наплевать, — сказал Глеб, утешая ее. — Она меня видит первый и последний раз. Поговорит-поговорит, а потом забудет, неинтересно станет. Без дополнительного притока информации.

— Ну да, — согласилась Катя. — Конечно.

Она и так была далеко, а тут ушла еще дальше.

Все правильно.

Никто никому ничего не должен.

Он придет в себя, дослушает до конца ее историю, даст ей совет, как следует поступить в такой непростой ситуации, потом уедет и никогда не вернется.

Третий раз — последний.

Она пропустила его в квартиру, заперла дверь на все замки!

— Ванная там. Я открою воду и принесу тебе халат. Он ничей. Ниночка когда-то хотела подарить его Диме, но он от нее ушел. Она потом этот халат видеть не могла и привезла мне. Он так и лежит нераспакованный. Так что можешь его спокойно надеть.

— Катя.

— Полотенца я положу чистые. Ты свою одежду просто свали на пол, мы потом разберемся, что можно спасти, а что нельзя.

— Катя, что случилось?

Она не могла ему сказать, что случилось. Ничего не случилось. Случилось, что его нет, а она уже почти поверила в то, что он есть.

Как об этом сказать?!.

Она стремительно ушла от него в глубь квартиры. Глеб проводил ее глазами. Вдалеке что-то грохнуло, потом полилась вода.

Глеб пожал плечами. Думать у него не получалось, и он не знал хорошенько, о чем именно следует думать.

Он пошел на звук и дошел до ванной, которая по размерам, должно быть, равнялась его белоярской квартире. Катя что-то делала возле огромной ванны.

— Мне нужно позвонить, а телефона нету, — сказал Глеб, морщась от сверкания. Пожар в голове разгорелся еще сильнее, как будто керосину плеснули. — Дай мне телефон.

Она кивнула, обошла Глеба, и он опять двинулся следом за ней. Как, черт возьми, можно жить в такой квартире, когда это не квартира, а стадион?! Карту местности нужно выдавать при входе, чтобы не заблудиться!

На этот раз Катя оказалась в кухне, а может, и не в кухне, но, по крайней мере, там был стол, стулья и какие-то шкафы темного дерева, и вазы, и люстра, низвергающаяся с высоченного потолка, и еще плита была, а на плите кофейник.

— Кофе хочется, — жалобно сказал Глеб, рассматривая начищенный медный бок кофейника. — Свари мне кофе.

Она молчала, и он посмотрел на нее.

Она держала в руке мобильную трубку, и вид у Кати был дикий.

— Что?

— Это не мой телефон, — выговорила она быстро. — Это Ниночкин.

Глеб подошел и взял у нее трубку.

— Где ты его взяла?

— Я не знаю! Глеб, я не помню! Наверное... наверное, я его схватила, когда увидела, что Ниночка лежит... наверное, он с ней рядом лежал, и я его схватила...

— «Наверное» лежал или точно лежал?

— Я не помню! — отчаянно закричала Катя Мухина. — Я не знаю! Я сейчас стала искать свой телефон, а нашла этот!..

— А твой где?

Одним движением Катя вытряхнула на стол содержимое своей сумки. Покатилась и упала на пол ручка. Записная книжка плюхнулась корешком вверх и растопырилась, как жаба. Спичечный коробок отлетел в сторону. Пачка леденцов прошуршала пластмассовым шуршанием. Духи. Сигареты. Плоский квадратный пакетик дамского назначения.

— Вот он! — Катя выхватила из середины телефон. — Я по нему звонила тебе все утро! Ниночкиного я не видела и не знаю, как он сюда попал!

Глеб вдруг начал соображать.

До этого почти не соображал, а тут вдруг начал.

— Во сколько тебе звонила Ниночка? Ночью, когда ты к ней поехала! Во сколько это было?

— Глеб, я не помню. Я спала, она позвонила, и я к ней поехала...

Глеб пролистал записную книжку Катиного телефона, потом того, другого, и сказал:

— Так. Никакая Ниночка тебе не звонила.

Катя быстро опустилась на стул, словно у нее подкосились ноги.

— Глеб Петрович, вы хотите сказать, что я сумасшедшая? Я не сумасшедшая, правда!.. Я нормальная! И я точно помню, что она мне позвонила! И позвала меня на помощь, но я опоздала!..

Если бы Катя Мухина была прежней Катей Мухиной, утренней, так сказать, она бы непременно зарыдала. Она бы решила, пожалуй, что ее сознание проделывает с ней ужасные вещи. Она бы решила, что у нее опять начались видения и провалы в памяти.

Нынешняя, дневная Катя точно знала: Ниночка ей звонила. Она ничего не придумывает. Никаких видений не было.

Глеб Звоницкий отошел от стола, пошарил на полке, нашел чашку, налил себе из медного кофейника холодного кофе и глотнул.

Горький и крепкий, кофе стек по воспаленному горлу, и эта горечь была приятной и ободряющей.

— Хорошо. Ты не помнишь, когда она позвонила. А когда вы уехали с вашей вечеринки, ты помнишь?

— Конечно. В половине двенадцатого. Там еще бал был в разгаре! А мы уехали, потому что Димка собирался к ней и она боялась, что он приедет, а ее нет.

Глеб опять просмотрел записные книжки в обоих телефонах.

— Смотри. В памяти твоего мобильного ее последний вызов в девять часов. Она тебе звонила в девять?

— Ну да. Она за мной заезжала.

— И больше вы по телефону не разговаривали?

— Глеб, мы разговаривали друг с другом без всякого телефона! Мы весь вечер разговаривали!.. А потом она позвонила мне ночью.

— Вспомни, что именно она сказала.

Катя закрыла глаза. Это было очень страшно —

вспоминать, что именно сказала ей умирающая Ниночка!..

— Она сказала: «Помоги мне! Мне плохо! Я дома, и мне плохо». — Катя перевела дух. — Вот и все. Нет, кажется, еще: «Приезжай быстрей».

— Так. В полдвенадцатого вы разъехались...

— Нет, она повезла меня домой. Она меня высадила и уехала к себе, на Фонтанку.

— Ты поднялась к себе, легла спать, и тебя разбудил телефонный звонок.

— Да.

— С чего ты взяла, что звонит именно Ниночка? У тебя определился номер? Или ты узнала голос?

— Как с чего? — пробормотала Катя. — Просто я всегда знаю, когда она звонит... Нет, подожди, что ты хочешь сказать?

— Вспомни, как это было, — Глеб еще глотнул кофе, сожалея, что его так мало. — Ты схватила телефон, увидела ее номер, или узнала голос, или как?..

Катя растерянно потерла щеки.

— Кажется... кажется... нет, на номер я не смотрела, просто нажала кнопку. Я спала и схватила телефон, и Ниночка... Постой, Глеб, она сказала, что это она. Она сказала: «Катя, это я, Ниночка!».

— Она всегда представлялась, когда тебе звонила? Ну, чтоб ты ее узнала?

— Да никогда она не представлялась, что за глупости ты говоришь!..

— У нее был только этот мобильный или еще какой-нибудь?

— Нет, только этот.

Глеб со стуком поставил чашку на стол.

— Смотри. Вот твой телефон. Последний вызов от Ниночки в девять вечера. Потом до трех часов ночи никаких вызовов нет. В три есть звонок.

— Это Ниночка звонила!

— Нет, — твердо сказал Глеб. — Она не звонила. В твоем телефоне номер, с которого звонили в три ночи, не определился. Вернее, он определился, но без имени, только цифры. В памяти твоего телефона такого номера нет. Посмотри сама.

Катя мельком взглянула и опять уставилась на Глеба.

— Это сотовый твоей подруги. Она звонила в девять. Абоненту «Катьке». По всей видимости, как раз когда она за тобой заезжала. Без десяти двенадцать ей звонил Димочка. Кто такой Димочка?

— Ее бывший муж.

— На звонок она ответила, значит, была еще жива. Если бы она не ответила, вызов был бы в «пропущенных», а он в «принятых».

— Она была жива в три часа ночи. Она мне звонила и кричала, Глеб! Она кричала, чтоб я приехала и ей помогла!..

Он покачал головой.

— Как — нет?!

— Так. Нет. Подумай сама. Ты хватаешь среди ночи трубку, твоя подруга, которая никогда не представляется, вдруг говорит: «Это Ниночка». Ты не смотришь на аппарат, тебе почти никто не звонит, особенно глубокой ночью. Голос женский, и он произнес всего три слова. «Приезжай, помоги, спаси». Так?

Катя кивнула.

— В ее телефоне больше никаких вызовов нет, ни входящих, ни исходящих. Последний, этого самого Димочки, без десяти двенадцать. И все!

— И что это значит?

— Это значит, что Ниночка тебе не звонила. В три часа ночи она скорее всего была уже мертва. Тебе позвонила какая-то женщина, назвалась Ниночкой и вызвала тебя на место убийства. Зачем?

— Зачем?.. — эхом повторила Катя.

— Я не знаю, — сказал Глеб Звоницкий. — Скорее

всего для того, чтобы тебя там застали. А номер, с которого тебе звонили, чей он может быть? Ну, посмотри, посмотри получше!..

Большой загорелой грязной рукой он раскопал в куче ее вещей, вываленных на стол, ручку и, поминутно сверяясь с телефоном, крупно записал номер на листочке, вырванном из блокнота.

— Точно не знаешь?

Катя уставилась на листок и даже глаза вытаращила от усердия. Цифры дрожали у нее перед глазами.

— Нет, Глеб. Я не знаю этого номера. Точно.

Он тяжело сел на стул, понюхал свою пустую чашку и сказал задумчиво:

— Кто мог позвонить тебе среди ночи? Какой-то человек, какая-то женщина нашла Ниночку на площадке, но не стала вызывать милицию, а первым делом позвонила тебе. При этом она назвалась Ниночкой. Должно быть, чтобы ты точно приехала. Ты приехала, закричала, вышли соседи и уж тогда позвонили в милицию, но ты все же успела уехать. Да. Все это очень странно.

— Странно, — опять повторила Катя. Губы у нее тряслись.

— И самое странное, что эта неведомая женщина вызвала тебя к трупу, а милицию не вызвала. Если это спланированная подстава, то почему так нелогично?

— Какая... подстава?

Глеб вздохнул. Вода из ванны, должно быть, уже перелилась. Ему очень хотелось в горячую воду. Чтобы было много-много горячей воды.

— Твою подругу убивают в ее собственном подъезде после вечеринки, на которой вы были вдвоем и теоретически вполне могли там смертельно поссориться. Подъезд охраняемый?

— Там кодовый замок, в парадном, и консьержка, только она на ночь уходит...

— Код ты, разумеется, знаешь! Приезжает милиция, застает тебя на месте преступления, ты там кругом наверняка наследила, и «пальцы» твои везде есть, да еще ты каким-то макаром ее телефон к себе в сумку определила, и каким именно — вспомнить не можешь. Тебя забирают, считай, с поличным. Все. Дело триумфально раскрыто.

— Дело?!

— Если все так, почему тогда не вызвали милицию? — не слушая, продолжал Глеб. — И звонила ночью именно женщина!.. Какая женщина могла тебе звонить?.. Какая женщина ненавидит тебя до такой степени, что готова на убийство, только чтобы подставить тебя?..

На работе Генка Зосимов первым делом кинулся к своему компьютеру. Анечка Миллер, попавшаяся ему навстречу со своей всегдашней чашкой кофе и карандашиком, засунутым в крепко затянутый пучочек, отпрыгнула в сторону, оберегая чашку, и прыснула со смеху.

— Вот так служебное рвение! — сказала она вслед Генке. — Вот это я понимаю!..

— Ничего ты не понимаешь! — сердито крикнул он, вылезая из куртки. — Налей мне кофе!

— Геночка, — проворковала Анечка и качнула карандашом в пучочке, — для тебя все, что угодно!..

Ему срочно нужно зайти в Интернет и посмотреть какие-нибудь новости. Он знал, что именно там увидит, но ему нужны подтверждения — непонятно зачем.

— А что это ты сегодня так рано? — Анечка крутилась рядом, все никак не хотела уходить, а смотреть при ней новости, которые его интересовали, он не мог. — Не иначе жажда великих свершений обуяла!

— Анечка, — Генка сделал умоляющее лицо и даже

улыбочку скроил, — я не могу без кофе, сейчас умру, всю ночь работал!

Анечка округлила глаза.

— Макет переделывал?!

Генка кивнул, даже не поняв, о чем она спрашивает. Макет? Какой такой макет?! Что ему за дело до какого-то там макета, если вся его жизнь...

Нет, не так.

Если вся его вселенная...

Нет, не то.

Что ему за дело до какого-то там макета, если его планета вот-вот перейдет на другую орбиту?!

— Геночка, зайка, покажи макет, а? Ну, ведь мне интересно! Ты же та-акой отличный художник!

Генка Зосимов с ненавистью глянул на ее карандашик, торчащий из пучка. Зачем она его туда засовывает? Зачем ей вообще карандаш?! Они сто лет ничего не рисовали карандашами — все больше на «Маках» да на разных других компах, поплоше! Должно быть, какой-то идиот сказал ей, что с карандашом в волосах она выглядит необыкновенно и похожа на японку!

Дура.

— Анечка, — снова завел он, — кофейку, умоляю, и я все-все тебе покажу!

— Ну, хорошо, — согласилась Анечка лукаво, — но, смотри, ты обещал!..

Танцующей легкой походкой она пошла к двери. Генка проводил ее глазами. Наверняка она чувствовала его взгляд, и наверняка он казался ей исполненным затаенного желания и восторга, потому что с порога она оглянулась, помедлила и улыбнулась плутовской улыбкой.

А может, она и ничего, вдруг пронеслось у Генки в голове. Ну, подумаешь, карандаш из башки торчит, зато сама симпапусечка! Аккуратненькая такая, маленькая, задорная. Наверное, в постели хороша — старается, как пить дать, изо всех сил. Такие — маленькие, да удаленькие — по первости всегда стараются.

Эх, сложись все по-другому!.. Будь он сейчас свободен, весел, беззаботен, может, у них с Анечкой и получилось бы что-нибудь такое же веселое, беззаботное, студенческое!..

Тут Генка очнулся, словно мать уперлась ему в лоб холодным алюминиевым пальцем.

Все твои беды от баб!..

Перепугавшись, словно мать и в самом деле была рядом, он ринулся в Интернет, открыл наугад какой-то новостной портал, стал, захлебываясь, читать. Зазывные блондинки и брюнетки в окошках крутили бедрами и встряхивали прелестями, приглашали посетить какой-нибудь из множества веселеньких сайтов.

Генка, укрепившись духом, на блондинок и брюнеток даже не взглянул. Он наблюдал себя со стороны — длинные пальцы на клавиатуре, взлохмаченные отросшие волосы, дивный свитер, Катькин подарок на день рождения, голубые глаза устремлены на монитор, и в них, в глазах, отражается мелькание экрана, очень красиво!.. Недаром Анечка крутит возле него хвостом, и еще какая-то девчушка, только что пришедшая на работу, забегала, просила помощи — как художник художника! Ну что поделаешь, ну он такой — нравится женщинам, и женщины нравятся ему, ведь он мужчина, черт возьми! Должны же быть в жизни хоть какие-то радости!

В новостях ничего не было. Он ткнулся было еще в какие-то новости, но там с первого взгляда тоже ничего не нашел, а нужно было спешить. Анечка вот-вот должна вернуться, хотя путь у нее неблизкий. Генеральный почему-то распорядился кофейные автоматы поставить на первом этаже, а лифта в их конторе никогда не дождешься!.. Бог даст, она задержится.

Генка кинулся в раздел «Происшествия» и — нашел!..

Да. Все правильно. Вот оно.

Он залпом проглотил короткую заметочку.

Оглянулся по сторонам, не шпионят ли за ним.

Снова прочел и передвинул курсор.

От дома номер восемнадцать по Суворовскому проспекту угнана машина «Волга» серебристого цвета, госномер такой-то... Позвольте, при чем тут «Волга» серебристого цвета?!

Он вернулся к предыдущей заметке и снова прочел. Информации было удручающе мало, никаких подробностей, а Генке нужны были именно подробности!

В коридоре зазвучали шаги, хлопнула дверь, и кто-то пропел веселым басом «Славное море, священный Байкал». Генка моментально вышел из раздела «Происшествия» и вытер вспотевший лоб.

Как узнать, что там происходит? Откуда взять информацию? Кому позвонить?

— Геночка, я тебе принесла со сливками! Он все-таки больше похож на кофе!.. Вот ты меня не ведешь в кофейню, а я так люблю вкусный кофе!..

Генка Зосимов подпрыгнул как ужаленный.

— А?!

— Я тебе кофе принесла, — пропела Анечка и поставила перед ним увесистый теплый стаканчик. — Ну?!

— Что — ну?

— Ну, говори мне спасибо, приглашай меня в кофейню! — Она присела на край стола, как эльф на цветок, и, кажется, даже крылышки сложила. — Что с тобой? У тебя какой-то странный вид.

— Я... плохо спал, — повторил он давешнюю версию. Впрочем, спал он на самом деле плохо.

— Геночка, у меня есть чудесное снотворное! Моя

тетя в аптеке работает, хочешь, я ее попрошу, и она тебе купит?

Геночка промычал нечто невразумительное.

Ему хотелось только одного — чтобы Анечка Миллер сию минуту провалилась куда-нибудь вместе с ее пучком, карандашиком и заботой.

— Ну, покажи мне, покажи скорей новый макет!.. Ну, Геночка, ну, ты же обещал!.. Я же знаю, что у тебя должен получиться просто изумительный макет! Ты же у нас та-лант-ли-вый!

И Анечка — шутя, но явно в ожидании продолжения — потрепала его по волосам.

Продолжения не последовало.

Все твои беды от баб — и алюминиевый холодный палец, постукивающий по лбу!..

— Ань, — сказал Генка, морщась, — ты прости, но никакого макета у меня сейчас нет. Спасибо тебе за кофе, но я... мне нужно... мне нужно выйти!

Он схватил со стола теплый стаканчик, принесенный ею, и выскочил в коридор.

Эльф-Анечка удивленно и обиженно хлопала ему вслед глазами.

— Генка, ты куда это разлетелся? Через полчаса совещание, ты не забыл?

— Не забыл.

— Генк, у тебя есть тыща? Банкомат опять ни шиша не дает!

Он выскочил на площадку — шикарную, отделанную белыми панелями, оборудованную легкими креслицами и уставленную искусственными цветами в кадках. За белой дверцей, ведущей непосредственно на лестницу, офисный рай заканчивался и начинался обычный подъездный ад — заплеванный пол, окурки, облупившаяся краска, облезающая скрученными кусками, а под ней нездоровая бледность стены в темных пятнах плесневого грибка. Здесь курили, болтали, обсуждали новости — в легкомысленных креслицах под искусственными раскидистыми листьями отродясь никто не сидел!..

Было еще слишком рано, на площадке пусто, Генка предусмотрительно поднялся на три ступеньки и посмотрел вверх. Этажом выше тоже никого не было, и он достал мобильный телефон.

— Але, это я. Ты что-нибудь узнала?..

В телефоне немного помолчали, а потом смачно зевнули:

— А-а!.. Геночка, крокодильчик, ты о чем, мой дорогой?..

— Ну как о чем, как о чем?! — засвистал и загримасничал Генка. — Ты что, не понимаешь, о чем я тебя спрашиваю?!

— Геночка, я все понимаю!

— Ну?!

— Что — ну?! Ну сказали в новостях... — Опять зевок, еще длиннее предыдущего! — Ну, я посмотрела!.. И что ты хочешь от меня услышать?

Генка снова оглянулся по сторонам — только стены в струпьях скрученной краски могли его слышать, — прикрыл ладонью рот и спросил очень тихо:

— Ее арестовали?..

— Откуда я знаю?! А чего ты взволновался?! Конечно, арестуют, никуда не денутся!..

Генка замычал, как от сильной зубной боли.

— Ну что ты мычишь, кисуля? Все будет хорошо, я тебе обещаю!

— Да-а, — протянул Генка жалобно, — легко тебе говорить, а я тут не знаю, что мне делать!

— А что тебе делать? У тебя все в порядке, ты чистенький, все у тебя путем! Только вот я знаешь что подумала?

Генка насторожился.

Этот вопрос означал, что ему опять придется совершать что-то ужасное, страшное, гадкое!.. Ему казалось, что все уже знают, *что именно* он совершил, и в Интернете в сводке происшествий скоро появится его фотография с надписью «Разыскивается особо опасный преступник»!..

— Кисуль, ты должен забрать у нее телефон. Слышишь? Ну, просто поехать и забрать.

— Зачем?! — поразился Генка.

— Господи, но там же номер! Я это только утром сообразила! Нужно просто забрать мобильный.

Генка замер.

Ему стало так страшно, что он не мог вздохнуть — паралич его схватил.

— Геночка, что ты молчишь? Ты меня слышишь или нас разъединили?!

Генка тяжело, со всхлипом, вздохнул и закашлялся.

— Что? — он проталкивал слова сквозь страх и кашель, и они выходили куцые, жалкие. — Что ты говоришь?! Все погибло! Там же номер, номер!!! Мы погибли, погибли! И ты так спокойно!.. А я даже не!.. И ты спишь, когда!!! Как ты можешь!!!

— Скажи еще — жизнь висит на волоске, — презрительно посоветовала трубка. — Да, сплю! А что еще мне делать? Как ты, метаться, что ли?! И я только утром сообразила! Езжай немедленно и забери у нее телефон. И дело с концом.

— Откуда я знаю, где она может быть?! Ее наверняка уже менты забрали!

— Кисуля, ты насмотрелся сериалов про ментов. Это там, кисуль, всех забирают через пять минуть после совершения преступления! А она наверняка дома сидит, страдает. Езжай и забери у нее трубку. И все. Никто и никогда ничего не узнает.

— Телефон, — продолжал выть Зосимов. — Телефон!.. Как это я про него забыл!

— Это я про него забыла! — отрезали в трубке. — Ты

даже как тебя зовут от страха не помнил, кисулька! Так что давай сейчас ты поедешь и спокойненько заберешь телефончик. Можешь попутно из автомата ментам позвонить, сказать, что ты видел гражданку, по приметам похожую на ту, которую ищут, по такому-то адресу. Только ты уж постарайся, чтобы они тебя не засекли. Говори быстро и коротко, а то чем черт не шутит!.. А так ты два дела сделаешь — и мобильник заберешь, и ее к месту пристроишь.

— Не стану я в милицию звонить!

— Ну, так они ее еще полгода будут искать и не найдут! Пока адрес установят, пока еще чего-нибудь! Ты же знаешь нашу милицию! А нам бы надо побыстрее!

— А если она заявит, что я у нее телефон забрал?

— Ты скажешь, что ей это приснилось. Она же у нас не в себе! И ты забери потихоньку, Геночка! Открой сумочку, возьми телефончик да и уходи.

— Может, ее и дома нету!

— Ген, ну куда она денется?! Сейчас нету, через час явится! Ты, самое главное, в это время должен быть дома. И не номер стереть, а именно телефон забрать и в Малую Невку выбросить! Тогда точно никто ничего не докажет, даже если...

— Что «если»? — пронзительным шепотом спросил Генка Зосимов. — Что «если»?!

— Ничего, — отчеканила собеседница. Генкины всхлипывания и вскидывания его собеседницу раздражали. — Никакого «если» не будет! Но ты должен быть умницей, поехать и забрать трубку.

— И ты так спокойно говоришь! Ну как ты можешь!

— Могу, — отрезали в трубке. — Я все могу. Это ты, Геночка, ничего не можешь, кисулькин! А я все могу!.. Езжай и потом позвони мне. А я пойду душик приму. У нас вечером большая программа, ты не забыл, куда мы приглашены?

Даже если бы Генке пригрозили немедленной ссылкой на Соловки, он все равно бы ни за что не вспомнил, куда они приглашены вечером.

Проклятый телефон!.. Как он не подумал! А все ее идеи, этой змеи, которую он пригрел на своей груди и из-за которой все так ужасно сложилось!

Все-о, все-о из-за баб, сынок! Все твои беды из-за них!..

И Генка, оглядываясь на белую дверь в офисный рай, прижав уши, как спасающийся от своры собак заяц, опрометью кинулся вниз.

Он бежал, бежал и перевел дух, только когда оказался на улице возле своей машины.

Накрапывал дождик, и было холодно. Северо-западный ветер гнал по низкому небу рваные тучи, шевелил и ерошил их.

Какая-то девушка, длинноногая и стройная, цокая каблучками, прошла мимо, чуть задев его локтем.

— Извините!

— Ничего страшного, — автоматически пробормотал Генка, и она ему улыбнулась.

Словно влекомый на невидимом аркане, обреченный некими высшими силами постоянно выполнять один и тот же повторяющийся ритуал, Геннадий Зосимов сделал к ней шаг, тряхнул головой, чтобы волосы разлетелись красиво, и выдал что-то в том смысле, что если бы та-акие девушки поминутно задевали его локтями, он был бы самым счастливым человеком на земле.

Длинноногая засмеялась.

Геннадий добавил, что и смеется она очень красиво и он никогда не слышал такого замечательного смеха у современных, насквозь фальшивых девиц.

Длинноногой это польстило, и она сказала что-то в том смысле, что вовсе не все фальшивые, есть вполне искренние девушки, и Геннадий галантно попросил разрешения сфотографировать ее на телефон, чтобы впоследствии любоваться.

Длинноногая разрешила — разумеется, куда бы она делась!..

Генка выхватил из внутреннего кармана мобильник и, как только выхватил, тут же все вспомнил.

Его жизнь висит на волоске.

Он должен спасаться. Он идет «на дело».

Сейчас не время увиваться за посторонними длинноногими!..

И все же невидимый аркан повлек его дальше.

Вместо того чтобы извиниться, нырнуть в машину и уехать, Генка Зосимов все же несколько раз сфотографировал девицу. Девица старательно улыбалась.

Затем воспоследовал обмен электронными адресами — он же должен прислать ей фото! Они же не могут расстаться просто так! К тому же он, Геннадий, художник и может с уверенностью сказать, что таких прекрасных и одухотворенных лиц, как ее лицо, он уже давненько не видал, и вообще никогда не видал, и, быть может, он когда-нибудь в будущем покажет одухотворенной образчики своего искусства.

В общем, на девицу он убил минут десять, никак не меньше.

Когда он отъезжал, она махала ему рукой, словно провожая, а Генка несколько раз посигналил ей на прощание.

Насилу отделался.

Все, все беды из-за баб! Кабы не бабы, у него была бы прекрасная жизнь!

Теперь нужно придумать, как именно он станет добывать телефон, который ему велели добыть.

Если выдра и выпь Катька дома — нет ничего проще. Она только свой драгоценный портфель не выпускает из рук, а на сумку вообще никакого внимания не обращает.

Сумка всегда стоит справа, на раритетном английском комодике, который покойный тесть когда-то привез из Лондона. И не лень ему было мебель оттуда переть! Впрочем, может, это теща приперла, она любила, чтобы все было «по-людски», значит, как у аристократов!

Выезжая на проспект, Генка фыркнул и покрутил головой! Деревенщина, дураки, до смерти своей в горсть сморкались, а туда же — в аристократы лезли! Про Питер теща выражалась, что это «город царей», и никогда не могла взять в толк, что не царей, а императоров, а это вовсе разные вещи. Про Лондон говорила, что «в нем уютненько, но нам с отцом в Белоярске лучше, один Енисей-батюшка чего стоит!» И доченьку свою полоумную в том же духе воспитали — книжки она все читает, цитаты цитирует, молчит, а в модных художниках так и не научилась разбираться, все ей подавай Рембрандта да импрессионистов, а чего такого они создали-то?! Ну чего?! Знаменитый «Ночной дозор» навевал на Генку тоску — какие-то люди, странные одежды, развевающиеся тряпки, да еще собачка в углу недорисованная, говорят, что гениальная! Вот далась человечеству эта недорисованная собачка!.. Чем она гениальна?!

Город царей! Каких таких царей?!

Значит, сумка стоит на комодике справа. Генка войдет потихоньку, вытащит трубку да и уедет. Его женушка скорее всего вовсе ничего не заметит — после вчерашнего она наверняка находится в обмороке и собирается на тот свет следом за подругой.

Хоть бы скорей туда отправилась, что ли, избавила Генку от необходимости заниматься грязной работой!

Это выражение — «грязная работа» — он почерпнул в одном очень неплохом детективчике. Там герой тоже печалился, что вынужден заниматься грязной работой.

Генка чувствовал себя отчасти героем, отчасти загнанным в угол волком, который огрызается и скалит зубы, мечтая вырваться на свободу.

Волком чувствовать себя было приятно. В этом было что-то очень мужское.

Так, хорошо, а если дурехи дома нет? Что тогда?

Наверное, и в самом деле ничего, придется просто подождать. Рано или поздно она заявится, быть такого не может, что ее уже нашли и арестовали.

Господи, как все будет прекрасно, когда ее арестуют! Как он, Генка Зосимов, будет счастлив, как свободен! Все станет легко и хорошо, все начнется сначала, и это новое будет гораздо, гораздо лучше и правильнее старого!

Телефон зазвонил, когда он уже выехал на Каменноостровский.

Генка вздрогнул, мигом вспотевшая рука поехала по обшивке руля.

Кто это может быть? С работы? Что соврать? А если нет?! Если это... из милиции?! Или... или...

Звонила Ася.

Ася, ниспосланная ему небесами, чтобы обратить и спасти! Ася, чистая, свежая, похожая на порыв прохладного ветра в жаркий июльский полдень! Ася, которая смотрела на него прозрачными и чистыми глазами олененка Бемби!..

Телефон звонил. Генка упивался мыслями.

Ася, которая никогда не разрешала себя провожать, которая была таинственна, как ночная греза, которая никогда и ничего у него не требовала, кроме нежности и понимания, а по части нежности и понимания Генке просто нет равных!..

Телефон звонил.

Господи, да что ж он не отвечает-то?!.

— Да, — сказал Генка нежно. Ему показалось даже, что из трубки запахло ее духами.

— Это я, — негромко сказала Ася. — Привет. Ты где-то едешь в своей большой машине по большому городу?

— Я еду в своей большой машине по своему большому городу, — заходясь от счастья, подтвердил Генка. — А откуда ты знаешь?..

— Я слышу, как работает мотор в твоей большой машине.

— Как давно ты мне не звонила!..

— Разве давно?

— Очень давно!

— А ты скучал?

— Я думал о тебе каждую минуту. Нет, каждую секунду.

Самое главное, в этот момент Генка Зосимов искренне верил в то, что думал об Асе каждую секунду. Как это у него получалось, он и сам не знал, но получалось.

— Я была занята, — объяснила Ася очень серьезно. — И не могла тебе позвонить.

— А ты думала обо мне? Хоть чуточку?

Она засмеялась, кажется, немного грустно.

— Я же тебе звоню...

— А что это значит?

— А это значит... Ничего это не значит!

— Ну вот, — огорчился Генка. — Ничего не значит! Мы можем с тобой сейчас встретиться? Ты в городе? Или там, у себя в Гатчине?

Она сказала, что в городе, но задержится не слишком долго.

— Ты же знаешь, — добавила она, — я надолго не могу.

— Тогда давай...

Он посмотрел на часы, выкручивая руль. Да, да, про то, что его послали «на дело», он отлично помнил, но «дело» никуда не денется, если он просто попьет где-нибудь в центре кофейку! Всего полчаса это займет! Ну, может, чуть побольше! А телефон можно забыть в машине, или вытащить из него батарейку, а потом сказать, что разрядилась, или придумать еще что-нибудь!

Что такое?! Имеет он право на личную жизнь или не имеет?!

— Тогда давай встретимся в кофейне на Разъезжей? Только прямо сейчас! Можешь туда подъехать? Или давай я за тобой заеду, куда скажешь! И не говори, что не можешь, малыш!

И этот самый «малыш» выговаривался у него естественно и совершенно серьезно, как будто не было в нем никакой первобытной пошлости. Еще Генка говорил всем своим женщинам «лапуля» и «зая» — и это у него выходило легко, и «лапули» и «заи» всегда радовались, им нравилось!..

— На Разъезжей? — будто сомневаясь, переспросила Ася. — А где там кофейня?

— Ну, как же, дом шесть! Там подают отборный ямайский кофе! Самый лучший в Питере.

На самом деле Генка кофе не очень любил и о том, что он бывает ямайский, да еще отборный, узнал от Катьки. Выдра и выпь эта Катька, но хоть на что-то пригодилась!

Кофейня на Разъезжей, где подавали отборный кофе, была не слишком дешевой, и Генка прикинул, хватит ли у него денег. Вроде хватает, если особенно не шиковать. Машину заправить тоже надо бы. Впрочем, на заправку он возьмет у Катьки в сумке — телефон возьмет и денежек прихватит немножко.

В конце концов, что тут плохого? И зачем ей деньги?! Ее все равно скоро посадят!

— Тогда приезжай к «Владимирской», — так называлась станция метро. — Я буду тебя ждать у выхода, который слева, знаешь? Я там буду минут через двадцать. Успеешь?

— Конечно, успею! — обрадованно закричал Генка.

Конечно, успеет! Разве может он не успеть к своей единственной, ниспосланной ему в утешение, к своему пугливому олененку, к своей красавице с неизъяснимыми глазами? Он еще успеет цветочков прихватить, осенних, милых, у каких-нибудь уличных пристанционных бабусь, притащивших свои хризантемы с дачных участков в Павловске!

«Дело», на которое он был послан, перестало его волновать совершенно, все мысли переключились на Асю и предстоящую прелесть свидания с ней, и он *на самом деле* позабыл телефон в машине, когда они выходили возле кофейни!

Ася немного подмерзла, ожидая его, — когда он подъехал, выскочил из машины и выхватил милые осенние цветы, она уже стояла возле выхода из метро, улыбалась замерзшей улыбкой, и равнодушная толпа обтекала ее со всех сторон. В этой толпе смеялись, толкались, громко говорили, как будто она вовсе и не стояла тут же, у дверей, не жалась зябко и трогательно!.. А может, она и не замерзла, просто Генке хотелось так думать, чтобы греть ее ладошки своими большими горячими руками — ох, черт, кажется, это тоже из какой-то книжки, а может, из кино, как и «грязная работа»! — оберегать ее и вести в тепло и вкусный кофейный запах.

Он знал, что у него очень мало времени — Ася никогда не оставалась надолго, — и он постарался использовать это время как следует: выбрал самый укромный уголок и сел так, чтобы ногами, руками, боком касаться своей красавицы. Она улыбалась таинственной улыбкой и чуть отодвигалась от него, когда он становился слишком настойчив.

Она отодвигалась, а он придвигался, и в конце концов она засмеялась — словно серебряные колокольчики зазвенели. От ее губ пахло кофе и вишневым пирожным, и он все целовал и целовал их, а когда она положила узкую ладошку ему на губы, он стал целовать ладошку и никак не мог оторваться.

Кажется, за окнами начался дождь, а потом прошел, потому что вдруг как-то очень по-осеннему посветлело, внезапно и коротко, а потом опять надвинулась темнота, и оказалось, что уже вечер.

Они просидели в кофейне до вечера, а Генка так и не вспомнил о том, что у него «задание», и о том, что «жизнь на волоске»!

Поминутно целуясь, они вышли из кофейни в сырой и мрачный питерский вечер, слегка подсвеченный размытыми желтыми огнями. И огни, и вечер казались Генке необыкновенными.

Огни словно плыли в мелкой водяной пыли, оседавшей на куртках и волосах, и их неяркий свет был как из андерсеновской сказки, и все казалось, что из-за ближайшего угла сейчас выйдут Кай и Герда, держась за руки и постукивая по мостовой своими деревянными башмаками!

— А розы? — с нежной насмешкой спросила Ася, когда Генка рассказал ей про Кая и Герду. — У них должны быть не только башмаки, но и розы!

Ну, хорошо, тогда, значит, из-за ближайшего угла сейчас выйдут Кай и Герда, постукивая по мостовой своими деревянными башмаками, а в руках у них будет глиняный горшок с кустом пышных красных роз!

— Вот так правильно, — похвалила Ася.

Генка посадил ее в машину и первым делом выключил свой мобильный телефон. Чтобы не расстраиваться, он даже не стал смотреть, сколько там непринятых вызовов, сразу нажал красную кнопку, и дело с концом, но глаз все-таки отметил какую-то жуткую, двузначную, хвостатую, как ему показалось, цифру.

Провались все к чертовой матери! Имеет он право на личную жизнь или нет?!

Они ехали очень долго — вечер, пробки. И Генка старался никуда не спешить, подольше растягивая счастье побыть со своим «олененком». Раньше они никогда не были вместе так долго, и счастье от того, что она ему доверяет, что ей с ним интересно, что он нужен, распирало его.

Они ехали и играли в игру. Им было очень весело.

Игру придумала Ася. Он запускал руку в ее сумочку — сокровищницу женских тайн и носительницу особого эротического заряда — и должен был на ощупь определить предмет, который Ася держала в сумке своей рукой..

А потом Ася вытаскивала это самое из сумочки, и они очень смеялись, потому что ему ни разу не удалось определить правильно!

— Это замшевый несессер! — говорил Генка, и она вытаскивала записную книжку.

— Флакон французских духов! — и она вынимала крохотную бутылочку минеральной воды.

Каждый предмет он определял каким-нибудь дополнительным словом, очень романтическим — «несессер» в его фантазиях был непременно замшевый, духи французскими, а помада алой!.. Генке очень нравилась эта игра.

С одним из предметов он совершенно не мог разобраться — на ощупь это было что-то холодное и увесистое, прямоугольной вытянутой формы, — но Ася не давала ему щупать слишком долго. Она говорила, что так будет неинтересно и он сразу догадается.

Он так и не догадался, и тогда она, смущаясь и отводя глаза, вытащила из сумочки плоскую коробочку мятных леденцов, которые Генка очень любил. То есть не то чтобы любил, но всегда таскал с собой — а вдруг придется с кем-нибудь целоваться?! Целоваться со жвачкой во рту как-то неудобно, а леденец закинул за щеку, и все в порядке — свежее дыхание, мятный вкус губ, глубокий запоминающийся экстаз.

Все, все твои беды от баб, некстати вспомнилось ему, и он мысленно отмахнулся от навязчивого воспоминания.

Сколько можно меня доставать?! И потом, Ася — это совсем не то! Ася — это настоящее, правильное, единственное! Куда до нее всем остальным... бабам?!

Эта коробочка с леденцами как будто еще сблизила их, особенно когда Ася тихонько положила ее ему в карман.

Он довез Асю до знакомого поворота, высадил — как обычно, она не разрешила себя проводить — и долго смотрел ей вслед. Он смутно видел ее в размытом водяной моросью мраке, а потом она и вовсе пропала.

Генка тяжело, почти со всхлипом, вздохнул. Пора было возвращаться в реальность, а ему не хотелось, ох как не хотелось!..

Выключенный телефон лежал в бардачке, как необезвреженная мина времен Второй мировой войны. Он знал — стоит только до него дотронуться, и весь его романтический мир, в котором были мятный вкус поцелуев, горячий кофе и славная девушка, похожая на олененка Бемби, взорвется и разлетится на тысячу осколков.

Генка именно так себе это и представлял. Ну почему нельзя жить красиво, легко, празднично?! Вот он, Генка, только так и жил бы! Ну почему ему все мешают?! И первая — Катька, его полоумная женушка, самое главное препятствие на пути в рай.

Ему захотелось плакать. Он развернулся на пустынной дороге и медленно поехал в город.

Пожалуй, впечатлительный Генка упал бы замертво от удивления, если бы рассмотрел за деревьями своего нежного «олененка». «Олененок» никуда не собирался идти и вел себя так, словно вовсе не торопится домой.

Девушка, прищурив глаза, наблюдала за Генкиной машиной. Когда Генка наклонился вбок, отыскивая что-то в бардачке, она прищурилась и отступила чуть-чуть назад — на всякий случай. Он ковырялся довольно долго, и в конце концов девушка неслышно топнула ногой от нетерпения.

— Уезжай, — прошипела она сквозь зубы. Каблук увяз в опавших листьях, и она с отвращением вытащила его. Чтобы не потерять равновесие, пришлось схватиться за мокрый ствол. — Уезжай уже, недоумок!..

Звезду встречал какой-то местный питерский водитель на лимузине, и Владик был избавлен от созерцания «неизъяснимых глаз» Никаса и от выслушивания его словоизлияний аж до самого вечера.

Зато Хелен, словно в отместку за утреннее проявление слабости, загоняла его по всяким мелким поручениям до такой степени, что часам к восьми Владик озверел и так разговаривал по телефону с матерью, что она спросила дрожащим голосом:

— Чем я-то тебе не угодила, сыночек?..

Владик в ответ рявкнул, что ему все угодили дальше некуда, а если кто им, Владиком Щербатовым, недоволен, тот пусть, значит, с ним, с Владиком Щербатовым, никаких дел не имеет, ибо у него больше нету сил.

Проорав все это, он кое-как приткнул автомобиль возле «Англии» — было совершенно понятно, что машину придется переставлять, ибо она перекрывала въезд и выезд всем, кому только можно было его перекрыть, — и большими разгневанными шагами вошел в отель. В руке он нес крохотную беленькую коробочку — конфетки.

Эти конфетки, обсыпанные тошнотворной кокосовой стружкой, Никас очень любил вкушать во время работы. Сегодня у звезды, как на грех, работы оказалось много — следовало подписать штук сто открыточек, дабы раздавать их завтра поклонникам при входе в концертный зал. Никас будет подписывать, то есть работать, и вкушать конфеты, так сказала Хелен.

Владик к тому времени уже съездил за мелкими красными и желтыми розочками — Никас любит именно такие! Потом за минеральной водой — берите только итальянскую, французскую он не пьет! Потом за парой белых носков — это не костюмеры, это суки последние, забыли белые носки к сценическому костюму! Потом в ресторан за стейком — Никас ест только аргентинскую говядину, а в этом жутком отеле аргентинской говядины нет и в помине! Потом Владика послали на кухню разогревать аргентинскую говядину, ибо она по дороге остыла. Потом его послали в концертный зал за открытками — их же нужно подписывать, а эти идиоты пиарщики отвезли открытки почему-то сразу туда. Потом понадобился ящик советского шампанского — для обслуги. Затем бутылочка-другая настоящего французского — непосредственно для звезды.

— А сразу нельзя было сказать? — осведомился Владик, когда выяснилось, что французское он не купил и нужно ехать обратно в винный магазин.

К тому времени он уже пребывал в состоянии, предшествующем бешенству. Он знал это за собой — голова становилась необыкновенно ясной, и любые слова выговаривались на редкость легко, даже самые страшные.

Хелен, дернув плечом, заявила, что он должен ехать куда его пошлют и не выпендриваться, а если он не желает, так она живо найдет ему замену, а костюмерша Наташка, случившаяся поблизости, дернула его за рукав. Если бы Никас оказался рядом и подлил масла в огонь, Владик, ей-богу, спустил бы его с лестницы. Он даже с опасным наслаждением представил себе, как за шиворот выволакивает тщедушную звезду из его номера люкс на шестом этаже, тащит мимо лифта к широкой, устланной ковром мраморной лестнице и дает пинка прямо в задницу!..

Но Никаса поблизости не оказалось.

В довершение всего Владика услали встречать молодую певицу по имени Семен, ибо с ее водителем и лимузином случалась какая-то коллизия и певица Семен застряла в аэропорту и — ясное дело! — немедленно забилась там в истерике. Молодая певица должна была выступать «на разогреве» у Никаса, и везти ее следовало не в «Англию», а в какую-то гостиницу поплоше.

По дороге в Пулково — в который раз он уже сегодня едет в это самое Пулково?! — Владик позвонил матери и наспех с ней помирился, а потом, боясь передумать, решительно набрал номер человека, на которого он работал.

Долго не отвечали, и Владик был этому даже рад.

Бешенство — плохой советчик и помощник в переговорах. Видимо, нужно оставить все как есть до возвращения в Москву и уже там быстро и аккуратно решить все вопросы. В том, что вопросы удастся решить, Владик нисколько не сомневался. В самом деле, не на каторгу же он сослан по приговору суда!

Он больше не может и не хочет работать — сколько там полагается по закону на то, чтобы ему подыскали замену? Две недели? Вот и отлично! Две недели он как-нибудь протянет, зато уйдет по-человечески, ни с кем не поссорившись.

Может, и хорошо, что трубку не берут, может, так оно и нужно.

Он уже почти оторвал ее от уха, чтобы нажать на «отбой», когда в телефоне сказали:

— Да.

Владик быстро вернул трубку к уху.

— Вадим Григорьевич?

— Да.

— Это Владислав Щербатов.

Там помолчали, будто не узнавая, и Владик вдруг заволновался. Они созванивались регулярно, хоть и не слишком часто, и этот человек просто не мог не узнать его голос. Что такое могло случиться?..

— Вадим Григорьевич, это Щербатов, я работаю с Никасом!.. Вы меня узнаете?

— Узнаю. Что вам нужно?

«Елкин корень, — подумал Владик. — Что за день такой поганый?!»

— Вадим Григорьевич, я хотел бы уволиться. Эта работа не по мне, я вам сразу говорил, что она не по мне, и... я больше не могу, в общем!.. Вы просили предупредить заранее, если я захочу уйти, вот я и предупреждаю. — Его собеседник молчал, и с каждым своим словом Владик чувствовал себя все глупее и глупее. — Я, конечно, отработаю, что там положено, вы не думайте! Чтоб вы могли спокойно найти замену, но я просто хочу сказать, что я работать точно больше не буду... — Он сбился, помолчал, а потом спросил осторожно: — Вадим Григорьевич?

— Я вас слушаю.

— Наверное, мне лучше перезвонить, — даже не столько собеседнику, сколько самому себе сказал Владик Щербатов. — Я, должно быть, не вовремя. До свидания, Вадим Григорьевич.

— До свидания, — попрощались в трубке.

Вот те раз!.. Вот это называется — поговорили! И дальше что?!

Владик даже был не до конца уверен, что Вадим Григорьевич осознал хорошенько, кто именно ему звонил! Может, он с бодуна или неприятности какие случились непоправимые!

Некоторое время он прикидывал, не позвонить ли снова, а потом решил, что не стоит. Если Вадим Григорьевич ушел в астрал — по неведомой причине, —

значит, не факт, что он оттуда вскорости вернется, и также неизвестно, в каком именно виде! Может, совсем уж в причудливом! Значит, все разговоры придется отложить до лучших времен, а Владику хотелось именно сегодня поставить точку на всех его мытарствах последнего времени!..

В Пулкове было многолюдно, гораздо многолюдней, чем утром, пришлось даже небольшую очередь отстоять, чтобы попасть за стеклянные двери! Дверей было множество, но открыта, как всегда, только одна, и Владик подумал мимоходом, что, пока в этой стране не откроют все двери — все двери вообще! — чтобы народ мог именно входить и выходить, а не протискиваться, ломиться, давиться, проникать, пробиваться, прорываться, ничего не изменится!..

Ну никак не может измениться, пока приходится ломиться и пробиваться!..

Молодая певица Семен, которую позабыли в Пулкове, полулежала в неудобном пластиковом аэропортовском креслице, всем своим видом демонстрируя, что она несчастна, оскорблена, и вообще!..

В руках Семен держала какую-то электронную игрушку, кажется, «геймбой». Будучи начертанным по-английски, это слово имеет некую смысловую нагрузку, а по-русски, да еще вслух, звучит несколько неприлично, да еще певица Семен все время ошибочно называет эту штуку «гомебой»!

— Вот и «гомебой» виснет, это не «гомебой», а говно какое-то! — повторяла она плачущим голосом. — Кто это купил?! Я спрашиваю, кто это купил?!

Так как возле нее никого не было, кроме замученного отдувающегося толстяка неопределенного возраста, ему и приходилось брать на себя ответственность за все преступления человечества, совершенные против певицы Семен.

— Девочка моя, ты не волнуйся, это водитель купил, а он дебил, как все водители, вот и получилось!..

— Да-а, у него получилось, а у меня настроение плохое перед самым концертом! Тебе же петь не надо, ты, недоделанный! — Тут Семен задрала ножку и ввинтила острый каблучок толстяку в задницу. Толстяк засмеялся тоскливым смехом, и Семен тоже засмеялась — веселым. Видимо, это была такая шутка и над ней нужно было смеяться.

Норковая шубейка у певицы задралась, так низко Семен съехала в креслице. Загорелое подтянутое плотное пузцо с проколотым пупочком слегка оголилось. В пупочке болталась висюлечка.

Владика немедленно затошнило.

Нет, он знал, конечно, что проколотые пупки — это о-очень, о-очень сексуально! И, кажется, Дженнифер Лопес, или Бритни Спирс, или Пэрис Хилтон, или все три вместе прокололи себе не только пупки, но и еще какие-то части тела, и Джастин Тимберлейк, Энрике Иглесиас и Себастьян Леб пришли от этого в полный восторг и в ответ немедленно сделали себе татуировки на каких-то вовсе неподходящих частях, но Владик Щербатов ничего не мог с собой поделать. Его тошнило, и все тут!..

— Ну когда, когда мы уже поедем! Вот опоздаем на репетицию, будешь тогда знать!

— Репетиция у нас завтра, радость моя. — Толстяк обмахивался какой-то газетой, редкие волосы прилипли ко лбу. — А сейчас мы приедем в отельчик, ты ляжешь в кроватку, будешь спатьки, и так до самого утречка! И утречком красивенькая, отдохнувшая...

— Да, отдохнувшая! «Гомебой» виснет, за мной никто не едет, и вообще, хватит! Я улетаю в Москву! Сколько это будет продолжаться?!

— Здрасте, — сказал Владик Щербатов, решив, что тянуть больше нет смысла. — Я за вами. Поедем?..

...Вот день какой поганый, а?.. Бывает же такое!

— Ну, наконец-то! Мы вас заждались, молодой человек! Семен устала, замерзла, завтра у нее ответственнейший концерт. А вы все никак, все никак...

— Это не ко мне, — пробормотал Владик, подхватывая чемодан. — Это все к нашей Елене Николаевне. Она меня как отправила, так я сразу и приехал!

— Ну, с Еленой Николаевной я разберусь, это уж будьте уверены! Просто моя подопечная согласилась спеть только из уважения к Никасу и его продюсеру... — Толстяк поспешал за Владиком, который уходил большими шагами в сторону раздвижных дверей, и все говорил, говорил безостановочно. Певица Семен, не торопясь, шла за ними.

Она была «начинающая», и мало кто знал ее в лицо, кроме того, на эстраде слишком много одинаково прекрасных лиц, одинаково белокурых волос и одинаково жидких голосишек, чтобы с первого взгляда отличать их друг от друга, поэтому певицу Семен узнавали мало, но все равно останавливались, чтобы поглазеть на такое чудесное чудо.

Конечно, темные очки, закрывавшие три четверти лица — от ухоженного лобика до надутого силиконового ротика. Осенним вечером в тускло освещенном Пулкове очки эти были как нельзя кстати. Потом, разумеется, леопардовые ботфорты, доходящие почти до груди, и венчающее их произведение пластической хирургии, в волнах и всплесках дорогого белья и стразов — куда ж без них?! Белая шубейка решительно не могла сдержать напора пластической хирургии и все время расходилась на рельефных полусферах так, чтобы полусферы эти были хорошо видны со всех сторон. Белые разметавшиеся волосы, достигавшие до середины спины, были обрызганы чем-то специальным и сверкали и переливались каждый раз, когда певица Семен встряхивала головой.

Кто ж пропустит такую красоту?!.

— Господи, они все на меня пялятся! — бормотала себе под нос «начинающая» Семен, время от времени всверкивала «улыбкой звезды» и вновь потупляла глаза — именно так, должно быть, улыбались Пэрис Хилтон или Бритни Спирс и именно так потупляли глаза!..

Толстяк успевал ловить эти ее бормотания и в ответ начинал негромко бубнить, что конечно же пялятся, а что ты хотела, ты звезда, для них и поешь, вот для этих самых, которые сейчас не могут от тебя глаз оторвать!..

Владик точно знал, что глаз не могут оторвать не потому, что звезда, а потому что чучело огородное и диво дивное, но помалкивал, конечно!

Вновь повторилась утренняя процедура с посадкой в «Мерседес» — для того чтобы пустили на пандус к самим раздвижным дверям, снова потребовалось несметное количество денег и телефонных звонков, — и наконец поехали! Краем глаза Владик успел заметить давешнюю бледную барышню с логотипом Пятого канала. Теперь она мерзла на улице, и вид у нее стал еще чуть более унылый и несчастный, но Владик обрадовался ей, словно старой знакомой. Как будто привет получил из «нормального» мира, в котором люди не носят леопардовых ботфортов, силиконовых грудей и волосы у них не состоят из бриллиантовой крошки!..

Певица Семен на заднем сиденье некоторое время развлекалась со своим «гомебоем», потом швырнула его на пол, завозилась, улеглась и пристроила свои необыкновенные ноги так, что каблуки ботфортов оказались у Владика на подголовнике.

Да что ты будешь делать-то, а?..

— А вы из Питера? — спросила Семен светским тоном и пошевелила носком ботфорта почти у самого Владикова уха. — Я так люблю этот город! Вон Рустам устраивал концерт на Дворцовой, там все были, и я тоже пела! Это ж надо быть такой красоте, хотя холодрысть была ужасная! Особенно мне речка понравилась, мы потом на пароходике катались! Ой, так смешно было, помнишь, Аркаш?

Толстяк что-то хрюкнул, а Семен продолжала вспоминать приятное:

— Этот дурачок Кира напился и чуть за борт не упал, мы его все держали! И Машка с Иркой нажрались, их все время тошнило, а сортира-то нету! Так Машку прямо в рубке у капитана и... того!.. Ой, мы так смеялись!

Владик посмотрел на нее в зеркало. Семен полулежала на заднем сиденье. В одной руке у нее была сигарета, а в другой — темные очки, которые она сняла с хорошенького носика.

Интересно, а носик тоже силиконовый? Или из чего делают носы?..

— А я, такая, стою, а ко мне подходит Игорь Владимирович и говорит: «Девушка, разрешите с вами познакомиться? Вы кто?» — Тут она засмеялась радостно. — А я ему такая: «Вы что, меня не узнаете, Игорь Владимирович?» А он такой: «Не-ет!» А я ему: «Так это же я, Семен!» — И она захохотала от удовольствия. — А потом ко мне подходит Наташка и говорит: «Ну чего, закадрила самого крутого мужика?» А я ей такая говорю, что это не я его закадрила, а он ко мне сам подвалил и не узнал даже, а он такой...

На какое-то время Владик выключился из прослушивания истории о том, как певица Семен любит город на Неве, а когда включился, оказалось, что она опять обращается к нему:

— Так вы из Питера?

— Я из Козельска.

— Отку-уда?!

— Из Козельска, — повторил Владик внятно.

Почему Козельск? Должно быть, из-за костюмерши

Наташки и еще из-за того, что она печалилась, что этот самый Козельск не остался в Литве.

Владик в данный момент тоже печалился, что никак не может оказаться в Литве!..

— Это где ж такое? — подал голос Аркадий. — В смысле Козельск?

— В Астраханской области, — не моргнув глазом сообщил Владик. — В раскатной части Волги. Почти на Каспии.

— Волга впадает в Каспийское море, — похвасталась Семен.

— Я там бывал, на Каспии, — поддержал ее Аркадий. — Я тогда директором картины был. Мы там этот самый снимали... триллер с элементами ужасов!.. А Лесик Гедеоновский главную роль играл. Вот мужик, ни дня не просыхал! А какой актер!

И разговор пошел самый интересный — кто пьет, кто «на коксе», кто колется, а кто уж бросил, потому что чуть концы не отдал, еле-еле в Швейцарии откачали!..

Владик ехал по вечернему Питеру и думал: как там девица с Пятого канала, встретила свою звезду? И какая она, та звезда? Такая же, как эта, которую везет Владик, или, может, какая-то другая?..

И еще он думал про Хелен — как она утром с ним разговаривала! По-человечески она разговаривала с ним, словно нормальная женщина, да еще сын у нее, и на рыбалку ей хочется с ним поехать, вот дела-то!..

На рыбалку ей хочется, а ведет себя целый день, как самая распоследняя из стерв!..

А сына-то в больницу положили? Или обошлось?

Возле небольшой новой гостиницы в центре, где квартировались костюмеры, гримеры и еще какие-то сомнительные личности из подпевки Никаса, Владик певицу Семен высадил.

До «Англии» она еще явно не доросла. Вот еще парочка Игорей Владимировичей, а может, Степанов Петровичей, и будет ей «Гранд Отель», Лувр и шампанское «Кристалл», а пока что — вместе с гримерами и костюмерами.

Владик так устал от этого невозможного дня, что даже не стал дожидаться «поселения» — просто втащил чемодан в тесный холл, пробормотал, что у него срочное дело, и уехал. Сил не было никаких.

Однако в «Англии» выяснилось, что беспокойный день еще не кончился. Владика окликнули, как только он вошел в вестибюль:

— Господин Щербатов!

Владик подошел к конторке.

— Вас просила позвонить госпожа Хелен Барно, — сказала девушка-портье особым, «понимающим» тоном.

Владик очень выразительно закатил глаза, и она засмеялась.

— А может, вы меня не видели? Ну, я не приходил, и все тут?

Девушка неуверенно пожала плечами. Владик ей нравился, но эта самая Хелен Барно звонила несколько раз и даже приходила, казалась очень взволнованной и просила, чтобы господину Щербатову непременно передали, что его ищут и он срочно нужен!..

Все это она и изложила Владику. Он бы, пожалуй, продолжал с ней заигрывать — девушка была хорошенькая, если бы твердая рука не легла ему на плечо.

Владик обернулся.

— Где вас носило так долго? — ледяным тоном спросила Хелен. Девушка улыбнулась дежурной улыбкой и поспешно отошла к каким-то иностранцам, давно и безуспешно пытавшимся привлечь ее внимание. — Что, черт возьми, происходит? Вы что, в Москву ездили?!

— В Пулково я ездил, Елена Николавна, — отрапортовал Владик голосом бравого солдата Швейка. — Куда вы меня посылаете, туда я и еду! А куда не посылаете, туда, стало быть, не еду!..

— Идите за мной.

Именно таким порядком — она впереди, а он за ней, чуть поотстав, — они проследовали к центральному лифту.

Пианист играл «Караван», свечи горели, отражались в мраморных полах и зеркалах, слегка подернутых патиной, торшеры давали уютный свет, пахло кофе и сигарным дымом.

Не жизнь, а рай.

— Елена Николавна, а куда мы едем?

— Он пропал, — сказала Хелен ужасным шепотом, как только они вошли в лифт. Двери тренькнули и сомкнулись, лифт плавно поехал.

Почему-то Владик подумал, что пропал ее сын. Ну, тот самый, который заболел в Москве.

— Что такое с вашим сыном?!

У нее изменилось лицо.

— С Димкой?! С ним... ничего, с ним все более или менее... А почему вы спросили?!

— А кто пропал?

— О господи! Вы меня напугали! Диму посмотрел врач в этой вашей больнице. Сказал, что ничего страшного, просто такая сильная инфекция, она называется аденовирусная! И анализы взяли, и рентген сделали, все как надо, так что... — Тут Хелен собралась с силами, Владик *своими глазами* видел, как она собирается, как старательно складывает губы, чтобы сказать то, что *должна сказать*: — Спасибо вам большое, Владислав. И этому вашему доктору Долгову спасибо тоже.

— Пожалуйста. А кто пропал, Елена Николаевна?!

Лифт остановился.

— Никас, — одними губами выговорила Хелен. — Я пришла к нему час назад, мы так договаривались, что я зайду, чтобы обсудить завтрашний день и забрать открытки. Он должен был сегодня подписать их для фанатов!..

— Это мне известно, — язвительно сообщил Владик, который провалондался с этими открытками полдня. Хелен не обратила на его язвительность никакого внимания.

— Я зашла, а его нет. И я не знаю, где он, понимаете?! Он не собирался никуда ехать! И его лимузин на месте, и он не вызывал шофера!

Теперь они стояли посередине обширного холла на шестом этаже. В холл выходило несколько номеров — все люксы, — и самый большой и роскошный, носивший имя «Рахманинов», занимал Никас.

...Кому это в голову пришло называть номера в отелях именами великих людей?! А где ты живешь? Я живу в «Пикассо»! Или так: я живу в «Чайковском»! Звучит как-то странно и вообще... не слишком прилично.

Снизу слабо доносились звуки рояля. Пианист от джаза перешел — ясное дело! — к русским романсам.

Так взгляни ж на меня хоть один только раз, ярче майского дня чудный блеск твоих гла-а-аз!..

— Так, — сказал Владик, не слишком понимая, почему директрису обуял такой ужас. — И что тут такого? Может, он на свидание пошел? У него здесь девушка, может!

— Не валяйте вы дурака, Владислав! — шепотом прикрикнула Хелен. — Какая девушка?! Завтра концерт, утром придет косметолог. Потом мы сразу уедем! Никас никуда сегодня не собирался! И вообще он никуда не ездит, не предупредив меня!

— Он не открыл вам дверь?

— У меня есть ключ от люкса. У меня всегда есть ключ, на всякий случай, если вдруг ему что-нибудь понадобится. Он меня может вызвать среди ночи, и я приду и решу все его проблемы!

Это прозвучало двусмысленно, и Владик немедленно этим воспользовался:

— А что, Елена Николавна, вы решаете любые проблемы, которые... того... возникают среди ночи?

Удивительное дело. Стерва Хелен вместо того, чтобы завизжать, только посмотрела на него замученными глазами, как собака, которую волокут на живодерню. Владику моментально вспомнилось то самое, стыдное, что не отпускало его утром, — затравленная дура-одноклассница, — и сразу стало жарко щекам и шее, и он спросил быстро, старательно заглушая стыдное:

— То есть вы к нему зашли просто так? Он вас не вызывал?

— Мы договорились, что вечером я заберу открытки. Я зашла, а его нет. И постель не смята, он даже не ложился.

— Да еще рано ложиться, полдевятого всего!

— Вы не знаете, — твердила Хелен. — Он *никогда* никуда не ходит накануне концерта! Он настраивается!

— Он что, скрипка Страдивари, что ли?

«Страдивари» она тоже пропустила мимо ушей, на самом деле беспокоилась, по всему видно!

— Я не знаю, что мне теперь делать, Владислав! В милицию звонить?

— Зачем?!

— Ну, затем, что у нас звезда пропала!

Владик вдохнул и выдохнул.

— Елена Николаевна. Вот смотрите. Никас — взрослый мальчик. Он звезда, и всякое такое. Ничего страшного, что его нету в номере в полдевятого вечера. Ей-богу, клянусь вам! Может, он по девочкам пошел, а может, ему все надоели, вот он и смылся. Вы сейчас отправляйтесь к себе в номер и отдыхайте. Если он вам позвонит, вы придете, заберете открытки. Вы-то никуда не пропали! А в милицию не надо звонить, они вас на смех подымут и будут правы.

Тут Владик Щербатов с чувством выполненного долга повернулся, чтобы идти в свой номер и, по крайней мере на сегодня, забыть о существовании певца по имени Никас и его директрисы, но был крепко схвачен за рукав.

— Вы не понимаете, — прошипела Хелен. — Ну почему вы такой тупой?! Он не может никуда уйти! Он всегда предупреждает меня! Я думаю, нет, я уверена, что это... похищение!

— Что-о?!

Хелен несколько раз подряд с силой кивнула, словно убеждая Владика в том, что это ужасная правда.

— Елена Николавна, позвольте, что это такое вы придумали на ночь глядя... — заговорил Владик в полный голос, и Хелен приложила палец к губам.

— Все вещи на месте. — Она оглянулась по сторонам, как будто их могли подслушать. Но никого не было в просторном и покойном холле. — Я знаю все вещи, которые он берет с собой. Он не мог уйти в том, в чем прилетел. Ну не мог, и все тут! Он даже не переоделся!

— Да, — пробормотал Владик. — Не переоделся!.. Это просто ужас. Как же я сразу не сообразил?..

— Вы... смеетесь?

Он вздохнул.

— И не думаю даже.

Они помолчали.

Владик мечтал пойти к себе в номер, завалиться на диван, задрать ноги на подушку, открыть банку пива, включить телевизор и смотреть сериал про то, как благородные, но бедные и мрачные менты охотятся за отвратительными, но богатыми и красивыми преступниками.

Хелен мечтала, чтобы Никаса утром нашли где-нибудь в темной подворотне с проломленной башкой. Не то чтобы она желала ему смерти, но очень хотелось, чтобы именно так — с проломленной башкой и в подворотне!..

Следовало, однако, сделать все, чтоб потом никто не подкопался — директриса, мол, подняла на ноги весь Санкт-Петербург, все наземные и подводные службы, предприняла все, что в ее силах, чтобы отечественная эстрада не потеряла своего кумира!

Чтоб ему пропасть совсем.

— Пойдемте посмотрим, — сказала она и кивнула в сторону высоченных двустворчатых дверей, рядом с которыми красовалась золотая табличка «Рахманинов», как будто великий композитор квартировал именно здесь и именно сейчас. — Владик, я прошу вас! Ну, вы же из органов, вы обязательно что-нибудь найдете такое... важное...

— Предсмертную записку? В моей кончине прошу никого не винить?!

Нынче он мог позволить себе все, что угодно. Нынче он сказал своему работодателю, что больше работать не хочет и не будет.

Он сказал, а тот слышал. Только Хелен еще об этом не знает!..

— Владислав, как вы можете говорить такие ужасные вещи?! Да вы просто... просто...

— Если вы хотите, я пойду и посмотрю, — перебил ее Владик, — только, честное слово, я понятия не имею, что именно нужно там искать, хоть я и из органов, как вы изволили выразиться!..

Ей не хотелось, чтобы Владик там что-нибудь нашел. Ей хотелось, чтобы все возможное было сделано. Если Никас на самом деле пропал, исчез, испарился — и хорошо бы с концами! — Хелен должна, нет, просто обязана «принять все меры»!

Тем же порядком, она впереди, а он за ней, они проследовали к «Рахманинову», и Хелен трясущейся от волнения рукой сунула карточку в гнездо. Замок тихонько шепнул что-то, и дверь открылась.

Правой рукой Владик придержал Хелен так, чтобы она осталась в коридоре, залитом веселым электрическим светом, а сам вошел.

За дверью был просторный и длинный коридор в русском вкусе, со статуэтками, матовыми лампами, разливавшими молочный свет, картинами в тяжелых рамах, тонувшими в тенях, и глухим ковром, поглощавшим шаги. Бюст то ли Цицерона, то ли Наполеона в лавровом венке украшал столик на гнутых ножках. Ваза из наборного малахита в половину человеческого роста отражала тусклый свет. Все это напоминало парадные покои государя императора в летнем дворце в Петергофе.

Две одинаковые двери — справа и слева. За дверями горел свет, Владик видел полоску на начищенном до блеска паркете.

— Добрый вечер! — громко сказал Щербатов, и голос его неожиданно грянул в просторном помещении так, что Хелен вздрогнула в холле и втянула голову в плечи. — Мы вам открытки принесли на подпись! Нам можно войти?!

Полная тишина была ему ответом.

По многолетней привычке не оставлять ничего неопределенного и неясного Владик толкнул сначала дверь слева, а потом справа. Обе двери послушно открылись.

У него не было пистолета, но по всем правилам, которым его когда-то учили и которые он так и не смог забыть, толкая дверь, он прижимался к стене так, чтобы выстрел не сразу достал его.

Никаких выстрелов не было, конечно же!.. За одной дверью открылся санузел, небольшой, чистенький, залитый европейским многоточечным светом, в нише фигура голого мужика, вполне натуралистичная.

За другой оказалась гардеробная. Там стояли чемоданы, один на другом, на длинной палке болтались «плечики», все свободные.

— Вы чемоданы не разбирали? — негромко спросил Владик у Хелен, которая заглядывала из коридора.

Она отрицательно покачала головой. Вид у нее был испуганный и любопытный одновременно.

— Никас! — опять позвал Владик. — Мы здесь с Еленой Николавной! Можно нам войти?

Он прошел через коридор со скульптурами и малахитовыми вазами и оказался в небольшом овальном зале.

Хелен неслышно прокралась за ним.

— Сколько здесь комнат?

— Три. Кажется, три. Это гостиная, и еще две спальни, слева и справа. Ну, и ванные.

— А ванных сколько?

— Кажется, тоже три.

Владик фыркнул и покрутил головой. Вот скажите на милость, зачем одному мужику, пусть он хоть трижды звезда, номер с тремя ванными?! Задница все равно одна, и ее, как ни крути, придется мыть в одной ванной! А остальные две для чего?!

В громадном номере было совершенно пусто, никаких следов пребывания людей. Ни сигарет, ни мусора, ни личных вещичек — ничего.

— В какой спальне он спит?

Хелен дернула головой направо.

— Она больше, — послышался ее шепот, — и ванная там больше! А та, другая, гостевая.

Владик еще немного постоял посреди овального зала.

Тяжелые шторы отгораживали этот отельный мир от улицы, поглощали уличный свет, не пускали сюда, в этот немного помпезный, но все же очень уютный рай шум машин, гул улицы, мирские заботы.

— Елена Николавна, — сказал Владик наконец. — Я вам искренне советую — идите спать! Он вернется, позвонит, и вам мало не покажется, это уж точно. Здесь никого нет, и такое впечатление...

Тут он запнулся и остановился.

Ну да. Такое впечатление, что никого нет и не было никогда. Это странно. Все же Никас прилетел давненько и должен был оставить в номере хоть какие-то следы своего присутствия! Может, початую бутылку с водой, или носки на кресле, или ботинки под вешалкой. Насколько Владик успел его изучить за два года, он никогда не страдал аккуратностью, он разбрасывал все, что только попадалось ему под руку, включая бумаги, документы, диски, телефоны, газеты, записные книжки, договоры, деньги!.. Чтоб Никас приехал утром, а к вечеру ничего не разбросал — в этом была какая-то странность, непонятность, но Владику лень было думать об этом.

В свой номер, на диван, к пиву и телевизору, и как можно быстрее!

— Я пойду, Елена Николавна? Хорошо?

Она подняла на него глаза и пожала плечами. Ей не хотелось, чтобы он уходил.

Пока он здесь, есть некая иллюзия общности и понимания, и как только за ним закроется дверь номера под названием «Рахманинов», все вернется на круги своя, это Хелен знала совершенно точно.

Она опять останется одна — отвечать за все. За всю жизнь, свою и чужую, от начала до конца. К примеру, за то, что Никас пропал! И еще за то, что сын заболел. И еще за то, что у мамы давление и ей давно бы надо к врачу, а она, Лена, все делает вид, что забывает, а потом звонит и фальшивым голосом говорит: «Что ж ты мне не напомнила, мама, я бы давно записала тебя к врачу!»

Владислав Щербатов никак не мог разделить с ней

ответственность, это она знала точно, — и вообще они враги! — и в то же время ей очень хотелось, чтобы он подольше побыл рядом.

— Ступайте, Владик. Спасибо вам, конечно, но я очень... очень волнуюсь.

— Не волнуйтесь, все будет хорошо.

И они разошлись. Он через коридор пошел к высоким двустворчатым дверям, она некоторое время смотрела ему вслед, и из овального зала двинулась направо, в ту самую спальню, которую облюбовала для себя внезапно исчезнувшая звезда.

Владик дошел почти до самой двери, и вожделенная свобода открылась ему, и коридор сиял приветливо, и звуки пианино опять послышались снизу, и отдаленно запахло сигарным дымом, как вдруг страшный крик сотряс стены, кажется, даже картина на стене покачнулась, и волосы у Владика на голове будто сами по себе шевельнулись и встали дыбом.

Он бросился назад, и в овальной гостиной никого не увидел, а крик смолк, и наступила тишина, совершенно оглушительная после крика, полного безумия и страха. Владику казалось, что даже рояль в баре на первом этаже тоже умолк, и только что-то равномерно стучало, и он не сразу сообразил, что это кровь стучит у него в висках.

В дверь аккуратно поскреблись. Глеб разлепил веки и скосил глаза в сторону двери.

— Можно войти? Я принесла твои брюки.

Дверь приоткрылась, и голос стал громче.

— Они, конечно, не очень, но в мои ты точно не влезешь!

— Я даже и пытаться не буду.

Катя Мухина окончательно вдвинулась в ванную, но дальше порога не пошла, должно быть, чтобы не смущать Глеба Звоницкого, который сидел по горло в горячей воде. Какая-то темная тряпка на две стороны свисала с ее протянутых рук. Должно быть, как раз его штаны.

— Я их быстренько постирала, а потом пришлось сушку включить, иначе они бы до завтра сохли! Ну, теперь, конечно, их придется выбросить, но до своей гостиницы ты, в принципе, доехать сможешь.

— Спасибо.

Старательно не глядя в направлении ванны, в которой он сидел, Катя пристроила брюки на вешалку для полотенец, потом подумала и переложила их в плетеное кресло, стоявшее перед зеркалом. И, кажется, даже какую-то пылинку смахнула.

Она чувствовала себя очень неловко, и это было очень понятно.

— Ты сможешь сам вылезти или тебе помочь?

— А что, уже надо вылезать?

— Глеб, ты сидишь здесь почти час. Это большая нагрузка на сердце, тем более что тебя... ты плохо себя чувствуешь!

— Я не плохо себя чувствую! Меня просто избили, как щенка, — поправил Глеб скрипучим голосом.

В горячей воде боль как будто отпустила, спряталась, дала ему некоторую передышку. Невесомое разогретое тело немного успокоилось, но, исходя из своего опыта, Глеб точно знал, что, как только он выберется из ванны, боль, как старая подруга, вернется в ребра, бока и череп и не отпустит уже долго. Если повезет, он промается несколько дней. Если не слишком повезет — несколько недель.

— Вылезай, а? — помолчав, попросила Катя. — Так долго нельзя сидеть.

— Хорошо.

— Что — хорошо?

— Я вылезаю, и так долго сидеть нельзя.

— Тебе помочь?

Конечно, нужно отказаться. Еще не хватает, чтобы она волокла его, голого, из ванны! Впрочем, она уже волокла его в машину, потом в квартиру, потом снимала с него носки, потому что сам он никак не мог нагнуться. Она снимала с него носки, а он смотрел на ее спину — синенький свитерок немного задрался, обнажив полоску бледной кожи, и какие-то кружевца виднелись из-под джинсового ремня, и Глеб поначалу рассматривал эти кружевца, а потом устыдился.

В конце концов, он раненый боец, да не просто раненый, а проигравший бой вчистую, так сказать, потерпевший сокрушительное поражение, чему она была свидетельницей! И ему было стыдно, что он проиграл, а она видела его после поражения, как бы глупо это ни звучало.

И еще — он знал ее, когда ей было двенадцать лет, и они вместе рассматривали муравья, свесившись со скамейки и сосредоточенно сопя, и крошили ему булку, и заклеивали Катину коленку, и все это не позволяло ему рассматривать ее голую спину, а тем более завлекательные кружевца!..

— Глеб, тебе помочь или сам выберешься?

Конечно, нужно отказаться!.. Но он понятия не имеет, выберется сам или нет! Никто не бил его уже много лет, и он позабыл, как это бывает. И сейчас не знает, послушается его тело или подведет.

Чертов таможенный чиновник, я тебе устрою красивую встречу двух закадычных друзей!..

Глеб заворочался в воде, как морж. Немного пены выплеснулось на пол, на беленький коврик с какими-то оборками, постеленный возле ванны, и Глеб виновато посмотрел на Катю.

— Ничего, — тут же сказала она. — Ты, главное, вылезай, а я потом все уберу.

— Если сам не справлюсь, я тебя позову, — сказал он сердито.

Ему не нравилась ее готовность ухаживать за ним. Он чувствовал себя униженным. Да и вообще за ним никогда в жизни никто не ухаживал, и он понятия не имеет, что нужно делать в ответ на ухаживания! Благодарить? Кланяться? Не замечать?

Катя моментально выскочила из ванной и дверь за собой прикрыла, так, чтобы он не сомневался — она не подсматривает.

Кое-как, помогая себе руками, он вытащил себя из ванны и вынужден был какое-то время постоять, держась рукой за стену. От горячей воды, а может, от побоев, в голове шумело и в глазах все как-то странно плыло.

Вода текла с него на коврик с оборочками, и, переступив босыми ногами, Глеб подумал, что все в этой огромной ванной с окном, плетеными креслами, старинным торшером, со штучками на мраморном столике под зеркалом какое-то очень женское, пожалуй даже девичье. Никакого присутствия мужа здесь не ощущалось, хотя в фарфоровом китайском стаканчике стояли две зубные щетки и на вешалке висел полосатый халат, явно мужской.

Странное дело. Или они давно не живут вместе?..

...Вроде живут, она же тогда, в гостинице, говорила что-то маловразумительное, мол, этот самый муж хочет ее убить из-за этой самой квартиры, и прижимала к сердцу портфельчик, а Глеб стоял над ней и с каждой секундой злился все больше.

Он ушел бы от нее и ее портфельчика, если бы мог. Но он никогда не мог оставить ее пропадать, он должен был мчаться, спасать, тащить ее в укромное место и там ухаживать за ней — коленку заклеивать, к примеру.

Впрочем, в этот раз роли изменились. Спасением занималась она. Если бы он тогда, в гостинице, ушел от нее, не оставив номер своего телефона, если бы она не стала ему звонить, если бы не помчалась на выручку, еще неизвестно, чем бы кончилось дело!

— Да брось ты, — сам себе сказал Глеб Звоницкий. — Все известно. Ты бы там до сих пор лежал, под тем кустом!

Ну, таможенный чиновник, устрою я тебе «Танец с саблями» композитора Арама Хачатуряна!..

— Глеб, — пропищала Катя из-за двери. — Ты как там? Жив?

— Да.

— Тебе помочь?

Опершись ладонями о мраморный столик со штучками, Глеб некоторое время подышал открытым ртом, чтобы ребра приладились друг к другу. На глаза ему все время лезли две зубные щетки в стаканчике.

Итак, значит, муж, который хочет ее убить, — не выдумка. А подругу, между прочим, уже убили.

Какая-то ерунда. Ерунда какая-то.

Надеть брюки он не смог, конечно. Погружаться в мужнин халат тоже было выше его сил. Запакованный новый халат остался где-то в гостиной. Кряхтя, Глеб нагнулся — ребра цеплялись друг за друга и не давали дышать, — поднял с пола полотенце и замотал в него некоторое количество собственного тела. Как мог, так и замотал.

В голове стучало, и этот стук мешал ему думать.

— Глеб, ты там как? Не упал?

— Нет.

— Что? Я не слышу!

Он распахнул дверь ванной, чуть не ударив ее по носу.

— Господи, какой ты красный! Тебе бы полежать. Давай, я тебя провожу на диван, а?

И она взяла его под руку. Он был весь мокрый, от жары и от усилий, которых теперь требовало каждое, даже самое незамысловатое движение, и то, что она ладонью чувствует, какой он мокрый, было ему неприятно.

Пристроив его на диван, она куда-то убежала и через некоторое время вернулась с подносиком. На подносике был стакан и запотевшая бутылка зеленого стекла.

— Это минеральная вода, — объяснила Катя Мухина. — Холодная. Тебе, наверное, пить хочется.

Колючая холодная вода полилась ему в горло, остужая горящие огнем внутренности, и сразу стало немного легче.

Вдруг оказалось, что за окнами уже темнеет, осенние глухие питерские сумерки вплотную прижимаются к окну, с которого откинута легкая занавеска.

— Может, ты хочешь есть?

— Кать, ты говорила, что твой муж хочет тебя убить из-за квартиры. Ты это выдумала или он тебе угрожал реально?

У нее изменилось лицо. Глеб, который смотрел на Катю очень внимательно, увидел это мгновение. Она ухаживала за ним, приносила брюки, подносик и стаканчик, и это была одна Катя. Как только он спросил про мужа, эта Катя исчезла и вернулась та, которую он видел на диване в гостинице, — втянувшая голову в плечи, беспокойная, даже как будто немного сумасшедшая от беспокойства. И глаза у нее изменились, стали какие-то... блуждающие.

— Я... это сейчас совершенно неважно, Глеб. Важно, что Ниночку убили, и ты должен мне помочь. Я тебя искала, чтобы ты помог, потому что я одна не справлюсь, а Ниночка не может... я должна... я не могу ее бросить, понимаешь?..

Она и заговорила как та Катя, казавшаяся немного сумасшедшей.

— Катя. Сядь.

Она посмотрела на него.

— Сядь и поговори со мной спокойно.

— Я спокойна. Я совершенно спокойна.

— Я вижу.

Преодолевая боль в ребрах, Глеб потянулся, взял ее за руку, подтащил к дивану и усадил рядом с собой. Она покорно села.

— Расскажи мне про своего мужа. Где он сейчас?

Она пожала плечами.

— Ты не знаешь?

— Наверное, на работе. У него есть какая-то работа, и он время от времени на нее ходит. Он художник, ты знаешь?

— Он живет здесь, с тобой?

— Иногда живет, а иногда нет.

— Что это значит?

Катя вздохнула протяжно.

— У него есть Илона. Я ее несколько раз видела. Она такая... яркая. Однажды он с ней в отпуск полетел, а я думала, что он со мной полетит, понимаешь? Я ему на работу позвонила, и мне сказали, что он уехал. Я зачем-то помчалась в аэропорт и увидела их там. Это давно было, несколько лет назад. Понимаешь, мы так долго собирались в этот отпуск, и папа за все заплатил, а Генка поехал, но не со мной. Я тогда хотела его убить. Не он меня, а я его, потому что это было невыносимо. Я смотрела на них и думала, что мне ничего не остается делать, только убить его!

— Ну? А потом?

— А потом папа погиб, и мамы не стало, и я... Короче, Генка разводиться не хочет. А я его... боюсь! Папа так составил документы, что квартира переходит в мою собственность только через несколько лет. То есть она как бы моя, но одновременно я не могу ничего с ней сделать. В ней можно жить, но нельзя ни продать, ни поделить, понимаешь? А если мы разведемся, Генка не получит ничего! Папа думал, что так будет лучше, на всякий случай, мало ли что в жизни бывает. Он мне всегда говорил — не горюй, дочка, прорвемся! Куда он собирался прорываться? Ему всегда казалось, что меня надо защищать, что я слабая и глупенькая, вот он и защищал, как мог. Он думал, что все предусмотрел, только одного он не предусмотрел... ну, того, что его убьют.

И тут она заплакала и стала тыкаться лицом ему в руку, как собачонка, и Глеб обнял ее и стал укачивать, и ее мокрая горячая щека прижималась прямо к его сердцу, которое тяжело стучало в ребра.

Бедная девочка.

Она шмыгнула носом и потерлась щекой о его плечо. Как-то очень естественно, словно делала так сто раз.

— Что ты говоришь?

— Я говорю, расскажи мне, чем он тебе угрожал, этот твой Генка!

— Да он мне не угрожал, Глеб. Просто в один прекрасный момент он стал жить так, как ему удобно. Ну, словно меня нет совсем. Вообще. Я однажды из Белоярска вернулась, еще родители были живы, а у меня на кровати чужая рубашка, скомканная, а в ванной на самом видном месте тампоны дамские. Это она специально оставила, чтобы я была, так сказать, в курсе. Ну вот...

— Что — вот?

— Ну, я и была все время в курсе. В тонусе даже!.. — Тут Катя улыбнулась тусклой улыбкой. — А потом они, видно, решили, что от меня нужно как-то избавиться, потому что я им окончательно надоела, и Генка стал всем говорить, что я ненормальная, что меня надо в сумасшедший дом и на освидетельствование, а я все это слушала, и мне иногда казалось, что я и в самом деле... того... А Ниночка говорила, что нужно за себя бороться, а как мне было бороться?.. И не хотелось.

— Тебе больше хотелось в психушку?

— Глеб, ты на меня сердишься?

— Да, — сказал он. — Сержусь.

— Я не могла бороться, — сказала Катя через некоторое время. — Я все время была одна. И никому не нужна. Только Ниночке, да и то... Когда тебя не стало, я очень отчетливо поняла, что значит одиночество.

Глеб знал, что спрашивать нельзя, что такие вопросы заведут их черт знает куда и оттуда, возможно, нельзя будет выйти без потерь, но все-таки спросил:

— Что это значит — когда не стало меня?

Катя снова щекой потерлась о его руку, и снова так, как будто делала это всегда. Выносить это было трудно.

— Понимаешь, ты всегда был. Ну, в моей жизни. А потом тебя в ней не стало, и оказалось, что это очень страшно. По крайней мере для меня.

Нельзя спрашивать, сказал себе Глеб Звоницкий. Особенно сейчас, когда вокруг происходят какие-то непонятные дела!

Нельзя. Нужно отложить «на потом».

Но он и так откладывал слишком долго, и это самое «потом» никак не наступало!

— Ты была в меня влюблена?

— Да что ты, нет, конечно! С чего ты взял?

— А почему ты у меня спрашивала, как я мог уйти с работы и не попрощаться с тобой?

Она подумала немного.

— А я у тебя об этом спрашивала?

Он кивнул. В наступившей темноте ничего не было видно, но она почувствовала макушкой его движение.

— Я ушел тогда с работы, потому что понял, что все пропало, — сказал Глеб Звоницкий задумчиво.

Глеб, которого она так давно потеряла и не чаяла найти!.. Теперь он сидел на диване рядом с ней, почти голый, и она чувствовала его запах, и слышала, как он дышит, и, кажется, как он думает, тоже слышала!..

273

— Я так много лет... — Он хотел сказать «проработал», а потом понял, что это будет неправда. А нынче
он хотел говорить только правду, по крайней мере ту,
которая казалась ему самой достоверной. — Я так много лет прожил в вашей семье, что уже не понимал, где
кончается работа и где начинаюсь я.

— И... что?

— И все! — сказал он с досадой, что она такая тупая
и не понимает самых простых вещей. — Я должен был
уйти, чтобы... ну, не знаю... как-то сохранить себя, понимаешь? Сохранить семью. Ну, свою. Ту, которая у
меня была!

— Сохранил? — серьезно спросила Катя Мухина.

Он вдруг рассердился.

— Кать, ну ты что? На самом деле ничего не понимаешь или прикидываешься?

— Я не прикидываюсь, — быстро сказала Катя. Она
и вправду не прикидывалась. Ей очень хотелось понять, и она боялась, что Глеб перестанет «рассказывать
жизнь». А это было сейчас самое важное — после
стольких лет!..

— Ничего я не сохранил! От жены я тоже ушел через некоторое время.

— А зачем ты от нее ушел? Влюбился?

Глеб засмеялся.

Такая наивная, такая добрая, такая славная девочка!.. Очень правильная и трогательная в своей правиль-
ности, казавшейся ей единственно возможной. Раз
ушел, значит, влюбился. Раз влюбился, значит, нужно
уходить — а как же иначе?! Чтоб не отравлять друг другу существование, не портить нервы, не тратить попус-
ту драгоценную жизнь!..

— Да ничего я не влюбился! Влюбился!.. Я просто
понял, что это все вранье, ну, вот от начала до конца
вранье! Невозможно всю жизнь жить во вранье, понимаешь?

— Понимаю, — согласилась Катя, потому что это она действительно хорошо понимала.

Ее отец прожил *так* много лет и погиб только потому, что вовремя не остановил ложь, тянувшуюся за ним, как шлейф горчичного газа над окопами, много десятилетий. Горчичный газ лжи в конце концов сожрал и его, и маму, и всю их семью, от которой ничего не осталось.

— Я жил с вами — с тобой, Любовью Ивановной и Анатолием Васильичем! Даже Митьку вашего я понимал лучше, чем собственную жену! И когда у меня Сашка, сын, просил собаку, я долго не мог понять, какую такую собаку он просит, у нас же уже есть собака! Честное слово!.. Альма-то была жива-здорова! Помнишь Альму? Митька ее во дворе подобрал. Она замерзала, а он ее привел, и твои ее оставили жить. Она у нас лет девять прожила!

Он так и сказал — «у нас».

Глеб помолчал и продолжил:

— Я дома на стены бросался, если мне не нужно было на работу. Я места себе не находил. Я все думал: смена не моя, а если что вдруг с Митькой, ведь Любовь Ивановна только мне доверяла его из кабаков и пьяных компаний забирать! Я думал: кто-нибудь из той смены поедет, и потом, не дай бог, губернатору сболтнет, от незнания или просто так! Будет скандал, а изменить все равно ничего нельзя. — Глеб Звоницкий, бывший охранник, сидевший сейчас на диване с бывшим охраняемым объектом, пристроившим голову на его плечо, зашевелился, нашарил на полу сигареты и зажигалку. Охраняемый объект приподнял голову, чтобы Глебу удобнее было шарить.

— Пепельница справа.

— На полу?!

— Ну да. Я принесла. Я думала, что тебе захочется покурить, вот и принесла.

Глеб фыркнул и покрутил головой. Удивительная история! Еще и пепельницу принесла! За ним отродясь никто не ухаживал, тем более — так!..

Впрочем, про пепельницу и ухаживания он тут же позабыл.

Ему важно было «рассказать жизнь», именно ей, именно сейчас, спустя столько лет. Рассказать так, чтобы она поняла.

— Или с тобой в музыкальную школу другой поедет, а ты сольфеджио прогуливала, или как оно там называется! Я это знал, а больше никто не знал! Я думал, сейчас твоя училка выйдет, мужикам скажет, что ты прогуливаешь, и влетит тебе по первое число! Я или работал, или пил, когда выходные выпадали, и все! Это не жизнь, Кать!..

— Не жизнь, — согласилась Катя Мухина. — А что тогда жизнь, Глеб? Ты понял?

— Я понял, что во всем виноват сам! И еще ваша семья виновата. Потому что когда появилась ваша, меня перестала интересовать моя собственная. Черт, я не знаю, как это объяснить!.. У вас я точно знал, что нужен и без меня никто не может обойтись — ни ты, ни Любовь Ивановна, ни губернатор. Во всех отношениях. И мне с вами было как-то... интересно, что ли! Кураж какой-то был, и мне хотелось, чтобы вы не могли без меня обойтись, понимаешь? А дома... Домой я приезжал только спать. В выходной на базар поедем или к теще на участок. Ну, иногда жена скажет: «Проверь у Сашки уроки». Вот я сяду проверять и думаю все время: только бы телефон сейчас позвонил и на работу вызвали! А сам два плюс пять складываю, и получается у меня восемь, и такая тоска берет, что словами не передать!.. Понимаешь, если бы можно было эту всю канитель на кого-нибудь свалить, было бы легче!.. На жену, к примеру! Ну, вроде дура, меня не понимает, ребенка не любит, характерами не сошлись! А то ведь, черт побери, и не дура, и ребенка любит, и характерами сошлись, и любовь была когда-то, но от скуки подохнуть можно!..

Он помолчал. Сигарета, которую он так и не зажег, мешала ему, и он аккуратно положил ее на пол возле кровати.

— Вот и вышло, что я один виноват, — задумчиво сказал он в конце концов. — Самому и пришлось расхлебывать.

— Ты ее сильно любил? — тоненьким голоском спросила Катя.

— Кого?

— Свою жену, — пояснила она с некоторым раздражением в голосе. — Сильно?

Глеб засмеялся.

— Ну конечно, я ее любил! На Енисее гуляли, потом еще в парк ходили, мороженое ели. Потом поженились, свадьба была такая... настоящая. Пять машин, на капоте кукла. У невесты фата и платье белое. Все напились, шампанское в туфлю наливали, дядя Сергей на баяне играл, перед загсом невесту выкупали, а потом за столом ее украли, я искал минут сорок...

— Кого?

— Невесту. Так что все как у людей было.

— Глеб, ты говоришь какую-то чушь. При чем здесь фата и кукла на капоте?!

— Это не чушь, — возразил он с силой. — Это и есть правда жизни, кто не знает! Ты что, до сих пор не поняла?! Эх ты, книжница, знаток человеческих душ!

— Да никакой я не знаток, но просто... по-моему, это все не имеет никакого отношения к любви. Фата, баян, шампанское наливали!.. Я же тебя не об этом спрашиваю! Я тебя спрашиваю про любовь.

— Ну, это и есть любовь, — буркнул Глеб. — По крайней мере, как я ее тогда понимал. Поженились, стали жить. Сначала с ее родителями, потом переехали. Машину купили, Сашка родился.

Катя приподняла голову с его плеча и в темноте смотрела на Глеба. Он не видел выражения ее лица, только видел, как поблескивают глаза, словно у любопытного зверя, который боится сунуться поближе, но и отойти не в силах.

От этого ее рассматривания, от поблескивающих глаз Глеб вдруг вспылил:

— А что ты хочешь от меня услышать?! Что я по ночам серенады пел, как романтический мужчина?! Стихи наизусть читал, поэмы слагал?! Или что? Не мог без нее дышать? Носил на руках по малогабаритной квартире?!

— Глеб...

— Да все проще гораздо! Она хороший человек, я тоже вроде ничего. Она симпатичная такая, скромная, покладистая, не возражала никогда, ну или почти никогда!.. На рыбалку там поехать, на работе задержаться, с мужиками в баню пойти — пожалуйста! Не злая, не жадная, денег не тянет, на работу ходит, сама получает что-то!.. Чего ей скажешь, то и делает. Не гулящая, не пьющая, родители нормальные.

— Глеб, — осторожно перебила Катя. Ей становилось все интереснее. — Ты все время говоришь «не». Не злая, не пьющая, не возражает, не скандалит. Это я все поняла. То есть я поняла, чего она не делала. А что она делала? Ну, может, любила свою работу, или этнический джаз, или картины Левицкого, а может, Венецианова? Или машины любила, большие скорости? Или пироги печь? Или ребенку книжки читать, про войну двенадцатого года рассказывать, по музеям водить?.. Что она делала со страстью?

Тут Глеб растерялся.

Он растерялся и даже некоторое время силился вспомнить, что именно его бывшая жена особенно любила и чем таким — хотя бы из вышеперечисленного! — занималась «со страстью», как выразилась Катя.

Выходило, что ничем.

Или за долгие годы брака он этого так и не узнал.

А в самом деле?.. Ну, книги, картины — понятно, это глупости и невозможно. Машина? Да вроде ей все равно всегда было, что за машина, какая машина!.. Ездить быстро не любила, это точно.

Но это опять получается «не»!..

Работа? Ну, ходила она на работу. Все ходят, и она ходила. Ребенок? Ребенка любила. На больничном с ним сидела, в парк водила и там, в парке, кидала ему мячик, это он еще маленький был. Про войну двенадцатого года точно не рассказывала и по музеям не водила.

«Не», «не» — не водила, не сидела, все «не»!..

Готовить она всегда ленилась, посуду мыть терпеть не могла. К вечеру в раковине накапливалась гора, и Глеб, приезжая с работы, ее мыл — так было заведено, и он никогда не возражал, в конце концов, у каждого в семье должны быть обязанности.

Не любила, когда он заваливался домой в ночь-полночь, да еще пьяный в дымину, но какая жена это любит?..

Не любила, когда его мамаша приезжала надолго, впрочем, ни одна невестка, должно быть, не любит, когда перед носом мельтешит свекровь да еще ценные указания дает!..

Не любила проблем, даже самых мелких, сразу начинала канючить: «Ну, Глеб, ну позвони сам в домоуправление, спроси, когда воду дадут, ты же знаешь, я не умею с ними разговаривать!» Но вряд ли существует на свете человек, который любит звонить в домоуправление!

От того, что сказать было решительно нечего, Глеб Звоницкий пришел в еще большее раздражение. Ну конечно же, Катя Мухина была виновата в том, что он ничего толком не может рассказать о своей «прошлой жизни»!

Ну, слава богу, нашелся хоть кто-то, на кого можно свалить вину хоть за что-то!..

От раздражения Глеб резко зашевелился, и бок сразу схватило, и куда-то в ухо стрельнуло, и локоть стегнуло болью — порыв благородного негодования не прошел без последствий.

Катя сняла голову с его плеча и смотрела на него очень-очень внимательно, готовая в любую секунду кинуться на помощь.

— Кать, все в порядке! — сказал Глеб Звоницкий отвратительным голосом. — Не надо на меня так смотреть!

Она помолчала немного, наблюдая, как он возится, силясь встать.

— Я не поняла, — сказала она наконец, — я тебя как-то обидела?

— Нет.

— Глеб.

— Ты меня не обидела.

— Раньше ты был храбрее, — вдруг сказала она. — Раньше ты «рассказывал жизнь» и ничего не боялся. Вернее, не боялся, что я как-то не так тебя пойму.

— Раньше рассказывать было нечего, — буркнул он, подумал и лег. Катя подвинулась и села на краешек дивана лицом к нему. — Раньше все было просто и ясно, и мне казалось, что так будет всегда. Ну, уж у меня-то точно! Пусть другие мечутся, маются, сложности всякие выдумывают!.. А я кремень, скала, у меня все отлично. Было, есть и будет всегда.

— Так не бывает.

Конечно, не бывает, и Глеб Звоницкий теперь уже знал это совершенно точно. Но сейчас — от липкого раздражения, которое стояло, казалось, в горле, — его тянуло возражать.

— Не бывает, когда люди плохо стараются! Или мало стараются!

— Ты мало старался?

— Ну, видимо, да. Видимо, мало. И все потерял.

Она еще немного подумала.

Должно быть, она поняла его как-то по-своему, услышала что-то другое, не то, что он сказал.

Впрочем, люди всегда слышат не то, что им говорят. Даже самые лучшие, самые близкие, самые понятливые!

— Всегда есть возможность все изменить, — вдруг странным бодрым тоном сказала Катя, — вообще все можно изменить, пока не идут финальные титры!.. Это я по телевизору слышала, и, знаешь, это правда! Ты еще будешь счастлив, особенно теперь, когда ты все понял!..

— Что я понял? — не понял Глеб.

— Что был не прав в том, что моя семья отняла у тебя все, включая самого себя, — она улыбнулась, и ее улыбка, которую он не видел в темноте, была под стать ее тону — абсолютно фальшивой и бодрой. — У тебя все будет хорошо, я тебе точно говорю! Тебе нужно только постараться, ты же говоришь, что до сих пор старался плохо!

Каждое слово, сказанное столь бодро и столь фальшиво, было кирпичиком, и они последовательно ложились в стену, которая вырастала между ними. Вот уже скрылась четверть картинки, а вот половина, а вот уже и почти вся, оставив только одно незанятое гнездо. В него уже ничего невозможно рассмотреть, но пока еще они слышат друг друга.

...Или верно говорят, что мужчины и женщины произошли с разных планет, вышли из разных галактик и вселенных?! Они обречены на вечное непонимание, которое со временем лишь расширяется, как пресловутая черная дыра, засасывая даже то, что раньше казалось простым и ясным?!

Как ее понять?! О чем она сейчас говорит таким странным, ненастоящим голосом?!

Кроме того, Глеб терпеть не мог выражение «все будет хорошо»! Что это значит?! У кого будет «хорошо»?! Кому будет «хорошо»?! Вряд ли Катя Мухина точно знает, что «хорошо» для него, если речь не идет о мире во всем мире, ибо это как раз для всех одинаково хорошо!

Он ведь и сам иногда не знает, что именно для него «хорошо»! А то, что мерещилось ему долгие годы — всякие глупости, вроде той, что Катя создана для него, что только ее он и ждал, что только с ней и только ради нее жил, — может оказаться ложью, миражом, иллюзией, и никто не знает, «хорошо» это или не слишком!..

Тут Катя Мухина решительно встала с дивана — полотенце, в которое Глеб был завернут, потащилось за ней, съехало с него, и он схватился за полотенце в испуге, — и попросила светским тоном:

— Глаза закрой, я сейчас свет зажгу.

— Катя, вернись сейчас же.

— Я кофе сварю. И тебе на самом деле нужно ехать, ты же не можешь...

— Катя, черт побери!..

Он резко потянул полотенце, на край которого она наступила, Катя не удержалась и брякнулась попой на диван, прямо ему на руку, которая болела тяжкой, тупой, не отпускающей болью.

— Ой, прости, тебе больно, да? Зачем ты меня дернул?! Ты меня дернул, вот я и...

— Прекрати скулить, — велел Глеб Звоницкий. — Что за манера, ты постоянно скулишь!

— Я не скулю, — растерянно возразила она.

Пыхтя и не слушая, он перегнулся через нее, неуверенно пытавшуюся слезть с его руки, — лучше б она не пыталась, ей-богу, ибо ерзанье это могло привести к необратимым последствиям, а им еще нужно поговорить! — и решительно зажег торшер у дивана.

Свет брызнул в разные стороны, попал в глаза, которые пришлось на секунду зажмурить, и черная дыра, завертевшись, вдруг пропала в его победительном сиянии.

Когда глаза открылись, оказалось, что Катя глубоко несчастна и щеки у нее горят пунцовым нездоровым румянцем.

— Ну вот что, — сказал Глеб, рассматривая ее щеки. — Хватит выдумывать всякие глупости! Я ничего не понимаю в таких разговорах! Сейчас же говори, из-за чего весь сыр-бор.

— Нет никакого сыра, — упрямо сказала она. — И бора тоже!

— Катя! Есть! Я рассказывал тебе жизнь, и мы вроде дошли до моей бывшей супруги, и тут что-то случилось. Я хочу знать, что именно! Быстро объясни мне. Прямо сейчас.

«Супруга» Катю рассмешила. Впрочем, кажется, он и старался ее рассмешить, потому что слово это выговорил как-то особенно, трубочкой сложив губы.

— Я слушаю.

Катя вздохнула и покорилась.

— Ты сказал, что наша семья испортила тебе жизнь и ты все потерял. Ну, собственную семью, работу и так далее. И еще ты сказал, что хотел быть счастливым именно со своей женой и не смог, просто потому что плохо старался. — Тут Катя моментально расстроилась. Высказанная вслух, эта мысль стала уж совсем определенной и понятной. — Вот я и сказала тебе, чтобы ты не огорчался. Все можно поправить. Вернуться и заново начать... стараться! И у тебя все получится. Это называется — работа над ошибками.

— Постой, — перебил ее Глеб, который только теперь сообразил. — Ты провожаешь меня к бывшей жене?! Ты меня приревновала, что ли?!

...Нет, совершенно точно — женщины и мужчины произошли из разных галактик. Им категорически запрещено быть вместе! Им категорически противопоказаны всякие контакты друг с другом, ибо непонимание таково, что перешагнуть его невозможно. Перешагнуть и оказаться на другой стороне, то есть в другой галактике, нельзя. Всяк, оказавшийся на *другой стороне*, немедленно начинает дышать другим воздухом, думать другими мыслями, ощущать себя по-другому.

Что это, если не потеря себя?!.

— Катя?

— Что — Катя, Катя!.. — сказала она с досадой. — Ты только что все мне сказал. Ты хочешь, чтоб все стало как было. До меня. То есть до нас, до мамы с папой и до нашей семьи!.. Ты сказал, что у тебя тогда ничего не получилось, ну я тебе говорю, что сейчас точно получится, потому что это такой закон.

— Какой закон? — как зачарованный, спросил Глеб.

— Когда человек осознает свои ошибки, у него все получается. Это называется — покаяться. Ты покаялся, и теперь у тебя все получится. В смысле наладить свою жизнь.

Глеб не верил своим ушам.

— Какую жизнь, а?

— Со своей женой, — сердито сказала она. — Пусти меня!.. У тебя теперь все будет хорошо. Ты к ней вернешься, и все наладится.

— Катя, — начал Глеб медленно. — Мы развелись сто лет назад. Я не хочу возвращаться! Если бы я не хотел разводиться, я бы и не развелся! Это же... ахинея какая-то — ревновать к тому, что было сто лет назад!

Они посмотрели друг на друга.

— Это маразм, — сказал Глеб беспомощно. — О чем мы сейчас говорим?!

— О любви, — буркнула Катя и покраснела, потому что о любви как раз не было сказано ни слова.

— Я расскажу тебе о любви, — вдруг выговорил он, и ноздри его раздулись угрожающе. Катя смотрела ему в лицо. Вид у него был неважный. — Хочешь?.. Я ждал только одного — когда ты, черт возьми, приедешь из своего Питера на каникулы! Я знал, что ждать мне нечего, что Любовь Ивановна станет караулить все наши разговоры, что мужики потом будут смеяться, но мне было все равно! Понимаешь?! Мне было наплевать на все! Моя жизнь начиналась, только когда садился рейс номер сто пятьдесят три Петербург — Белоярск!.. Я стоял в зале ожидания и точно знал — сейчас, через двадцать минут, потом через десять, потом через семь, потом через пять начнется моя жизнь. Я знал, что начнется она не сразу! — Тут Глеб Звоницкий почему-то засмеялся. — Что поначалу мне придется к тебе привыкать, я же отвыкал за полгода!.. Что я буду на тебя смотреть. Может, ты изменилась, похорошела или подурнела, и мне было наплевать, понимаешь, совершенно наплевать на это! Я просто должен был... узнать тебя в той девушке, которая спускалась с трапа. Я всегда стоял так, чтобы видеть пассажиров, которые выходили. Я видел тебя, как только ты показывалась из самолета. Ты шла, а я обливался потом: я не знал, *моя* прилетела или *не моя*! Это невозможно описать, это очень страшно, Катя, каждый раз ждать и гадать, какая ты прилетела! Ты же... губернаторская дочь, черт возьми, а кто я!.. Я начинал ждать тебя обратно в тот день, когда ты улетала, и так много лет. Я думал: вот это расскажу ей, и вот это тоже, и вот это просто обязательно надо рассказать! Я никому и ничего не рассказывал, я собирал все, что со мной происходило, и откладывал... до тебя. Потом я забывал, конечно, и начинал копить снова, и так каждый день! Ты прилетала, я вез тебя домой, и ты сидела рядом со мной, такая своя и такая чужая, а потом ты постриглась и стала похожа на эту... из французского кино... ну, волосы короткие и завитушки такие кудрявые!..

Он остановился передохнуть. Катя смотрела на него, как ему показалось, с ужасом. Но ему было уже наплевать на ее ужас.

— Я вез тебя, мы болтали о чем-нибудь. О пустяках, потому что я знал, что главные разговоры впереди, под сиренью. Помнишь сирень у вас на даче?!

Катя кивнула, не сводя с него глаз.

— А поездки! Как я любил поехать с тобой куда-нибудь! Чем дальше, тем лучше! Иногда тебя отпускали к бабушке, а это почти двести километров! Двести километров мы были одни и могли делать все, что угодно! Я знал, что делать ничего нельзя, никогда было нельзя, и я заранее говорил себе, что ничего не будет! Понимаешь?! Мы еще только собирались, я еще только машину мыл, сигареты покупал, бензин заливал и все время говорил себе — ничего не будет!.. Успокойся ты, ничего нельзя, и никогда будет нельзя!..

— Почему... нельзя?..

— По всему! — заорал он в бешенстве, которое ее почему-то не испугало. — Потому что я был женатый человек, а ты губернаторская дочь! Потому что кино «Телохранитель» — это все глупости! Потому что ты не могла жить моей жизнью, а я не мог жить твоей! Никогда, ни за что!..

— И поэтому ты отдал меня Генке, — вдруг сказала Катя Мухина с ненавистью. — Ты трусил, рассуждал, геройствовал, и я вышла замуж за Генку Зосимова. Отлично, да?!

— Я убеждал себя, что просто с тобой... дружу. Ну, мы друзья, и все тут! У тебя этот Генка, у меня супруга, ребенок, и точка, и все! Мне просто приятно с тобой поговорить. Мне просто важно рассказывать тебе свою жизнь и слушать твою. Ты всегда брала с собой кофе, помнишь, у вас был такой металлический термос с широкой крышкой, и ты мне наливала в эту крышку. Я пил и думал, что это самый вкусный кофе в мире. И я никогда не представлял себе, что будет со мной, если я останусь один. Без тебя. Понимаешь?

— Нет, — сказала Катя. — Не понимаю.

— А я остался один, Кать! Я понял, что так не может продолжаться! Что это не жизнь, а... онанизм какой-то! Я понял, что нужно что-то делать — с собой, с тобой. Я понял, что просто сойду с ума, если все будет продолжаться. Я не смог. — Он замолчал и потер больной рукой висок, в котором стучало. — Дай мне сигарету.

Она не услышала или не поняла, и он продолжал:

— Я ушел с работы. Я так себя хвалил. Я был такой... молодец! Я принял единственно верное решение, потому что никакое другое было невозможно. Я знал, что должен уйти, и ушел. И первые три недели мне было просто отлично. Или три дня. Я хвалил себя, возил сына в школу, а жену к теще, и все было отлично. А потом я стал ждать, когда ты прилетишь. Июнь месяц был. Ты сдала экзамены и должна была вот-вот прилететь. Я уговаривал себя, что ко мне это больше не имеет отношения. Я ненавидел себя за слюнтяйство. Я даже пытался рассказать жене свою жизнь, но у меня ничего не получалось! Мне было неинтересно ей рассказывать, понимаешь?! Да и она не слушала, ей тоже было неинтересно! А потом ты прилетела. Конечно, я поехал в Храброво, помнишь, аэропорт в Белоярске?

— Помню, Глеб.

— Тебя встречал какой-то новенький, его взяли на мое место, и у тебя было удивленное лицо. А я стоял так близко, что слышал, как ты спросила его обо мне, а он...

— Он пожал плечами и сказал, чтобы я лучше у папы спросила, — подхватила Катя. — Еще он все сумки перепутал, а я думала, что ты с папой уехал или тебя мама на базар услала. Я еще на нее рассердилась — как это она могла тебя услать, если меня всегда встречал только ты!

— Это была глупость — встречать тебя в аэропорту. И ты не могла меня видеть, и я не мог подойти к тебе, и этот парень тащил твои сумки, а я шел за вами, и мне хотелось взять тебя за руку и сказать: здравствуй, Катя!..

Он подышал открытым ртом и все-таки нагнулся за сигаретой, что было непросто. Катя опередила его. Она нырнула куда-то под диван и подала ему пачку.

— Потом меня стало мучить, что никогда и ничего не было! Я сто раз представлял себе, как это могло быть. Я ложился спать с женой и думал о тебе. Как мы едем, останавливаемся на взгорке пить кофе, где мы всегда останавливались, и вокруг ни души и только мы с тобой. Я представлял себе, как я тебя целую, и у тебя становится удивленное лицо, и ты на ощупь ставишь на капот свою чашку, а потом обнимаешь меня, неуверенно, слабо. А мне хотелось тебя тискать, сжимать, рвать на куски, и я боялся тебя напугать. Во сне боялся, понимаешь?! Потом я просыпался. Я думал, что ты лежишь рядом со мной, что я просто случайно заснул... после всего, что у нас было, и оказывалось, что ничего не было. Я все придумал. Мне приснилось. И нужно вставать, собираться на работу, везти ребенка в школу, а потом еще звонить жене, это уже в обед! Я звонил и спрашивал: ну, как твои дела? А она мне говорила: все нормально, нужно купить хлеба, или мяса, или сыра. А я отвечал, что куплю, и больше мы ни о чем не говорили. Потом наступала ночь. Я ложился и разговаривал с тобой. Я так отлично все придумал. Я мог разговаривать с тобой часами, и моя жена не догадывалась, что я говорю не с ней, а с тобой! Я спал с тобой, а она думал, что я сплю с ней. И я очень себя хвалил, потому что справился. Я справился с собой и с тобой!.. Я сохранил семью, у меня все хорошо, я победитель.

Глеб осторожно закурил сигарету. Дым показался ему вкусным, как будто он не курил много месяцев, и сразу легко и приятно зашумело в голове.

— А потом я развелся. Я все время врал. И это было невыносимо. Я просто ушел, и не стал ничего объяснять, и долго мучился, потому что обидел жену, а она ни в чем не виновата, понимаешь?! Во всем виноват я один.

— И еще я виновата, — задумчиво сказала Катя Мухина. — Мне нужно было сразу послать тебя к чертовой матери, а мне так нравилось, что ты есть в моей жизни. Ты решал все мои проблемы, и все беды как-то сами собой кончались, как только я тебя видела, и мне с тобой всегда было так спокойно!..

— Спокойно? — переспросил Глеб Звоницкий.

— Ну да, — продолжала она как ни в чем не бывало. — Ты был чем-то обязательным и незыблемым, как скала над Енисеем, и мне это нравилось, только мама волновалась, что у нас с тобой может получиться роман, и она мне все время говорила, что я фамильярничаю и что у тебя жена, и все такое!..

— Любовь Ивановна говорила, что у нас может быть роман?!

— А что тут такого? Я проводила с тобой столько времени, что ей казалось... Только я думала, что тебе на меня наплевать. Я думала, что ты просто так, по долгу службы! А потом появился Генка, и он так красиво ухаживал, а я...

Глеб, кряхтя, наклонился и сунул сигарету в пепельницу. Катя, конечно же, сразу полезла за ним и стала подставлять эту пепельницу так, чтоб ему было удобней совать в нее сигарету. Он оттолкнул пепельницу и взял Катю за локти.

— Катя, — сказал он, глядя ей в лицо. — Ты меня никогда не любила?

Она вертелась, как уж на сковородке, пытаясь высвободиться. Но он держал ее крепко, двумя руками. Руки были очень горячими, и ей моментально стало жарко.

Жар поднялся по коже, залил шею, щеки и лоб, и даже под волосами стало жарко.

Она глубоко вздохнула.

— Катя?

— Зачем ты бросил меня, Глеб? Как ты мог меня бросить? Если б ты остался, ничего бы не было! И родители были бы... живы, и я тоже! А я умерла, когда ты меня бросил! А теперь ты меня спрашиваешь про любовь!

Он, потрясенный, молчал.

— Ты меня не любишь?

Что он мог знать о любви, думала Катя, он же прибыл из другого мира, из далекого созвездия?!

Там, должно быть, все по-другому.

Там, должно быть, женщин почитают друзьями, рассказывают им истории из жизни и закусывают эти истории пирогами с рисом и рыбой. Там, должно быть, всем наплевать на то, что у этих самых женщин есть не только душа, но и тело, и собственные странные и душные фантазии, с которыми невозможно справиться в одиночку — только вдвоем.

Там небось дети вылупляются из яиц, которые приносят на солнечный берег огромные морские черепахи.

Впрочем, это был уже бред, и Катя совершенно отчетливо понимала, что это бред.

— Я все время думала о тебе, — сказала она тоненьким голосом и поцеловала его руку. — Я тоже все время представляла, как это у нас будет. Я знала, что не будет, и все время представляла, понимаешь? А однажды мне приснился сон.

Она взяла его руку и провела ею по своему лицу. Глеб смотрел на нее.

— У меня температура поднялась. Ты знаешь, со мной так иногда бывает. Маме какой-то умный врач сказал, что такая температура называется стрессовой. После экзаменов или каких-то трудных дел. Ничего не болит, а температура поднимается.

— Я все знаю про твою температуру, — сказал Глеб. — Я в машине всегда возил аспирин и парацетамол.

— Ну да. Я прилетела в Белоярск, и мама сказала, что ты ушел. Я весь день просидела в гамаке над Енисеем, и назавтра у меня поднялась температура. Высокая. — Она снова поцеловала его руку, как будто не могла удержаться. — Это была самая лучшая температура в моей жизни. Я лежала в своей комнате, наверху, и мне приснился сон. Как будто мы идем по дорожке, ну там, на даче, и ты толкаешь крошечный велосипед, почти игрушечный, а на нем едет девчонка. Ей, наверное, года три. И у нее карие глаза, как у тебя, и кудри. Как у меня. И зовут ее Маша, понимаешь?

— Понимаю.

— А мне идти так тяжело, потому что у меня живот. И я говорю, что надо бы на ультразвук сходить, потому что мы не знаем, кто там у нас, а ты говоришь: зачем идти, когда и так понятно, что там мальчик!.. А потом я проснулась, но не до конца. Мне было неудобно очень и жарко, должно быть от температуры!.. Солнышко светило в окно, я лежала, глаза не открывала и точно знала, что мне так жарко, потому что ты на меня положил ногу. Или руку. Я лежала и думала: вот собака, ведь знает, что я беременная, а все равно разлегся и ноги и руки на меня пристроил!.. А потом я открыла глаза, но все равно не проснулась. Я открыла глаза, увидела солнце и решила: не может быть, чтоб ты на меня положил руки и ноги! Если солнце светит, значит, ты давно уехал на работу!

— Катя...

— И оказалось, что ничего этого нет, а просто у меня температура и я лежу в своей комнате на втором этаже. И больше никогда тебя не увижу. Никогда.

— Ты бы мне позвонила.

— Ты что, Глеб? — спросила она серьезно. — Как я могла тебе позвонить? Мне казалось, ты обо мне и думать забыл!..

— Я не забыл.

— Откуда я могла это знать?

— У тебя просто ума палата.

— Палата, — согласилась Катя.

Она все не отпускала его руку, и следующее движение сделал он.

Ему давно хотелось ее поцеловать — по-настоящему, как следует, чтобы она поняла, как именно целуются в его мире, который сильно отличался от ее собственного, ибо разные галактики всегда отличаются друг от друга!..

И он поцеловал.

Он не мог забрать у нее свою руку, чтобы прижать Катю как следует, так, как прижимают в его мужском, простом и понятном мире. Он не мог забрать у нее свою руку, потому что боялся, что Катя тогда больше не станет целовать его в ладонь — никто и никогда не целовал его в ладонь!..

Глеб поцеловал ее всерьез, так, как ему хотелось, и Катя, конечно, сразу стала заваливаться куда-то, отворачиваться, уклоняться, и пришлось все-таки выдернуть руку, чтобы прихватить ее затылок, не дать ей увернуться.

— Ты думала, я тебя отпущу, — бормотал он ожесточенно, пока она переводила дыхание, а он тискал и мял ее, — ты думала, что все это не всерьез, а это очень всерьез!.. Я ждал тебя столько лет, и я дождался!

— Ты меня не ждал, — пропищала она. — Ты все это сейчас придумал. Ты со мной дружил.

— Я ничего не придумал. Это ты со мной дружила, потому что тебе было шестнадцать!

— Мне не все время было шестнадцать!

— А когда ты вышла замуж, я тебя за это возненавидел. И этого твоего мужа тоже! Но как-то не сразу, а через некоторое время. Поначалу я врал себе, что меня это не касается, мы ведь просто дружили! А потом, когда у меня все сломалось, я стал тебя ненавидеть. До меня доходили слухи, что у тебя в Питере не все гладко, и я этому радовался. Я радовался, как последний сукин сын!.. Я знал, что во всем виноват я один, но мне хотелось, чтоб ты тоже страдала! Ты страдала, и я радовался!

— Ты не мог радоваться из-за того, что я страдаю.

— Катя, я обычный мужик, а не герой из романа! В романах все правильные и благородные, а я самый обычный! Мне хотелось тебе отомстить за то, что ты... ну, просто за то, что ты — это ты и из-за тебя у меня все рухнуло!..

— Все рухнуло не из-за меня, а потому что ты жил в домике из соломы. Как поросенок Ниф-Ниф. Самый глупый и бестолковый. Он очень спешил, ему хотелось построить домик как можно быстрее, вот он и построил его из соломы! Ветер налетел, — Катя дунула Глебу в лицо, и он прикрыл глаза, — и домик рухнул.

Она помолчала, а потом сказала дрожащим голосом:

— Какие у тебя ресницы! Как у девчонки. Длинные-длинные!..

Глеб ничего не понял про домик и про поросят. Должно быть, эта история тоже была рассказана на языке другой галактики.

— Потом я тебя подобрал на улице. Помнишь, после того, как Анатолия Васильевича убили? Я, когда развелся, переехал на Большую Коммунистическую, ну, где одноэтажные дома и частный сектор, помнишь?

Катя сосредоточенно кивнула, рассматривая его ресницы.

Ресницы интересовали ее куда больше, чем Большая Коммунистическая в Белоярске. Кроме того, Катя тоже не совсем понимала, о чем он говорит. Должно быть, о чем-то таком, что было важно на Млечном Пути, но не имеет никакого значения здесь, в ее мире.

— Я подобрал тебя, привез к Инне и тогда первый раз подумал, что ты сумасшедшая. Ты правда такой казалась.

— Я знаю. Генка хочет упечь меня в сумасшедший дом и забрать квартиру.

Глеб не обратил на Генку никакого внимания. Какое им обоим может быть дело до Генки?! Кто такой этот Генка?!

— Потом я часто говорил себе, что у нас ничего не вышло, потому что ты ненормальная! Я даже радовался, что не связался с тобой. Ну, то есть я себя в этом убеждал.

Теперь она смотрела на его губы, и ему это очень мешало.

— Я думал, что, если мне удастся себя убедить, что ты ненормальная, я отделаюсь от тебя. Но ничего не получалось.

— Почему?

Господи, она еще и вопросы задает!.. Как она может задавать вопросы, когда ему так трудно выговаривать все эти невозможные слова, что даже сохнет во рту и с каждой секундой все сильнее стучит в виске?!

— Потому что я без тебя — не я. Потому что я не хочу ничего другого. И никого другого. И никогда не хотел.

— Ты все это сейчас придумал.

— Я ничего не придумал!

Она все возилась с его рукой, то гладила, то целовала, то дышала на пальцы, и от руки — к голове, к глазам — подступали жар и боль, и Глеб знал совершенно точно, что вот-вот, через несколько секунд, не останется ничего, кроме жара и боли.

Просто он ждал этого слишком долго.

— Катя?

Она посмотрела на него, перестав возиться с рукой.

Он не знал, *как* спросить. Он никогда не спрашивал ничего такого.

И в эту секунду, когда он посмотрел ей в лицо, силясь сказать самое важное, вдруг что-то случилось.

Галактики встали на дыбы.

Миры закачались.

Вселенные осыпались миллионами искр.

Это длилось одно мгновение. В следующее все стало по-другому.

Никаких разных галактик и вселенных.

Один мир на двоих, огромный и прекрасный.

В этом мире они были вдвоем и понимали друг друга так, как — конечно, конечно же! — никто и никогда друг друга не понимал.

Все сошлось, все определилось и стало на свои места. В этом общем мире они разговаривали о жизни, сидя под кустом сирени. В этом мире Енисей нес свои воды к Северному полюсу, и для них это было почему-то важно. В этом мире катился крохотный, почти игрушечный велосипед, а на нем ехала кудрявая девчонка. В этом мире пахло пирогами, чистотой и кофе из термоса. В этом мире был взгорок, а на нем березка, а дальше лес, лес до самого горизонта.

В этом мире все принадлежало им, и они принадлежали друг другу, а впереди лежала целая жизнь, которая, по слухам, одна!..

И так было всегда, зря Катя упрекала его в том, что он только что все это придумал!..

— Катя?..

Она кивнула, очень серьезно.

Все было понятно — и о чем он спрашивает, и что она отвечает.

Кто сказал, что мужчины и женщины произошли из разных миров, галактик и вселенных?! Какая чепуха!

Может, конечно, и произошли, но, оказывается, Бог оставил им шанс заиметь собственную вселенную — вот же она! Должно быть, везет немногим, но тем, кому везет, достается все.

Все, что только можно себе представить. И даже немного больше.

С серьезной торжественностью, на миг рассмешившей его, Катя обняла Глеба за шею и уткнулась носом в плечо. Нос был холодным, а плечо горячим.

Ну вот, получай меня.

Если это то, чего ты хотел на самом деле. Ведь ты хотел, да?..

Она отстранилась и посмотрела ему в лицо. И их общие миры, галактики и вселенные стали медленно, но верно втягиваться во вновь возникшую черную дыру, которая шустро и деловито заглатывала пространство и время.

Почему-то Глеб был уверен, что Катя слабенькая и вообще бедняжка и с ней все будет долго и трудно — он станет настаивать, а она будет сопротивляться.

Ну, как в романе. Она — нежное создание. Он — грубое животное. В романах так часто бывает.

Еще он представлял себе — тысячу раз! — как прижимает ее к себе, только не просто так, по-дружески, что сродни похлопыванию по плечу, а как следует, по-мужски, чтобы ей сразу все стало понятно и ясно. Он прижимает, и она пугливо дает себя прижать, и очень

близко от себя он видит ее глаза, ожидающие, вопроси-
тельные и будто замирающие.

А еще он представлял себе поцелуй — не первый, а
продолжающий начатое, когда можно уже немного
больше, чем в первый раз.

Немного больше, немного жарче, немного глубже.

Однажды они все-таки поцеловались, давным-давно, в прошлой жизни. Глеб провожал ее из Белоярска в
Питер и за линией паспортного контроля поцеловал.
Наверное, это не считается, потому что губ они так и не
разжали — вот такие правильные друзья, и поцелуи у
них правильные! — но все же он почувствовал ее вкус,
на одно мгновение, и прижал ее к себе чуть крепче, чем
следовало, исходя из их необыкновенно правильной
дружбы, и отстранился в ту же секунду, когда понял,
что вот сейчас она обо всем догадается и тогда наступит
бедствие, гроза, несчастье и катастрофа!..

Она не догадалась. Куда там!..

Она постояла, пока он обнимал ее, — кажется, она
тоже его обнимала, совершенно равнодушно, — и, как
только отпустил, шагнула в сторону, несколько раз покивала, прощаясь, и ушла за турникет.

Ну, конечно, это не считается!..

Странное дело, он много раз представлял себе, _как
все это будет_, а сейчас, на самом пороге, вдруг оказалось, что... нужно решиться.

А он не мог.

Несмотря на вполне подходящий диван, на котором
они оказались без всякого «дальнего прицела», а все из
тех же дружеских чувств, будь они трижды неладны.
Несмотря на две вселенные, объединившиеся в одну.
Несмотря на то, что сказано было немало и из сказан-
ного следовало, что все хорошо, что они наконец дож-
дались, Рубикон перейден, мосты сожжены, все решения приняты!..

Может, как раз все дело в том, что... «наконец»?!

Глеб Звоницкий никогда не почитал себя тонкой натурой, напротив, точно знал, что человек он прямой, решительный и неромантичный.

Решительный и неромантичный Глеб Звоницкий понимал, что пауза слишком затянулась и нужно срочно что-то делать, чтобы не упустить мгновение, и еще он понимал, что Катя ждет изо всех сил, и силы у нее вот-вот кончатся, и когда кончатся, она просто встанет и уйдет, и хорош он будет тогда со всеми своими историями о жизни и любви!..

Никогда он не думал, что это будет так трудно — решиться!

Тут Катя Мухина вдруг взяла его за уши — от неожиданности он дернул головой, — притянула к себе и поцеловала.

Она целовала его долго и со вкусом, а он, орел-мужчина, многоопытный и решительный, ничего не делал, только *отвечал*!..

Катя охватила его голову, так, чтобы было удобнее целоваться, пошевелилась, прижимаясь к нему, а он был так изумлен, что в какую-то секунду, когда она вдруг ослабила хватку, чтобы перевести дыхание, отстранился и посмотрел ей в лицо.

— Что? — спросила она нетерпеливо. Щеки у нее горели, и глаза блестели голодным блеском.

Она слабенькая и вообще бедняжка, а он — грубое животное. Он должен как бы настаивать, а она как бы сопротивляться.

Все выходило наоборот. Не то чтобы он сопротивлялся, но настаивала совершенно точно она!..

Она настаивала, она продвигалась вперед, она сокрушала преграды, которые все-таки оставались.

Она ничего не боялась.

Может быть, потому, что слишком долго страх был главной составляющей ее жизни, а может, потому, что она верила в Глеба безоговорочно, до конца.

Еще она все время помнила о том, что ему может быть больно, и посматривала ему в лицо, проверяя, не делает ли она лишнего, и он закрыл глаза, чтобы немножко отгородиться от нее, чтобы все это произошло не так быстро и... неотвратимо.

Только у нее были на него свои виды и планы.

Очень ловко Катя пристроила его спиной на подушки, выключила свет, и сама пристроилась сверху, и произвела разрушительные действия, и устроила свою собственную небольшую черную дыру, которая сожрала его целиком, вместе со всеми чувствами и мыслями, кроме одной.

Я тебя хочу. Я умру, если не получу тебя немедленно.

Кажется, он ничего не говорил вслух, но, оторвавшись от него на мгновение, она серьезно сказала:

— Я тоже.

Ее кожа была очень горячей — кажется, они только что разговаривали о какой-то «стрессовой» температуре. Ее руки не давали ему ни секунды передышки — кажется, когда-то он мечтал о ее руках. Ее рот был агрессивным и требовательным — кажется, совсем недавно Глеб был уверен, что она слабенькая и вообще бедняжка!..

Куда подевалась ее одежка, он совсем не помнил. Про то, что у него болит рука и, может, еще что-то болит, он тоже совершенно позабыл, а она помнила, потому что осторожничала, и он это понимал и любил ее еще больше.

— Катя, — сказал он странным голосом, и она опять на него посмотрела. — Катя, остановись. Что ты делаешь?..

Щеки у него горели коричневым румянцем, длинная тень от ресниц лежала на щеках, руки были закинуты за голову — словно он сдавался ей на милость.

Почему-то его вид рассмешил ее.

— Не мешай мне веселиться, изверг, — сказала она деловито и так же деловито укусила его за шею. Он охнул. Должно быть, больно укусила.

— Почему... изверг?..

— Это из «Золушки», — объяснила она с легким упреком, как будто они вели литературную дискуссию, а он вдруг позабыл, кто написал «Войну и мир», и подула на то место, которое только что укусила.

— Кать, — проскулил он, — ты притормози немного!.. Дай я сам...

Она не слушала. С чего он взял, что она слабенькая и вообще бедняжка?! Она сильная, уверенная, очень красивая, впрочем, это не имеет никакого значения!

Когда-то он точно знал, что ничего нельзя, и мысль о том, что он так никогда и не узнает, *как это может быть*, потом долго не давала ему покоя. Сейчас он знал только одно — вот оно, вот же, и с этим ничего нельзя поделать, и нельзя остановить, как нельзя остановить деловитую черную дыру, пожиравшую время, пространство и свет.

Во всех историях, более или менее любовных, которые случались у Глеба после развода, инициатива всегда принадлежала только ему, безоговорочно и определенно. Барышни просто прилагались к любовной истории, которую он затевал от скуки или отчаяния. Глеб знал, чего хочет, и привык добиваться своего, прикладывая больше или меньше усилий, в зависимости от барышни. Чаще меньше, чем больше, особенно с возрастом, когда с ужасающей определенностью понял, что все его истории до крайности однообразны и ничего нового он не изобретет! Все это уже было: знакомство, ресторан, пара телефонных звонков, еще раз ресторан — в худшем случае, если барышня попадалась тонкая и возвышенная, — приглашение на кофе и долгожданная награда — порция секса.

Порция могла быть большой или маленькой, в зависимости от темперамента и наличия времени.

И никаких черных дыр, галактик, вселенных!..

Продвигаясь все выше, Катя добралась до его губ и поцеловала, и этот смешной, почти детский поцелуй доконал Глеба.

Роковая соблазнительница целовалась, как на первом свидании, и это вдруг — в который раз за вечер? — изменило расстановку сил.

— Ты не умеешь целоваться? — изумленным и веселым шепотом спросил Глеб Звоницкий.

— Умею.

— Не умеешь. Но я тебя научу.

Тут только он сообразил, что все это *на самом деле*, что это она, Катя, что она рядом и он наконец-то получил ее, что все встало на свои места и теперь будет так до скончания века, а может, и дольше!.. Тут только он понял, что замкнулся многолетний круг, маета закончилась и эта, настоящая, жизнь и эта, настоящая, женщина совершенно не похожи на все, что было прежде.

Он еще ничего не знал о ней такого, что полагается знать мужчине — как пахнет у нее за ушком, от чего она приходит в восторг, а чего боится, как двигаются ее руки и длинная красивая спина, как она дышит, как закрывает глаза, и все эти узнавания еще впереди! Целая вселенная лежала у него в руках и принадлежала только ему!..

Он присвоил эту вселенную, и ничего нельзя изменить.

Она принадлежит ему, и никто больше не посмеет им мешать.

Он готов умереть прямо в эту секунду, потому что больше нельзя терпеть.

Она рядом, все время рядом, и это означает, что вытерпеть можно все.

В какой-то момент ему стало больно, он не понял

от чего, то ли от того, что его, кажется, сегодня побили, то ли от того, что черная дыра надвигалась на него, но боль не остановила и не отрезвила его. Она нахлынула и тут же отступила, ее злобной силы не хватило на то, чтобы залить огонь, стремительно пожиравший все вокруг — и Глеба с Катей, и глухой питерский вечер, прильнувший к окнам, и все неправильное, что было с ними до этого самого дивана и до того самого благословенного куста, под которым Катя нашла его сегодня утром, а может быть, тысячу лет назад!..

Огонь потрескивал весело и беспощадно, от него горело лицо и все тело, и Глеб вдруг удивился, что в комнате темно, — а должно быть светло от этого самого пляшущего веселого огня!..

Вот сейчас, вот в эту секунду, нужно только дождаться, еще немного, еще самую малость, и все станет ясно, понятно, и найдется ответ на самый главный вопрос — зачем?!

Зачем мы все приходим в этот мир, зачем мы ищем и не можем найти друг друга, зачем мы мучаемся, думаем, дышим, ждем?!.

И ответ нашелся, и он был такой очевидный, понятный, простой и такой сокрушительный, что это было трудно, почти невозможно вынести, и восторг накрыл их обоих с головой, закрутил, не давая дышать, и несколько секунд — а может быть, тысячу лет, — Глеб чувствовал себя богом.

Не так уж это и мало — несколько секунд. Или тысячу лет.

Катя мелко дрожала рядом с ним, и он страшно перепугался:

— Ты плачешь?!

— Ты что, с ума сошел?

— А почему ты трясешься?..

— Потому что я тебя люблю, — сказала она дрожащим голосом. — Я так ужасно тебя люблю, что ничего не могу с этим поделать.

— Мы только что поделали все, что нужно. Мы только что поделали все, что делают люди, когда не знают, что делать от любви.

— Глеб, ты говоришь ерунду.

— Нет, не ерунду.

— Ерунду.

Он поцеловал ее куда-то, куда смог дотянуться.

— Как много лет я ждал, — пожаловался он. — Непонятно, зачем я ждал так долго.

— Ты думал, что ты Пенелопа. Ты стоял на берегу и ждал Одиссея, а он все никак не появлялся. Рейс Петербург — Белоярск задерживался по техническим причинам.

— Я не Пенелопа.

Рассеянным взрослым движением она погладила его по голове.

— А почему у тебя нет волос?

— Потому что я лысый, ты не поверишь.

— Ничего ты не лысый. Ты бритый. Я тебя глажу, и чувствую на твоей голове щетину.

— Кать, — сказал Глеб Звоницкий, — ты сейчас о чем меня спрашиваешь? Ты хочешь, чтобы я отрастил косы? Или сделал пересадку волос? Тебе не нравятся лысые мужчины?

— Нет, что ты! — ответила она совершенно серьезно. — То есть я не знаю, какие мужчины мне нравятся. Может быть, мне нравятся мужчины с шевелюрой, но к тебе это не имеет никакого отношения. Я тебя люблю.

И они еще немного полежали, привыкая друг к другу, обживая собственную вселенную, одну на двоих.

Глеб уже начал засыпать, потому что в этой вселенной было очень уютно, мирно и на редкость славно все устроено, когда какой-то посторонний звук отрезвил его.

— Что это?

— М-м?

— Ты слышишь?

Звук повторился, гораздо отчетливей. Глеб, насторожившийся, как пес, моментально понял, что это за звук.

— Глеб, мне так неудобно!..

— Чш-ш-ш, — он положил пальцы ей на губы, полежал еще секунду и бесшумно поднялся с дивана.

Ничего не было видно. На ощупь он вытащил из-под Кати полотенце, в которое давеча был завернут, и снова намотал его на себя. Она тоже поднялась, он видел ее неясный силуэт на фоне диванных подушек.

Теперь, когда он понимал ее, как себя самого, он знал совершенно точно — она испугана. Она испугана и очень хочет, чтобы он ее успокоил.

Разговаривать было нельзя.

Где-то очень далеко, как будто в подвале, осторожно захлопнулась дверь. Раздался шорох, потом какой-то приглушенный шум, словно вошедший искал что-то и не находил.

Катя пошевелила губами, и Глеб быстрым движением погладил ее по голове.

Чертово полотенце мешало ему, и рука опять наливалась болью, и ребра стали некстати цепляться друг за друга, но Глеб был уверен, что знает, кто именно пришел и шарит в темноте.

И этот, пришедший, был ему не страшен.

— Сиди тихо, — сказал он Кате в самое ухо. — Не выходи. Поняла?

Она кивнула.

Очень осторожно, припоминая, где именно стол, где шкаф, а где дверь в коридор, он стал продвигаться на шум. Какая-то ваза блеснула ему в глаза отраженным лунным светом, и он неслышно прихватил эту вазу.

Просто на всякий случай.

Жаль, что он не знает, где зажигается свет!..

Пришелец тоже почему-то ковырялся в темноте, хотя, без сомнения, он должен знать, где выключатель. Но он шарил в потемках, Глеб слышал его бормотание, все ближе и ближе.

Он слышал бормотание, и глаза, привыкшие к темноте, видели силуэт, согнувшийся в три погибели, словно тот пытался нащупать что-то на полу, а Глеб был уже в двух шагах, и ему оставалось сделать последнее движение, как вдруг с потолка ударил свет, полоснул по глазам, и Глеб непроизвольно зажмурился:

— Твою мать!..

Раздался ужасающий грохот, потом визг, полуослепший Глеб кинулся вперед почти на ощупь, и что-то мягкое и податливое забилось у него в руках.

Было холодно, и в синем синтетическом свете фонарей летел мелкий снег, колол лицо, и ноги давно замерзли, и руки превратились в ледышки, а они все ходили и ходили вокруг бессмертного памятника, так что император, указывающий рукой за Неву, оказывался то слева, то справа.

Хелен поначалу ревела, Владик бестолково ее утешал, а потом бросил.

Ну уволил ее Никас, ну и пес с ним! Конечно, все это неприятно, но не смертельно ведь!..

Что-то в этом духе Владик и повторял Хелен, а она только мотала головой и наддавала все громче.

А потом вдруг она перестала рыдать, посмотрела на Владика красными кроличьими глазами и шмыгнула носом.

— Что? — спросил Владик. — Что вы придумали, Елена Николавна?

— Позвольте, — тут она остановилась так, что великий император остался у них по правую руку, за спиной Исаакиевский собор, а впереди темная, мрачная вздыбленная река, — а как он там оказался?

— Петр Первый?

— Да какой Петр Первый! Как Никас оказался в номере? Его же не было, не было, я точно знаю!..

— Вы его просто не заметили, Елена Николавна!

— Владик, я еще не сошла с ума.

— Это не факт, — быстро сказал Владик. — То есть вы на меня того... не обижайтесь, конечно, но от такой работы, как у нас с вами, всякий спятит!

— Владислав, я говорю вам совершенно точно! Когда я заходила вечером, до нашего визита, в номере никого не было! Я обшарила каждый угол, даже в ванные заглянула. Во все. Вы что, не верите мне?

— Верю. — Владик, которому все это дело надоело до смерти, согласился бы с чем угодно, только бы вернуться в гостиницу, принять душ, пива выпить, что ли!.. Сериал про благородных и бедных ментов и богатых и ужасных преступников давно закончился, но пива-то еще можно успеть выпить! — Я вам верю, Елена Николавна, но такой уж у нас с вами сегодня день. Вас уволили, и я тоже уволился. Ну, по крайней мере, я сказал, что работать больше не буду.

Хелен остановилась как вкопанная. Император теперь был у них за спиной, а Нева слева.

Владик все время отслеживал Неву и императора, будто только это и было важно.

— Как?! Кому вы об этом сказали?! Ему?! Никасу?!

— Нет. Я сказал тому, кто меня нанимал. — Владик прищурился на летящий снег. — А меня нанимал никакой не Никас. Да вы же знаете, Елена Николавна!

— То есть вы... — голос у нее внезапно изменился, и Владику даже показалось, что она сейчас опять начнет рыдать, — то есть вы решили уйти с работы?!

— Да это никакая не работа, Елена Николавна! Это

цирк с клоуном. Только хуже. Я больше не хочу. Хотя чего теперь об этом говорить, когда вы тоже безработная!..

...Когда Владик вбежал в спальню, Никас визжал так, что, казалось, вибрируют оконные стекла. Хелен пятилась от этого визга, пока наконец спиной не налетела на Владика. Налетела, покачнулась, Владик ее поддержал.

Никас визжал, брызгал слюной, мотал головой и кидался подушками. Слова, которые он не выкрикивал, а вывизгивал, были на редкость оскорбительны, и Владик подумал даже, что оскорблять так жутко, болезненно, страшно умеют, пожалуй, только женщины и вот еще певец Никас. Хелен просила прощения, порывалась стать на колени, потом зарыдала, и Владик выволок ее в коридор.

— Не смей показываться мне на глаза! — неслось им вслед из номера люкс под названием «Рахманинов». — Дура, сволочь! Ты мне всю жизнь испортила! У меня концерт, мне нужно отдохнуть, а ты меня чуть в гроб не уложила, сука проклятая! Пошла вон отсюда! Чтобы я тебя больше никогда не видел, коровища тупорылая! И никто тебя на работу не возьмет, уж я об этом позабочусь! На фабрику пойдешь, калоши клеить, с-скотина!.. Презервативы штопать, поняла?! Про шоу-бизнес и порядочных людей ты даже думать забудь, под забором сдохнешь, милостыню будешь просить, в ларьке помидорами гнилыми торговать!.. Проваливай отсюда и козла этого вонючего забирай! Будешь знать, как вламываться среди ночи в чужой номер! И все, ты у меня не работаешь больше!

И вот уже — тут Владик посмотрел на часы — минут сорок они таскаются вокруг императора, должно быть, надоели ему ужасно, и Хелен все это время рыдала, потом похрюкивала, потом тихонько скулила.

Владик все никак не мог понять, из-за чего столько

эмоций?! На нем, на истерике этом, свет клином, что ли, сошелся?!

— Вам хорошо, — сказала Хелен и высморкалась в платок, который все время держала в кулаке, — вы небось работу себе уже нашли!

— Ничего я не нашел.

— Но вы же все равно не пропадете! Вы же... как это называется...

— Из органов, — подсказал Владик любезно. — А вы что? Не найдете работу, что ли?

— Да кому я нужна! Я же ничего не умею! Машину водить не умею, стрелять тоже не умею! Я только и могу, что организовывать... чужую жизнь. А кому я нужна такая?! У меня мама, сын, и денег на квартиру я только половину накопила!

— Да все будет хорошо, Елена Николавна!

— Ничего не будет хорошо.

— Мы зашли в тупик, — объявил Владик Щербатов и решительной рукой взял Хелен под локоток. — Раз уж больше ничего и никогда не будет хорошо, пойдемте обратно в гостиницу, что ли!.. Или вы хотите простудиться и умереть?

Хелен опять посмотрела на него снизу вверх. Владик тоже взглянул на нее и быстро отвел глаза. Кого-то она ему все время напоминала, особенно когда смотрела вот так, снизу вверх, и он никак не мог припомнить кого.

...Главное, и воспоминание-то было какое-то муторное, неприятное, колыхалось где-то в глубине сознания, будто утопленник в пруду, и все никак не всплывало на поверхность!..

— Но ведь его там не было, Владик! — Хелен дернула его за рукав куртки, вполне фамильярно дернула. — Я точно знаю!

— Ну, может, и не было, Елена Николавна! Сначала не было. А потом он появился. Пришел с прогулки, лег, а тут — на тебе! Мы с вами приперлись и давай его искать! Вот он и того... разбушевался!

Говоря все это, Владик аккуратненько подцепил Хелен под руку и повел ее в сторону темнеющей на фоне неба громадины Исаакиевского собора. За деревьями, за косо летящим снегом тела собора не было видно, и высоко-высоко плыл только подсвеченный купол.

— Он не мог прийти с прогулки! Я зашла в номер, его не было. Я же вам говорила! У меня всегда, всегда есть второй ключ, в любой гостинице мира! Он не может оставаться один, ему все время нужна...

— ...прислуга, — подсказал беспощадный Владик.

— Ну да, — согласилась Хелен, не обратив внимания на «прислугу». — Ему тоже нелегко, я же понимаю! Это что такое за жизнь, когда все время на людях, как в стеклянном ларце! И на сцене, и в гостинице, и на улице!.. Кто автограф попросит, кто сфотографироваться!.. Он иногда и скандалит просто так, чтоб от нас отвязаться и остаться в одиночестве. Я же не дура, все понимаю. Вот он затеется скандалить, а я уже знаю — значит, завтра у меня выходной. Он будет один сидеть, даже телефон выключит! И костюмеров можно отпускать, и водителя! — Тут она неловко улыбнулась Владику. — Вас то есть.

— Ну да, — согласился тот, — меня то есть.

— Ну вот. Я вышла из номера и спустилась вниз, в холл. Там такой диванчик стоит круглый, посередине, помните?

— Помню.

— Ну вот, мимо этого диванчика никак нельзя пройти незаметно, ни в лифт, ни на лестницу. Да он по лестнице и не пошел бы, шестой этаж!.. Я сидела на диванчике весь вечер. И он не приходил.

— Неправда ваша, Елена Николавна! Вы же отходили к стойке портье, чтоб сказать им, чтобы я вам позвонил или зашел в ваш номер!

— Да не отходила я, — сердито сказала Хелен. — Я подозвала портье, и она подошла ко мне. Сама. И я все ей передала.

— А... зачем вы меня искали?

На этот вопрос Хелен ответила моментально, и ответ странным образом разочаровал Владика Щербатова:

— Я же знаю, на кого вы работаете, Владислав. Я хотела, чтобы вы ему позвонили.

— Кому?

— Вадиму Григорьевичу.

— Ого, — сказал Владик.

...А ему-то хотелось, чтоб она искала его... просто так! Ну, чтобы он одним махом решил ее проблемы, как давеча он решил проблему с врачом!

Все-таки мужики — непроходимые тупицы. Может, конечно, не все, но некоторые, вот, к примеру, он, Владик Щербатов, — точно тупица. Все ему хочется героические подвиги совершать, на коне скакать, шашкой махать, и чтобы в это время на него обязательно смотрела «прекрасная дама».

Подвиги не имеют смысла, если поблизости нет дамы. Тонуть, спасая ребенка, или старушку, или зайчика на бревнышке, бессмысленно, если никто не стоит на берегу и не смотрит с замиранием сердца, как оно, это спасение, происходит. И, по большому счету, неважно, насколько прекрасна эта самая «прекрасная дама», насколько опасно положение и насколько необходим сам подвиг! Самое главное — сказать «я делаю это ради тебя», и только тогда все получится, и только тогда потянет на подвиги, а просто так... неинтересно.

И несмотря на то, что Хелен никак не годилась на роль «прекрасной дамы», если только на роль «противной», Владику очень хотелось ее приручить. Она его раздражала, беспокоила, дергала, как зубная боль, но в ее присутствии он чувствовал себя живым, состоящим из плоти, крови и нервов, а не просто «куском говядины», как выражался когда-то его тренер по самбо.

— Откуда Никас мог взяться в номере? — продолжала Хелен, которая знать не знала о странных мыслях Владика. — Ну вы подумайте сами! Мимо меня он не проходил, в номере его не было, ресторана на седьмом этаже нет, там только номера, и больше ничего. Так откуда?..

— Лен, — неожиданно для себя назвав ее человеческим именем, а не собачьей кличкой и не по отчеству, спросил Владик, — а какая нам теперь уже разница, откуда он взялся?! Ну пришел, вы его просмотрели, он поднялся в номер, когда вы на лифте спускались в холл, и лег...

Тут что-то зацепило его сознание, и он замолчал на полном ходу.

А ведь и вправду странно!.. Если Никас пришел с улицы, значит, на вешалке должна быть куртка. И ботинки! Первым делом Никас снимал ботинки, где бы он ни находился, даже в машине или в самолете! Он говорил, что терпеть не может зиму и осень именно из-за ботинок! Он говорил, что они сыреют и ноги от них гниют, что ботинки — плебейское, варварское изобретение и древние патриции носили только сандалии, в которых ноги дышат и сами летят, и еще какую-то ерунду в этом же роде!..

Но никаких ботинок в коридоре не было. И куртки на вешалке — тоже. Если Никас выходил на улицу и вернулся, значит, он лег спать в ботинках и куртке.

Это невозможно. Значит, на улицу он не выходил.

Но если на улицу он не выходил, ботинки и куртка должны были остаться в коридоре.

А их там не было.

— Елкин корень, — сказал Владик Щербатов, и Хелен на него посмотрела, — а где ж его одежда и обувь? Ну, верхняя одежда! В гардеробной ничего не было, только чемоданы. Все плечики пустые. Под вешалкой тоже ничего.

— Мы не разбирали чемоданы, — зачастила Хелен. — Он сказал, что устал и чтоб я попозже прислала горничную, а сама не приходила, он не любит, когда я разбираю его вещи!

— Да, — задумчиво заключил Владик. — С вещами непонятно.

Они медленно шли по темному скверу, стараясь попадать шаг в шаг. Хелен для этого шагала широко, а Владик, наоборот, сдержанно. И еще она держала его под руку — вот уж чудо из чудес, сказал бы ему кто утром, что вечером директрису уволят и он будет прогуливать ее в сквере возле Медного всадника, да еще держать под руку!

— А он мог ездить на встречу со спонсором?

— С Вадимом Григорьевичем? Без машины, без водителя и без охраны?

— А может, Вадим Григорьевич прислал водителя, машину и охрану!

— Я бы знала, — сказала Хелен, подумав. — Никас бы мне сказал. Он всегда страшно гордится, когда его приглашает спонсор. Вы не понимаете, Владик, как это важно!

— Нет, — буркнул Владик. — Не понимаю.

— Деньги, — Хелен пожала плечами. — Что ж тут непонятного?

Все было непонятно, и Владик решил, что утром непременно позвонит всесильному Вадиму Григорьевичу и доложит, что певец Никас на какое-то время пропал из своего номера, а потом внезапно там появился. Может, про куртку и ботинки рассказывать и не стоит, а про внезапное исчезновение и появление, пожалуй, нужно рассказать.

В конце концов, это прямая обязанность Владика Щербатова — охранять Никаса от неприятностей и извещать Вадима Григорьевича, если таковые случаются. А с работы он пока еще не уволился окончательно, следовательно, обязанности свои будет выполнять.

И Вадим решил утешить Хелен:

— Не волнуйтесь вы так. Этот ваш... Никас проснется завтра утром, поймет, что жить без вас не может, вызовет к себе, и вы получите свою работу обратно.

— Вы не понимаете. Он меня терпеть не может. Он только и искал повод, чтоб меня уволить, и все не получалось. Я ведь... очень старалась, чтобы ему было хорошо! Меня же вся группа ненавидит, потому что я все делаю так, как он мне скажет! Он орет, и я ору. Он хамит, и я хамлю. Он всех кроет матом, и я крою.

— За мат у нас штраф, — напомнил Владик Щербатов. — Десять баксов.

— Я вам должна. Утром недодала.

— Я помню.

— А вы тоже меня ненавидите, Владислав?

— Всей душой, — признался Владик легко. — Мы пришли, слава богу.

— Да, — согласилась Хелен ледяным тоном. — Мы пришли. Спасибо вам большое, Владислав, вы меня очень поддержали. Надеюсь, вы не станете болтать лишнего.

Бац! Как будто захлопнулись створки ворот, упала тяжелая перекладина и он остался с этой стороны, а она оказалась на той, огороженной частоколом, крепостными стенами, котлами с кипящей смолой и катапультами, мечущими огненные ядра!

Да и ради бога! А нам-то что? Наше дело маленькое, мы люди не гордые, с нами поговорили по-человечески, и на том спасибо, а дальше можно опять по-собачьи брехать, мы переживем.

Оказавшись в своем номере, Владик неожиданно

осознал, что зол как собака, и пива ему не хочется, и по телевизору показывают какую-то муру, и невозможно заставить себя лечь спать — от злости.

Послонявшись из ванной в комнату, подергав так и эдак занавески — созерцание внутреннего дворика гостиницы ничего не добавило к его нынешнему мироощущению, — Владик решил спуститься в бар. Там, по крайней мере, люди!..

Он вышел в холл, оглянулся на высокие двустворчатые двери с табличкой «Рахманинов» — место, где начинаются неприятности! — и не стал дожидаться лифта. Ему казалось, что из-за двустворчатых дверей кто-то за ним подсматривает.

Он побежал по мраморной, застланной коврами лестнице, и в этот момент дверь дрогнула и приоткрылась.

Человек выглянул в холл, убедился, что поблизости никого нет, и стал неторопливо спускаться следом за Щербатовым.

Брюки, постиранные Катей в машине и высушенные в сушке, сели так, что Глеб был уверен: натянуть их на задницу просто не удастся. Он кряхтел, сопел, втягивал живот, а они все никак не лезли. Беседовать с Катиным мужем без штанов, в полотенце, тоже не годилось, и Глеб, тихо и жалобно матерясь себе под нос, в конце концов натянул их и даже «молнию» застегнул, но пуговку застегивать не стал. Шут с ней, с пуговкой, он не на прием собирается, в самом-то деле!

И вообще — надо худеть. Разжирел. Странно, что он Катю не раздавил своей стокилограммовой тушей!

От воспоминаний о Кате и о том, как он ее чуть не раздавил, его бросило в жар, и щеки загорелись, и даже немножко вспотела спина.

Они еще поговорят обо всем на свете, только нужно

быстренько разобраться со странными делами, творящимися в Катиной жизни.

Слишком долго он не занимался ее делами, вот все и запуталось!

Натягивая брюки, в дверной щели Глеб все время видел ее мужа, которого сам усадил в кресло и велел сидеть тихо. Муж так и сидел, и вид у него был сильно перепуганный.

Ничего, милый, посиди, подумай, тебе полезно.

Вошла Катя, посмотрела на Глеба в брюках, и вид у нее стал забавный — вот-вот расхохочется. Глеб сто лет не слышал, как она хохочет.

Она подошла и сзади подтянула ему штаны, как маленькому.

— Ты весь из них вылезаешь.

— Это потому, что ты их высушила.

— А лучше было бы в мокрых, да?

— Ты принесла мне рубашку?

— Вот, но она неглаженая.

У рубашки был такой вид, как будто ее жевал дракон. Глеб, морщась, натянул рубашку, хоть прикрыл расстегнутые брюки.

— Кать, — сказал он тихо, — я сейчас с ним поговорю, а ты мне не мешай, хорошо?

— Что значит «не мешай»? Ты собираешься его бить?!

— Я его уже побил немного. — Глеб наклонился, чертовы брюки впились в живот, и поцеловал ее в лобик, как маленькую. Она тут же дернула головой. — Я не собираюсь его бить, но мне нужно знать, что он искал в твоей квартире и что именно он приволок в своем портфеле. Он же с портфелем пришел. Может, взрывное устройство!

— Глеб, я тебя прошу...

— И не надо меня просить!..

Он вышел в соседнюю комнату, где сидел ее муж —

при его появлении тот вскочил, — и посмотрел оценивающе.

Муж был красив вопиющей мужской красотой, и Глеб моментально почувствовал себя здоровенным уродом и мерзким чудовищем в одном лице.

Муж был высок, строен, широкоплеч, длинноног, голубоглаз, румян и блондинист. Длинные волосы, выгоревшие на кончиках, доставали почти до плеч. Музыкальные пальцы, державшие сигарету, слегка подрагивали. Безупречные плечи облачены в дорогой кашемир. Безупречные ноги — в дорогие джинсы.

На скуле у мужа наливался синяк. Глеб сослепу двинул, когда тот стал дергаться в темном коридоре, и попал по физиономии, хотя членовредительством заниматься не собирался.

— Моя фамилия Звоницкий, я работал с Мухиным Анатолием Васильевичем, Катиным отцом, — сказал Глеб сурово и похвалил себя за то, что сообразил, с чего начать. У записного красавца вытянулось лицо и яблочный румянец немного поблек. — Анатолий Васильевич перед смертью просил меня присматривать за Катей. И я хочу спросить у вас, уважаемый, что происходит.

Катя неслышно вошла в комнату и стала так, чтобы Глеб мог ее видеть. Когда он сказал «присматривать», она улыбнулась быстрой и грустной улыбкой.

Никто не просил Глеба присматривать за ней, вот в чем дело! Когда-то ее отдали Генке, насовсем отдали, и с тех пор за ней никто никогда не присматривал.

— Вы меня слышите, уважаемый?

— А что происходит? — пробормотал «уважаемый». — Ничего не происходит!

— Что вы искали в коридоре? Да еще в темноте?

Красавец пожал плечами неуверенно. Глеб понимал, что партизана на допросе в гестапо из Катиного мужа не выйдет, все расскажет как миленький, но ему не хотелось слишком долго возиться. Следовало быстро и аккуратно выяснить все, что нужно, вернуться в гостиницу и заняться своими делами.

Почему он опять влез в чужие, когда у него так много своих?!

Впрочем, нет, не в чужие, в Катины. По правде говоря, он никогда из них не вылезал, просто отвлекся ненадолго.

— Я знаю, что вы собираетесь спровадить вашу жену в сумасшедший дом и лишить ее прав на эту квартиру. Какие конкретно действия вы предпринимали в этом направлении? И пожалуйста, — тут Глеб наклонился к красавцу, и тот моментально подался назад, — говорите быстрее, у меня очень мало времени.

Эта киношная фраза — «у меня очень мало времени» — подействовала на Генку странным образом.

Он вдруг оскалился, отшвырнул сигарету — Катя проследила за ней взглядом и кинулась поднимать — и закричал:

— Что вы себе позволяете!? Вы вообще кто?! Какой такой охранник?! Да я сейчас милицию позову, и тебя отсюда в наручниках выведут! Как ты сюда попал!? Ты любовник моей жены, да?!

— Тихо, — сказал Глеб. — Тихо, тихо. Без истерик.

— Да что вы себе позволяете?! Кто вам дал право?! Это частная собственность, знаете ли!! Если вы сию секунду не уберетесь отсюда вон, я звоню в милицию! А ты... ты шлюха, вот ты кто!

Генка всегда был романтической натурой и, самое главное, искренне верил себе, когда ему этого хотелось: в данный момент он искренне чувствовал себя обманутым мужем, застигшим вероломную жену на месте преступления.

— Значит, так, — сказал Глеб, подошел поближе и твердой рукой взял Генку за запястье. — Мне не нравятся твои вопли. Ты отвечаешь на мои вопросы внятно, быстро и толково. Потом я решаю, что с тобой делать, и мы с Катей уезжаем. Кивни, если ты меня понял.

— Куда... уезжаете?

— Ты меня понял? — повторил Глеб мягко и так же мягко толкнул Генку в кресло. Тот с размаху сел. Глаза у него стали как блюдца, перепуганные, детские.

Эта детскость наверняка очень нравится женщинам. Они, должно быть, треплют его по волосам, запускают в них пальцы и называют Генку со снисходительным любовным сочувствием «маленький мой».

— Что ты искал?

— Сумку... — тем же детским шепотом ответил Генка, и ресницы у него дрогнули, и губы обиженно надулись.

— Катину?

Он кивнул.

— Зачем она тебе понадобилась среди ночи?

Генка молчал.

— Ему, наверное, документы нужны на квартиру, — сказала Катя независимым тоном. На Генку она старалась не смотреть. — Только они у меня в портфеле, а не в сумке.

— Зачем тебе среди ночи понадобились документы на квартиру?

— Да не нужны мне документы! — тоненько закричал Генка. — Она же ненормальная, что вы ее слушаете! Она всегда была ненормальной, а уж когда у нее папаша с мамашей перекинулись, вообще стала невменяемая! — Тут он повернулся к Кате, и лицо у него покраснело: — Дура! Что ты несешь?! Какие документы ты придумала?! Не нужны мне они задаром, я и так знаю все, что там написано!

Глеб тряхнул его за плечо, и он моментально скис.

— Документы тебе не нужны. Тогда зачем тебе понадобилась сумка?

— Там... там... Это не я, это она придумала! Вы поймите, это не я, я сразу говорил, что не надо, что это... Что нас за это...

— Кто она? Катя?

— Илона! — выкрикнул Генка. — Она все придумала! Она сказала, что нужно позвонить, и все! Катьку заберут в милицию, и дело с концом! Да вы поймите меня, нельзя так жить! Я не живу, я в аду горю каждый день! Каждый божий день горю в аду!

Глеба позабавило, что Геннадий Зосимов взывает к его сочувствию. То есть он, Глеб Звоницкий, должен посочувствовать Геннадию Зосимову в его несчастьях.

Как нужно любить себя и ненавидеть окружающих, чтобы подобным образом выворачивать жизнь наизнанку?..

— Кто такая Илона?

— Художница, — встряла Катя, и личико у нее стало брезгливым. — Она Генкина подруга. Ей нужно где-то творить, а моя квартира идеально для этого подходит. Генка хочет на Илоне жениться и жить с ней в этой квартире.

— Так, — сказал Глеб. Штаны жали невыносимо, и все время хотелось их снять. — Что именно придумала Илона и кому именно нужно было позвонить?

— Ей, — с ненавистью выдохнул Генка. — Катьке! Илона сказала, что тогда ее просто заберут в милицию, а я потом засвидетельствую, что она припадочная, и все! Все! Но ничего не получилось, а я ей говорил, говорил, что не получится!

— Почему Катю должны забрать в милицию?

Генка удивился:

— Как почему? Потому что она нашла труп! Ну, труп! Вы что, ничего не знаете?! Труп этой ее подружки, Ниночки! Два сапога пара, ей-богу! Что моя безумная, что та... такая же!.. Но Димка с ней развелся, а я, видите ли, даже развестись не могу!

Катя вдруг вскрикнула и бросилась на Генку. Если бы Глеб не поймал ее в самый последний момент, она, должно быть, вцепилась бы ему в лицо, как разъяренная кошка, и разорвала бы кожу, и выцарапала глаза!..

Но Глеб поймал, прижал ее к себе и не выпускал. Катя билась, вырывалась, она ударила его в ребра так, что у него потемнело в глазах.

— Ты убил Ниночку?! Ты, подлец, скотина! Чем она тебе помешала?!

— Тише, Катя, тише, тише!

— Я не могу тише! Он убил Ниночку, а у меня больше никого нет! Только она оставалась, а теперь у меня никого, никого!.. Это он! Он же сам сказал!!

— Что я такого сказал, полоумная?!

— Ты сказал про Ниночку! Это ты ее убил?!

— Никого я не убивал! — Генка вскочил, проворно спрятался за кресло и опять призвал Глеба к сочувствию: — Ну, вы видите? Ну как с ней можно жить, а? Ненормальная ведь!

— Катя, перестань дергаться и орать. Ты мне очень мешаешь.

Она моментально закрыла рот и перестала кидаться на Генку — кажется, от изумления. Глеб, не глядя на нее, продолжал допрос:

— То есть вы подстроили так, чтобы Катя нашла труп. Так?

Генка кивнул.

— Как вы это сделали?

— Да никак! Илона Катьке позвонила и закричала: приезжай, мол, помоги, спаси! Да мы были уверены, что она сейчас же на Фонтанку примчится, где эта ее Ниночка жила! Примчится, поднимет шум, может, в обморок хлопнется. Приедет милиция и заберет ее прямо с места преступления. Все знают, что они подруги не разлей вода и вполне могли поссориться! Тем более

Катька ненормальная, это тоже все знают. Ну, в смысле мы с Илоной знаем.

— Генка, — дрожащим голосом сказала Катя. — Ты хотел, чтобы меня застали рядом с мертвой Ниночкой?! И посадили в тюрьму за ее убийство?

Генка деловито кивнул.

— Я так и не понял, почему Катьку не забрали, — сообщил он Глебу доверительно. — Вроде все хорошо прошло, мы даже видели, как она приехала, как в подъезд вбежала! Мы в машине сидели, — объяснил он. — Катька подлетела, забежала в подъезд, заорала, даже на улице было слышно. А потом выбежала, сиганула в машину и рванула оттуда. И никакая милиция не приехала! Мы с Илоной, правда, решили, что это все равно хорошо. Наверняка она там оставила какие-нибудь отпечатки пальцев или следы. В смысле Катька-то! И все равно рано или поздно милиция ее найдет. Немножко жалко, что не получилось, чтобы ее на месте преступления застали, но что уж теперь. А сегодня Илона мне сказала, что надо телефон забрать. Катькин. Ну, на который Илона звонила! Чтобы в случае чего никто номером не поинтересовался, Илона же со своего мобильника звонила!

— Да, — констатировал Глеб после длинной паузы и посмотрел на Катю: — Ну ладно, ты маленькая была!.. А Любовь Ивановна-то куда смотрела? Она вроде такая внимательная была и умная! Ее-то как угораздило? Как она тебя за него замуж отдала?

— Ты же знаешь маму, — тем же будничным, даже семейным тоном отвечала Катя. — Она все Митьку сторожила, все за него переживала! А я в Питере была, сама по себе. И Генка видишь какой красавец! А когда ухаживает, так это вообще... небо в алмазах! И маме тогда казалось, что самое главное, чтоб я в неподходящего человека не влюбилась.

— То есть в меня? — уточнил Глеб, и Катя кивнула.

Генка переводил взгляд с одного на другую.

Катя вдруг подумала, что понятия не имеет, почему этот человек стал ее мужем. Она никогда его не любила, и он никогда ее не любил — просто потому, что любить в принципе не способен! Они никогда не делили одну на двоих галактику. Они ничего друг о друге не знают и знать не хотят, потому что никогда не были интересны друг другу! Вот почему так получилось? Вся жизнь могла пройти, и Катя так бы и не узнала, что для нее есть один-единственный человек.

Глеб Звоницкий.

И этот человек в ужасных брюках, с синяком на шее — между прочим, не имеющим никакого отношения к криминальным разборкам, в которые он угодил, тут Катя покраснела, — в перекошенной рубашке, которую он неправильно застегнул, босой, бритый наголо, с содранными костяшками пальцев, огромный, страшный, родной и самый лучший, бесцеремонно вторгся в ее философские размышления.

— Слушай, убогий, — сказал он тому, который по ошибке считался ее мужем, — а как ты узнал, что Ниночка убита? Ну, что ты хотел подставить Катю, звонил ей и ждал в машине, что из этого выйдет, я понял. А откуда ты узнал, что Ниночку убили? Если, конечно, ты не сам ее убил? И как ты ее убил?

Это уж он просто так прибавил, для устрашения.

Сей красавец убить в принципе не способен, как не способны убить слизняк или лягушка. Глеб никогда не видел эту его художницу — вероятно, она способна на многое, но этот извивающийся перед ним червяк убийцей быть не может.

— Я не убивал! — крикнул червяк. — Я не убивал, клянусь!

— А кто ее убил? Илона?

— Не-ет! Нет! Илона не убивала! Понимаете, все

случайно получилось! Мы вышли, а она лежит! Ну, я-то ее сразу узнал, конечно. Я и говорю Илоне...

У Глеба заболела голова.

— Откуда вы вышли?

— Как откуда? — поразился Генка. — От Кулебяки!

— От какой кулебяки?!

Катя вдруг положила руку ему на плечо. Глеб посмотрел на нее и удивился: Катя улыбалась.

— Кулебяка — фамилия художника, — пояснила она. — Это такой концептуалист, Генка его очень уважает. И он на самом деле живет в одном подъезде с Ниночкой!

— Мы вышли, — продолжал Генка как ни в чем не бывало, — и увидели твою Ниночку, и Илона моментально все придумала!

— Кто-нибудь может подтвердить, что вы в вечер убийства просто были в гостях в том же подъезде?

— Да кто угодно может подтвердить! Илона, например!

— Это не подходит.

— Ну, сам Кулебяка может! Хотя, когда мы уходили, он уже никакой был, но все равно может! Наверное. По крайней мере, мы весь вечер у него просидели, это он подтвердит. Наверное.

— А кроме вас с Илоной, кто-нибудь еще в гостях у него был?

— Никого не было, — глядя на Глеба честными-пречестными глазами, поклялся Генка. — Илона показывала свою новую инсталляцию, она называется «Соль земли», и... больше никого не было.

Глеб подумал немного.

— Вы вышли от этой вашей запеканки...

— От Кулебяки!

— Вы вышли от Кулебяки, обнаружили Ниночкин труп, решили позвонить Кате и вызвать ее на место преступления. А почему вы в милицию сразу не позвонили? Чтобы ее взяли с поличным, так сказать?

Генка застеснялся.

— Я хотел, — признался он и потупил глаза, — но Илона меня отговорила. Она сказала, что в ментовке номер сразу определят и узнают, кто владелец телефона. Она сказала, что гораздо лучше будет, если Катька приедет и менты ее прямо на месте возьмут, тепленькую!.. Мы думали, что Катька там в обморок упадет, а соседи милицию вызовут, но она не упала, и милиция позже приехала.

— И Илона тебе велела забрать у нее телефон, — подытожил Глеб.

— Ну да, — согласился совершенно несчастный Генка. — Если бы мы телефон забрали, никто никогда не узнал бы, что ей не Ниночка звонила, а звонила Илона. И я бы сказал, что Катька невменяемая и ее надо на экспертизу, или как это называется у ментов!..

Поначалу Глебу очень хотелось Генку убить. Потом... раздавить, как мокрицу или слизняка. Теперь он смутно понимал, что ни давить, ни убивать нельзя, нужно как-то использовать его в своих интересах, но было противно.

— Тебя прислала Илона, и ты искал Катин телефон, чтобы от него избавиться. Я понял. Кать, принеси его портфель, я посмотрю, что там у него.

— Зачем вам мой портфель?! Не смейте его трогать! Вы не имеете права!

— Имею, — сказал Глеб совершенно хладнокровно. — Катя, принеси, пожалуйста!

Портфель — из очень дорогой кожи, шелковистой на ощупь — оказался почти пустым. Генке нечего было в нем носить, никаких бумаг он не писал и эскизов в последнее время тоже почти не рисовал, и портфель ему был нужен исключительно «для красоты».

В первом отделении лежал складной зонтик, и

больше ничего. Глеб вынул зонтик и аккуратно положил на журнальный столик. Во втором болтался свернутый в трубку мужской журнал с соблазнительной красавицей на обложке. Глеб вытряхнул красавицу, и сердце у него вдруг стукнуло чуть сильнее, чем полагалось.

Пистолет.

— Так, — самому себе сказал Глеб. — Это интересно.

Полой своей рубахи он подцепил пистолет за ствол и извлек из портфеля.

Катя медленным движением подняла руку, как будто хотела защититься. У Генки от изумления приоткрылся рот.

Играет? Так хорошо играет? Или вправду видит пистолет первый раз в жизни?

— Ты где это взял, убогий? — ласково спросил Глеб и аккуратно положил пистолет поверх глянцевой красавицы. — Только не говори, что нашел на улице, я тебе все равно не поверю.

Генка с ужасом смотрел на маслянистую черную штуку, лежащую на столе. Вместе с этой штукой в комнату как будто вошло разрушение, нечто такое, что уже никогда нельзя будет изменить, и это было очень страшно.

— А он... настоящий? — сглотнув, спросил Генка и умоляюще посмотрел на Глеба. — Самый настоящий?

— Пистолет самозарядный специальный, — не моргнув глазом, сообщил Глеб Звоницкий. — Принят на вооружение в тысяча девятьсот восемьдесят третьем году. Предназначен для бесшумной и беспламенной стрельбы в условиях нападения и защиты. Ты застрелил Ниночку именно из этого пистолета?

— Я его никогда не видел! Я не знаю, как он туда попал! Не знаю, клянусь! Я никогда... — Генке хотелось заплакать, но он понимал, что плакать перед этим мужиком не имеет смысла. Его не удастся ни убедить, ни разжалобить. Ужас пробирался все выше, и казалось, что щупальца этого ужаса ползают и шевелятся под кожей, как змеи. — Я никогда его не видел, клянусь! Я не знаю, как он туда попал! Я не знаю, не знаю!!!

— Ниночка, — пробормотала Катя, и губы у нее затряслись, — Ниночка, девочка моя...

Глеб перевернул журнал так, чтобы она не видела пистолет.

— Подожди, — сказал он ей, — не трясись. У этого, — он кивнул на Генку, — не было никаких мотивов! Слышишь, Катя?! Никаких, ни одного. И убить он не способен, разве ты не видишь?

— Но у него... пистолет, — она посмотрела на Глеба.

— Откуда у тебя в портфеле мог взяться пистолет?

— Мне его подбросили! — затараторил Генка, тараща глаза. — Ей-богу, подбросили! Враги!

— Какие враги, а?

— Откуда я знаю! Враги, враги кругом! Я живу в аду, сам не знаю, как я еще жив! Это враги, говорю же!..

— О господи, — пробормотал Глеб, — это не Катю, а тебя лечить нужно. Лоботомией. Когда ты в последний раз открывал портфель?

— А?

— Портфель когда открывал, спрашиваю!

— А... в кафе. Я был в кафе с девушкой и кошелек искал, а потом оказалось, что кошелек в пиджаке, а в портфеле его нет. Я все перерыл, и никакого пистолета тогда не было.

— Стоп, — перебил Глеб Звоницкий. — С какой девушкой ты был в кафе? С этой своей Илоной?

— Нет! Не-ет! Я был с Асей!

— Как?! Еще и Ася имеется?!

— Она тут ни при чем! Она святая! Я клянусь, что она святая!

— Откуда она взялась, эта святая девушка Ася?

— А она уже давно... Она сама ко мне подошла, мы

познакомились, и я... ну, я совсем голову потерял, совсем! — Тут Генка ударил себя кулаком в грудь и сказал торжественно: — Это самая большая любовь моей жизни! Все остальное не имеет значения. Только она.

Глеб посмотрел на Катю, а Катя на него. Потом они оба уставились на Генку.

— Господи, — сказала Катя через некоторое время. — Ты, оказывается, такой дурак, Генка! Ты просто очень глупый человек. Как это я сразу не поняла?.. Это же так очевидно.

— Сама дура, — огрызнулся Генка Зосимов. — Падумаешь, какая умница нашлась!

— Тихо! — прикрикнул Глеб. — Где ты познакомился с этой Асей?

— В клубе! Клуб называется «Огюст и Ренуар», там часто вечеринки всяческие бывают! Концептуальные!

— Где она живет?

Генка пожал плечами, выражение лица у него сделалось мечтательное.

— Где-то в Гатчине. Она никогда не разрешала себя провожать, я ее только до поворота довозил. Она говорила, что у нее обстоятельства! И у меня тоже обстоятельства, и мы договорились, что никогда ни о чем не будем друг друга спрашивать и упрекать тоже не будем, потому что мы понимаем друг друга! А больше никто, никто не понимает!

— Да, — оценил Глеб. — Красиво. А как ее фамилия?

Генкина физиономия утратила мечтательное выражение и приобрела выражение недоумевающее. Фамилии Аси — олененка Бемби, небесного ангела, ниспосланного ему в утешение, — он не знал. Ему и в голову не приходило, что у нее должна быть фамилия!

— Вы сидели в кафе, потом ты ее довез до какого-то там поворота, и вы расстались, так?

— Да.

— В кафе пистолета у тебя в портфеле не было, так?

— Да, да!

— Она брала портфель в руки, эта твоя Ася?

— Не знаю, — растерялся Генка. — Кажется... кажется, брала. Он у нее на коленях стоял. Мы играли в игру.

— В какую, твою мать, игру?! — заревел доведенный до отчаяния Глеб Звоницкий. — Как вы играли?

Генка перепугался.

— Она загадывала вещи, а я должен был их отгадать. На ощупь. Ну, что это — духи, или салфетки, или записная книжка! Она держала вещь в сумке в своей руке, а я должен был нащупать и угадать, и если угадаю, она меня поцелует. Но я ни разу не угадал.

— Слушай, — сказал Глеб Кате и вытер пот со лба. — Ты права. Он не просто дурак. Он клинический идиот. Куда Любовь Ивановна-то смотрела?!

Катя молча и печально пожала плечами.

— Хорошо, — сказал Глеб злобно. — Поехали. Кать, ты нас отвезешь.

— Куда?! — заверещал Генка и попятился к стене, как будто собирался уйти сквозь нее. — Я никуда не поеду! Я не хочу в милицию! Ни за что! Я не поеду с вами, с ума сошли? А вдруг вы меня убьете и труп закопаете!

— Если ты не перестанешь орать, я именно так и сделаю, — пообещал Глеб. — Кать, мне надо в гостиницу. Ты поедешь со мной. Этого мы запрем в моем номере. Он там посидит спокойненько, а я подумаю, что с ним делать. Давай. Пошли.

В круглом уютном лобби-баре почти никого не оказалось, и вообще в отеле было пустовато — осень в Питере не самое лучшее время для экскурсий и прогулок. Желтый приглушенный свет торшеров отражался в многочисленных зеркалах, дробился и удлинялся, и казалось, что в баре наступили уютные теплые сумерки, а разгулявшаяся за окнами непогода — пусть ее, здесь она не страшна, и весело и уютно было сидеть на плюшевом диванчике, радуясь теплу и приглушенному свету торшеров!..

Владик, предвкушая удовольствие, попросил виски, огляделся и тут только заметил Хелен, скрючившуюся на диване в самом углу.

— Елкин корень, — себе под нос пробормотал Владик Щербатов.

Уйти было невозможно — виски-то он уже попросил! Сделать вид, что ее не заметил, тоже нельзя — он уже заметил! Пришлось покориться и подойти.

— Здрасти, Елена Николавна! Это вы?! А это я!

— Зачем вы все время корчите из себя какого-то шута горохового, Щербатов? — устало спросила Хелен.

— Ну, так сказать, в связи с тем, что я и есть шут гороховый! А чего это вы в номер не пошли, а решили здесь засесть?

— Захотела и сижу, — сказала она холодно. — Думаю вот, что буду теперь делать, в номере тоска, здесь хоть какие-то люди...

— Да ладно, — Владик сбоку посмотрел на нее. — Чего уж вы так убиваетесь-то? Говорю вам, утро вечера мудренее, завтра получите ваше теплое место обратно! Он выспится, поймет, что ему без вас не справиться, и примет обратно на работу.

— Я не хочу к нему на работу.

— Я ничего не понял, — искренне сказал Владик, помолчав. — А чего вы тогда убиваетесь?

Она вдруг улыбнулась.

— Я убиваюсь потому, Владислав, — выговорила она отчетливо, — что мир так несовершенен. Ясно вам?

— А по-моему, ничего.

Она покачала головой:

— Нет. Несовершенен. Просто ужасно. Если бы вы знали, Владик...

Издалека к ним подходил высокий человек в костюме. Владик видел его несколько раз за конторкой, кажется, это был начальник службы портье.

— Простите, пожалуйста, — сказал он со сдержанной сердечностью и, как фокусник, вынул из-за спины большой белый конверт и протянул его Хелен. — Вам просили передать еще днем, но мои девушки забыли положить это в ваш номер. Простите.

На конверте большими, четкими, крупными буквами было написано: «Елене Абрамовой».

— Спасибо, — кивнула Хелен, отпуская любезного портье, и стала не спеша, ровненько отрывать длинный белый край.

Владик не мог оторвать от конверта глаз.

— Это второй экземпляр договора прислали, — сказала она, мельком глянув на Щербатова. — Что с вами, Владислав?

— Ваша фамилия Абрамова?

Он смотрел на нее так, словно вдруг увидел привидение, и она усмехнулась прямо ему в лицо.

— А что тут такого? Хорошая фамилия! Это я на работе Хелен Барно! Да вы же сегодня утром диктовали мою фамилию вашему врачу! Дима Абрамов мой сын, я... да. Я Лена Абрамова. Эх вы! А еще шпион.

— Этого не может быть, — возразил Владик. — И я не шпион.

Девушка в русском переднике и наколке материализовалась возле них и проворно расставила на столе чайник, чашку, лед в небольшом ведерке, виски в широком круглом стакане и еще что-то приятное и утешительное.

Владик залпом выпил виски и аккуратно вернул стакан на стол.

Вон оно где его настигло. Его самое стыдное, самое гадкое, самое пошлое воспоминание в жизни.

И как это он проглядел, на самом-то деле!..

— А ты... сразу меня узнала?

Она кивнула.

— В тот же день. Как только ты появился первый раз. Я думала: ну, вот и пришел мой черед. Теперь я буду ему мстить.

— У тебя получилось.

Она пожала плечами:

— Нет, Владик. Ничего у меня не получилось. Какая-то ерунда вышла.

Владик Щербатов неожиданно поднялся с дивана и ушел. Хелен проводила его взглядом и стала смотреть в окно, на фонарь. Фонарь был питерский, в чугунных розах и завитушках, мелкий снег крутился и вился вокруг него.

— Почему ты мне не сказала сразу?

Хелен вздрогнула и оглянулась. Владик вернулся и стоял над ней. В руке у него был стакан, налитый почти до краев.

— Тебе завтра работать, — равнодушно напомнила Хелен. — Тебя-то еще не уволили!..

— Ничего, как-нибудь. Так почему ты мне сразу не сказала?

— А что я должна была сказать? — вдруг обозлилась она. — Здравствуй, Владик, это я, твоя одноклассница, которую ты чуть до самоубийства не довел! Теперь мы будем дружно и весело трудиться вместе?! Так, что ли?

— Да, — согласился Владик. — Это очень глупо.

И сделал большой глоток.

— Как же ты меня терпела столько времени?

— Я очень старалась сжить тебя со свету, — призналась Лена. — Но у меня ничего не получалось. Ты всегда выходил сухим из воды. Ты еще в школе как-то так

со мной разговаривал, что я ничего не могла сделать. Защититься никак не могла, понимаешь?

— Понимаю, — согласился Владик. — Я все понимаю и все помню. Я еще не выжил из ума.

Они помолчали.

— Как мне хотелось тебе отомстить! Ты даже представить себе не можешь! За все, что ты со мной тогда делал. И не ты один!

— Но я очень старался, — напомнил Владик. — Мне нравилось, что я вроде имею над тобой власть. Ты меня боялась больше других, и я особенно над тобой издевался. Помнишь, как я тебе записки писал, якобы от тайного поклонника?

У нее вдруг так загорелись лицо и уши, будто внутри головы включили свет.

— Не смей, — тихо и грозно сказала она. — Не смей мне это напоминать! Ничего хуже со мной никогда не было. Даже на этой гребаной работе мне лучше, чем было тогда, в школе!

— Наверное, тебе это не надо, — Владик еще глотнул виски. Вообще он пил его, как воду, большими глотками и не чувствуя никакого вкуса, — но я очень хотел попросить у тебя прощения! Я не знаю, что тогда со мной было, Лен. Или это был не я?.. Я думал, что мне надо бы тебя найти и попросить прощения. Я даже на встречи одноклассников приезжал, но тебя никогда там не было!

— Странно, но меня почему-то на них не тянуло, — язвительно сказала она. — Я же не знала, что ты хочешь извиниться!

— Ты была такая умная, а я такой болван. И я это очень чувствовал. И мне хотелось что-то эдакое сделать, чтобы все изменилось, понимаешь? Но я не мог стать умным! И я мог только делать тебе гадости.

— А я была в тебя влюблена, — сказала Лена Абрамова, и Владик немедленно поперхнулся своим виски и стал надсадно кашлять.

Она смотрела на него с легким, как будто брезгливым сочувствием, а потом спросила:

— Может, по спине постучать?..

— Не-на-да! — прокашлял Владик.

— Я в тебя ужасно была влюблена, но я была такая страшная! Толстая, в очках, и еще отличница! И когда я узнала, что эти записки ты писал, правда решила наглотаться таблеток, и дело с концом. Меня бабушка отговорила. Бабушка сказала, что лучше отомстить как-нибудь по-другому. Например, стать богатой, знаменитой и еще красавицей. Я тогда ревела и говорила, что богатой и знаменитой стать очень просто, а красавицей невозможно. А оказалось, все наоборот.

— Тебе все удалось.

— Ничего мне не удалось, Владик!..

Он хотел было придумать быстренько, что именно ей удалось, но, как назло, в голову ничего не лезло, и он сказал:

— У тебя сын, мама, ты всех содержишь.

— О да!

— И я тебя даже не узнал. И вообще не узнал бы, если бы тебе конверт не принесли.

— И что это значит?

— Это значит, что ты... ну-у, изменилась. В лучшую сторону.

— Вот спасибо тебе большое.

Владик решительно не знал, что нужно еще говорить, и неловко ему было, и неудобно, и сам он был себе противен, и тут какая-то странная компания прошествовала к лифту, почти мимо них.

В этой компании была утренняя заполошная девушка, кидавшаяся на портье, пытавшаяся найти Звоницкого, высокий красавец с печальным лицом и... сам

Глеб в коротких брючатах и до невозможности измятой рубахе.

— Глеб!

Звоницкий оглянулся. У девушки стало вопросительное лицо, а красавец сморщился, словно кислого проглотил.

— Ты что, не узнаешь меня? Я Владик Щербатов, мы с тобой служили когда-то!

Была секунда, когда Владику показалось, что Глеб так его и не узнает, но потом тот шагнул ему навстречу.

— Влад! Как ты здесь?

— Я на работе. Я работаю у Никаса, это певец такой, может, знаешь! Охраняю его, вожу, всякое такое.

Глеб как-то странно мотнул головой, что могло означать все, что угодно — и что он отлично знает певца Никаса, а также что слышит это имя первый раз в жизни.

— Здравствуйте, — сказала утренняя заполошная девица. — Видите, я его нашла.

— Здрасти, — промямлил Владик. — А где вы его нашли?

— В парке. Под кустом.

— Может, вы присядете? — светским тоном предложила Лена Абрамова. — Вы привлекаете внимание.

Все посмотрели на нее.

— Да, — спохватился Владик. — Это Елена Николаевна, она тоже у Никаса работает. Директором.

— Я больше не работаю у Никаса, — оборвала Хелен и стала шарить в сумочке. — Так что если кому нужен автограф, то это не ко мне. Меня сегодня уволили.

Тут она вытряхнула из сумочки спички, чиркнула и прикурила.

— А ты чего... чудной такой? — Это Владик спросил, глядя на Глеба, который вдруг потянулся и вынул у Лены из пальцев коробок.

— Где вы взяли эти спички?

Она удивленно пожала плечами.

— Кажется... кажется, подобрала у Никаса в номере, когда днем заходила. А что такое?

Глеб Звоницкий несколько секунд думал, потом выхватил из Катиных рук сумку и стал рыться.

— Я видел точно такие же, — сказал он, обводя взглядом всю компанию. — И еще кто-то что-то сегодня сказал...

— Глеб, — позвала Катя.

— Не мешай мне.

В сумке ничего не находилось, и, тихонько зарычав от нетерпения, Глеб вытряхнул все ее содержимое на диван.

— Вот! — сказал он, выхватывая из небольшой кучи пеструю коробочку. — Вот они! На них написано «Огюст и Ренуар»!

— Ну да, — согласилась Катя. Подошла и словно невзначай положила руку ему на лоб. Глеб вывернулся, раздраженно и нетерпеливо.

— Кать, ты где это взяла?

— Там и взяла. В этом клубе. Он так и называется «Огюст и Ренуар». Очевидно, пошутил кто-то из владельцев.

— Когда ты там была?

— Мы с Ниночкой были. Как раз вчера. Она меня домой завезла, поехала к себе на Фонтанку, и ее... убили.

— Что вы там делали?

— А там вечеринка была, перед концертом вашего Никаса, — и Катя слегка улыбнулась Лене Абрамовой. — Только он сам не появился, и журналисты все были очень недовольны.

Глеб подумал немного.

— Никас прилетел сегодня?

— Днем, — сказала Лена. — Я утром, меня Владик встречал, а он днем, его встречал другой водитель. А что?..

— Откуда у него спички из клуба «Огюст и Ренуар», если ни он, ни вы вчера на вечеринке в этом клубе не были? И вообще — так принято, когда вечеринка в честь звезды, а сама звезда отсутствует?

— Ну, не то чтобы принято, но так часто бывает, — Лена пожала плечами. — Он в плохом настроении был. Его ботфорты забыли отправить. Я думала, что уговорю его раньше полететь. Чтобы мы обязательно попали на эту вечеринку, но он не захотел.

— Да уж, — вставил Владик. — Не захотел — это мягко сказано.

— А нам обязательно надо такие мероприятия посещать, хотя бы ради журналистов. Но он нас всех выгнал, и уже было не до уговоров. Хотя Вадим Григорьевич всегда настаивает на том, чтобы...

— Так, — перебил Глеб Звоницкий. На виске у него колотилась какая-то жилка, противно так колотилась, и он приказал себе успокоиться. — Кто такой Вадим Григорьевич?

— Вадим Ольшевский, — пояснил Владик, — спонсор нашей звездищи. Ну, Никаса в смысле. Я на него работаю.

— Димка?! — воскликнула Катя.

Глеб посмотрел на нее.

— Кто такой Димка?!

— Это мы его так зовем, Глеб. Вадима, Ниночкиного мужа. На самом деле он не Дмитрий, а Вадим. Вадим Ольшевский.

Голос у Кати немного дрожал.

— И он работает в таможенной службе? Начальником, да?

Катя пожала плечами.

— Вроде да. Я точно не знаю.

— Прекрасно, — сам себе сказал Глеб, взял у Владика стакан и отхлебнул виски. — Просто прекрасно!

Влад, а к тебе этот Вадим Ольшевский из таможни какое имеет отношение?

— Так он меня нанял, чтоб я Никаса везде сопровождал, охранял, ну, ты же понимаешь! А у Никаса этого характерец — не дай бог никому, вот спонсор и позаботился, чтоб он уж никак не мог меня ни уволить, ни подвинуть. Чтоб он все время у меня на глазах был, скажем так. Как я понимаю, он Никасу денежки давал, но присматривать все равно присматривал, за своим протеже в смысле!..

— Димка? — Катя будто проснулась. — Димка — спонсор Никаса?! Да он только тяжелый рок всегда слушал! Он над попсой всегда смеялся! Этого просто не может быть.

— Может, — хладнокровно сказала Лена. — Господин Ольшевский совершенно точно спонсор нашего Никаса. Причем личный. Мимо его денег даже продюсер пролетел и очень переживал из-за этого. Деньги-то немаленькие. Как я понимаю, этот Ольшевский — человек щедрый.

Глеб допил виски Щербатова.

— Может, еще попросить? — осторожно осведомился Владик. — Или ты к себе поднимешься, штаны поприличней наденешь, а потом еще выпьем?

Глеб его не слышал.

— А ты, — сказал он Генке, который уже почти скучал, — ты со своей прекрасной девушкой Асей, которая тебе подложила пистолет, познакомился все в том же клубе? Кто-то там «и Ренуар», да?

— Огюст, — напомнил Генка. — Только девушка моя тут ни при чем! Она святая!

— Святые пистолетов не подбрасывают. — Глеб со стуком поставил стакан на стол. — Скажи мне, убогий, а эта твоя девушка ничего у тебя не спрашивала про твою жену или ее подругу?

Генка пожал плечами.

— Я не помню точно. Ну, разговаривали, конечно, а что такое?! Она тут ни при чем, говорю вам!

— Ты болван, — сказал Глеб брезгливо. — Ты даже сообразить не можешь, что это именно она подложила тебе пистолет, все канючишь, что она ни при чем! Ты ее часто видел в этом клубе до знакомства?! Или вы прямо сразу, в первый же день познакомились?

— В первый, — обидевшись на «болвана», сказал Генка. — Она ко мне подошла, и мы познакомились.

— А с Катей и Ниночкой ты в этот клуб ходил?

— Мы ходили, — подала голос Катя. — Это я тебе точно могу сказать. Ниночка очень сердилась, что я Генку привела. Она его терпеть не могла.

— Значит, прекрасная Ася вполне могла вас всех там видеть, — заключил Глеб. — Ну что же...

Он так и стоял, спиной к лифту, Владик смотрел только на него, и Катя смотрела только на него, а Лена Абрамова по-прежнему сидела на диване так, что остальные загораживали ее, и только Генка Зосимов шарил тоскливым взором по сторонам.

Он шарил и шарил, ему хотелось, чтобы все эти ужасные люди провалились бы куда-нибудь, и страшно было, что Илона врежет ему за то, что он «не выполнил задание», и есть хотелось!

Ничего бы не произошло, если бы в этой маленькой группе не скучал Генка Зосимов!..

Какая-то девушка проворно поднялась из-за столика за колонной, нацепила на хорошенький носик темные очки и быстро пошла мимо бара, лифтов и бронзовых фигур в сторону высоченных дверей, где скучал дородный ливрейный швейцар.

Ничего бы не произошло, если бы не скучающий Генка, привыкший провожать глазами каждую девушку, попадавшую в его поле зрения.

— Ася! — закричал он, и Глеб оглянулся с изумлением. — Асенька!!! Как ты здесь оказалась?!

Вместо того чтобы остановиться, девушка вдруг кинулась бежать, поскользнулась на мраморных полах, засеменила, чуть не упала, и темные очки слетели, дзинькнули об пол, завертелись и поехали.

— Елкин корень, — сказал Владик Щербатов с веселым удивлением. — Вот те раз! Аттракцион с переодеванием! Звезда эстрады Никас в женском платье собственной персоной!

Они переглянулись с Глебом и в два прыжка оказались рядом с девушкой, которая все еще копошилась посреди холла.

— Что же это вы? — спросил Глеб и взял ее под руку. Она руку вырвала. — Зачем вы людей убиваете?

— Пустите меня! — прошипела она. — Сейчас же пустите, ну!..

— Куда ж мы тебя пустим, милая, — залихватским тоном сказал Владик. — Или ты мальчик?

— Он девочка, — сказал Глеб. — И в этом все дело!..

Дальнейшее произошло стремительно и бесшумно, как в кино.

Какой-то человек в развевающемся черном пальто стремительно вошел в отель, ливрейный швейцар ему поклонился. Не задержавшись возле швейцара ни на секунду, человек пошел прямо на Владика, Глеба и Никаса, оказавшегося Асей.

На ходу он сунул руку во внутренний карман пальто.

— Глеб, у него пистолет!

— Твою мать!..

Глеб видел только приближавшуюся руку с пистолетом, и знал, что стрельбы здесь, в холле отеля, он допустить не может.

Вспомнив все, чему его когда-то учили, он повернулся, прыгнул вперед, ударил и даже не сразу понял, что из этой схватки вышел победителем.

В печке потрескивали дрова, и Катя, привалившись к Глебу, мечтала только об одном — просидеть так всю оставшуюся жизнь.

Ей не хотелось думать, не хотелось слушать, только сидеть, молчать и чувствовать щекой его твердое, как будто железобетонное, плечо под свитером.

А нужно, просто обязательно нужно было дослушать до конца.

Да еще Владик то и дело выходил на улицу, чтобы «проверить баню», как он говорил, и получалось так, что Глеб никак не может дорассказать то тяжелое и трудное, что Кате так не хотелось слушать.

— Влад, угомонись ты, в конце концов, — попросила Лена, когда тот вернулся в очередной раз. Она посматривала на Катю с сочувствием и, кажется, все понимала. — Дай Глебу договорить, и все, точка. Больше не будем вспоминать. Может, ты голоден? У меня макароны есть, ты любишь! Сварить тебе?

Ты знаешь, — живо обратилась она к Кате, — он такой прожорливый! Я теперь все время с собой еду вожу. Это не мужик, а прорва какая-то бездонная!

— Я прорва бездонная?!

— Ты, ангел мой! — Такое обращение к здоровенному Владику прозвучало смешно. — Хочешь макарончиков, ангел?

— А как же шашлык? И баня? — спросил Владик жалобно.

— Да ничего с ней не будет, с твоей баней!

— А перегреется?

— Не перегреется!

— Как мне нравится, что ты покладистая! — объявил Владик и поцеловал в нос бывшую Хелен. — Слова поперек не скажешь!

— Тебе скажешь! Как же!

— Мне, конечно, не скажешь, — согласился Владик, — потому у меня все просто. Чуть что — и на два дня в холодный погреб!

— Боже мой, — сказала бывшая Хелен, и в голосе ее был благоговейный восторг, — ну какой ты брехун! Просто ужас! Вы знаете, ребята, с ним же невозможно жить! Он все время несет какую-то ахинею, но это так смешно!

Глеб с Катей переглянулись.

Голубки — Лена с Владиком — ворковали, огонь в камине горел, и впереди было еще много удовольствий, вот баня, к примеру, и шашлык тоже, и утренняя праздность в постели, когда никуда не надо спешить, за окном снежок, и зимний день разгорается медленно, нехотя и, здесь, в финских болотах, как-то не до конца. Как будто долго собирается с силами, а потом, махнув на все рукой, заваливается спать.

Домишко — всего комнат шесть, — в котором они сидели, принадлежал Александру Петровичу Ястребову. Он купил его много лет назад, говорил, что «по случаю». Жена его Инна Васильевна очень веселилась и спрашивала, нет ли у супруга еще чего-нибудь, прикупленного так же, «по случаю», замка в горной Шотландии, к примеру, или, может, островка в Карибском море!.. Ястребов говорил, что ничего такого у него нет, а дачку на болотах он купил, заработав первые деньги, и продавать не собирается, бережет.

«Да там же не живет никто, — не унималась Инна Васильевна, — только истопник ходит да тетя Клава, убираться!»

«А куда я истопника с тетей Клавой дену? — отвечал Ястребов невозмутимо. — В Шотландию перевезу? Нет уж, пусть работают, и домик под присмотром, и у людей зарплата. Вот и Глеб Петрович то и дело в Питер мотается, он присмотрит!»

Глеб и «присматривал» — жарил шашлыки, топил баню, принимал гостей, выслушивал жалобы истопника, старого финна Куухиненна, который вечно ссорился с уборщицей Клавой.

Владик еще послонялся по комнате, потом плюхнулся на диван и хозяйским движением пристроил Лену себе под бок. Лена с готовностью пристроилась и спросила:

— Глебань, а чего тебя потянуло на воспоминания-то? Два месяца уж прошло.

— Это я его попросила, — сказала Катя. — Мне просто... нужно знать, как все это было. Ниночка была последней, Влад. Понимаешь? Последней из семьи.

— Вадим ушел от Ниночки как раз потому, что влюбился в Асю, — Глеб поморщился. Рассказывать ему не хотелось. Было и быльем поросло. — Она хотела петь с эстрады, и продюсер придумал, что у нее будет больше шансов, если она станет не девушкой Асей, которые все на одно лицо, а юношей Никасом, кумиром подрастающего поколения женского полу! Подумаешь, голосок почти как у девчонки, ну и что? Так еще даже интереснее! Как это теперь называется?

— Что?

Глеб подумал немного, а потом провозгласил торжественно:

— Это теперь называется унисекс! Теперь все называется унисекс. Такой нежный, тонкий, худощавый, трепетный юноша, со взором горящим, разумеется! Так она и стала мальчиком! То есть на сцене это был певец Никас, а в постели у этого самого своего спонсора — девочка Ася.

— А что? — спросил Владик и подмигнул Лене. — Это даже забавно! Ролевые игры с переодеванием!

— Влад!

— Да не было никаких ролевых игр! — перебил Глеб. — Он с ней спал и ей за это платил. Она на эти деньги могла петь, плясать, шмотки покупать — да все, что угодно! Ну, ей больше нравилось петь, вот она и пела. Кто там их на эстраде разберет, девочка поет или мальчик!

— Странно, что я не догадывалась, — сказала Лена задумчиво. — Он ведь и ругался, как баба, и вел себя... по-бабьи!

— Да ты не задумывалась просто. — Глеб опять зашевелился, и Катя подняла голову с его плеча. Он встал с дивана и помешал дрова. Полено треснуло и осыпалось искрами. — Люди вообще редко анализируют то, что видят или слышат. Ты знала, что это Никас, молодой человек, суть юноша пылкий со взором горящим, как я уже говорил. Ну характер у него скверный, ну ругается он, как баба, ну и что?..

— Да, — Лена несколько раз как будто сама себе кивнула головой. — Анализировать мне в голову не приходило. Но ведь все время притворяться — невыносимо. — Она мельком взглянула на Владика Щербатова и вдруг покраснела. — Я ведь тоже долго притворялась, хотя и не... мальчиком, мальчиком притворяться сложнее. И думала, что от этого с ума сойду, честно.

— Я бы тебя все равно узнал, — буркнул Владик, — еще немного, и узнал бы!

— Ничего бы ты не узнал! Если бы не этот конверт — помнишь, мне конверт принесли, — так бы мы с тобой...

— Да ладно! Чего там мы с тобой! Я бы тебя все равно узнал, и точка!

— Я не поняла, — встряла в перепалку Катя. — Вы сейчас ссоритесь или нет?

— Мы?! — удивился Владик Щербатов. — Мы никогда не ссоримся!

— И все-таки странно, что я ничего не замечала, — повторила Лена задумчиво. — Нет, конечно, я понимала, что все его истерики, когда он нас по углам разгонял, — только для того, чтобы остаться в одиночестве, но я и представить себе не могла, что он в это время в

Питер мотался, на свидания к этому своему спонсору бегал. То есть бегала... И романов он никогда не крутил, не крутила то есть!

Глеб перебил:

— Ты же с ним не жила никогда! Ты видела только фасад, а что там, за фасадом, ты и не интересовалась зачем тебе!

Владик фыркнул и покрутил головой:

— Вообще-то такие штуки только в кино прокатывают, а в жизни нет! Ну, по крайней мере, я так думал. Чтобы баба переоделась мужиком и голову всем морочила, да еще долго морочила! Вот она, должно быть, над нами потешалась, когда одна оставалась! И всё она речи двигала про то, что все бабы дуры, а мужики сволочи, как один! Помнишь, Лен? — И он толкнул бывшую директрису в бок. — А когда этот Генка сдуру окликнул ее тогда, в «Англии», я думал, что у меня умственное расстройство сделалось. Мать честная, думаю это что ж такое?! Лицо одно и то же, только не мужик, а баба!

— А я однажды в мусорной корзине у него в номере упаковку от противозачаточных таблеток нашла, — подхватила Лена. — Никас, то есть Ася, бумажку важную потеряла, и заставила меня искать. Я все корзины обшарила, как собака на помойке, ей-богу! И нашла эту... упаковку. И хоть бы у меня какое-нибудь подозрение возникло! Нет, ничего такого. Я в руках повертела и выбросила, еще подумала, как это таблетки сюда попали!

— Ну вот, а потом Вадим решил вернуться к жене Ниночке, — продолжал Глеб Звоницкий. — Помешательство кончилось. И Никасу, то есть Асе, стало ясно что вместе с помешательством денежки закончатся тоже. Глупо вернуться к жене и продолжать платить даже не любовнице, а какому-то там певцу! И она — или он, как его правильно называть, я не знаю, — решила Ниночку застрелить. — Глеб помолчал. — И вот что ужасно: Вадим же собирался тем вечером к Ниночке! Катя об этом говорила, ей Ниночка хвасталась, что у них было свидание и что вечером муж приедет к ней домой, жизнь налаживается! Она очень спешила, Ниночка-то, чтобы его не пропустить. А он не приехал. Его хозяева вызвали, ну, те самые, на которых он работал и которые его к хлебному месту определили. Это мне менты сказали, которые его из «Англии» со стволом уволокли в отделение. Туда опера подскочили, что занимались убийством на Фонтанке, стали выяснять, где он был той ночью. А у него... — Глеб вздохнул и покосился на Катю, — у него там, в отделении, с сердцем плохо стало. Он на самом деле Ниночку любил и развелся по дурости только оттого, что башку ему снесло! Ну вот, а операм он сказал, что к хозяевам ездил, между прочим, по мою душу. Бумаги возил на наше полиграфическое оборудование. Чтобы, так сказать, они были в курсе! А у них, как у Иосифа Виссарионовича Сталина, жизнь все больше ночная, в потемках... И ослушаться он не мог. Позвонили — он и поехал. Может, если б не поехал...

— Да уж, — задумчиво сказал Владик.

Катя смотрела в огонь.

— А любовница давно догадывалась, что его большое и светлое чувство к ней на убыль пошло. Ну, странно было бы, если б она не догадывалась. А она девушка... с амбициями большими. Ей не только мужиков богатых, ей еще славы хотелось очень! Славы, власти над идиотами вроде Ленки с Владом. — Тут Глеб счел нужным извиниться и сказал, неловко улыбнувшись: — Это я так говорю, потому что она все время над вами потешалась. Играла мужика очень убедительно. Ведь все верили, и она совершенно утвердилась в мысли, что кого хочешь обведет вокруг пальца. Ради собственного благополучия она на все была готова, хоть на убийство, хоть на что угодно! Убить, и дело с концом. Нет бывшей жены, некуда возвращаться, а уж утешить Вадима она как-нибудь смогла бы!

— Не смогла бы, — мрачно сказала Катя. — Димка на самом деле любил Ниночку. Он просто наделал глупостей.

Глеб посмотрел на нее.

— Некоторые глупости наказуемы, Катя, — сказал он очень серьезно. — И мы с тобой это отлично знаем. Ася выследила Ниночку в клубе «Огюст и Ренуар» в компании Кати и ее мужа, познакомилась с Генкой, чтобы потом его подставить. Генка Ниночку знал сто лет, и подкинуть ему пистолет и свалить все на него ничего не стоило. Или на тебя. Я точно не знаю, на кого она собиралась перевести стрелки. Может, и на тебя, а потом решила, что удобней на Генку. Она купила билет на свое настоящее имя. Кстати, Никас — это Николаева Ася! Поссорилась со своей свитой, чтобы вечером остаться одной. Из-за чего ссора была, я забыл?

— Из-за ботфортов, — сказала Лена. — Костюмеры позабыли ботфорты.

— Ну вот, из-за ботфортов. Все уехали, она переоделась и улетела в Питер. Она знала, что вы с Ниночкой собираетесь на вечеринку в клуб «Огюст и Ренуар». Я думаю, что ей Генка сказал, хотя он ничего не помнит. Она приехала в клуб, потолкалась возле вас, услышала, что Ниночкин муж пригласил ее на свидание и вообще все дело стремительно набирает обороты, и решила действовать немедленно. Она ждала Ниночку у подъезда и зашла туда вместе с ней — вполне приличная девушка, да еще с вечеринки, Ниночка нисколько ее не боялась! И выстрелила. Пистолет у нее вполне приличный, почти «макаров». И стреляет тихо. Потом она убедилась, что Ниночка умерла, и уехала в аэропорт. Нет, сначала в «Англию», а потом в аэропорт.

— А в «Англию» зачем?

— Затем, что у нее там был номер, тоже на имя Аси Николаевой. Она держала пистолет в номере, не могла же она его туда-сюда из Москвы возить!

— А пистолет у нее откуда?

Глеб пожал плечами.

— Я точно не знаю и спросить не спросил. Думаю, что купила через какие-нибудь интернет-сайты. Кстати сказать, это иллюзия такая из телевизора, что паленые стволы с этих сайтов ни проследить, ни найти нельзя! Менты в основном оттуда информацию и получают. Ее бы через этот пистолетик все равно нашли бы. Вряд ли она его через подставных лиц покупала, это очень сложно.

— Долго бы проискали, — буркнул Владик. — Она бы к тому времени давно на Кипре отдыхала. Или еще где. Умная девушка и расторопная очень!

— На Кипре отдыхать всю оставшуюся жизнь — деньги нужны большие. А денег не стало. Кстати, после того, как Ася Генке пистолет подбросила, она вернулась именно в тот номер, который сняла на фамилию Николаева. Помнишь, ты говорил, что ни куртки, ни ботинок на вешалке не было?

— Помню.

— Ну, она вещи оставила в том номере, а когда вы с Леной приперлись ее искать, то есть не ее, а певца Никаса, она бухнулась в кровать, и все дела. И вещей никаких!

— А зачем пистолет Генке подбрасывать, я не поняла? — Это Лена спросила. — Он мог его найти и в Неву кинуть, и все!

— Да она бы в милицию позвонила и сказала, что Геннадий Зосимов убил Нину Ольшевскую, допустим, чтобы подставить свою жену, с которой он давно не может развестись! Анонимный звонок, и все. А отпечатки Генки на пистолете были, не зря же она с ним в игру играла — угадай, что у меня в сумочке! И давал ему щупать!.. — объяснил Глеб.

— Идиот, — фыркнул Владик. — На ощупь писто лет не определить!

— Да Генка за рулем был, Влад! Она говорила - щупай — и сама ему подсовывала, уж не дулом, конеч но, он и щупал, но на этом не зацикливался. Тем боле она ему вместо пистолета подсунула сразу коробку леденцами такого же размера.

Они немного помолчали.

Потом Катя спросила:

— Но почему не приехал Ниночкин муж, Дима ведь они договорились о встрече?

Глеб ответил:

— Он позвонил ей, когда она поднималась в свои квартиру, и сказал, что не может сегодня приехать, пе ренес встречу на завтра. Поэтому Ниночка, поглощен ная разговором с ним, не обратила внимания, что Ас вышла из лифта следом. А когда она закончила беседу Ася выстрелила.

А Вадим обо всем догадался, — сказал Глеб. - Должно быть, сразу все понял, как только по телевизо ру услышал, что Ниночку убили. Кому она мешала кроме Аси? Тем более она ему истерики последнее вре мя устраивала. И он приехал в гостиницу, чтобы отом стить.

— Но было поздно.

— Да, Кать, — согласился Глеб. — Было поздно.

— А зачем он тебя под каких-то бандюганов подста вил, которые тебя отметелили?

— Да он пешка, никто! Ну зарабатывает хорошо даже очень, а про хозяев своих он и не знал ничего А хозяева сильно Ястребова Александра Петровича не долюбливают! Но это не мое дело, Влад. Александр Петрович во всем без меня прекрасно разобрался! Ка только в Питер прилетел, так сразу и разобрался!

— Ну, еще бы он не разобрался! Но тебя-то отметелили!

— Если бы меня не отметелили, я бы к Катьке никогда не попал, — буркнул Глеб, — и вообще... Если бы да кабы! История не знает сослагательного наклонения.

— Ишь ты! — удивился Владик.

И они опять помолчали.

— А вы когда в Белоярск возвращаетесь?

Катя посмотрела на Глеба.

— Дня через три, наверное. У меня здесь, в Питере, еще одна встреча, и все. А вы на Новый год прилетите?

— Прилетим, — сказала Лена Абрамова. — Господи, я не была там тысячу лет!..

— В родную школу сходим, — подмигнув, сказал Владик. — Отдадим, так сказать, дань уважения!

— Ну, ты можешь отдавать, а я ни за что не пойду!

— Даже со мной не пойдешь?

Тут она почему-то засмеялась.

— С тобой пойду.

— В баню надо идти, вот что, — заключил легкомысленный Владик, которому надоели трудные разговоры. — Пошли, что ль?..

На крыльце Катя поскользнулась, и Глеб ее подхватил.

— И не смей говорить, что Ниночка была последней из семьи, — сказал он сердито. Катя на него посмотрела. — От той семьи остались еще мы с тобой. А это не так уж и мало, Катя.

— Пожалуй, да, — согласилась она и подняла голову к темному небу, с которого сыпал белый снег, совсем предновогодний. — Пожалуй, ты прав. Мы с тобой — великая сила. Все джунгли на расстоянии дневного полета ястреба об этом знают!..

Литературно-художественное издание

Татьяна Устинова

ЖИЗНЬ, ПО СЛУХАМ, ОДНА!

Ответственный редактор *О. Рубис*
Редактор *Т. Семенова*
Художественный редактор *А. Финогенова*
Технический редактор *О. Куликова*
Компьютерная верстка *Е. Мельникова*
Корректор *Г. Москаленко*

ООО «Издательство «Эксмо»
127299, Москва, ул. Клары Цеткин, д. 18/5. Тел. 411-68-86, 956-39-21.
Home page: **www.eksmo.ru** E-mail: **info@eksmo.ru**

Подписано в печать 29.07.2008.
Формат 84×108 $^1/_{32}$. Гарнитура «Таймс». Печать офсетная.
Бумага тип. Усл. печ. л. 18,48.
Тираж 260 100 экз. Заказ 4659

Отпечатано в ОАО «Можайский полиграфический комбинат».
143200, г. Можайск, ул. Мира, 93.

Оптовая торговля книгами «Эксмо»:
ООО «ТД «Эксмо». 142700, Московская обл., Ленинский р-н, г. Видное,
Белокаменное ш., д. 1, многоканальный тел. 411-50-74.
E-mail: **reception@eksmo-sale.ru**

По вопросам приобретения книг «Эксмо»
зарубежными оптовыми покупателями *обращаться в* ООО «Дип покет»
E-mail: **foreignseller@eksmo-sale.ru**

International Sales:
International wholesale customers should contact «Deep Pocket» Pvt. Ltd. for their orders.
foreignseller@eksmo-sale.ru

По вопросам заказа книг корпоративным клиентам,
в том числе в специальном оформлении,
обращаться по тел. 411-68-59 *доб.* 2115, 2117, 2118.
E-mail: **vipzakaz@eksmo.ru**

Оптовая торговля бумажно-беловыми
и канцелярскими товарами для школы и офиса «Канц-Эксмо»:
Компания «Канц-Эксмо»: 142702, Московская обл., Ленинский р-н, г. Видное-2,
Белокаменное ш., д. 1, а/я 5. Тел./факс +7 (495) 745-28-87 (многоканальный).
e-mail: **kanc@eksmo-sale.ru**, сайт: **www. kanc-eksmo.ru**

Полный ассортимент книг издательства «Эксмо» для оптовых покупателей:
В Санкт-Петербурге: ООО СЗКО, пр-т Обуховской Обороны, д. 84Е.
Тел. (812) 365-46-03/04.
В Нижнем Новгороде: ООО ТД «Эксмо НН», ул. Маршала Воронова, д. 3.
Тел. (8312) 72-36-70.
В Казани: ООО «НКП Казань», ул. Фрезерная, д. 5. Тел. (843) 570-40-45/46.
В Ростове-на-Дону: ООО «РДЦ-Ростов», пр. Стачки, 243А.
Тел. (863) 220-19-34.
В Самаре: ООО «РДЦ-Самара», пр-т Кирова, д. 75/1, литера «Е».
Тел. (846) 269-66-70.
В Екатеринбурге: ООО «РДЦ-Екатеринбург», ул. Прибалтийская, д. 24а.
Тел. (343) 378-49-45.
В Киеве: ООО ДЦ «Эксмо-Украина», ул. Луговая, д. 9.
Тел./факс: (044) 501-91-19.
Во Львове: ТП ООО ДЦ «Эксмо-Украина», ул. Бузкова, д. 2.
Тел./факс (032) 245-00-19.
В Симферополе: ООО «Эксмо-Крым» ул. Киевская, д. 153.
Тел./факс (0652) 22-90-03, 54-32-99.
В Казахстане: ТОО «РДЦ-Алматы», ул. Домбровского, д. 3а.
Тел./факс (727) 251-59-90/91. gm.eksmo_almaty@arna.kz

Мелкооптовая торговля книгами «Эксмо» и канцтоварами «Канц-Эксмо»:
127254, Москва, ул. Добролюбова, д. 2. Тел.: (495) 780-58-34.

Полный ассортимент продукции издательства «Эксмо»:
В Москве в сети магазинов «Новый книжный»:
Центральный магазин — Москва, Сухаревская пл., 12. Тел. 937-85-81.
Волгоградский пр-т, д. 78, тел. 177-22-11; ул. Братиславская, д. 12, тел. 346-99-95.
Информация о магазинах «Новый книжный» по тел. 780-58-81.
В Санкт-Петербурге в сети магазинов «Буквоед»:
«Магазин на Невском», д. 13. Тел. (812) 310-22-44.

По вопросам размещения рекламы в книгах издательства «Эксмо»
обращаться в рекламный отдел. Тел. 411-68-74.